DER FÜNFTE REITER

EINE KOMISCHE FANTASY, DIE DIE REGELN VON LEBEN...UND TOD MIT FÜSSEN TRITT.

JON SMITH

Der fünfte Reiter
Erschienen bei Balkon Media

ISBN der Taschenbuchausgabe: 978-1-916970-21-2
Auch als E-Book erhältlich

Umschlagillustration & -gestaltung: Balkon Media

Impressum
Balkon Media B-08-12, Rivervale Condominium, Lorong Stutong 11B3 93350, Kuching, Sarawak, Malaysia jon@balkonfilms.com +60 016 400 4579
www.jonsmith.net

BÜCHER VON JON SMITH

FICTION

The Fifth Horseman

Destiny Can Bite Me (Fang & Loathing #1)

The Stakeout Diaries (Fang & Loathing #2)

Rewrite the Dead (Fang & Loathing #3)

YOUNG ADULT

The Arb

CHILDREN'S FICTION

Toytopia

NON-FICTION

Once Upon A Brand

Founder Mode

The Bloke's Guide To Pregnancy

The Bloke's Guide To Babies

Get Into Bed With Google

Google Adwords That Work

Smarter Business Start-Ups

Start An Online Business

Digital Marketing For Businesses

Für jene, die den Tod fürchten...
Wisst, dass er euch holen kommt und ziemlich übellaunig ist.

KAPITEL EINS

Emma streckte die Hand aus, um sich am Kupfersockel von Bella festzuhalten, dem prächtigen Liver Bird, der wie ein Wächter auf einer weißen Kuppel thront und über den River Mersey hinweg bis zur Halbinsel Wirral und nach Nordwales blickt.

Ihre Beine zitterten sowohl vor Anstrengung als auch vor Angst, und sie hielt einen Moment inne, um wieder zu Atem zu kommen. Sie fuhr sich durch ihr langes, kastanienbraunes Haar, schnappte nach Luft und bereute, dass sie ihre Mitgliedschaft im Fitnessstudio Anfang des Jahres gekündigt hatte. Eine starke, plötzliche Windböe fegte von der Irischen See herein. Ihre urwüchsigen Ranken krallten sich in die ungeschützte Haut ihrer Hände, und der kalte Stich trieb ihr die Tränen in die Augen. Während sie ihre Wahl des Wahrzeichens verfluchte und erkannte, dass sie nicht zum ersten Mal die Form über die Funktion gestellt hatte, hielt sie inne, um die atemberaubende Aussicht auf die Uferpromenade zu genießen – geschmiedet mit Blut, Schweiß und Tränen aus der maritimen und kulturellen Geschichte der Stadt, alt und neu, gut und schlecht.

Warum die Clowns von der UNESCO der Stadt den Status als Weltkulturerbe aberkannt hatten, würde für immer ein Rätsel bleiben. Doch mit typischer Scouse-Lässigkeit schob sie diesen Gedanken beiseite und versuchte, sich auf die anstehende Aufgabe zu konzentrieren.

Alle waren auf den Beinen – am Pier Head, auf dem Strand, an ihren Handys – beschäftigt mit ihrem Tag. Beschäftigt mit ihrem Leben. Nicht viele Leute blickten nach oben, was Emma gerade recht kam. Sie war es gewohnt, ignoriert zu werden. Gewohnt, einfach in der Masse unterzugehen. Es war ein erlerntes Verhalten, das in ihrer Kindheit begonnen hatte, als sie unter den strengen Regeln ihrer Eltern lebte, die fest davon überzeugt waren, dass man Kinder sehen, aber nicht hören sollte. Sie hatte sich antrainiert, still zu bleiben, klein zu bleiben und im Hintergrund zu bleiben. Das sorgte für eine einsame, aber friedliche Kindheit.

Doch sehr zu Emmas Leidwesen stellte sie, nachdem sie zur Universität gegangen war, fest, dass es schwer war, dieses Verhalten wieder abzulegen und somit Freundschaften zu schließen und aufrechtzuerhalten. Oder von Dozenten bemerkt zu werden, selbst wenn sie sich meldete. Oder von Jungs bemerkt zu werden, obwohl sie Single und absolut bereit war, sich unter die Leute zu mischen.

Was Emma jedoch am meisten auf die Palme brachte, war, dass sie bei der Arbeit nicht bemerkt wurde, egal wie gewissenhaft sie war oder wie viele neue Kunden sie hereinholte. Es war nie Emma, die im Firmen-Newsletter gefeiert wurde, und es war nie Emma, die für eine Beförderung vorgeschlagen wurde. Emma war einfach ... da. Eine sichere Bank im hinteren Teil des Raumes. Die zuverlässige Emma. Emma, die keiner Fliege was zuleide tun konnte. Dieselbe Emma, der man gerade ihre Entlassungspapiere und ein wunderschön formuliertes Kündigungsschreiben ausgehändigt hatte, in dem ihr zweiter Vorname und ihr Nachname vertauscht waren. So gut hatten Management und Kollegen sie in achtzehn Monaten kennengelernt.

Für dieses eine Mal, hier oben neben dem Symbol von Liverpool, über hundert Meter über der Stadt, war sie dankbar, dass sie niemand bemerkte. Sie hatte auch nicht wirklich Lust, sie anzusehen. Sie war nicht hier, um angegafft oder zu einer Art Straßenspektakel gemacht zu werden.

Jedenfalls nicht, bevor sie sprang.

Mit einunddreißig Jahren versuchten ihr alle Online-Artikel weiszumachen, sie sei in der Blüte ihres Lebens. In Wirklichkeit zeigte ihre Glücksskala einen Fehler an; der Wert war so niedrig. Sie tobte sich weder aus, noch hatte sie einen festen Partner. Sie konnte sich nicht einmal eine eigene Wohnung leisten, ganz zu schweigen davon, eine zu kaufen, also lebte sie in einer WG. Sie arbeitete lange in einer undankbaren Versicherungsgesellschaft voller langweiliger, grauer Menschen. Sie verdiente genug Geld, um über die Runden zu kommen, aber nicht genug, um wirklich zu *leben*. Sie durchbrach nie diese Decke, um zu denen zu gehören, »denen es gut genug geht, um für die Zukunft zu planen«. Daher dachte sie nie, dass sie eine Zukunft hatte – nur eine Reihe vergangener Fehler und gegenwärtiger Ängste.

Endlich sah jemand hoch und bemerkte sie, kniff die Augen zusammen, um sicherzugehen, dass er richtig sah, schüttelte missbilligend den Kopf und ging weiter. Sie seufzte. War sie wirklich so unscheinbar? Sie fand, sie war auf eine unaufdringliche Weise hübsch. Ein herzförmiges Gesicht, eine Stupsnase und zwei kleine Grübchen, wenn sie lächelte – was zugegebenermaßen in letzter Zeit nicht allzu oft vorgekommen war. Ihr Atem wurde von einer Windböe erfasst und ihr ins Gesicht geblasen. Sie roch Kaffee und ein wenig Erbrochenes. Alles, was sie zu ihrer letzten Mahlzeit gehabt hatte, war ein lauwarmer Kaffee am frühen Morgen gewesen. Es war nicht fair, mit einem so unangenehmen Geruch in der Nase abzutreten. Nichts war fair.

»Emma!?«

Jemand rief ihren Namen, als eine Hand auf die Kuppel schlug und versuchte, Halt zu finden. Ein Arm und dann ein Kopf mit zotteligem schwarzem Haar folgten bald darauf. Mark, ihr großer, schlaksiger Mitbewohner, blickte zu ihr auf. Seine treuherzigen Augen waren weit aufgerissen vor Angst, sowohl um sich selbst als auch um sie.

»Scheiße«, seufzte Emma. Er hatte den Brief gefunden und offensichtlich die Anweisung ignoriert, ihn erst nach sieben Uhr abends zu öffnen. Sie hätte es wissen müssen; seine kindliche Neugier war sowohl liebenswert als auch zum Verrücktwerden – und vorhersehbar. Jetzt musste sie das, was sie tun musste, vor Publikum tun.

Sie machte einen Schritt auf den Rand zu.

»Komm nicht näher, Mark.«

Er zog sich auf die Kuppel hoch und schätzte ab, wie weit es bis zu

Bellas Bein war. Er konnte nicht glauben, was er sah. Seine beste Freundin und Mitbewohnerin, hinter der nichts als ein grauer Himmel war, um ihren Sturz aufzufangen.

Eine weitere starke Böe rüttelte an den Metallstreben, die die Liver-Bird-Statue stützten, und wehte Emma die Haare ins Gesicht. Sie wandte ihr Gesicht ab, sowohl um Marks verurteilendem Stirnrunzeln als auch dem Wind zu entgehen.

»Dreh dich nicht um«, flehte er, und sie blieb unbeweglich stehen. »Hinter dir ist ... nichts.«

Sie drehte sich langsam um, um zu sehen, was er meinte.

Er zuckte zusammen. »Nein, sieh nicht hin!«

»Ich weiß, dass da nichts ist«, sagte sie.

»Na, dann fall nicht hinein!«, rief er aus. »So hoch oben – du wirst sterben.«

Sie ließ die Arme sinken und seufzte.

Mark sah sie kritisch an. »Wirklich?«

»Ich bin am Ende, Mark«, sagte sie. »Weißt du, wie lange ich brauchen werde, um alles abzubezahlen? In ein paar Jahren stecke ich immer noch in demselben Trott fest. Ich werde alt und inkontinent sein und schon im Sterben liegen, und ich werde immer noch nicht genug gespart haben, um eine Anzahlung für eine kleine, renovierungsbedürftige Einzimmerwohnung zu leisten. Ich kann auch gleich ...« Sie drehte sich um und Mark schnappte erneut nach Luft. »Ich kann es auch gleich ganz bleiben lassen.«

Sie ließ sich ruhig nieder und setzte sich auf die Kuppel, die Beine lässig vor sich ausgestreckt, und bereute es sofort, als das eiskalte Metall die wenige Wärme, die ihr noch im Körper geblieben war, durch ihren dünnen Baumwollrock und die Strumpfhose sog. Sie musste das Gleichgewicht halten, als sie schwankte. Zu entspannt, und sie würde stürzen oder abrutschen, und sie wollte nicht ... na ja, sie wollte das nicht *jetzt schon* tun. Mark durfte das nicht mitansehen. Sie musste ihn dazu bringen, zu gehen. Ihre Zähne begannen zu klappern, als ein Trio Möwen sie umkreiste, die eindeutig landen wollten und ihre Frustration über die Anwesenheit von Menschen auf ihrem Lieblingsplatz hinauskrächzten.

Mark bekämpfte jeden Urinstinkt, sich in Sicherheit zu bringen, und krabbelte stattdessen die Kuppel *hinauf*, schlang die Arme um die

Beine des Liver Bird und klammerte sich fest, als hinge sein Leben davon ab. Er spähte mit einem Auge über den Rand, nur so weit, bis er den Boden unter sich sehen konnte und nicht weiter. Aus dieser Höhe auf das Pflaster zu starren ... er zitterte auch, aber nicht vor Kälte.

»Komm schon. Lass uns runtergehen, im Albert Dock etwas trinken und darüber reden.«

»Ich habe meine Haare nicht gemacht.«

»Du siehst toll aus.«

»*Bitte.*«

»Wir schaffen das schon«, beharrte er.

»Schaffen«, spottete sie. »Können wir nicht, denn ich wurde entlassen. Schon wieder.«

»Das ist eine rechtswidrige Kündigung. Dagegen hast du eine Chance«, vermutete er und suchte verzweifelt nach Möglichkeiten, sie am Reden zu halten.

Sie schüttelte den Kopf. »Ich bin raus, Fall abgeschlossen. Weniger als zwei Jahre, also können sie machen, was sie wollen. Sie haben mich nicht mal verabschieden lassen. Oder mein Zeug aus den Schubladen holen. Haben einfach meine Schlüsselkarte konfisziert und mich aus dem Gebäude eskortiert.«

»Oh«, sagte er schockiert und enttäuscht. »Dann bedeutet das ... Was hast du zurückgelassen?«

»Nichts Wichtiges, es geht nur ums Prinzip«, sagte sie.

»Nein, warte, was hast du zurückgelassen?«

»Nichts!«, beharrte sie.

»Ich weiß, dass du etwas dagelassen hast«, sagte er gereizter, »denn es ist immer noch nicht wieder da.«

»Was ist noch nicht wieder da?«

»Meine Zwei-Fächer-Dose. Mit dem roten Deckel.«

Sie stöhnte theatralisch auf.

»Lang genug für eine Banane, erinnerst du dich?«, fragte er.

»Ja, ich erinnere mich.«

»Mit dem Klickverschluss?«

»Ja.«

»Sie ist Teil eines Vierersets, das ich schon seit-«

»Mark, ich wurde gefeuert! Jetzt bin ich hier. Die Plastikdosen sind egal!«

»Das ist fair«, sagte er und hob die Hände, um sich zu ergeben. Und dann packte er Bella schnell wieder. »Ich habe mich nur ... ich hab mich nur gefragt, wo sie ist ... War sie leer?«

»Oh, Gott.« Sie schüttelte frustriert den Arm. »Ich bin hier, um alles zu beenden, und du willst wissen, ob ich dein thailändisches grünes Curry gegessen habe?«

»Na ja ... ja«, sagte er. »Es war ein neues Rezept. Wenn ich es noch mal mache, will ich es richtig hinkriegen.«

Emma deutete auf ihre missliche Lage, nur eine Handbewegung davon entfernt, über den Rand in den Tod zu stürzen. »Noch mal?«

Mark war in der Verleugnungsphase. Er grinste sie an. »Na ja, ich meine ... d-du wirst es doch nicht tun, oder?«

»Welche andere Möglichkeit habe ich?«, fragte sie. »Nein, wirklich.« Sie drehte sich um und setzte sich mit dem Rücken zum Mersey, was für Mark irgendwie noch schlimmer anzusehen war. »Sag du mir, was ich tun soll, außer mich umzubringen? Keinen Job, keine Ersparnisse, ich habe über sechzig Riesen Schulden und-«

»Wir schaffen das. Ich arbeite. Meine Mum und mein Dad könnten helfen, vielleicht genug, um deine Miete für ein paar Monate zu decken.«

Emma wurde seiner Hinhaltetaktik zunehmend überdrüssig und drehte sich langsam zum Fluss. Die Fähre hatte gerade am Pier Head angelegt und schaukelte auf dem Wellengang auf und ab. Sie sah zu, wie die Pendler und Touristen über die Gangway strömten, froh, wieder festen Boden unter den Füßen zu haben.

»Es ist nicht unmöglich!«, fuhr Mark fort. »Nichts ist unmöglich!«

»Bist du dir da sicher?«

»Ja!«

Sie drehte sich um und warf ihm einen kalten, verweinten Blick zu. »Du glaubst also, ich könnte es überleben? Wenn ich falle? Ist das nicht unmöglich?«

»Nein, das ist unwahrscheinlich und das Risiko nicht wert. Bitte tu es nicht.« Mark fiel auf die Knie und versuchte, sie zu erreichen. Er konnte nicht aufstehen – in dieser Höhe wäre es so leicht, das Gleichgewicht zu verlieren und auf alberne Weise zu sterben –, aber er konnte auf den Knien zu ihr rüberrutschen, und das tat er. »Bitte.«

»Wenigstens bekommst du dann das Versicherungsgeld. Ich habe dich als meinen Begünstigten eingetragen.«

»Tatsächlich zahlen die nicht, wenn man sich das Leben nimmt.«

»Dein Ernst?«

»Tödlich. Tödlich ernst ... Wie kannst du *das* nicht wissen? Du verkaufst beruflich Versicherungen.«

»Nicht mehr«, spottete sie. »Tut mir leid.« Und sie meinte es wirklich, ehrlich, aus tiefstem Herzen.

Sie biss sich auf die Lippen, sodass sie rot aufleuchteten, dann beugte sie sich vor und umarmte ihn fest um den Hals, eine feste, starke Umarmung. Sie achtete darauf, all ihre Kraft aufzubrauchen, jedes Quäntchen, das sie noch hatte, denn sie brauchte es nicht mehr.

»Du kannst ohne mich leben. Es muss da draußen haufenweise coole Mitbewohner geben. Cooler als ich zumindest. Und in der Lage, ihre Hälfte der Miete zu zahlen«, sagte sie.

»N-nein.«

»Es ist nicht unmöglich.«

»Es ist ... unwahrscheinlich.«

Emma lächelte und kaute auf der Innenseite ihrer Wange, während sie ihre Arme anspannte, bereit, sich hochzudrücken. Mark streckte die Hand aus und packte ihr Handgelenk.

»Warte. Ich muss etwas sagen«, flehte er.

»Tu es nicht, Mark. Kein Gerede mehr. Du wirst meine Meinung nicht ändern. Ich bin wütend, dass du gekommen bist, aber gleichzeitig fühle ich mich geehrt-«

»Ich liebe dich.«

Mark hatte wirklich nicht vorgehabt, das zu sagen. Nicht jetzt, niemals. Aber die Worte kletterten wie ein Kloß seinen Hals hinauf und zwängten sich mit roher Gewalt heraus.

»Du was?« Emma verzog das Gesicht, unsicher, ob sie ihn richtig verstanden hatte.

Das hier war seine Chance, sich zu entschuldigen und es wegzulachen. Ein durch den Druck ausgelöster *Fauxpas*. Sie würde es verstehen; er redete ja ständig dummes Zeug.

»Ich liebe dich, Emma. Seit dem Tag, an dem wir uns getroffen haben. Ich liebe dich und ich habe jede Minute geliebt, die du in meinem Leben warst. Bitte tu das nicht.«

»Was zum Teufel?« Emma war ungläubig.

Nicht ganz die Reaktion, die Mark sich erhofft hatte.

»Tu das nicht«, sagte sie. »Nicht jetzt. Nicht hier.«

»Wann dann? Es gibt kein Morgen, nicht, wenn du das durchziehst. Es gibt keinen perfekten Moment. Alles, was du mir gelassen hast, ist das Jetzt.«

»Was soll ich mit dieser Information anfangen?«

»Deine Meinung zu ändern, wäre ein guter Anfang.«

»Das kann ich nicht. Du bist ein guter Freund, Mark. Danke für den Versuch. Es tut mir leid.«

»Bester Freund?«

Sie lächelte. »Der Allerbeste.«

Sie gab ihm einen Kuss auf die Wange, bevor sie sich voneinander lösten. Sie stand auf, während Mark auf der Kuppel knien blieb, unfähig, wieder auf die Beine zu kommen. Er war wie erstarrt, gelähmt von einem Krampf und Verzweiflung.

»Okay«, sagte sie. Sie atmete tief ein, ließ Mark los und breitete ihre Arme aus.

Die Leute am Pier Head blickten etwas beunruhigter nach oben. Anscheinend war das Ausbreiten ihrer Arme das Signal, dass sie springen wollte, anstatt wie zuvor nur mit schlaffen Schultern in einem mürrischen Zustand dazustehen. Ihr Publikum auf der Straßenseite hatte sie jetzt wirklich bemerkt, und einige von ihnen eilten tatsächlich los, um etwas zu unternehmen. Ein Mann rannte in das Liver Building, aber er würde eine ganze Weile brauchen, um all die Treppen hochzukeuchen, also gab es keine Möglichkeit, sie aufzuhalten. Ein paar Handys wurden gezückt. Einige filmten, andere machten Selfies mit Emma im Hintergrund, und wieder andere nutzten zum ersten Mal seit vielen, vielen Monaten tatsächlich die Telefonfunktion, um einen Anruf zu tätigen.

»Emma, warte«, beharrte Mark. Er kämpfte sich durch den

Schmerz, stützte sich mit den Händen hoch und stellte sich hinter sie. Er war nur einen Ausrutscher vom sicheren Tod entfernt, und dieses Wissen machte ihn schwindelig. Seine Beine zitterten, und er schwankte ein wenig, als er die Hand ausstreckte, um sie zurückzuhalten.

»Lass mich los, Mark«, forderte sie.

»Auf gar keinen Fall«, sagte er. »Ich werde nicht-«

Sie holte mit einem Arm aus und gab ihm eine Ohrfeige. Sofort fühlte sie sich schlecht.

»Oh Gott, das tut mir so leid!«

»Aua!«

Er hob sie gerade so weit an, um sie vom äußersten Rand wegzubekommen. Sie drehte sich um und versuchte, ihn zu verarzten, während er sich das Gesicht hielt.

»Man soll nicht hinter einer selbstmordgefährdeten Person stehen. Du könntest verletzt werden«, sagte sie.

»Das ist ein Ammenmärchen«, erwiderte er und rieb sich immer noch seine schmerzende Wange. »Außerdem geht es da um Pferde. Obwohl, es stimmt schon.« Er versuchte zu grinsen, aber seine Gesichtsmuskeln waren so angespannt, dass es eher eine Grimasse war.

»Deshalb musst du gehen. Du verkomplizierst die Dinge nur, wenn du bleibst.«

»Na, gut! Ich hätte es lieber, du wärst auf komplizierte Weise am Leben, als dass du dich selbst auf dem Boden da unten verkomplizierst!«

»Oh, du bist wirklich eine große Hilfe.«

»Ich helfe dir, am Leben zu bleiben! Das ist so hilfreich, wie ein unglücklich Verliebter nur sein kann!«

Sie schaffte es zu lächeln. »Hilfreicher wäre es, wenn du irgendwie Gold vom Himmel auf unsere Köpfe regnen lassen würdest. Im Wert von etwa sechzig Riesen. Oder besser Bargeld, das würde uns weniger wahrscheinlich erschlagen.«

Eine ausweglose Situation. Ihre Lage war unverändert. Mark erkannte, dass es nicht das war, was sie wollte, gerettet zu werden, egal was er sagte oder tat. Ihm gefiel ihre Situation genauso wenig wie ihr. Es war nicht fair. Und sie hatte recht, für ihr Unglück gab es keinen leichten Ausweg. Aber er war sich sicher, dass sie es gemeinsam schaffen könnten. Die Last teilen und somit halbieren.

»Ich gehe jetzt«, sagte sie unnachgiebig und trat wieder vor, die Arme hoben sich. Mark stürzte sich nach vorn, um sie aufzuhalten, und schlang seine Arme um ihre Taille. Sie wehrte sich gegen ihn und wurde in eine Art Drehung versetzt, als Mark sich wand, um sie wieder die Seite der Kuppel hinaufzuziehen.

»HALT!«, schrie eine Stimme.

Der Mann auf Rettungsmission sprang auf das Dach. Sein plötzliches Erscheinen war so schockierend, dass Mark zurückwich.

Einen Moment lang schwankte er am Rande, Emma immer noch in seinen Armen.

Dann stürzte er von der Kuppel.

KAPITEL ZWEI

Eine knorrige Hand balancierte eine glitzernde Münze auf ihren Fingerknöcheln, umgeben von einer Leere, die von unerschütterlicher Stille erfüllt war. Nur das Klackern der Münze über die knochigen Finger war zu hören. Es hallte in der Leere wider. In der windstillen Luft flatterten Roben, die einzige Bewegung in dem erstarrten Raum.

Die Münze wurde zwischen den Fingern eingeklemmt. Der Daumen spannte sich an und schnippte sie dann hoch. Sie wirbelte mit einem surrenden Geräusch durch die Luft und landete dann in einer Handfläche aus straffer, gealterter Haut. Eine Blume des Abschieds, ein Strauß der Trauer, zierte die nach oben zeigende Seite – eine Seite des Fortgehens. Zahl. Ein knochiger Mund grinste mit langen, elfenbeinfarbenen Zähnen. Die Gestalt ließ die Münze erneut aufwirbeln, erneut rotieren.

Sie flog noch einmal hoch in die Luft und glitzerte kurz auf. Ein Wirbeln und eine Drehung und dann eine Landung. Was würde es sein? Zahl, die Blumen, die den Fluss der Toten säumten, oder Kopf, der Schädel, der Gruß des Sensenmanns?

Die Münze glitt aus der greifenden Hand und fiel davon.

»Oh, Scheiße.«

Sie fiel direkt vom Boot und zog die erste Welle im stillen Gewässer, die die trügerische Ruhe mit einem markanten, sirupartigen *Platsch* durchbrach. Der Fährmann duckte sich mit klappriger Haltung und beugte sich über den Rand, die Augen trüb vor Alter und Groll, und versuchte, den verlorenen Schatz ausfindig zu machen. Das tiefe Wasser kräuselte sich in tintiger Dunkelheit und glättete sich dann wieder zu einem spiegelglatten Weiß.

»Hmm«, stöhnte er.

Der Fährmann blickte zum Heck seines Bootes. Alles, was er hatte, waren seine Ruder, eine Laterne und ein leerer Sack. Keine Münzen mehr zum Spielen …

»Verdammt.«

Er ergriff die Griffe der Ruder und ließ die Blätter knapp unter die Wasseroberfläche sinken. Er begann zu rudern. Mit sanften, gleichmäßigen Schlägen verschwand die Fähre im dichten Nebel.

Mark betrachtete den Himmel, während er fiel. Er war grau und überall und für einen Moment hielt er ihn für den Boden im Winter seiner Jugend. Bei den seltenen Gelegenheiten, bei denen es geschneit hatte, mischten die städtischen Schneepflüge eine Brühe aus Matsch und Straßenschmutz zu einem grauen Haufen auf jedem Bürgersteig. Einmal hatte er darin gespielt und seinen Bruder mit verfaulten, nach Zigarettenasche gefärbten Schneebällen beworfen, bis seine Mutter sie beide angeschrien hatte, weil sie das dreckige, schmutzige Zeug überhaupt anfassten. Lange Zeit dachte er, sie meinte Schnee im Allgemeinen, und so begann er, ihn zu hassen.

Bis er eines Tages ein Mädchen namens Emma traf, das den Schnee liebte und ihn lehrte, ihn wieder zu lieben. Und sie lebten glücklich und zufrieden bis an ihr Lebensende. Sie hatten sich durch dick und dünn allen Herausforderungen gestellt und alle möglichen schrecklichen Ereignisse überstanden. Wie das eine Mal, als er seine wahren Gefühle für sie herausgeplatzt und sie dann versehentlich vom Dach gesuplext hatte … Da kam er zu sich, als der Anblick des sich schnell nähernden Plattenbelags ihn in die Realität zurückholte.

Emma schrie. Sie war die ganze Zeit bei klarem Verstand und wach gewesen. Nichts war vor ihrem inneren Auge erschienen. Sie hatte den ganzen Morgen damit verbracht, nachzudenken und sich mental auf genau diesen Moment vorzubereiten. Sie hatte alles zuvor erledigt und aus dem Weg geschafft, sodass ihr keine betäubenden, tröstlichen Erinnerungen blieben, die sie ablenken konnten, während sie auf ihren Tod zuraste.

Sie gab Mark eine ganz kleine Mitschuld, doch das Gefühl verflog. Sie hatte eine todesähnliche Angst vor dem Sterben. Dennoch glaubte sie, das Richtige zu tun. Es war der einzige Ausweg. Die Alternativen waren Armut, sinnlose Arbeit, die sie zu einem nicht lebenswerten Leben versklaven würde, oder die Schande, in ein Zuhause zurückzukehren, das verpflichtet, aber nicht stolz darauf war, sie wieder aufzunehmen. Eine Belastung für ihre Eltern zu sein, eine Belastung für ihre Mitbewohnerin, eine Belastung für sich selbst – während alle jahrelang wie auf rohen Eiern um sie herumgehen würden –, und doch war niemand da, um ihre Lasten für sie zu tragen. Das war nicht fair. Besonders nicht gegenüber Mark.

Er hingegen hatte sich nicht auf diesen Moment vorbereitet. Überhaupt nicht. Und das war ein Problem. Er war ein Organisator. Ein Listenschreiber. Wenn es nicht auf einem Post-it gekritzelt war, hatte er es nicht auf dem Schirm. Von einem hohen Gebäude zu stürzen und auf die Straße zuzurasen, während er seine Mitbewohnerin umarmte, war nicht einmal auf der Liste der zusätzlichen Ziele dieses Monats – der mentalen Liste von Bonusaufgaben, die er sich schuf, um sich zu Großem anzuspornen, sei es, weniger Kohlenhydrate zu essen, mehr Gewichte zu heben oder vor dem Schlafengehen mindestens zwei Kapitel zu lesen.

Der heutige Tag hatte wie jeder andere begonnen. Er war zur Arbeit und wieder nach Hause gegangen und hatte, da es noch eine Woche bis zum Zahltag war, versucht, während der Wachstunden so wenig Geld wie möglich auszugeben. Dann hatte er den Brief bemerkt, der mit einem angeschlagenen *Besuche-Zypern*-Magneten an der Kühlschranktür klebte – er war nie dort gewesen; er war ihm zusammen mit anderen gebrauchten, aber noch brauchbaren Küchenutensilien von seinen Eltern geschenkt worden, als er zum ersten Mal in die Wohnung gezogen war.

Er überflog den Brief und rannte los. Rannte einfach so schnell er konnte zum Liver Building und verfluchte sich die ganze Zeit dafür, dass er den malerischen Heimweg von der Arbeit genommen und den Brief nicht früher gefunden hatte. Er fragte sich, ob er Emma rechtzeitig erreichen würde oder ob er gerade noch rechtzeitig käme, um die Folgen mitzuerleben.

Während er seinem Ende entgegeneilte, war er stolz auf alles, was er erreicht hatte, erinnerte sich aber daran, dass es noch so viel mehr zu tun gab – nicht zuletzt die drei unerledigten Punkte auf der heutigen Liste. Tief im Inneren wünschte er sich, er hätte sich früher getraut und Emma gesagt, was er für sie empfand. Aber das hatte er nicht. Er hatte zu viel Angst vor Zurückweisung. Und nun würde der Moment, in dem er sich endlich wirklich mit der Welt und besonders mit Emma verbunden fühlte, sein letzter sein. Es war nicht fair.

Der Gehweg kam näher. Sie flogen am sechsten, dann am fünften, dann am vierten Stockwerk vorbei. Das Ganze schien etwas länger zu dauern, als es sollte. Die untersten Stockwerke schossen an ihnen vorbei, und die Fenster, an denen sie vorbeikamen, boten einen kurzen Einblick in die Büros dahinter. Eine Topfpflanze. Ein Mann in einem grauen Anzug in einem separaten Raum. Eine Dame in einer roten Strickjacke. Jemand, der vor einer großen Leinwand eine Präsentation hielt.

Mark und Emma hatten denselben Gedanken, gerade als die Stufen zum Haupteingang in Sicht kamen: Es wäre viel besser gewesen, wenn sie die Sache anders gehandhabt hätten.

Als sie den gepflasterten Gehweg beinahe mit der Hand hätten berühren können, schlossen beide instinktiv ihre Augen und machten sich auf einen letzten, tödlichen Aufprall gefasst.

Und dann fielen sie ... seitwärts.

Sie hätten auf dem Boden aufschlagen sollen. Hart. Knochen und Fleisch, die auf die Straße klatschen. Aber der katastrophale Aufprall, den sowohl Emma als auch Mark erwartet hatten, fand einfach nicht statt. Stattdessen flogen sie über den prächtigen Haupteingang des Gebäudes und an den Fensterreihen des Co-Working-Bereichs im Erdgeschoss entlang. Dann stiegen sie wieder in die Luft, vorbei an den

Fenstern des ersten, zweiten und dritten Stockwerks und schließlich ganz vom Liver Building weg.

Alles, woran Mark in diesem Moment denken konnte, war, warum um alles in der Welt es so einen deutlichen Geruch nach Gras gab – nach Rasen, nicht nach der berauschenden Sorte.

Ein dünner, knochiger Arm schlang sich um und unter ihre beiden Taillen. Mark hielt seine Augen starr auf den Boden gerichtet, der weit unter ihm vorbeiraste, als würde er von einem Flugzeug mitgeschleift. Emma kam etwas schneller wieder zu Sinnen und drehte sich um, um zu sehen, was sie aufgefangen hatte. Über das Peitschen des Windes, der durch ihr wehendes Haar pfiff, hörte sie das Klappern von Hufen und das gequälte Atmen eines großen Pferdes.

»Steigen Sie auf.«

Eine tiefe, dröhnende Stimme bohrte sich in ihre Köpfe, als sie auf den Rücken des Pferdes gehievt und gesichert wurden. Die dünnen Arme zogen sich zurück und rasteten mit zwei lauten, knöchernen Klackern in den Schultergelenken ein. Eine Gestalt in einer Robe ritt vor ihnen auf dem Sattel des fahlen, weißen Pferdes am Himmel. Mark klammerte sich um sein Leben an das Hinterteil des Rosses, während Emma sich abmühte, ihr Bein hochzuschwingen, um richtig aufzusitzen.

»Au! Teufelszwirn«, sagte die Stimme. »Rücken Sie mal ein Stück zurück.«

»Was?«, rief Emma.

Ein knochiger Arm ragte aus der flatternden schwarzen Robe und zeigte auf ihren Schoß. »Sie sitzen auf meiner Robe.«

Emma rutschte nach hinten, um den Stoff unter sich zu befreien, wodurch sie gegen Mark stieß.

»AGH!«

»Oh, Entschuldigung.«

»Das ist besser«, sagte der Reiter, als er sich zu seinen Passagieren umdrehte. »Kein Grund für Unbequemlichkeiten, ob kurze Reise oder nicht.«

»Jesus, verdammte Scheiße!«, rief Mark aus.

»Nein«, verkündete der Reiter. »Nicht ganz. Aber nicht die seltsamste Vermutung, die ich je gehört habe.« Mit einem Klaps seines Stiefelabsatzes und einem Zug an den Zügeln machte das Pferd eine scharfe Wendung und stieg höher in den Himmel.

Emma hatte Fragen. Viele davon. Einige waren offensichtlich, wenn auch seltsam, selbst wenn sie sich als wahr herausstellen sollten. Sie wusste, dass der Reiter der Tod war. Er musste es sein. Ein Skelett in einer schwarzen Robe auf einem fahlen Pferd, mit einer markanten Stimme, die sich in den Schädel zu bohren schien und die Augen schmerzen ließ. Und sie flogen, was vielleicht nicht real war. Aber warum waren sie nicht auf dem Boden aufgeschlagen? Waren sie auf dem Boden aufgeschlagen? Sie war sich sicher, dass sie sich daran erinnern würde, wenn das der Fall gewesen wäre.

»Sind wir tot?«, fragte sie und entschied sich für die dringendste Hypothese, die noch ungetestet war.

Der Tod legte den Kopf schief und zuckte mit den Schultern. »Es ist kompliziert.«

»Können wir bitte wieder runter?«, flehte Mark.

»Sind wir schon auf dem Pflaster aufgeschlagen?«, fragte Emma. »Ist das der letzte Blitz unseres Bewusstseins, während unsere Gehirne auf den Stufen zermatschen?«

»Nein«, bestätigte der Tod. »Aber ... na ja ...« Da er keine richtige Erklärung anbieten konnte, ließ die rechte Hand des Todes aus dem Nichts eine kunstvolle Sanduhr erscheinen. Emma drehte sich um und zog Mark hoch. Wie zuvor klammerte er sich fest an sie, wenn auch mit weitaus geringerer Gefahr, sie bei ihrem schwindelerregenden Aufstieg in den Himmel von ihrem einzigen sicheren Halt zu reißen.

Der Tod schüttelte die Sanduhr. Etwas Sand schien an der Innenseite des oberen Glaskolbens festzukleben. Die letzten paar Körnchen hielten hartnäckig fest, nur ein winziger Schorf am klaren Glas. Der Tod klopfte gegen das Glas, um sie zu lösen. Er schüttelte sie und brachte den unteren Sandhügel durcheinander. Aber der Sand klemmte fest, und er murmelte angesichts des hartnäckigen Anblicks. »Sehen Sie? Zu spät.«

»Zu spät wofür?«, fragte Emma.

»Für Sie«, sagte er. »Verdammtes Glas ist von innen beschlagen. Ihr letzter Moment hätte bereits vorüber sein sollen. Seiner ebenfalls, aber jetzt, wo Sie hier sind ... weiß ich nicht, was ich mit Ihnen anfangen soll.«

»Na ja, das ist wohl kaum unsere Schuld«, sagte Emma. »Kein Grund, unhöflich zu sein.« Sie griff nach der kleinen Messingplakette, die am Boden der Sanduhr befestigt war – ihr voller Name und ihr Geburtsdatum waren in Comic Sans eingraviert.

»Bitte!«, sagte Mark. »Um Himmels willen, hören Sie auf! Setzen Sie uns einfach da unten ab, im Sefton Park. Wir können zurücklaufen. Eigentlich egal wo. Nur ... setzen Sie uns sanft ab. Auf dem Boden. Oder parken Sie einfach das ... Pferd und lassen Sie uns absteigen, damit wir gar nicht erst fallen.«

»Nein«, sagte der Tod und die Sanduhr verschwand. Seine Hand streckte sich aus und ein Griff spross daraus hervor. Als er sich umdrehte, wuchs dieser zu einem spiralförmigen Holzknoten heran, und an dessen Ende war die große, gekrümmte Klinge einer Sense. Er hob sie über seine Schulter zurück und gewährte Emma und Mark einen guten, vollen Blick auf das Werkzeug, bevor er es geradeaus schwang. Ein Riss öffnete sich in der Luft, der mit indigofarbenen Blitzen knisterte. Der Riss weitete sich zu einem tintenschwarzen Loch aus, über das mit plötzlichen, hellen Aufblitzen Blitze zuckten.

Emma schlang ihre Arme nach hinten, um Mark zu umarmen.

»Das ist«, sagte er, »das Unwahrscheinlichste, was hätte passieren können.«

»Es könnte schlimmer sein«, sagte sie. »Es ist unwahrscheinlich, dass wir diesen Teil jetzt überleben.«

»Ja, aber es ist nicht unmöglich.«

Das Pferd stürzte hindurch und sie waren fort. Niemand sah sie kommen oder gehen, bevor sich das Portal hinter ihnen schloss.

Der Tod nahm sie mit, mit Leib und Seele ...

KAPITEL DREI

Der Tod. Das endgültige Ende, das unüberwindbare Hindernis, der letzte Augenblick eines jeden Lebens.

Die Gestalt des Todes, das in eine Robe gehüllte Skelett mit einer Sense, war das ewige Antlitz des letzten und größten Mentors der Menschheit. Er war unausweichlich. Jeder Teil von ihm sollte eine Furcht hervorrufen, die allem menschlichen Leben tief verwurzelt und ihm eigen war. Ein Körper ohne Fleisch war ohne jeden Zweifel tot. Dieses Verständnis hallte in verschiedenen Bereichen der menschlichen Psychologie wider und diente als Erklärung für die nahezu universelle Personifizierung des Todes als mythische Figur.

Er trat in vielen Gestalten auf, doch fast alle waren gesichtslos, skelettartig und saßen oft auf einem Pferd, das so fahl war wie der Schädel unter dem dunklen Umhang oder so knochig wie sein Reiter. Und die Sense, sein Werkzeug, war die erhabene Lektion der menschlichen Endlichkeit. Aufgezogen werden, stark werden, erblühen und auf ihrem Höhepunkt geerntet werden – von einer Sense niedergemäht. In den hohlen Augen des Todes war der Mensch nicht mehr als Wedel auf dem Feld, die wie ein Meer aus Bernstein wogten.

Genau dieser Tod lebte in einem malerischen, weiß getünchten Haus mit Rauputz.

Der Vorgarten war voller Blumen, verstreut zwischen Schilf und Weizengras, das in ewigem, sprießendem Grün feststeckte. Man konnte von dort aus einen großen Fluss mit schillernden Farben sehen, als wäre Öl sorgfältig zu einem Film über seiner Strömung kultiviert worden, und so sandte jede Welle einen Regenbogen aus reflektiertem Licht aus. Weiter in der Ferne zog ein Sturm auf – ewig braute er sich über einem verdunkelten Ort voller Berge und Täler zusammen, die in permanentem Schatten lagen.

Wie ein Leichtflugzeug galoppierte das fahle Pferd herab und verlangsamte zu einer Landung mit erhobener Nase. Es klapperte auf dem Boden auf einen Stall an der Seite des Hauses zu. Emma und Mark nahmen sich einen Moment Zeit, um die Majestät und Fremdartigkeit der neuen Welt zu bestaunen, in die sie gerade gestoßen worden waren. Stromaufwärts, links vom Fluss, gab es eine endlose Leere, wo scheinbar gar nichts existierte. Am Flussufer standen weitere Häuser unterschiedlicher Größe und architektonischer Gestaltung, einige auf der Seite des Todes, andere jenseits des brückenlosen Wassers.

Als ihr fahles Reittier auf die gepflasterte Koppel trabte, war Emma zutiefst verwirrt. Mit Mark einen Sattel zu teilen, hatte nicht auf dem Plan gestanden. Genauso wenig wie einen Arm um die Taille des Todes geschlungen zu haben. Obwohl sie den ganzen Tag – und ehrlich gesagt, den größten Teil der Woche – über ihren Tod und dessen Vollzug nachgedacht hatte, hatte sie nicht ein einziges Mal an die Möglichkeit eines Lebens nach dem Tod gedacht. Sie fühlte sich entschieden unvorbereitet und unpassend gekleidet.

Das fahle Pferd seufzte, als es an einer Stalltür zum Stehen kam, und senkte sofort seine Nüstern in einen Wassertrog aus Granit, wobei es geräuschvoll schluckte. Mark lockerte seine weißknöcheligen Finger, von denen er bemerkte, dass sie immer noch das Hinterteil des Tieres wie in einem Schraubstock umklammerten. Er entschuldigte sich im Stillen bei dem Pferd, aus Angst, dass die alte Stute ihm antworten könnte, wenn er die Worte laut ausspräche. Und jetzt auf Mrs Ed zu treffen, könnte ihn heute zum zweiten Mal über den Rand des Wahnsinns treiben.

Er versuchte, sich einen Reim auf ihre Umgebung zu machen. Das Cottage, die Koppel, der von dunklen Bergen eingerahmte Fluss und das, was im Westen wie ein aufziehendes Unwetter aussah – all das war nicht weit entfernt von seiner „Duke of Edinburgh Award"-Expedition zu den Seen.

»Muss Cumbria sein«, sagte Mark. »Schau mal, siehst du? Ist wie ein riesiger Campingplatz. Wetten, die haben Wassersport.«

»Wir können nicht mehr in England sein«, widersprach Emma. »Ich glaube nicht, dass es irgendwo in England eine ... Leere gibt.«

»Das Stadtzentrum von Birkenhead kommt dem aber ziemlich nahe ...«

Der Tod stöhnte, als er vom Pferd abstieg. Emma und Mark folgten ihm und versuchten zögerlich, das Pferd zu streicheln, um ihm dafür zu danken, dass es sie nicht abgeworfen hatte. Der Tod benutzte unterdessen seine Sense als Gehstock, um den Weg zu seinem Haus hinaufzugehen. Er humpelte leicht.

Mark stand nahe genug bei Emma, um zu flüstern. »Du weißt, was ich gesagt habe, kurz bevor–«

»Nicht hier, Mark«, flüsterte sie zurück und machte einen ersten Schritt auf das Haus zu. »Ich verarbeite immer noch ... nun ja, alles.«

»Es ist nur ... Ich hoffe, es ist jetzt nicht, du weißt schon, komisch zwischen uns.«

»Ist es nicht«, erwiderte Emma.

»Na ja, dein Tonfall deutet aber irgendwie darauf hin, dass es das ist.«

»Was für ein Tonfall? Schau, ich ...«, Emma hielt inne und wartete, bis Mark aufgeholt hatte, dann beugte sie sich zu seinem Ohr. »Nimm mir das nicht übel. Aber dass du mir deine Liebe gestehst, würde an jedem anderen Tag als das Seltsamste auf der Welt gelten. Jemals. Aber angesichts dessen, was heute sonst noch passiert ist. Was gerade *passiert* ... Ich denke, wir sollten dieses Gespräch auf Eis legen und kein Wort mehr darüber verlieren. Einverstanden?«

»Gut.« Mark versuchte zu lächeln und deutete mit einem Finger an, seine Lippen zu verschließen, aber so sehr er sich auch bemühte, er konnte den Schmerz in seinem Gesicht nicht verbergen.

Der Tod war fast an der Haustür des Cottages.

»Weißt du, wie man reitet?«, fragte Mark und wechselte das Thema.

»Ich hatte mal Unterricht«, flüsterte sie zurück, »als Kind, aber da sind wir nur an der Longe im Kreis geritten.«

»Ist ein Pferd zu fliegen sehr anders, meinst du?«

»Ich werde nicht das Pferd des Todes stehlen!«, flüsterte sie. »Falls das dein Vorschlag ist ...«

Mark sah sich theatralisch um. »Ich glaube nicht, dass wir auf einen Bus warten können.«

»Ihr zwei!«, brüllte der Tod. Seine Stimme, uralt und gebieterisch, erschütterte die Luft und hallte für einen Moment in ihren Schädeln wider, nur für den Fall, dass die in den hinteren Reihen nicht aufgepasst hatten. Es war unmöglich, ihn zu ignorieren. »Trödelt nicht. Kommt rein.«

»Ja, Sir!«, rief Mark. Der Tod ging hinein und ließ die Tür einen Spalt offen, während Mark Emma näher an sich zog. »Wie lautet das Protokoll, wenn man das buchstäbliche Haus des Todes betritt? Soll ich einen Kniefall machen oder so?«

»Benimm dich einfach«, sagte sie. »Wir wissen nicht, wo wir sind oder was los ist. Wir wissen nicht, womit wir es hier zu tun haben. Könnte *Rendezvous mit Joe Black* sein, könnte *Beetlejuice* sein. Wir müssen auf leisen Sohlen gehen.«

»Ja, aber wenn wir ihn nerven und er uns rausschmeißt – bedeutet das dann, dass wir zurück auf die Erde kommen? Müssen wir hierbleiben, wenn wir zu brav und höflich sind?«

Emma dachte darüber nach. Sie hatte sich den Tod gewünscht. Mit einem Leben nach dem Tod hatte sie nicht gerechnet, aber sie war bereit, das Spiel mitzuspielen. All der Schmerz, die Angst und die lähmende Einsamkeit, die ihre Gedanken jahrelang heimgesucht hatten, waren plötzlich verschwunden. Und es fühlte sich gut an. Bisher war diese ganze Todesnummer ein gewaltiger Schritt in die richtige Richtung. Und sie wusste ohne den geringsten Zweifel, dass sie tot bleiben wollte. Mark, da war sie sich sicher, würde genau das Gegenteil denken. Er war der Meister des Kleingedruckten und würde sich auf die Details konzentrieren, die Ausstiegsklausel, den Artikel 50, den er aktivieren könnte, um irgendwie die Zeit zurückzudrehen und sie in ihre beschissene Wohnung in Liverpool zurückzubefördern. Sie musste das hier vorsichtig angehen. Mark bei Laune halten, aber sicherstellen, dass er keinen Weg fand, sie *zurück* ins Diesseits zu befördern.

»Wir entscheiden spontan«, sagte sie. »Wenn er will, dass wir bleiben, stellen wir uns dumm, bis er uns rausschmeißt. Wenn er will, dass wir gehen, tun wir höflich und versuchen zu bleiben.«

Er zeigte ihr den Daumen nach oben und ging voran ins Wohnzimmer. Es war eigenwillig eingerichtet. An den Wänden hingen einige Ornamente, hauptsächlich Schädel und Gemälde – es gab definitiv ein Thema. Über dem Kaminsims hatte der Tod eine Variante des Letzten Abendmahls, bei der alle Skelette waren. Ein Porträt eines mit Gold eingelegten Skelettmanns hing neben einem Fenster. Eine Büste von Apollo, aber als Skelett, thronte auf einem Bücherregal. Jedes Buch war eine große Chronik des Todes. Viele davon waren Bücher über den Krieg; die einzige Ausnahme war ein zerlesenes Exemplar von *Fifty Shades of Grey*.

»Pervers«, kicherte Mark.

»Pst!«, zischte Emma und drängte Mark, nicht mehr auf die Einrichtung zu starren und ihrem Gastgeber weiter zu folgen.

Abgesehen von diesen Dekorationen bestand das Zuhause aus ziemlich gewöhnlichen – wenn auch etwas nischenhaften – Möbeln. Alle stammten aus der Zeit um die Siebziger, einige wellige Designs mit psychedelischen Farben, die eindeutig große Perioden des Verblassens überstanden hatten. Der Teppich war flauschig, aber von vielen Füßen plattgetreten, und nur in den Ecken nahe den Wänden weich mit dicken Fransen. Die Decke war für ein Cottage überraschend hoch, viel Platz für ein Echo.

Vom Tod war hier keine Spur, also gingen sie weiter in den Flur und durch bis zur Küche.

»Oh, Sichtmauerwerk, sehr im Trend.« Mark nickte anerkennend, strich mit dem Finger über die Frühstückstheke und prüfte ihn dann auf Staub. »Sauber und ordentlich auch noch.«

»Wir sind nicht bei einer Wohnungsbesichtigung«, witzelte Emma, bevor sie sofort die Türen des Ofens und der Waschmaschine öffnete und einen Blick in die Schränke warf.

An Elektrogeräten mangelte es nicht, aber sie schienen alle aus der gleichen Ära wie die Möbel zu stammen – alt, aber funktionstüchtig, wie eine Zeitkapsel aus dem Nachkriegs-Britannien, mit dem gelegentlichen Spritzer Siebziger-Disco.

»Nicht dein Ernst! Ein Marathon.« Mark hüpfte fast vor Aufregung bei der Entdeckung des Vorläufers des Snickers-Riegels. »Fünfzehn Pence. Ich fühle mich wie ein Millionär. Schau mal, wie groß das ist!«

Mark und Emma warfen zu diesem Zeitpunkt mehr als nur einen verstohlenen Blick in die Schränke. Für einen zufälligen Beobachter, was der Tod war, als er das Paar von der Küchentür aus betrachtete, sahen sie aus wie ein paar sehr hungrige Einbrecher. Alle Dosen und Lebensmittelpackungen waren Dinge des Todes, eingestellte Marken, die es nicht mehr gab, von toten Firmen in der realen Welt, die ihren Weg in das schlichte Anwesen des Todes gefunden hatten.

»Ähem.« Der Tod winkte sie von der Tür zum Flur zu sich.

Er drehte sich auf dem Absatz um und Mark und Emma schlossen schnell die Schranktüren und folgten ihm. Der Tod humpelte recht behaglich durch das Haus, als er sie an der Treppe vorbei und durch eine Flügeltür in sein Arbeitszimmer führte.

Er griff nach seinem ledernen Armsessel, ließ sich dann hineinfallen, zog seine Kapuze zurück und ließ Luft in die Höhlen seines Schädels. Sein Kiefer öffnete sich, wenn er irgendwelche Laute von sich gab. Er wackelte nicht, als würde er reden; er war einfach entweder geschlossen und leise, oder offen und laut.

»Veronique!«, rief er.

»Komme!«, antwortete ein fröhlicher französischer Akzent von oben. Kurz darauf kam ein Mädchen, nicht älter als achtzehn, mit langen blonden Haaren, die zu einem komplizierten Zopf geflochten waren, und in einem schwarzen Trauerkleid gekleidet, um die Ecke und ins Zimmer. Sie rief aus, als sie die zusätzliche Gesellschaft sah. »Oh, mein Gott, Monsieur. Gäste?«

»Freu dich nicht zu sehr«, sagte er. »Sie werden nicht lange hier sein.«

Mark und Emma nickten sich zu. Die Scharade lief, aber aus sehr unterschiedlichen Gründen.

»Sehr erfreut, dich kennenzulernen«, sagte Emma und streckte zur

Begrüßung ihre Hand aus. »Ich bin Emma. Das ist mein Mitbewohner, Mark.«

»Wir segnen nur das Zeitliche«, sagte Mark. »Ich meine, sind auf der Durchreise.«

Sie grinsten beide über den schlechten Witz. Veronique lachte aufrichtig mit ihnen und nahm Emmas Hand. Emma konnte die Knochen unter ihren Handschuhen spüren. Sie war sie selbst, nur ein kleines bisschen toter als sie.

»Sehr nett, euch kennenzulernen«, sagte sie. »Ich bin Veronique. Die Assistentin des Todes. Seine zweite Hand. Seine ... Oh, Monsieur?«

»Was?«

»Hattest du vor, bald wieder loszuziehen, um weitere Seelen zu ernten?«

Der Tod stöhnte. »Nein. Das hat-«

»Und hast du die Einkäufe vergessen?«, fragte sie. »Und die Ausgabe der *Heat*, um die ich gebeten hatte.«

Der Tod schlug sich die Hand vors Gesicht. »Hab ich.«

Veronique seufzte. »Wenn du es mir erlaubst, kann ich es selbst holen gehen. Aber ich habe dich so freundlich darum gebeten, und du hast zugestimmt, wie du es oft tust-«

Der Tod schlug auf die lederne Armlehne seines Sessels. »Ich habe erheblich wichtigere Dinge, um die ich mir Sorgen machen muss, als welcher Promi diese Woche sein Leben ruiniert hat!«

»Na ja, ich nicht«, beschwerte sie sich.

Der Tod stöhnte erneut; eine weitere Diskussion war sinnlos begonnen und ohne eine Einigung beendet worden.

»Äh ...«, sagte Emma. »Wegen uns?«

»Sie sagten, unsere Sanduhren wären stecken geblieben?«, fragte Mark nach.

»Hmm, ja«, sagte der Tod. Er holte zwei Sanduhren hervor und zauberte sie mit einem bloßen Fingerschnippen in seine Handfläche. Die meist leeren Kolben waren oben. Als er sie drehte oder kippte, blieb der ganze Sand an seinem Platz kleben. »Billige Plastikimitate. Es wird hier ein bisschen feucht – der Fluss, wissen Sie? Ich muss Ihre Sanduhren bei einem Spaziergang oder so draußen gelassen haben und etwas Feuchtigkeit wurde im Inneren eingeschlossen.«

»Reis könnte da helfen«, schlug Emma vor. »Wenn einem ein Handy nass wird, soll man es in trockenem Reis vergraben, um die Feuchtigkeit aufzusaugen.«

»Oder Kieselgel«, fügte Mark hinzu, um hilfreich zu sein. »Man bekommt Tütchen davon in den Kartons mit Elektrogeräten – Wasserkochern, Toastern, so was in der Art. Dafür ist das da.«

»Genau!«, Emma schnippte mit den Fingern und wandte sich an Veronique. »Kieselgel, kannst du dir das merken?«

Veronique nickte, nicht sicher, was vor sich ging, aber glücklich, einbezogen zu werden.

»Gut«, fuhr Emma fort, »und während sie das holt, können wir hierbleiben und-«

»Ihr werdet nicht bleiben«, beharrte der Tod.

»Großartig!«, jubelte Mark. »Wir fahren einfach bei Veronique mit und gehen Euch nicht länger auf den Geist ... ich meine, Kopf.«

Der Tod starrte sie einen Moment lang an, dann stemmte er sich aus seinem Stuhl. Er durchquerte den Raum und verweilte bei einer Reihe von Wandverzierungen. Sensen, Stangenwaffen, Hellebarden, Piken und Langäxte verschiedenster Art aus allen Kulturen hingen in einer waagerechten Linie die ganze Wand hinauf bis zum höchsten Punkt der Decke. Der Tod fuhr mit der Hand über eine von ihnen.

»Ihr seid Sand-Drückeberger«, sagte er. »Dem Tod aus einer Laune heraus entkommen, entgegen der Vorhersage. Aber euer Sand sollte trotzdem fallen. Auch wenn es sich um Stunden, Tage oder Jahre verzögert, es war vorherbestimmt, dass ihr in jenem Moment sterbt. Ein durch Kondenswasser verursachter Fehler wird euer Leben nicht retten.«

»Aber«, sagte Mark, »Sie haben uns gerettet. Sie haben verhindert, dass wir aufprallen.« Er tat sich schwer, aus den wenigen Informationen, die er hatte, schlau zu werden.

»Ich habe euch nicht *gerettet*«, sagte der Tod. »Ich habe euch hierhergebracht, wie jede andere Seele auch, um weiterzuziehen. Und euer nächster Schritt ist dort drüben.« Er deutete auf die Tür zum Garten, die sich von selbst öffnete. Das Einzige, was zu sehen war, war der Fluss.

Der Fluss Styx. Wie die Band.

»Also sind wir kategorisch tot …« Emmas Lippen verzogen sich zu einem Anflug eines Lächelns.

»Nein.« Der Tod rieb sich frustriert die Schläfen.

»Dann leben wir noch?«, fragte Mark, während er seine Sanduhr aufhob und gegen die Sandkruste klopfte, die im Inneren des oberen Kolbens klebte. Sicherheitshalber schüttelte er sie.

»Nicht direkt. Sucht Charon«, sagte der Tod, »und sagt ihm … Sagt ihm, was immer ihr wollt.«

Es schien, als hätte der Tod sie einfach aufgegeben und sie aufgefordert, zu verschwinden. Obwohl klar war, dass sie hier unerwünscht waren, wussten Mark und Emma über ihren aktuellen Gesundheitszustand nicht mehr als zuvor. Sie wandten sich an Veronique, die ihren Vorgesetzten besorgt ansah. Dann sah sie sie mitfühlend an und nickte ihnen stumm zu, dass sie gehen sollten. Bitte.

Sie traten durch die offene Tür nach draußen und blickten den gewundenen Pfad hinunter zum Fluss.

»Also …«, flüsterte Mark, »weißt du, wie man ein Boot fährt?«

KAPITEL VIER

Der dichte Nebel, der vom Fluss Styx aufstieg, war mehr als nur feucht. Es war, als würde man eine kalte Sauna betreten. Er war so grau wie der Frühlingshimmel, aber überall dreidimensional. Mark und Emma hielten sich an den Händen, als sie hineingingen, damit sie sich auf dem Weg zum Wasser nicht verirrten.

»Wie breit ist dieser Fluss?«, fragte sich Mark.

»Mir kommt er nicht allzu breit vor«, sagte Emma.

»Finden wir's raus.« Mark hob einen glatten Kiesel vom Flussufer auf, nahm ihn zwischen Daumen und Zeigefinger und ließ ihn über das Wasser hüpfen, aber er verschwand nach dem ersten Aufprall im Nebel. »Ich schätze, das waren mindestens vier. Ich hab's immer noch drauf.«

Emma schnaubte verächtlich. Sie hob einen großen Stein auf und warf ihn mit beiden Händen, so weit sie konnte. Er landete mit einem lauten Platschen irgendwo im Nebel. »Er ist ziemlich breit. Ich glaube, ich bin seit der Grundschule nicht mehr in einem Fluss geschwommen.«

»Ich bin noch nie außerhalb eines Planschbeckens geschwommen. Noch nie«, gab Mark zu.

»Das stimmt nicht, wir waren doch in dem Jahr, in dem wir uns kennengelernt haben, in Ayia Napa?«

»Ich war am Strand, aber ich bin nicht geschwommen.«

»Oh.«

»Und das Meer ist nicht wie ein Fluss«, erklärte Mark. »Die Bewegungen sind alle ... Es geht in Richtung Ufer, und bei einem Fluss ist es eher seitwärts.«

»Stimmt.« Emma nickte enthusiastisch. »Das sind verschiedene Arten zu schwimmen.«

Mark beäugte das Wasser, während sich ein Plan in seinem Kopf formte. »Hey, vielleicht kommen wir zurück, wenn wir hier ertrinken?«

Emma blieb stehen und versuchte, ihn durch den Nebel hindurch vorwurfsvoll anzustarren. »Du scheinst ziemlich erpicht darauf zu sein, zu sterben. Schon wieder. Ironisch, wenn man bedenkt, welche Mühe du dir gegeben hast, um mich davon abzuhalten.«

»Ich will leben. Ich muss nur herausfinden, wie ich uns zurück zur ... Erde bringe«, sagte Mark sachlich, absolut sicher, dass er auf ihr Dilemma Logik anwenden konnte. Vielleicht mussten sie sich im Limbus umbringen, um wieder leben zu können?

»Aber ich will nicht zurück«, sagte Emma. »Ich habe mich dafür entschieden. Na ja, nicht für *genau das hier*. Aber jedenfalls für den Tod.«

»Ich nicht. Und ich will nicht tot sein. Du nimmst es mir doch nicht übel, dass ich versucht habe, dich aufzuhalten, oder?«

Sie seufzte. »Du hast deine Rettungsaktion ja ganz schön vermasselt. Hör zu, ich war bei klarem Verstand, als ich damals geplant habe, was ich tue. Ich habe es mir gut überlegt. Sogar, wie sehr ich dich damit verletzen könnte. Das habe ich in Kauf genommen.«

»Und du hast es trotzdem getan«, stieß er hervor, der Schmerz in seiner Stimme unüberhörbar. »Du hast es trotzdem durchgezogen und ... versucht, es zu tun, ohne mir auch nur etwas zu sagen. Was wäre, wenn ich deinen Brief nie gefunden hätte? Oder wenn ich bis nach sieben Uhr gewartet hätte? Was, wenn ich zufällig in dem Moment, als du gesprungen bist, am Pier Head spazieren gegangen wäre und du auf mir gelandet wärst?«

»Das wäre ziemlich beschissen und sehr unwahrscheinlich.«

»Oder noch schlimmer, wenn ich erst danach dort angekommen und auf deinem Hirn ausgerutscht wäre?«

»Was, wenn du einfach zu Hause geblieben wärst und dir nicht die Mühe gemacht hättest, mich zu finden?«, sagte Emma und wurde ziemlich wütend. »So wie du es hättest tun sollen.«

»Dann wäre ich ein beschissener Mitbewohner, nicht wahr?«

Das Knarren von Holz und das Plätschern von Wasser unterbrachen ihren Streit. Eine Gestalt tauchte aus dem Nebel auf, zuerst als schemenhafter Schatten vor der elfenbeinweißen Luft, und dann als ein Mann, gebückt in Lumpen, die mit eingelegten Münzen und dünnen Goldzöpfen durchwirkt waren. Seine Haut spannte sich über knochigen, alten Händen, und ein langer, nasser Bart hing von seinem Gesicht herab.

»Zwei Seelen, auf dem Weg nach drüben?«, fragte eine geisterhafte Stimme.

»Sind Sie Charon?«, fragte Emma im Gegenzug.

»Der bin ich«, sagte er und deutete auf das Holzboot neben sich. »Der Fährmann des Flusses Styx. Haben Sie den Zoll für die Überfahrt?«

»Zoll?«

»Eine Goldmünze«, sagte er, dann öffnete er den Mund und streckte die Zunge heraus, »hier platziert, in der Wange. Haben Sie so etwas mitgebracht?«

Mark holte seine Brieftasche heraus und kramte ein paar Münzen hervor. »Ich habe sechzig Pence an Kleingeld. Ich muss sie doch nicht in den Mund nehmen, oder? Können wir diesen Schritt überspringen?«

»Ugh«, stöhnte Charon. »Wo ist Ihr Reiter?«

»Hat sich ein Nickerchen gegönnt und uns unserem Schicksal überlassen.«

»Wir sind Sand-Drückeberger«, sagte Emma. »Was auch immer das bedeutet. Der Tod hat uns frühzeitig geholt, weil sein Sanduhr-Dingsbums ganz feucht geworden ist.«

»Hmm?«, grunzte Charon. »Das ist seit fast hundert Jahren nicht mehr passiert! Was hat er angestellt, dass dieses Geschäft so mühsam wird?«

»Ich glaube nicht, dass es seine Schuld war«, sagte Mark. »Er meint, es liegt am Fluss. Oder am Nebel. Oder vielleicht war die ›zu gut, um wahr zu sein‹-Mahagoni-Imitat-Sanduhr, die er von AliExpress hat, wirklich, ähm, zu gut, um wahr zu sein.«

Charon umklammerte sein Ruder mit bedrohlicher Festigkeit. »Wenn Sie nicht tot sind, dann werden Sie auch keinen Fuß auf meine Fähre setzen.«

»Kann uns das hier zurück zur Erde bringen?«, fragte Mark. »In die Welt der Lebenden? Idealerweise wären wir gerne nicht tot, also wenn Sie uns-«

»Sprich für dich selbst«, unterbrach ihn Emma.

Charon hob das Ruder aus dem Wasser und stieß es in Marks Richtung. Das ölige Wasser spritzte auf den Boden und glitt dann schnell zurück, um sich wieder mit den trüben Tiefen zu vereinen, als wäre es nackt aus dem Badezimmer direkt seiner Schwiegermutter in die Arme gelaufen.

»Ich habe Nein gesagt!«, rief er aus. »Sie sind zu schwer. Mein Boot wird sinken, wenn ich Sie mit all Ihrem Fleisch und Gedärm und dem ganzen Kram befördere. Nur Seelen, und nur jene, die den Zoll bezahlen können.«

»Na, was sollen wir denn dann tun?«, fragte Emma. »Können wir stattdessen den Fluss entlanglaufen?«

»In diese Richtung werden Sie nichts finden«, warnte Charon. »Nichts als den unpassierbaren Limbus, wo die armen Seelen ohne Obolus für immer umherwandern, um im Fluss zu ertrinken oder an seinen Ufern zu schmollen, ewig wehmütig an die Länder denkend, die sie hätten erreichen können.«

»Was passiert, wenn sie ertrinken?«, fragte Mark hoffnungsvoll.

»Haben Sie jemals Wasser geatmet?«, fragte Charon. »Für immer? In Ihren Lungen, die doch nur für Luft gedacht sind?«

»Oh.«

Charon lachte grausam. »Sie armen Dinger. Ihrem eigenen Tod durch einen reinen Irrtum stibitzt. Der arme knochige Bastard muss sich in diesem Augenblick wegen Ihnen in den Hintern beißen.« Er kicherte. »Er ist ein zorniger Sensenmann, wenn er mal was verbockt. Sehr zornig.«

»Er schien deswegen eher schwermütig als grimmig zu sein«, bot Emma an, »falls das hilft.«

»Darauf können Sie wetten.« Charon raffte seinen Umhang und stieg zurück auf sein Boot.

»WAS IST HIER LOS?«

Das Gebrüll des Todes teilte den Nebel über den ganzen Fluss hinweg, und eine Welle öligen Wassers stieß das Boot fort. Er sah wütend aus – so wütend, wie man eben aussehen kann, während man eine Tweedjacke und eine Golfhose mit Rautenmuster trägt, in der einen Hand eine Tesco-*Mehrwegtasche* voller Basmatireis und in der anderen eine Vier-Pint-Flasche teilentrahmter Milch hält. Das Exemplar der *Heat*, um das Veronique gebeten hatte, steckte zusammengerollt in seiner Jackentasche.

»Warum sind Sie beide noch hier?«, fragte er. »Steigen Sie ins Boot.«

»Die steigen nicht in mein Boot!«, beharrte Charon.

»Doch, das tun sie«, befahl der Tod.

»Das tun sie nicht.«

»Doch.«

»Nein!«

»Sie *werden* es tun.«

»Werden sie nicht!«

Der Tod seufzte und gab nach. »Okay. Ich bezahle ihren Zoll.«

»Ihre Kreditwürdigkeit ist hier nichts mehr wert«, sagte Charon. Er stieß das Boot mit einem Platschen seines Ruders weiter vom Ufer weg. »Zu viel Fleisch. Zu fett, zu drall.«

»He!«, rief Emma.

»Ich glaube, er meint mich.« Mark tätschelte seinen Bauch und versuchte, ihn einzuziehen.

»Das ist Ihr Problem!«, rief Charon, während er im Nebel verblasste. »Ihr Fehler!« Er rief weitere Zurückweisungen, bis er im weißen Nebel aus dem Blickfeld verschwunden war. Der Tod seufzte und machte sich auf den Weg. Mark und Emma standen am Wasserrand und waren sich nicht sicher, ob sie folgen oder bleiben sollten.

»Er wird uns nicht mitnehmen, oder?«, sagte Emma.

»Nein«, stimmte der Tod zu.

»Was sollen wir dann tun?«, fragte Mark besorgter als zuvor.

Der Tod antwortete nicht. Er ging einfach weg. Wie ein alter Mann, der vom Tante-Emma-Laden nach Hause kommt, nachdem er sein letztes Pfund für ein Rubbellos ausgegeben hat, anstatt den Stromzähler aufzuladen, und nun seine Suppe nicht mehr aufwärmen kann. Die ganze Tortur war zu viel gewesen.

Er verbot ihnen nicht, ihm zu folgen, also trotteten Mark und Emma hinter ihm her. Der Nebel zog wieder um sie herum auf und schmiegte sich eng an sie. Ihre Kleidung war feucht. Mark zitterte in einem verirrten Luftzug.

»Er hat mir nie eine richtige Antwort gegeben«, sagte Mark. »Wegen des Ertrinkens.«

»Wir sollten davon ausgehen, dass wir am Leben sind. So ungefähr«, sagte Emma. »Wir haben uns nur verirrt. Wir ... wir sind ohne Visum in ein anderes Land gekommen. Wir wissen, dass wir hier sein können, aber offiziell sind wir nicht die richtige Art von Bürger, um zu bleiben. Wie Tom Hanks in einem Flughafen. So habe ich beschlossen, es zu sehen.«

»Das ist dann ja gut. Es gibt noch eine Chance. Eine günstige Laune des Schicksals. Damit kann ich arbeiten.«

»Es ist ausgesprochen ungünstig.« Emma schliff ihre Füße wie ein bockiges Kleinkind über den Boden.

Der Tod blieb an der Tür stehen und wartete auf sie, nur um sicherzugehen, dass sie kamen, aber mit der vagen Hoffnung, sie würden es nicht tun. »Ich sage es noch einmal, planen Sie nicht, lange zu bleiben. Wenn Sie können, machen Sie sich für Veronique nützlich, während Sie hier sind. Ich werde nicht dulden, dass Sie mir zur Last fallen. Oder ihr.«

»Ja, Sir«, stimmte Mark zu.

»Nennen Sie mich nicht *Sir*«, forderte der Tod. »Werden Sie nicht vertraulich. Erwarten Sie keine Belohnungen oder Gefallen. Ich erwarte, dass Sie diesen Fluss überqueren werden, so oder so, merken Sie sich meine Worte.«

»Und dann sind wir tot?«, fragte Emma. »Tot und fort?«

»Ja«, bestätigte der Tod.

»Fabelhaft.«

Der Reiter schnaufte und betrat sein Cottage. Mark und Emma warfen sich strenge Blicke zu. Sicher, sie hatten sich schon früher über

Entscheidungen gestritten, die sich wie Leben und Tod anfühlten – Brexit, Impfungen, die Frage, ob man die erste Folge einer neuen Serie ansehen sollte, wohl wissend, dass sie, wenn sie einmal anfangen, sie bis fünf Uhr morgens durchsuchten und sich am nächsten Tag furchtbar müde fühlen würden, die uralte Diskussion, ob man Schinken in eine Carbonara geben sollte, oder wer an der Reihe war, die Spülmaschine auszuräumen, wobei beide Parteien unnachgiebig darauf bestanden, dass sie es das letzte Mal getan hatten – aber das hier war anders. Hier ging es wirklich um Leben und Tod. Ihre Meinungen gingen meilenweit auseinander, und keine Seite war bereit, auch nur einen Deut nachzugeben. In gewisser Weise war Mark froh, dass es so weit gekommen war. Er bereute es, Emma seine Gefühle im unpassendsten Moment herausgeplatzt zu haben, und er bereute ihre Reaktion noch mehr. Wenn er aus dem heutigen Tag irgendeinen Trost schöpfen konnte, dann war es die Tatsache, dass er noch am Leben war oder zumindest nahe genug dran.

KAPITEL FÜNF

Das Leben im Haushalt des Todes – was für sich genommen schon eine Ironie war – war größtenteils langweilig. Der Tod zog sich in sein Arbeitszimmer am Ende des Hauptflurs zurück. Es gab keinen Fernseher, da das Medium noch nicht tot war. Der Tod besaß jedoch ein Marconi-Radio, das ausschließlich traurige Melodien, wehklagende Balladen und Lieder über das Sterben von Musikern spielte, die schon lange oder erst kürzlich verstorben waren.

Der Tod lehnte sich in seinem Lieblingssessel zurück und las, um sich die Zeit zu vertreiben. Entweder schlug er eines seiner vielen Bücher über die Geschichte der Verstorbenen auf, oder er manifestierte eine Zeitung mit Nachrufen auf berühmte und gewöhnliche Leute und das Leben, das sie einst geführt hatten.

Veronique kümmerte sich um das Haus und die Nebengebäude. Sie hielt alles in Ordnung, sauber, staubfrei und sorgte allgemein für eine sterile Atmosphäre. Sie ließ es eher wie ein Museumsstück aussehen als wie ein bewohntes Zuhause – was in Marks Augen passend war. Sie sorgte dafür, dass der Ort wie das Zuhause des Todes aussah und sich auch so anfühlte. Wäre es zu lebhaft, würde es wie ein Scherz wirken.

Mark versuchte, seine Nervosität zu ignorieren und es sich auf dem steifen Sofa vor dem Kamin bequem zu machen, der aussah, als hätte darin noch nie ein Feuer gebrannt. Eiskalt, wie die meisten Dinge hier. Emma hingegen versuchte, etwas proaktiver zu sein.

»Gibt es irgendetwas, das wir tun können?«, fragte sie.

»Hm?«, machte Mark.

Doch Veronique klatschte in die Hände und deutete auf die Küche. »Tatsächlich, ja.«

Emma folgte ihr zurück in den mit Linoleum ausgelegten Raum. Er fühlte sich ein wenig größer an, als er aussah. Die Hintertür führte zu einem weiteren weitläufigen Feld mit Blumen, gemischt mit verschiedenen Weizensorten, die mitten im Wachstum steckten, wie ein Feld, das nach einem Jahr der Vernachlässigung verwildert war.

»Beachten Sie das nicht«, sagte Veronique. »Den Garten, meine ich. Ich komme damit nicht hinterher.«

»Warum wächst hier überhaupt etwas?«, fragte Emma. »Ich dachte, in einem Land des Todes gäbe es ... nichts?«

»Nur Felsen, Dreck und Schotter? Wie langweilig. Dieses Jenseits ist gar nicht so übel. Es wird mit der Zeit nur etwas eintönig ... ein bisschen langweilig. Das lange Warten darauf, dass etwas passiert, ist das Schlimmste. Gelegentlich kehrt der Monsieur mit Geschichten über einen außergewöhnlichen Tod zurück, der sein Interesse geweckt hat, was mir hilft, mich daran zu erinnern, am Leben gewesen zu sein.«

»Vor wie langer Zeit sind Sie gestorben?«, fragte Emma. »Es tut mir leid, falls das ein heikles Thema für die Toten ist, aber-«

Veronique drehte sich mit einem verschmitzten Lächeln zu ihr um. »Wissen Sie? Es sind jetzt einhundertvier Jahre. Einhundertvier Jahre, seit ich am Leben war.« Sie schenkte ihr ein fröhliches Lächeln mit Grübchen.

»Oh«, sagte Emma. »Mein Beileid?« Sie versuchte, gleichzeitig glücklich und entschuldigend zu klingen, damit die Assistentin des Todes hören konnte, was auch immer sie bevorzugte, aber es kam sehr verwirrt rüber, was so ziemlich stimmte.

»Ich war Krankenschwester«, erklärte Veronique, »an der Front des Krieges. Die Schützengräben waren die reinste Verkörperung des Todes. Ich dachte, die Hölle sei aus dem Boden aufgestiegen und hätte die Landschaft ersetzt, sie meilenweit schwarz und tot gefärbt. Und die Männer dort ... Es gab so viel Tod, ich wusste, er musste aus einer anderen Welt stammen. Diese Hölle des Krieges war alles, was wir kannten. Kein Entkommen, kein Ausweg. Nur sterben oder leben und dann wieder bis zum Tod kämpfen.«

»Oh, je«, sagte Emma.

»Klingt, als wäre man Everton-Fan«, witzelte Mark, als er in der Küche zu ihnen stieß.

»Ich wurde von einem Verbandsplatz gerettet und von einem tapferen Mann durch die Schützengräben getragen. Er trug mich fort, um mich zu beschützen. Sagte, mein Leben sei mehr wert als seines. Wenn er stürbe, würde nur eine Waffe weniger feuern, aber wenn ich stürbe, könnten meine Hände so viel weniger Soldaten heilen. Ich hielt das für falsch. ›Das kann nicht richtig sein!‹, sagte ich. ›Sie können nicht für mich sterben!‹ Und die gelbe Wolke senkte sich herab, um uns zu ersticken. Ich versuchte zu rennen, um ihn zu ehren und zu beweisen, dass er recht hatte und es wert war. Aber es sollte nicht sein. Ich spürte, wie ich durch die Luft schwebte, nachdem ich sengend heiße, giftige Luft eingeatmet hatte. Und dann war ich hier.«

»Das ist erschütternd«, sagte Emma.

»Anscheinend«, schloss Veronique, »hätten einige Leben gerettet werden können, wäre ich am Leben geblieben. Aber ihr Leben oder ihr Tod hätte den Krieg nicht schneller beendet. Ich wurde hierher gebracht und vor die Wahl gestellt: Ich konnte den Fluss überqueren in meinen Tod oder auf dieser Seite des Flusses bleiben, um einen Zweck zu erfüllen, der größer war als ich selbst. Ich beschloss, mit der Botschaft des Soldaten im Herzen zu bleiben.«

»Helfen oder heilen Sie hier viele Menschen?«, fragte Emma.

»Nein, nein. Überhaupt nicht.« Sie schüttelte den Kopf. »Meine Hilfe ist meist oberflächlicher Natur. Von der Krankenschwester zum Dienstmädchen, das ist aus mir geworden. Aber es ist nicht alles schlecht. Da ich hierbleibe, habe ich gelernt, so viel am Leben und am Tod zu schätzen – und auch am Tod selbst. Allerdings ist er in letzter Zeit ein ... wie sagt man? Er ist ein *Griesgram*. Die Pflicht, die er hat, ist wahrlich eine schreckliche und hört niemals auf, egal wie sehr er sich müht, mitzuhalten.«

»Er ist nicht losgezogen, um weitere Seelen zu holen, seit wir hier sind, oder?«, sagte Mark von der anderen Seite der Theke. »Hat er das, äh, Sensen auf unsere Rechnung eingestellt?«

»Die Menschen sterben, ob der Tod da ist, um sie zu geleiten oder nicht«, sagte sie. »Nur sind sie ohne seine Führung dazu verdammt, umherzuirren und ihren Weg durch die Leere hierher zu finden. Diejenigen, die der Tod holt, werden direkter zum Fluss gebracht, und alle sterben auf eine Weise, die nicht von den anderen Reitern behindert wird.«

»Reiter?«, erwiderte Mark. »Krieg, Krankheit und ... Hunger, ist es das?«

»Pestilenz und Hungersnot«, korrigierte ihn Veronique. »Tatsächlich können Sie sie treffen. Bald!«

»Sollten wir das wirklich?«, fragte Mark nervös. »Ich glaube, ich würde lieber keinen Reitern begegnen. Außer vielleicht einem berittenen Polizisten. Oder einem Polospieler.«

Emma sah ihn mit tiefer, verwirrter Besorgnis an. Dann machte es bei ihr Klick und ihr Gesichtsausdruck veränderte sich sofort.

Mark kicherte. »Du dachtest, ich meinte Wasserball?«

»Dachte ich«, sagte sie. »Das dachte ich wirklich.«

Veronique öffnete die Vorratsschränke und bemerkte sofort, dass die Dinge nicht ganz dort waren, wo sie sie zuvor liebevoll platziert hatte. Emma und Mark sahen überall hin, nur nicht zu Veronique; Mark fing sogar an zu pfeifen, um seine Unschuld zu unterstreichen. Aber seine Augen verrieten ihn, als sie zu dem von ihm begehrten Marathon-Riegel wanderten. Veronique hob ihn auf und warf ihn ihm zu.

»Bon appétit.«

»Danke.« Mark fing ihn im Flug auf und staunte einmal mehr über das Gewicht des Riegels und die Großzügigkeit von Mars Wrigley.

Alle wichtigen Nahrungsmittelgruppen waren in Todes Küche durch eingestellte Marken und kulinarische Modeerscheinungen vertreten, die schon lange aus der Mode gekommen waren – wiederum hauptsächlich aus den Siebzigern. Veronique holte eine Auswahl an vorbereiteten, kitschigen Party-Snacks hervor und stellte sie auf die Arbeitsplatte: Cocktailwürstchen, eine tiefe Auflaufform voller Quiche, eine halbe Orange, die mit Zahnstochern gespickt war, auf denen Schinken- und Käsestücke wie ein Sputnik aus Fleisch und Milchprodukten steckten, und eine Götterspeiseform, die eine riesige Trifle enthielt.

»Für meinen anniversaire«, erklärte sie. »Ich habe eine Party arrangiert. Une surprise ... zu der ich seine Kameraden zum Feiern eingeladen habe!«

»Das klingt reizend«, sagte Mark. »Die gesamte Besetzung der Apokalypse unter einem Dach. Für einen Abend nicht auf der Erde.«

»Der Monsieur braucht etwas Heiterkeit«, sagte sie. »Ich würde nicht schlecht über den Herrn sprechen, aber die Arbeit macht ihm zu schaffen. Es ist nicht Ihre Schuld, nein. Es sind viele Fehler aufgetreten, für deren Behebung er keine Zeit finden kann. Das ist die unglückliche Natur seiner Arbeit. Mehr Menschen sterben, und er hat weniger Zeit, diejenigen zu finden, die es wert sind, von ihm geholt zu werden.«

»Eine nette Feier mit alten Freunden«, sagte Emma. »Das sollte ihn aufheitern. Und wenn er in einer fröhlichen Stimmung ist, könnte er geneigt sein, ein wenig härter an seinen *Fehlern* zu arbeiten, richtig?«

Veronique nickte, und Emma erkannte, dass sie sich bei ihrem Bestreben, durch die Überquerung des Flusses richtig zu sterben, als wertvolle Verbündete erweisen könnte.

»Also«, sagte Emma, die sich nun ermutigt fühlte, »wie können wir helfen, wenn überhaupt?«

»Wir müssen das Wohnzimmer umräumen«, antwortete Veronique, »den Esstisch decken und die Gastgeschenke vorbereiten, bevor die Gäste eintreffen.«

Genau in diesem Moment klopfte es dreimal an der Tür. Leise, aber bestimmt.

Veronique keuchte, klatschte aufgeregt in die Hände und lief zum Eingang. Mark und Emma blieben in der Küche stehen und sahen zu, wie drei Gestalten eintraten, gekleidet in prächtige Gewänder aus verschiedenen Epochen. Das mussten die Reiter sein: Krieg, Pestilenz und Hungersnot.

Krieg war mit einer galanten Plattenrüstung im römischen Stil ausgestattet, mit wulstigen metallischen Muskeln und kräftiger roter Farbe – oder Blutspritzern –, die auf der eisernen Panzerung rostete. Pestilenz trug die Schnabelmaske eines Pestarztes und eine Robe, die mit so viel Schmutz bedeckt war, dass es darauf von Leben wimmelte. Ein ganzer Erdklumpen ruhte auf seiner Schulter, in dem Würmer frei ein- und auskrochen. Dann Hungersnot, klein und knochig, mit straffer Haut am ganzen Körper und einem von einem sanft wehenden Schleier bedeckten Gesicht. Er wirkte am schwächsten, stand aber am aufrechtesten und irgendwie am edelsten von allen.

»Oh?«, sagte Pestilenz. »Gäste? Sie sehen ziemlich gesund aus. Kommt heraus und lasst euch von mir untersuchen.«

»Sie sind Gäste der Umstände«, sagte Veronique. »Wenn es Ihnen nichts ausmacht, dass sie hier sind ...«

»Das stört nicht«, sagte Krieg mit der Stimme einer Frau. Sie nahm ihren Helm ab und offenbarte sich als eine gealterte, aber stattliche und würdevolle Frau.

»Krieg ist eine Frau?«, sagte Emma laut, bevor sie sich die Hand vor den Mund schlug.

»Warum sollte sie das nicht sein?«, fragte Krieg. »Der Krieg ist es, der die Männer in die Schlacht und zum Töten treibt, und es gibt in eurer Geschichte keinen präsenteren Motivator, der die Räder der hasserfüllten Schlacht in Gang gesetzt hat, als das Begehren nach einer Frau.«

Emma drehte sich zu Mark um, der zustimmend nickte.

»Mark! Emma!«, rief Veronique. »Helft mir bitte, den Tisch zu decken. Wir sind bald fertig.« Sie wandte sich an die anderen Reiter. »Bitte, machen Sie es sich bequem!« Dann eilte Veronique mit ihren menschlichen Begleitern davon, um die Bühne für das Abendessen vorzubereiten, während die Reiter dasaßen und sich unterhielten.

Und die ganze Zeit über saß der Tod in der Dunkelheit seiner Höhle, allein mit seinem eigenen Missfallen, das langsam wuchs, während die Schatten tiefer wurden und die Lichter in seinem Zimmer erloschen ...

KAPITEL SECHS

Es war dunkel im Haus und unheimlich still. Der Tod verließ am Abend seine Höhle und erwartete, den Austausch geflüsterter Intrigen zwischen Veronique und seinen unerwünschten Gästen zu hören. Er rechnete damit, sie über ihre menschlichen Trivialitäten plaudern und tratschen zu hören, über das Leben von Prominenten, das sie so viel höher schätzten als ihr eigenes – wegen der vermeintlichen Überlegenheit der Schauspielerei, des »Influencens« oder anderer bedeutungsloser Talente – und dass er derjenige sein würde, der hereinschreiten und sie daran erinnern würde, dass selbst der Tod der sogenannten Prominenten, die sie so umschwärmten, weitaus weniger Konsequenzen haben würde als ihrer.

Aber das hätte bedeutet, sie daran zu erinnern, dass sie etwas Besonderes waren. Also würde er schweigen. Sie waren besonders, weil er versagt hatte, und das würde er nicht noch einmal tun. Die einzigen Worte, die er für sie hatte, waren ein Dank für Emmas praktischen Reis-Tipp, denn er hatte funktioniert, und ihre Sanduhren waren nun kondenswasserfrei. Sicherlich wäre es nur eine Frage der Zeit, bis die verkrusteten Schorfstellen aus Sand vollständig austrocknen und abfallen würden. Danach könnte er Charon ihre Tode beweisen und sie in Kürze auf den Weg schicken.

Wenn er sie nur finden könnte. Aus irgendeinem Grund hatte Veronique das Wohnzimmer dunkel gelassen, wie auch jeden anderen Teil des Hauses. Er wusste, dass sie und die beiden anderen nirgendwo hingehen konnten. Es sei denn, sie wollten es noch einmal mit dem Fluss versuchen, aber ohne ihn, der verhandeln konnte, wäre es sinnlos. Sie konnten auch nicht in die Leere des Limbus gewandert sein – in die unendliche Weite des Nichts, wo die Taubheit der Nichtexistenz sie schließlich daran hindern würde, jemals wieder einen Gedanken zu fassen.

»Die Jugend von heute«, murmelte er. Er schritt vorwärts, zuversichtlich, dass er sich die Einrichtung des Wohnzimmers eingeprägt hatte, sodass er den Weg zur Fackel an der Wand finden konnte. Sein tiefes Murmeln überdeckte das leise, wispernde Kichern, das sich in der Dunkelheit verbarg. »...könnte man ihnen gleich die Köpfe abschlagen und die Sache wäre erledigt...«

BONK!

»AGH!«, brüllte der Tod mit seiner hohlen Stimme und hüpfte zurück, wobei er sich sein verletztes Knie umklammerte. Eine panische Stimme huschte durch den Raum und eilte, um die Fackeln zu entzünden.

»Überraschung!«

Alle waren da. Veronique, Mark, Emma und die apokalyptischen Reiter saßen mit schlecht sitzenden Partyhüten am guten Esstisch. Mark und Emma gaben ihr Bestes, sich nicht albern zu fühlen, aber sie saßen neben Krieg, immer noch in ihrer formellen Rüstung, und Hungersnot, immer noch in seinem relativen Nichts, die umso fröhlicher waren, den Tod mit einer strahlenden Überraschung zu überschütten. Mark blies in eine Papiertröte und Emma ließ einen Knallbonbon knallen.

Der Tod beendete sein Stolpern und setzte sein pochendes Bein langsam wieder auf den Boden. Er drehte sich zum Eingang, wo eine siebte, fremde Stimme stöhnte, und sah Charon in der offenen Tür stehen. Sein Bein war immer noch an sein Boot gekettet; ewig der Fährmann, unfähig, den Fluss zu überqueren, über den er unaufhörlich Seelen beförderte. Die Kette war gerade lang genug, dass er bis zur Tür kam, also mussten sie die Party im Wohnzimmer feiern. Alle Möbel waren beiseitegeschoben worden, um Platz für den voll ausgezogenen

Tisch zu schaffen. Und ein kleiner Beistelltisch war an die Tür geschoben worden, damit Charon in der Nähe verweilen und seinen Babycham und seine Ananas abstellen konnte.

Der Tod konnte nicht anders, als zu lächeln – gewissermaßen. Ob der Tod lächelte, wurde immer nur vermutet oder angenommen, da er kein Gesicht hatte, mit dem er lächeln konnte. Das Schnaufen, das er von sich gab, war nicht abweisend, sondern akzeptierend und ein klein wenig besänftigt.

Was bedeutete, dass die Überraschung ein Erfolg war.

Veronique hatte ihre Zeit als Mittelpunkt der Party, aber danach war es den Reitern überlassen. Sie probierten eine Reihe von Getränken, die von Veronique gemixt und von Emma serviert wurden, und bedienten sich am Partyessen, das von Mark angerichtet worden war. Die Menschen und die menschenähnliche Fraktion zogen sich schließlich in das Gästezimmer zurück, das Veronique heimlich für das Duo vorbereitet hatte, während der Tod, Krieg, Hungersnot und Pestilenz sich auf den neuesten Stand brachten.

»Ist schon eine Weile her, nicht wahr?«, sagte Krieg, als sie ihr Schwert gegen das Tischbein lehnte. Pestilenz legte seinen Bogen ab und Hungersnot spielte mit seiner Waage auf dem Tisch, indem er sie hin und her kippte.

»Wir alle zusammen? Normalerweise sind wir so einzelgängerisch. Oder sehen uns bestenfalls immer im Vorbeigehen«, bemerkte Hungersnot.

»Hmm«, bestätigte der Tod.

Er war der alleinige Plünderer des Käse-Schinken-Igels. Er schob die Zahnstocher in seinen Mund und das Essen darauf verschwand einfach.

»Die sind köstlich.« Hungersnot griff nach einer vierten Süßigkeit von einem der Teller. »Was ist das?«

»After Eights«, nickte der Tod zustimmend. »Wunderbar. Marshmallow, bedeckt mit einem Pfefferminzblättchen, auf geschmolzene

Schokolade gelegt, die dann fest werden gelassen wird. Veroniques Idee. Sagt, man sollte sie nur nach acht Uhr essen.«

Charon blickte auf die Uhr im Todes-Design an der Wand: ein dunkler Reiter mit zwei Sensen als Zeigern. Sie war stehen geblieben.

»Woher willst du das wissen?«, fragte er.

»Irgendwo ist es immer nach acht.« Der Tod streckte sich und ließ ein After Eight in seinem offenen Kiefer verschwinden. »Himmlisch.«

»Wie läuft die Arbeit? Viel zu tun?«, fragte Pestilenz Krieg, während er sich am Kinn kratzte.

»Manche von uns sind beschäftigter als andere«, antwortete Krieg spitz.

Alle Blicke richteten sich auf Hungersnot.

»Das gefällt mir gar nicht«, sagte Hungersnot. »Es liegt am Zeitalter.«

»Das Zeitalter hat uns übel mitgespielt«, stimmte Pest zu. »Dieses Zeitalter der Medizin, der Technologie, der Langlebigkeit – die Leute überleben all meine fein gearbeiteten Krankheiten jahrelang. Die haben Glück, dass ich meine Arbeit so sehr mag, sonst hätte ich schon längst aufgegeben und mich zur Ruhe gesetzt.«

»Von jetzt an geht es nur noch bergab«, sagte Hungersnot und bediente sich an einer großen Portion des Trifles. »Besonders für mich. Die Leute werden jetzt dafür bezahlt, Brunnen zu bohren und für Essen zu sorgen. Sogar Kriegsopfer bekommen was zu essen.«

»Ach, wirklich?«, fragte Krieg mit vornehmer Arroganz. Hungersnot verdrehte ihr gegenüber die Augen.

»Ich war stolz«, sagte Pest, »auf die kleinsten Dinge. Lepra war mein persönlicher Favorit und sieh nur, was daraus geworden ist. Fast verschwunden. Die letzten Leprakolonien wurden geräumt, sterilisiert und in Schickimicki-Hotels umgewandelt. Aber Malaria – das ist ein Geschenk, das immer wieder Freude macht. Jede Mücke wird von mir persönlich infiziert. Millionen von den kleinen Biestern, die alle um stehende Gewässer herumschwirren. Und das Heilmittel kommt immer noch nicht gegen die Krankheit an. Es ist ein bisschen wie in den guten alten Zeiten. Da kriege ich feuchte Augen, wenn ich an die Vergangenheit denke.«

»Jede einzelne?«, fragte Krieg ungläubig.

»Von Hand, ja«, bestätigte er. »Ein netter Zeitvertreib für einen verregneten Sonntag.«

»Seit wann regnet es denn jemals?«, fragte Charon.

Donner grollte am Himmel. Ein paar Tropfen platschten auf seinen Mantel.

»Billige Taschenspielertricks«, murmelte er, während er gegen seine Fußfessel ankämpfte, um dem Regenguss zu entgehen.

»Aber sehr wirkungsvoll.« Krieg lächelte. »Sei dankbar, dass es keine Hagelkörner von der Größe von Tennisbällen waren.«

Charon leerte seinen Babycham und hielt sein Glas hoch, in der Hoffnung, dass ihm jemand nachschenken würde. Widerstrebend rückte Krieg ihren Stuhl zurück und erwies ihm die Ehre.

»Also, bei mir läuft es fantastisch«, prahlte Krieg, während sie Charons Glas füllte. »Grenzstreitigkeiten, eine Obsession für Öl, und wenn das alles weg ist ... auf in die Wasserkriege. Oh, ich freue mich schon auf all das. Das Bevölkerungswachstum ist außer Kontrolle. Länder mit Bevölkerungen in den *Milliarden*, die jahrzehntelang bewaffnete Männer über Gebietsgrenzen werfen, nur um einen Zentimeter Land zu gewinnen, den sie aus irgendeinem neuen, subjektiven Grund für wertvoll halten. Und die Intrigen sind einfach *ooh!* Gib zwei Männern Frieden und Ruhe, und sie werden sich darum streiten, wer am lautesten furzt!«

»Ich wünschte, diese Generationen würden Traditionen schätzen«, beklagte sich Charon. »Ich habe seit Äonen keine Münze unter einer Zunge gesehen. Die Leute werden mit wertlosen Dingen begraben, die nicht zum Bestechen taugen. Es ist eine Schande. Selbst die Millionäre prahlen mit ihrem Leben und kommen doch ohne Münzen, nicht besser als Bauern. Und ich verweigere ihnen die Überfahrt, und dann kommen sie mit *Anwälten* zurück, um sich zu beschweren. Es ist ein Wahnsinn.«

»Hmm«, sagte Tod, und ihre Blicke wandten sich ihm zu, ihrem Gastgeber, damit er fortfahre. »Es ist alles ein bisschen viel, nicht wahr? All diese Arbeit, für nichts.«

Die Reiter spürten, dass die Stimmung ziemlich stark gesunken war. Am Ende konnten sie ihre Stimme nicht gegen ihn erheben, nicht ganz so selbstbewusst, da all ihre Mühen und all ihre Errungenschaften immer noch durch *ihn* hindurch mussten.

»Also, wann treffen wir die Neuankömmlinge?«, fragte Hungersnot und versuchte, die Stimmung aufzuhellen.

»Ihr habt sie bereits getroffen.« Tod versuchte, sich etwas Bombay Mix in den offenen Mund zu werfen, aber das meiste davon ging daneben und verstreute sich auf dem Teppich.

»Wir haben sie gesehen«, warf Krieg ein, »aber ich würde nicht sagen, dass wir sie *getroffen* haben. Wissen nicht das Geringste über sie. Wäre interessant, ihre Meinung zu unserer kleinen Diskussion heute Abend zu hören. Eine Art Fokusgruppe zur ›Stimme des Kunden‹.«

»Sie sind verhindert«, sagte Tod, während er seinen Met hinunterstürzte. »Ihre Meinung spielt keine Rolle. Sie werden bald genug in Charons Obhut sein.«

»Nicht, wenn sie nicht eine Münze in ihrer Unterwäsche entdeckt haben«, erwiderte Charon und puhlte etwas Schmutz unter einem Fingernagel hervor. »Du kennst die Regeln.«

Pest nahm sein Glas und richtete es auf jeden seiner Reiterkollegen.

»Wer«, forderte er sie heraus, »glaubt ihr, hat von uns allen die *meiste* Arbeit geleistet, hmm?«

»Ich«, sagte Krieg sofort.

Pest spottete.

»Was, du? Bestimmt nicht *er*.« Sie zeigte auf Hungersnot.

»Du wirst feststellen«, sagte Hungersnot sachlich, »dass der Hunger die Schlüsselkomponente war, die den furchtsamen Aufstieg des Menschen in die Zivilisation vorantrieb. In ihrer historischen Abstammung, von ihren urzeitlichen Wurzeln an, hat der Mensch die Natur immer nur auf der Suche nach Nahrung herausgefordert – und ist oft gescheitert. Allein die Eiszeit beziffert meinen Rekord auf, oh, ich weiß nicht, einige tausend Jahre ungeschriebener Menschheitsgeschichte – ein bisschen höher als deiner, denke ich.«

»Kriege werden«, sagte Krieg, »um Nahrung geführt. Jeder Tod bei dem Versuch, die Nahrung eines anderen Landes oder Stammes zu nehmen, zählt als meiner.«

»Aber die Landwirtschaft hat euch beide ruiniert«, sagte Pest.

»Und wenn ich die Landwirtschaft ruiniere, führt das zu viel Schlimmerem. Ein kranker Bauer kann niemanden ernähren, und wer bleibt dann noch zum Kämpfen übrig? Die Käfer? Die Luft? Diese Malaria hier ist ein langsames Feuer, aber ich verspreche dir, sie ist ein Gewinner.«

»Wenigstens hast du immer Alzheimer«, sagte Krieg. »Macht einen starken Mann schwach genug, um zu vergessen, dass er jemals ein Soldat war.«

»Und zu vergessen, den ganzen Tag zu essen«, sagte Hungersnot.

Sie stießen alle auf die schlechten Launen der Menschheit an, während Tod leise in seinem Stuhl schwelte.

»Und all das«, sagte er schließlich, »jede Seele, die auf irgendeine Weise gestorben ist, geht durch mich.«

Er hob sein Glas in die Luft.

»Auf uns«, prostete er. Die anderen erwiderten die Geste stoisch. Tod war kaum die Seele seiner eigenen Party. Aber er hatte recht.

KAPITEL SIEBEN

Die Nacht senkte sich über das Land zwischen Leben und Tod. Die Nacht des düsteren Jenseits war dunkler als die Nacht, die Mark und Emma kannten. Es gab keine Sterne, aber es gab Lichter. Flammende Streitwagen zogen über den Himmel wie Scheinwerfer in der Ferne. Vom Fenster des Gästezimmers aus beobachteten sie, wie die Reiter auf ihren Tieren in die Lüfte stiegen und sich über das riesige Reich des Limbus am Ufer des Flusses Styx verteilten. Charon schluckte auf und machte sich zögerlich zu Fuß auf den Weg zurück zum Ufer, bevor er im Nebel verschwand.

»Ich hätte gerne mit ihnen allen geredet«, sagte Mark. »Um vielleicht ... ein paar Antworten zu bekommen.«

»Antworten worauf?«, fragte Emma.

»Zum Beispiel ... wie es kommt, dass die meisten Leute für sie nicht mehr wirklich sterben. Wofür sind sie noch zuständig? Du bist das beste Beispiel. Wo ist der Reiter der Depression?«

Der Tod klopfte an und öffnete die Tür zu ihrem Zimmer. Sie sprangen von ihren Stühlen neben der Tür auf und versuchten, freundlich zu sein.

»Hat Ihnen die Party gefallen?«, erkundigte sich Emma.

»Veronique hat alles arrangiert«, sagte Mark. »Sie ist eine wundervolle Dame. Und sie hat dieses ganze Zimmer für uns gemacht – wir haben natürlich ein bisschen geholfen – und wir nahmen an, es wäre in Ordnung zu bleiben, aber, äh ...«

»Hmpf«, schnaubte der Tod. »Ich habe im Moment weder die Zeit noch die Klarheit, um darüber nachzudenken, was ich mit Ihnen tun soll. Der letzte Jägerbomb steckt mir noch im Kopf. Sie beide werden die Nacht hierbleiben, und morgen früh werde ich über die nächsten Schritte nachdenken.«

»Natürlich«, sagte Emma. »Ist ja nicht so, als könnten wir einfach ... weglaufen oder so.«

»Ganz recht«, stimmte der Tod zu. Er seufzte und schlurfte den Flur entlang zur Treppe hinunter. Er tappte sie hinab und betrat sein Zimmer gegenüber von seinem Arbeitszimmer. Sein Schlafzimmer war dunkel, aber anders als das Wohnzimmer bei ausgeschaltetem Licht. Es war einfach nur trostlos. Ein Ort, an dem kein Licht scheinen konnte und alles schwarz war. Hineinzuschauen war, als würde man in den Schatten eines Schattens starren.

Zurück in ihrem Zimmer kehrten Mark und Emma auf ihre Stühle zurück und sahen sich an. Ihre Situation war in ihrer Ungewissheit unverändert geblieben.

»Sieht so aus, als ob wir uns das Bett teilen«, sagte Mark und tätschelte die Wolldecken. Er stand auf und begann, sich auszuziehen.

»Was machst du da?«

»Ich mache mich bettfertig. Ich vermute, wir müssen früh raus.« Mark warf seine Jeans über einen der Stühle und begann, sein Hemd aufzuknöpfen.

»Kannst du nicht einfach in den Sachen schlafen, die du anhast?«

»Iiiih. Nein. Mir wird zu heiß ... Ich lasse meine Boxershorts an.«

»Das will ich doch hoffen.« Emma ging um das Bett herum auf die andere Seite. »Ich will nicht aufwachen, weil mir etwas in den Rücken sticht, sei es eine Hand, ein Ellbogen oder sonst was.«

Mark kletterte unter die Decke und legte sich auf den Rücken, wobei er zur Decke blickte. Er biss sich auf die Unterlippe, unsicher, ob er aussprechen sollte, was ihm durch den Kopf ging.

»Können wir wenigstens darüber reden, dass-«

»Nein«, antwortete Emma, während sie ihre Schuhe abstreifte und sich vollständig bekleidet unter die Decke kuschelte.

»Na gut.«

»Na gut.«

Veronique besuchte die beiden in den frühen Morgenstunden, bevor der Tod zum Vorschein kam. Er war wach, aber nicht in der Stimmung zu denken. All seine Gedanken waren knochenbrechende Schreie seines Katers. Den größten Teil des Morgens verbrachte er damit, mit den Fingern über seinen Schädel zu streichen, um das Pochen zu unterdrücken. Wieder einmal ließ das Emma und Mark ohne Anleitung zurück und Veronique auf der Suche nach Gesellschaft.

In ihrem Zimmer konnte man die Spannung mit einem Messer schneiden. Falls Veronique es bemerkte, war sie zu höflich, um es zu kommentieren oder es einer großartigen Idee im Wege stehen zu lassen.

»Guten Morgen«, begrüßte Emma sie.

Veronique setzte sich auf die Bettkante. »Würdet ihr mir für einen Moment eure Aufmerksamkeit schenken?«

»Natürlich«, sagte Emma. »Wir sind deine und des Todes Gäste. Wir sind bereit, dir jeden Wunsch zu erfüllen.«

Veronique seufzte. Etwas bedrückte sie, vielleicht wurzelnd in den Festlichkeiten der vergangenen Nacht.

»Brauchst du Hilfe beim Aufräumen unten?«, fragte Mark. »Leise, um ihn nicht zu stören?«

»Nein, das habe ich schon erledigt«, sagte sie. »Es war meine Party, also meine Pflicht. Ich würde ihn nie bitten, zu helfen. Seht ihr, der Tod – er ist ... alt.«

»Wie alt genau?«, fragte Emma.

»So alt wie die Zeit selbst«, antwortete Veronique.

»Und er arbeitet immer noch«, sagte Mark beeindruckt. »Lässt jeden Rentner schwach aussehen.«

»Aber er kann nicht ewig so weitermachen«, fuhr Veronique fort.

»Schon bevor ich starb, konnte ich nicht anders, als Mitleid mit ihm zu haben, anstatt Hass oder Angst. Er erinnerte mich so sehr an mich selbst, wie ich durch die Hölle des Krieges ging, um andere zu versorgen, die Qualen der Hitze und blutiger Wunden ertrug, alles, um ihr Leid zu beenden. Oh, und er war damals auch gütiger. Aber so viele starben so schnell. Und der ›Krieg, der alle Kriege beenden sollte‹, setzte sich im Zweiten Weltkrieg und den Dutzenden von Kriegen danach fort. Seit der Industriellen Revolution ist er bis aufs Blut schikaniert worden. Je mehr Menschen es gibt, desto mehr muss er arbeiten, um ihre Seelen auf die andere Seite zu befördern. Und wenn sie festsitzen und ohne klaren Weg hinüber verweilen, wofür er nichts kann, wird er von den Seelen, die er erntet, als faul beschimpft. Aber das ist er nicht, das verspreche ich euch. Er ist nur alt und müde und ... er braucht Hilfe.«

»Nun, wir können den Tod nicht in den Ruhestand schicken«, sagte Emma ernsthaft. Zumindest nicht, bis er einen Weg gefunden hatte, ihr zu helfen, auf die andere Seite zu gelangen. »Das wäre ... schlecht.«

»Das wäre schlimm«, stimmte Mark zu. »Wenn unsere Seelen dazu bestimmt wären, nach dem Tod für immer in unseren Körpern zu verweilen, würde das für die meisten ein ziemlich schreckliches Bild der ewigen Existenz zeichnen. Besonders für uns.«

»Ja«, sagte Veronique. »Ohne den Tod würden die Seelen in unbeweglichen Körpern wohnen und den Schmerz des Sterbens für immer spüren.«

Mark runzelte die Stirn. »Würden wir zum Beispiel immer noch spüren, wie unsere Gehirne ... aus unseren Schädeln explodieren und sich auf den Bürgersteigen über die Fußgänger verteilen?«

Veronique sah ihm fest in die Augen und nickte. Sie berührte sanft ihre Kehle. »Ich habe das Senfgas in meinem Hals noch Jahrzehnte, nachdem ich hierhergekommen bin, gespürt. Die Erinnerung an den Schmerz bleibt bei einem. Und sie wird zu allem, an das man sich erinnern kann. Für immer.«

»Ja, wir brauchen den Tod«, entschied Mark. »Das ist kein Schicksal, das man irgendjemandem wünscht.«

»Aber wie kann ihm irgendjemand helfen?«, fragte Emma. »Soweit ich das beurteilen kann, ist das eine Art One-Man-Show. Kann man das, was er tut, überhaupt lernen?«

»Das wäre möglich«, sagte Veronique. »Ich habe ja auch viel gelernt. Der Tod hat mir klargemacht, dass es Dinge gibt, die er tun kann und die auch ich tun könnte, bei denen er aber nicht will, dass ich sie tue.«

»Warum nicht?«, fragte Emma. »Selbst ich finde es unpassend, den Tod zum Laden zu schicken, um einen Double Decker und die neueste Ausgabe der *Bella* zu holen.«

»Nun«, sagte Veronique, »wenn Sie in die Welt der Lebenden zurückkehren könnten, was würden Sie zuerst tun?«

»Das Leben mit Leidenschaft leben. In dem Wissen, dass jeder Augenblick kostbar ist, weil er ganz leicht der letzte sein könnte«, antwortete Mark, während er die ganze Zeit Emma ansah.

»Bravo!«, lächelte Veronique und klopfte Mark auf den Oberarm.

»Ich will nicht in die Welt der Lebenden zurück ...«, seufzte Emma. »Ich will hier sein. Na ja, nicht hier hier. Auf der anderen Seite des Flusses.«

Veronique blickte zwischen den beiden hin und her. »Sie sind ein seltsames Paar, non? Warum würden Sie sich nicht dafür entscheiden, zu leben? Zusammen zu sein? Sich die Welt anzusehen? Ihr Leben wie geplant wieder aufzunehmen?«

»Genau genommen hätte ich das gestern klarstellen sollen. Wir sind kein Paar. Wir sind Mitbewohner«, erklärte Emma.

»Mon Dieu! Excusez-moi, ich habe einfach angenommen ...«

»Nur Mitbewohner«, wiederholte Emma.

»Nicht, dass ich es nicht versucht hätte ...«, flüsterte Mark vor sich hin.

»Lass das«, warnte Emma.

»Könnten wir?«, fragte Mark und dachte, dass Veroniques Gesellschaft vielleicht sogar vorzuziehen wäre. »Wieder leben, meine ich?«

»Mein Leben sollte, wie geplant, genau in dem Moment enden«, sagte Emma.

»Meins nicht«, fügte Mark schnell hinzu.

»Das ist es, was den *Monsieur* am meisten beunruhigt«, sagte Veronique. »Die Mächte des Todes denen anzuvertrauen, die einst sterblich waren, würde die Sichtweise, die zur Erfüllung der Pflichten erforderlich ist, ein wenig zu sehr verzerren. Der Tod war nie sterblich, nie lebendig. Er war schon immer so, wie er ist, immer der Sensenmann. Er kennt nichts anderes. Für ihn ist es natürlich, diese Aufgabe zu erledigen. Und er weiß, dass es für andere nicht natürlich ist, sie zu erlernen.«

»Können wir unsere Alternativen durchgehen?«, fragte Emma. »Wissen Sie, wie es auf der anderen Seite des Flusses ist?«

Veronique schüttelte den Kopf. »Ich bin nie vollständig gestorben, also habe ich ihn nie überquert. Es kommt auch nie jemand zurück. Und Charon, le salaud, er gibt keine Antworten. Zu verbittert, zu reizbar, um hilfreich zu sein. Klagt nur die ganze Zeit.«

»Er wirkte tatsächlich so«, sagte Mark, »als würde er einem ins Auge spucken und behaupten, es regnet.«

»Glauben Sie, Charon würde seine Meinung ändern? Mich vielleicht als Sonderfall behandeln?«, überlegte Emma. »Vielleicht verzichtet er auf die ganze Münzsammelgeschichte und lässt meine Seele einfach passieren, so nach *Laissez-faire*-Manier. Vielleicht würde er zuhören, wenn Sie ihn fragen, Veronique.«

»Stell dir vor, du nimmst die Fähre über den Mersey, ohne zu bezahlen«, sagte Mark. »Die Stadtverwaltung wäre in einer Woche pleite. Ich kann mir nicht vorstellen, dass er dem zustimmt. Und am Flussufer im Limbo stehen ein paar ungezählte Millionen Seelen Schlange, die darauf warten, hinüberzukommen – keine von ihnen hat Münzen.«

Veronique griff in ihre Schürze und holte einen Beutel Tabak und ein Päckchen Blättchen hervor. Sie drehte geschickt eine Zigarette, leckte das Gummi an und steckte sie sich in den Mund. Sie reichte Mark die Schachtel mit den Streichhölzern.

»S'il vous plait.«

Mark kam ihrer Bitte nach, riss ein Streichholz an und zündete ihre Zigarette an. Beide sahen zu, wie Veronique tief inhalierte und eine Rauchwolke zur Decke blies.

»So wie ich das sehe …«

»Aua!«, schrie Mark und warf das noch brennende Streichholz, das ihm den Finger verbrannt hatte, auf den Boden.

»So wie ich das sehe«, begann Veronique erneut, »befinden Sie sich an einem Scheideweg, non? Mademoiselle Emma, Sie akzeptieren Ihren Tod und möchten ins Jenseits übergehen?«

»Richtig«, nickte Emma.

»D'accord. Doch Monsieur Mark, Sie möchten in die Welt zurückkehren und eine zweite Chance im Leben haben. Wahr?«

»Correcto«, versuchte sich Mark an seinem besten französischen Akzent.

»Das ist Spanisch, nicht Französisch, du Trottel«, spottete Emma.

»Macht nichts. Ich glaube, es gibt eine Lösung, die Ihnen helfen könnte«, überlegte Veronique, »aber nur für einen von Ihnen. Und das Problem ist ... ich kann nicht sagen, für welchen.«

Emmas Interesse war geweckt. »Was? Was ist die Lösung?«

»Wenn Sie dem Monsieur bei seiner Ernte helfen würden, könnte er Gefallen an Ihnen finden und Ihnen vielleicht, nur vielleicht, Ihren Wunsch gewähren.«

Emma und Mark wechselten Blicke, als ihnen die Erkenntnis dämmerte, dass sie möglicherweise zusammenarbeiten könnten, um sehr unterschiedliche Ziele zu erreichen.

»Würden Sie es in Betracht ziehen?«, fragte Veronique. »Die Assistenten des Todes zu sein?«

»Nun, was würden Sie dann tun?«, fragte Emma. »Wir möchten Ihnen nicht auf die Füße treten oder Ihre Küche überfüllen.«

»Ich bin nur eine Art persönliche Assistentin«, sagte sie. »Haushälterin. Dienstmädchen. Ich frage, ob Sie ebenfalls der Tod werden würden.«

»Woah. Moment mal«, sagte Mark. »Ich dachte, Sie wären schon seit hundert Jahren hier und er hat Sie immer noch nicht zurückgeschickt! Das ist kaum ein sicherer Weg zurück zu den Lebenden.«

»Ich habe nicht gesagt, dass es eine schnelle Lösung ist. Nur, dass es eine mögliche Lösung ist. Und ich bin glücklich hier. Ich wünsche mir weder, hinüberzugehen noch zurückzukehren.«

»... Würde er uns tatsächlich lassen?«, sagte Mark dann, hoffnungsvoll, dass dieser Plan ihm im schlimmsten Fall die Rückkehr ins Leben ermöglichen und sie im besten Fall vor der existenziellen Angst vor der unbekannten Ewigkeit jenseits der Flussufer bewahren könnte.

KAPITEL ACHT

»Nein«, sagte der Tod in befehlendem Ton. »Das ist bestenfalls eine abscheuliche Idee.«

Veronique saß mit dem Tod in seinem Arbeitszimmer. Er hatte Emmas skandalöses Stundenglas auf dem Ständer neben sich. Es war zur Hälfte mit Reis gefüllt, von dem ein Teil nun im engen Trichter feststeckte, und – schlimmer noch – die Kruste aus Sand klebte immer noch fest an der Innenwand. Wenigstens, dachte er, war der Kondensationsnebel verschwunden. Er klopfte noch einmal oben darauf, nur um zu sehen, ob die Körner fallen würden oder nicht, aber nein. Das taten sie nicht.

Hinter dem Tod stand eines der Bücherregale im rechten Winkel zu den anderen – ein offener Durchgang zur Halle der Zeit –, durch den Reihen über Reihen von Regalen zu sehen waren, und auf jedem von ihnen stand ein Stundenglas, so weit das Auge reichte. Manche waren abgelaufen, Leben, die mit großer Erwartung dahingegangen waren. Andere liefen noch, Pflichten, die er zu einer bestimmten, noch nicht erreichten Zeit noch zu erfüllen hatte. Einige waren brandneu. Und bei wieder anderen musste der Sand erst noch zu rieseln beginnen, gefangen im oberen Kolben – ungeborene Leben, die auf den ersten Schritt auf dem düsteren Marsch hin zu ihrem unausweichlichen Ende warteten.

Durch die offene Tür drang das leise Summen des beständig durch Glas rieselnden Sandes in das Arbeitszimmer des Todes, ein weißes Rauschen des Siebens, das die Stagnation der Luft ersetzte. Es gab nur wenige Stühle. Schließlich war es sein privater Raum, sein Studierzimmer über das Schicksal der Menschheit und das Ende all ihrer großen Pläne. Er besaß ein einziges Zierobjekt, das kein Stundenglas war und hoch an der Nordwand hing: eine Sense von altertümlichem, beinahe prototypischem Design mit einer kurzen, flachen Klinge und einem knorrigen Griff aus einem abgefallenen Ast.

»Monsieur, hören Sie bitte auf die Vernunft«, flehte sie. »Dieses Ereignis ist doch etwas Einzigartiges, nicht wahr? Man könnte sagen, eine Gelegenheit.«

»Es ist ein günstiges Durcheinander«, behauptete er. »Jeder Augenblick, in dem es nicht gelöst wird, ist ein Schmerz, den nicht ich verursacht habe.«

»Sicherlich wäre es also klug, aus diesen Zitronen Limonade zu machen, ja? Ich glaube, so lautet die Redewendung. Man nimmt eine schlechte Gelegenheit und dreht und presst sie, bis sie frischen ... Saft ergibt.«

»Die Säfte von Leben und Tod sind niemals frisch. Und weitaus bitterer als jede Zitrone.« Der Tod hielt die Faust vor den Mund und unterdrückte einen Husten, der tief aus seiner Brust kam. »Ich wäre die Lachnummer für die anderen Reiter, für die anderen rastlosen Gottheiten und vergessenen Idole der alten Zeitalter. Keiner von ihnen hat Assistenten – nicht im Ernst. All ihre Unterstützung liegt in den Launen und dem Willen der Menschen, aus ihrer eigenen Existenz ein Chaos zu machen, worin sie, ehrlich gesagt, Experten sind.«

»Ich sage es nur ungern, aber Sie sind müde, Monsieur. Sie müssen es spüren. Sie können nicht leugnen, dass Sie in letzter Zeit ... zerbrechlich geworden sind.«

»Zerbrechlich?«, knurrte er. Er schlug mit der Hand auf die Armlehne seines Stuhls und es gab ein leises *KNACK*. Sie sahen beide hinunter. Sein kleiner Finger war gebrochen und hing nur noch am Knöchel. Er seufzte und rückte ihn wieder zurecht. »Ich bin der Tod. Meine Stärke liegt im Schlag meines Willens und in der Geschwindigkeit meines Pferdes, das *du* heute striegeln musst. Ich bin zu beschäftigt.«

»Weil Sie auf unfehlbaren Sand starren?«, fragte sie. »Oder weil Sie das letzte Mal, als Sie ihn gestriegelt haben, einen ganzen Tag lang nicht gerade sitzen konnten, weil Ihr Rückgrat verrutscht war? Wären Sie nicht auf Ihr Hinterteil gefallen, hätte es sich nie wieder gerichtet.«

»Ich bin damals absichtlich gefallen«, beharrte der Tod. »Und nein. Es gibt einen anderen Grund, den selbst du nicht leugnen kannst, genauso wenig wie die Wahrheit, die du mir angeblich ins Gesicht spuckst. Sie sind Menschen. Sie neigen zu Fehlern, die sie aus Emotionen heraus begehen. Sie könnten beim Ernten urteilen und denen den Tod verweigern, die er fordert. Sie würden ein leidendes Kind sehen, das kurz vor seinem letzten Atemzug steht, und beschließen, es in Qualen weiterleben zu lassen, anstatt seine noch so junge Seele für das ewige Fegefeuer zu holen. Sie verstehen die Notwendigkeit des Todes nicht. Am allerwenigsten die Frau, die ihr eigenes Leben verschwendet hat, um ihm schneller zu begegnen.«

Emma, die mit Mark auf der anderen Seite der Tür gelauscht hatte, betrat bei dieser Bemerkung den Raum.

»Ach, hören Sie doch auf«, beharrte sie. »Sie würden uns lieber hier warten lassen, Nägel kauend und mit den Zähnen knirschend, nur für den Fall, dass wir zufällig noch einmal sterben?«

»Ja«, sagte der Tod. »Und ich erwarte, dass ihr dabei so still wie Läuse seid.«

»Nicht Mäuse?«, fragte Mark, der sich ebenfalls hineindrängte.

»Mäuse sind nicht still«, sagte der Tod. »Sie quietschen und huschen in den Wänden. Läuse sind so leise, dass man sie nicht einmal hören kann. Und sie sind genauso *lästig* wie ihr.«

»Sie haben nicht einmal Haare«, sagte Emma. »Ein kahlköpfiger Mann, der sich über Probleme mit Läusen beklagt, klingt sehr nach dem Tod, der mit einer selbstmordgefährdeten Frau über den Wert des Lebens spricht.«

Der Tod stieß ein trockenes Kichern aus. »Frau ist eine ziemliche Fehlbezeichnung für dich, *Mädchen*.«

»Oder ist es vielleicht so«, begann Emma, »dass Sie sich vom Krieg eingeschüchtert fühlen? Zu sehen, wie eine starke Frau mit der gleichen

Grandezza wie Sie die Macht ergreift? Glauben Sie, eine Frau kann nicht auch der Tod sein?«

»Die Tatsache, dass du den Krieg als Frau gesehen hast, sagt viel über dich aus«, sagte der Tod. »Alles, was ich sehe, ist ein Berg von Leichen, und in der Pestilenz ein Berg von Käfern, und in der Hungersnot ein Berg von Sand. Diese Augen« – er stieß einen Finger in eine hohle Augenhöhle – »sehen eine Welt, die du nicht sehen kannst, eine absolut *objektive* Welt der Ideen, nicht der Dinge. Das ist es, was euch fehlt. Der Tod kann nicht in den Schattierungen der vielen Farben eurer Moral und Ethik gemalt werden. Er ist vollkommen schwarz. Und glänzt niemals, selbst nicht unter der Sonne!«

In seiner Schimpftirade holte der Tod zu oft Luft und bekam einen Hustenanfall. Einen schlimmen. Ein würgender, keuchender Husten, bei dem die Luft gegen seine nicht vorhandene Kehle kämpfte. Veronique stand sofort auf, um sich um ihn zu kümmern und ihm auf die Schulterblätter zu klopfen, da sie der festeste Teil seines Rückens waren. Sein Kiefer fiel ab, und immer noch hustete er mit langen, pfeifenden Atemzügen.

Emma und Mark hielten sich einen Moment zurück. Ihre Stimmung schlug um. Sie waren bereit, für ihr Leben zu kämpfen, aber nicht auf Kosten eines anderen Wesens, ob unlebendig oder nicht.

»Sir«, begann Mark, nachdem er den Unterkiefer des Todes vom Boden aufgehoben hatte, »bei allem Respekt – ich glaube, Sie brauchen uns. Wie vorübergehend unser Aufenthalt auch sein mag. Zumindest wären wir keine so große Last, wenn wir Ihre Versäumnisse ausgleichen.«

»Nachlässig«, murmelte der Tod. Er nahm Mark den Knochen ab, ließ seinen Kiefer wieder einrasten und brachte seine Atmung erneut unter Kontrolle. »Glauben Sie, der Tod kann faulenzen? Die bloße Vorstellung widerspricht meinem Zweck. Ich faulenze nicht.«

»Vielleicht sind Sie deshalb in diesem Zustand«, sagte Emma. »Eine Ewigkeit voller Pflichten würde jeden zermürben, selbst Sie. Vor allem jetzt, da die Welt so komplex ist. Menschen, die sterben – wie ich –, ohne dass Krieg, Hungersnot oder Seuche ihnen den Rest geben. Oder bei Unfällen ums Leben kommen, während sie versuchen, das Leben eines anderen zu retten.« Sie wandte sich mit einem dankbaren Grinsen an Mark.

»Sentimentalität geziemt sich nicht für den Tod«, sagte der Tod. »Würden Sie die Seele eines Kindes holen, dessen Zeit gekommen ist?«

»Ja«, sagte Emma zuversichtlich.

»Eines guten Mannes, der kaltblütig erschlagen wurde?«

»... Ja«, bekräftigte Mark.

»Einer ... Familie von sechs Personen, die von einer Klippe gestürzt ist?«

»Ja.«

»Einer ... einer Mutter, die von ihrem eigenen Sohn getötet wurde?«

»Ja«, stimmten beide zu.

»Einem Sohn, der von seiner Mutter getötet wurde?«

»Ja.« Emma ballte leidenschaftlich die Faust.

Der Tod sah Veronique an, die versuchte, ihm einen beruhigenden Blick zuzuwerfen. »Würden Sie ihre Seele holen?«

»Was?!«, rief Veronique aus. Sie ließ ihn los, sodass er zurück in seinen Stuhl fiel.

»Müssten wir das?«, fragte Mark. »Ich dachte, Sie und sie hätten eine Abmachung.«

»Wenn ihre Zeit wirklich gekommen ist«, sagte Emma, »und sie es akzeptiert hat ...« Sie sah Veronique an, und die Haushälterin warf ihr einen zustimmenden Blick zu.

»Hmm ...«, hustete der Tod erneut. »Was ist mit euch beiden? Würdet ihr, wenn ihr könntet, im Schicksalsmoment, in dem ihr zusammen hättet sterben sollen, dem Leben des anderen ein Ende setzen?«

Mark hielt Emmas Hand. Beide nickten und antworteten gemeinsam: »Ja.«

»Wow, das ist echt eiskalter Scheiß«, sagte der Tod. »Ich dachte, Menschen wären empathisch und- und mitleidig. Ihr seid ja bereit, so ziemlich jeden über die Klinge springen zu lassen.«

»Nun«, ergriff Mark das Wort, »unter den gegenwärtigen Umständen ...«

»Ich schätze, das ergibt Sinn«, sagte der Tod. »Sie haben ja versucht, sich umzubringen. Sie können nicht ganz richtig im Kopf sein.«

Emma öffnete den Mund, um zu protestieren, aber sie hielt inne und akzeptierte seine Beleidigung.

»Warum Sie allerdings so erpicht darauf sind zu helfen, muss ich noch ergründen«, grübelte der Tod.

Mark und Veronique warfen sich Blicke zu.

»Sehr wohl.« Der Tod beugte sich vor und erhob sich. »Ich werde Sie für diese Pflicht prüfen. Aber seien Sie sich im Klaren, dass es hart werden wird. Härter noch, als ich es Ihnen jetzt geschildert habe. Um der Tod zu werden, müssen Sie bereit sein, Ihre Menschlichkeit abzulegen und Ihre ganze Welt schwarz zu malen.«

Beide nickten. Veronique klatschte mit einem fröhlichen Lächeln in die Hände. Sie war froh zu sehen, dass alle zusammenarbeiteten – Mark und Emma mit wachsendem Schrecken, als das Gewicht ihrer Realität auf ihre Schultern sank, und der Tod mit dem selbstsicheren, schwelenden Blick von einer Milliarde verlorener Leben in seiner Gegenwart.

Es war ein produktiver Morgen gewesen.

KAPITEL NEUN

Ein goldener Stater wirbelte durch die Leere, ein winziges Zeichen aus einer alten Ära, geprägt und geschlagen, lange bevor man Münzen überhaupt zählte. Auf der einen Seite befand sich die Büste von Alexander dem Eroberer, zu Lebzeiten König der gesamten Mittleren Welt, früh dahingerafft von einer höchst unerwarteten Pestepidemie. In seinem Kielwasser hatte er ein in Kriege zersplittertes Reich hinterlassen, und mit seiner schwindenden Kontrolle kamen ungezügelte Hungersnöte über die Wüstenebenen. Und während der junge König eroberte, hinterließ er überall den Tod in Form gewaltiger Leichenberge. Angesichts dieses unstillbaren Durstes nach Blutvergießen und Herrschaft betrachteten ihn alle vier Reiter dennoch als einen ziemlichen Bengel. Tatsächlich gab Pestilenz viele Jahrhunderte später zu, heimlich für Alexander geschwärmt zu haben, leugnete es am nächsten Tag aber vehement und schob seine bedauerlichen Taten und Worte der vergangenen Nacht auf einen besonders starken Reiswein aus der Jin-Dynastie.

Charon ließ die Münze über seine Finger rollen. Nur wenn er Geld in der Hand hielt, bewegte er sich mit solcher Anmut und Überzeugung. Sein Buckel schrumpfte und seine Haltung richtete sich auf, wenn er mit seinem Gold spielte. Sein schiefes Grinsen erstarrte, als er die Münze in die Luft warf. Sie landete, und er blickte Alexander wieder in die Augen – einem Mann, den er vor langer Zeit getroffen und übergesetzt hatte. Einer, der den guten Anstand besaß zu sterben, und dessen Tod die Nachahmer vorausgingen, die seinen Platz einnehmen wollten. Sie alle waren Alexander – selbst in ihren Seelen glaubten sie, dass es wahr sei. Aber sie alle starben, und all ihre Seelen trafen den Fährmann; ihre großartigen Pläne konnten die Augen des Todes nicht täuschen.

Charon seufzte. Um ihn herum war nur Wasser, und seine kurze Zeit an Land wurde immer nur mit Widerspruch oder passiver Unterhaltung auf seine Kosten quittiert. Er war das Anhängsel der Reiter, obwohl er für die Existenz genauso entscheidend war wie sie.

»Es ist nicht fair«, erklärte er. Er umklammerte die Münze fest und lehnte sich in seinem Boot zurück. Das Holz knarrte und ächzte gegen die ruhige Oberfläche des langsam fließenden Flusses. Das ölige Wasser kräuselte sich in Farben, dann zogen sich die Lichtkreise zurück und wurden wieder zu einem reinen, leblosen Weiß. »Die haben noch nie von einem Nilpferd gehört? ›Oh, aber das ist doch kein Boot, Charon‹«, sagte er spöttisch im Tonfall eines jeden seiner Kritiker. »›Du kannst keine Seelen auf dem Rücken eines Tieres befördern, Charon.‹ Ganz zu schweigen von Elefanten und Pferden mit langen Rücken oder Kamelen ... Alles Dinge, auf denen der Mensch das Wasser überquert hat. Und nichts für mich ... Wale, sogar. Ein Wal würde sich hier wahrscheinlich wohlfühlen.«

Er drehte sich um und blickte auf das Wasser. Es war sein einziger Halt. Sein Plätschern war wie eine Stimme in seinem Ohr, die ihn sowohl tröstete als auch verspottete. Er betrachtete seine Münze, eine, die er von seinem edlen Gewand unter seinem schmuddeligen, nebelgetränkten Umhang gezupft hatte. »Es lohnt sich nicht mehr ...«

Wenn keine Seelen darauf warteten, übergesetzt zu werden, ließ Charon einen Münzwurf entscheiden, an welchem Ufer er anlegen würde. Das Südufer war das Ufer der Untoten, der Ort, an dem die Seelen das Boot trafen, um auf die andere Seite überzusetzen. Es war der Limbus, das Fegefeuer, eine Leere ohne Zweck, eine Wüste des Unwirklichen. Das Nordufer war die Seite des langen Wartens, wo die Seelen, die übergesetzt hatten, verweilten, um zu sehen, wer sonst noch kommen würde, bevor sie ihre endgültige Reise in die Welt lange nach dem Tod antraten.

Große Anführer auf der Suche nach Gefährten, Lehrlingen und Anhängern, um sich an das Gefühl des Lebendigseins zu erinnern. Liebende, durch die Zeitalter getrennt, die die Wiedervereinigung mit ihren Geliebten suchten. Eltern, die ihre Kinder oder ihre eigenen Eltern im Nebel suchten. Große Lehrer der Vergangenheit, die nach Wissen über ihre Zukunft suchten. Weise Männer, deren Worte einst Charons Ruder verdreht hatten, um sie ohne Bezahlung überzusetzen. Und die schuldenbeladenen Seelen mit ihren listigen Mündern, die eine Zahlung versprachen, die sie niemals beschaffen oder leisten konnten. Es gab mehr von ihnen, als Charon zugeben wollte.

Kopf für Norden, Zahl für Süden. Er warf die Münze mit zusätzlicher, wütender Kraft, und sie trudelte zur Seite, in die trüben Tiefen.

»Verdammt«, murmelte er.

Das Heim des Krieges war eine Behausung, die über die Jahre so oft umgebaut worden war, dass sie sich zu einem Gebilde entwickelt hatte, das sich nur als weitläufiger Komplex beschreiben ließ. Ursprünglich wie ein Langhaus nach Wikingertradition erbaut, war das ursprüngliche Gebäude inzwischen zu einem kunstvollen Foyer für die restlichen Räume geworden. Unterkünfte des Krieges aus allen Epochen fügten sich zu einem monströsen Campus zusammen, der dem Lernen und der Erinnerung an vergangene Kriege gewidmet war. Kulturelle Artefakte aus jedem Zeitalter schmückten ihre Wände, alle tödlich, oder zumindest waren sie es einmal gewesen.

Sie besaß Breitschwerter, abgeschlagen und zerbrochen, die auf Halterungen ausgestellt waren. Daneben Speere und Schwerter von längst vergangenen Kriegern, jedes mit einer Geschichte darüber, wen die Waffen wann getötet hatten. Die Überreste der legendären Klinge Durendal, nur noch abgeschlagene Fragmente verrosteten Eisens, befanden sich in einer Gedenkvitrine auf einem Bücherregal. Daneben lag die Patronenhülse des Kopfschusses, der JFK getötet hatte.

Krieg saß tief in ihrem Komplex, in einem Anbau im Kolonialstil, der zu Ehren der völkermörderischen Übernahme der Neuen Welt – einer ihrer liebsten Zeitperioden – modelliert war. Krieg saß in einem lässigen, rosenroten Hosenanzug in einem Bürostuhl und betrachtete eine Wand aus Bildschirmen. Fernsehen, andere Nachrichtenmedien und dann Live-Streaming waren die Schlachtfelder des modernen Krieges. Sie hatte einen Börsenticker, um die relevanten Unternehmen zu verfolgen, die mit Rüstungsgeschäften und privaten Militärfirmen verbunden waren. Hinter ihr hingen Bilder verschiedener Staatsoberhäupter, einige noch am Leben, andere erst kürzlich verstorben, deren Kriegsbemühungen – selbst über ihre eigene Herrschaft hinaus – andauerten und dafür sorgten, dass die Geschäfte für den Krieg weiterhin gut liefen.

Ein Bildschirm fesselte ihre Aufmerksamkeit. Sie schnappte sich eine von etwa zwanzig Fernbedienungen und drehte die Lautstärke auf, so laut es nur ging. Ein Nachrichtenbericht auf Englisch – der Sprache, die sie am meisten verehrte – beschrieb ein höchst ungewöhnliches Ereignis.

»Der Rückzug verläuft nach Plan, während internationale und nationale Militärstützpunkte ihre Truppen abziehen. Die Behörden haben die Russische Föderation darüber informiert, dass ukrainische Streitkräfte entsandt werden, um sich um innere Angelegenheiten in ihren eigenen Städten zu kümmern. Die Russische Föderation hat bestätigt, dass dieser Rückzug im Rahmen einer gemeinsamen Operation mit der ukrainischen Regierung stattfindet.«

»Was?«, murmelte Krieg.

Ein anderer Bildschirm leuchtete auf: zwei Männer in Anzügen, die sich in einem Gebäude in Panmunjom die Hände schüttelten, einem einfachen Bauwerk, das rittlings auf der Grenze zwischen Nord- und Südkorea stand.

»Botschafter trafen sich zum ersten Mal seit Jahren, um über den Bau der ersten Verbindungsautobahn zwischen den beiden Ländern zu verhandeln. Obwohl die Pläne noch in einem frühen Entwicklungsstadium sind, hat Nordkorea dieses Angebot unterbreitet, um Friedensgespräche durch gegenseitigen Handel einzuleiten.«

»Verpisst euch«, fauchte Krieg.

Ein letztes Mal forderte ein anderer Bildschirm ihre gesamte

Aufmerksamkeit. Eine Konferenz zwischen zwei Männern – einer mit arabischer Kopfbedeckung und einer im Anzug mit einem Davidstern-Anstecker, der deutlich sichtbar an seinem Jackenrevers prangte.

»Der israelische Minister hat die erste von hoffentlich vielen Diskussionen mit dem palästinensischen Vertreter über diesen Waffenstillstand abgeschlossen. Es ist noch zu früh, um Genaueres zu sagen, aber es scheint, dass der Frieden in der Gaza-Region zum ersten Mal in greifbarer Nähe ist. Der US-Präsident hatte zu diesen Gesprächen Folgendes zu sagen ...«

Der Bildschirm wurde schwarz, und Krieg krümmte sich stöhnend. Sie umklammerte ihre Seite und stand mit einem hinkenden Bein auf. Sie krempelte das Hosenbein ihres Hosenanzugs hoch und betastete die Haut an ihrem linken Schienbein.

Als sie die Hand wegzog, war ein Blutfleck darauf. Sie blickte hinunter und sah eine alte, längst vergessene Wunde, die frisch wieder aufgebrochen war. Ihr Körper unter der Rüstung war eine einzige Narbe, aber alle waren verheilt und verhärtet. Keine Wunde hätte wieder aufgehen dürfen. Nicht nach so langer, langer Zeit ...

Nach ihrem Gespräch, das zugleich ein Bewerbungsgespräch war, hatte Veronique die große Messingwanne mit dampfend heißem Wasser gefüllt und Emma fortgeschickt, damit sie sich entspannen und erholen konnte. Den Männern im Haus hatte sie unmissverständlich klargemacht, dass sie sich eine Weile vom Badezimmer fernhalten sollten.

Mark wartete im Esszimmer, bis er an der Reihe war, und verschlang das Frühstück, das Veronique für ihn bereitgestellt hatte. So sehr er sich auch danach sehnte, wieder lebendig in seiner Wohnung und weit weg von diesem Ort zu sein, hatte er die Haushälterin des Todes bereits sehr ins Herz geschlossen, besonders ihre Backkünste. Als Emma eintrat, pickte er mit einem angeleckten Finger die letzten Croissantkrümel von seinem Teller.

»Was zum Teufel hast du denn an?«, lachte Mark.

Emma rieb sich verlegen die Hände über den Stoff ihrer geliehenen Kleidung: ein marineblauer Kittel und eine weite braune Hose.

»Veronique hat meine Sachen zum Waschen mitgenommen, als ich in der Wanne war. Die hier lagen vor der Tür.«

»Sie bringen deine Augen zum Leuchten.«

»Mach dich nur lustig, Tiger«, grinste Emma, »für dich gibt es auch Wechselkleidung.«

Der Tod hüstelte. Er tat dies frei heraus und beinahe arrogant in Marks Richtung.

Emma grinste Mark an, weil sie dachte, dass sie im Vergleich zu der riesigen Schottenkaro-Hose und dem gelben, rautengemusterten Pullover, die er geschenkt bekommen hatte, das bessere Los gezogen hatte. Die Gruppe hatte sich ins Wohnzimmer zurückgezogen, das Veronique umgestaltet hatte, um ihr Vorstellungsgespräch besser zu unterstützen. Sie machte den Kamin an, was den Raum irgendwie kälter machte. Er stahl die ganze Wärme für sich und ließ Mark und Emma zitternd zurück, während der Tod gemütlich in seinen dicken Roben mit einer Zeitung in der Hand dasaß.

»Können Sie reiten?«, fragte er.

»Ich bin als kleines Mädchen geritten«, sagte Emma. »Nicht sehr lange, aber ich kenne noch die Grundlagen.«

Der Tod wandte sich an Mark.

»Ich bin bereit, es zu lernen«, sagte er und reckte einen Daumen in die Höhe.

Der Tod grunzte belustigt. »Können Sie eine Sanduhr lesen?«

»J-ja?«, antwortete Mark. »Man … schaut sie einfach an, oder?«

»Das sollte man meinen«, murmelte der Tod. »Können Sie ernten?«

»Ist das eine Metapher?«, fragte Emma. »Oder ein wirtschaftlicher Begriff?«

»Mit einer Sense.«

»Das kann ich«, bestätigte Mark. »Hab ich mal gemacht. Als ich ein Junge war, haben wir den Sommer über in einem Cottage in der

Nähe von Abersoch gewohnt. Ein Nachbar ließ mich seinen Rasen mähen, aber er mochte es leise, also hat er mir beigebracht, das Gras mit einer Sichel zu schneiden.«

»Ich hab mir einmal die Haare geschnitten«, sagte Emma. »Und danach nie wieder mit scharfen Gegenständen gespielt. Aber wenn es nur eine Frage der Übung ist …«

»Können Sie das Leben eines Mannes beurteilen«, fragte der Tod, »ob es gut gelebt wurde oder nicht, mit nur einem Blick in seine Augen? Und die Geschichte all seiner Sünden allein aus dem letzten Seufzer hören, der über seine Lippen kommt?«

Die beiden hielten inne, um über ihre Antworten nachzudenken und wie sie am besten Nein sagen konnten.

»Ich hab mal ein YouTube-Video von einem berühmten Verbrecherinterview gesehen«, sagte Mark, »und wie sie erkennen konnten, dass er lügt, weil er … nun ja, wie er blinzelte und zur Decke schaute, wenn er die Wahrheit verdrehte. Also schätze ich, dass ich den Rest davon lernen könnte.«

»Nein, das können Sie nicht«, sagte der Tod. »Nicht, solange Sie sich nicht Ihre eigenen Augen ausreißen und die Welt durch die objektive Linse der Absolution betrachten.«

»Ist das eine Wahloperation?«, fragte Mark.

Der Tod legte seine Zeitung auf dem nahen Ständer ab. »Das ist hoffnungslos, sinnlos und selbst als Scherz überhaupt nicht unterhaltsam. *Aber* es ist neuartig und einzigartig. Sie widersetzen sich dem Status quo bereits in einem beunruhigenden Maße. Daher bin ich gewillt, es Sie versuchen zu lassen. Aber verstehen Sie, das ist eine große Unannehmlichkeit für mich. Besonders, da ich der einzige Reiter bin, der so überarbeitet ist, dass er Lehrlinge einstellen muss. Wenn Sie Erfolg haben, werden Sie ausschließlich in meinem Namen Erfolg haben. Ihr Erfolg wird mein Erfolg sein und Ihre Misserfolge werden *Ihre* Misserfolge sein. Ist das verstanden?«

Emma seufzte. »Ja, diese Art von Arbeit kenne ich.«

Und das stimmte. Im Büro hatte Emma andere gut dastehen lassen. Mal eben für das Vertriebsteam eine Präsentation aus dem Ärmel schütteln, weil ‚du mit PowerPoint ja so viel besser bist als ich'. Die spätabendliche E-Mail an die Lieferanten, um sicherzustellen, dass für die morgige Veranstaltung, zu der sie nicht einmal eingeladen war, alles nach Plan lief. Sie kaufte die Milch aus eigener Tasche, damit die Führungsebene den Gästen einen Kaffee anbieten konnte. Kein Wort des Dankes, keine Anerkennung.

»Aber es gibt keinen einfachen Ausweg«, sagte der Tod. »Bis Ihr letztes Sandkorn aus Ihrem Glas fällt, werden Sie an meinen Dienst gebunden sein. Und dann geht es für Sie beide über den Fluss.«

Mark zwinkerte Veronique, seiner Mitverschwörerin, zu, doch diesmal erwiderte sie sein Lächeln nicht. Etwas im Tonfall des Todes sagte ihr unmissverständlich, dass Marks Chancen, in irgendeiner anderen Funktion als der, die Seelen der Toten zu ernten, auf die Erde zurückzukehren, gleich null waren. Aber Mark bemerkte es nicht. Er war Feuer und Flamme.

»Was ist mit dem Zoll?«, fragte Emma.

Der Tod stampfte auf den Boden. »Mein Fuß in Charons Maul wird der Zoll sein, wenn er sich mir widersetzt.« Dann wurde seine Stimme brüchig und er hustete erneut. Er klopfte sich auf die Brust, um wieder frei atmen zu können. »Aber zuerst braucht Ihr eine Ausbildung ...«

KAPITEL ZEHN

Das Reich der Toten, das Land zwischen den Leben, das Wartezimmer der Ewigkeit war riesig und unkoordiniert. Aber wie in jedem riesigen Land, in dem keine Ordnung existiert und die Möglichkeiten rar sind, fand die Menschheit einen Weg, Ordnung zu schaffen, selbst im Tod. Diejenigen, die es versäumten, eine Fähre über den Fluss zu nehmen, taten dies entweder mit großer Absicht – ob fromm oder nicht – oder verweilten aus einer schicksalhaften Verbindung mit den Untoten. Die verlorenen Seelen des Fegefeuers weigerten sich, verloren zu bleiben, und sammelten sich so in Gemeinschaften, die sich dann mit der Zeit aus der Leere heraus in der Wildnis bildeten.

Veronique hängte einen Wagen an das fahle Pferd und stieg mit Mark und Emma ein, während der Tod auf seinem Ross ritt und sie als ihr Führer in das große Land des Limbus zog. Sie war als Gespenst, das durch die Ewigkeit wanderte, erst 104 Jahre jung, aber sie hatte inzwischen diejenigen kennengelernt, die sich ihrer ziellosen Strafe der Trostlosigkeit hingaben, und kannte ihre vielen Eigenheiten.

Die erste Gruppe, die die beiden Lehrlinge besuchen mussten, war unerwartet einladend. Eine Gruppe von Shaolin-Mönchen erwartete sie in einem Tempel, der über Jahrtausende Stein für Stein aus dem Schlamm des Bodens und der Hitze ihrer eigenen, ewig brennenden

Schüler als Schmiedefeuer errichtet worden war. Ihre fromme Entschlossenheit hielt selbst im Tod an und selbst im Angesicht eines Konflikts mit ihren eigenen Überzeugungen.

Der Tod setzte die anderen ab und wartete, bis sie aus dem Wagen stiegen. Veronique koppelte ihn ab und gab ihm den Weg frei.

»Ich werde zurückkehren«, sagte er. »Ich habe immer noch meine Pflichten zu erfüllen. Ich kann euch nicht ewig belehren.«

»Ich fühle mich wieder wie ein Kind«, sagte Mark. »Als würde man mich in der Schule absetzen. Meinst du, er hilft uns bei den Hausaufgaben, nachdem er mit seiner Arbeit fertig ist?«

Das fahle Pferd wieherte und unterbrach sie mit seinem Todesschrei.

»Eure Ausbildung hier wird im Umgang mit der Sense bestehen«, rief der Tod zu ihnen hinunter. »Obwohl alle Leben im Tod gleich sind, haften die Errungenschaften des Lebens der Seele in dieser Form immer noch an. Und diese Starrköpfe weigern sich zu akzeptieren, dass sie tot sind.«

Ein Mönch näherte sich mit einer Haltung großen Respekts. Er war älter, vielleicht Mitte sechzig, und außergewöhnlich gut gebaut. »Wir warten darauf, dass sich unser Weg zur Erleuchtung öffnet, und werden eine Ewigkeit auf unsere Gelegenheit zur Wiedergeburt warten.«

»Ich habe Euch bereits gesagt, dass das so nicht funktioniert!«, rief der Tod, bevor er die Zügel schnalzen ließ und in den Himmel flog, während der Mönch sich vor ihm verbeugte. Veronique blieb in der Nähe des Wagens, während der Mönch Mark und Emma in Empfang nahm.

Sie gingen mit ihrem Führer über das Gelände und betrachteten die Bauten, zu denen der Mensch in den ansonsten merkmallosen Ebenen der Nichtschöpfung fähig war. Alles war aus gebrannter Erde gemacht. Große Glocken wurden poliert und mit solcher Kraft zusammengepresst, dass der harte Ton das Metall nachahmte, das er hätte sein sollen. Ihre ebenfalls aus Schlamm hergestellte Nahrung wurde mit so viel Sorgfalt und Detailtreue zubereitet, dass jedes Gericht sich bewegte und roch, als wäre es echt.

»Wie genau funktioniert das alles?«, fragte Emma.

»Shaolin«, erklärte der Mönch, »ist ein Weg der Disziplin, um den eigenen Körper zu einem Tempel für den Buddha zu formen und die Erleuchtung nicht in diesem Leben zu erlangen, sondern in tausend–«

»Ich meinte das mit dem Ton und so«, korrigierte ihn Mark. »Entschuldigung für die Unterbrechung.«

»Das ist in Ordnung«, sagte der Mönch. »Es wird sich immer eine Gelegenheit für mich finden, zu Ende zu sprechen. Was die Herstellung der Dinge hier betrifft, so hat einfaches menschliches Verlangen unsere Schöpfungen geformt.«

»Geht es bei euch nicht darum, euch von Begierden zu befreien?«, fragte Mark.

Der Mönch drehte sich mit einem Lächeln zu ihm um und schnippte dann gegen Marks Stirn. »Werden Sie nicht frech.«

»Geht es bei euch nicht um Frieden und Ruhe?«, fragte Emma.

Er drehte sich zu ihr um. Sie hielt ihre Hand über die Stirn, um sich zu schützen, aber er schnippte stattdessen gegen ihre Nase. Die beiden taumelten vor überraschendem Schmerz.

»Ja«, antwortete der Mönch, »aber es geht nicht darum, sich von anderen zum Narren halten zu lassen. Deshalb trainieren wir im Leben unsere Körper. Der Weg der Shaolin war ein Weg der Krieger, nicht abgestumpft durch die Lehren der Erleuchtung, sondern geschärft. Die Sekten trennten sich irgendwann nach meinem Tod in die, die Ihr kennt – die der friedlichen Absonderung und tiefen Meditation – und die Kriegerklasse, die den Buddha an jeder Wegkreuzung der Konflikte der Geschichte verteidigte. Diejenigen, die töteten, wurden in den Augen des Buddha nicht als geringer angesehen, denn es gab auch einen Heiligen des Buddhismus, der die Gegenwart der Göttlichkeit während des Krieges erlangte. Sie folgten ihm in die Schlacht, während die anderen die Verteidigung ihrer Heimat beanspruchten und sich nie hinauswagten.«

»Verstehe«, sagte Mark. »Ihr habt also kämpferische Mönche und friedliche Mönche.«

»Und brennende Mönche«, warf Emma ein.

»Das sind die wahrhaft Hingebungsvollen«, erklärte der Mönch. »Diejenigen, die sich ihrer neuen Realität verweigern und die Transzendenz in den Flammen erwarten. Sie brennen für immer, verändern sich nie, leiden immer, und doch stört es sie nicht. Sie können eine Million

Mal sterben, aber wenn sie beim millionsten und ersten Mal aufsteigen, dann war es das alles wert.«

»Das kann nicht jeder tun«, sagte Mark. »Offensichtlich.«

»Es ist nicht leicht«, sagte er. »Weder im Leben noch im Tod, die Schmerzen einer unveränderlichen Welt zu ertragen. Aber wir halten durch. Andere sind nicht so geduldig. Wir haben unseren eigenen Status quo im Tod aufrechterhalten, unverändert, vereint durch die Pilger, die sich in die Leere wagen, um weitere gläubige Seelen zu finden, die in diesem unbekannten Land die Gnade des Buddha suchen. Durch den Glauben sind wir vereint. Wir sind stark.«

»Und die ohne Glauben?«, sagte Mark. »Oder die mit anderem Glauben – wie kooperiert ihr alle?«

»Das tun wir nicht«, sagte er. Er kickte einen Stab hoch und fing ihn mit einer Drehung auf. »Deshalb trainieren wir.«

»Aha.« Mark nickte. »Habt Ihr auch das coole Ding mit der scharfen Klinge am Ende und den kleinen Quasten?«

»Eure Anwesenheit wurde mir als recht einzigartig beschrieben«, erklärte der Mönch. »Ihr lebt noch, ja?«

»Ja«, sagte Mark nicht sonderlich überzeugend.

Der Mönch stieß den Stab gegen Marks Brust und schlug ihn zurück, wobei er ihm die ganze Luft aus dem Körper presste. Emma stürmte sofort vor, um sich zu verteidigen, da sie glaubte, die Prüfung habe bereits begonnen und ihr neuer Lehrmeister stelle ihre Kampffähigkeiten auf die Probe, um zu sehen, wer von ihnen der gelehrigere Schüler sein würde. Er schlug ihr auf den Kopf und zog ihr dann die Beine weg. Sie landete hart auf dem Boden. Trotz der Schmerzen in ihrer Hüfte war sie schnell wieder auf den Beinen. Sie schlussfolgerte, dass sie sich das Recht, auf die andere Seite überzugehen, umso schneller verdienen würde, je schneller sie die Kunst des Todes meisterte.

»Und Sie?«, gab der Mönch Mark ein Zeichen, vorzutreten.

Er kam etwas langsamer wieder auf die Beine und rang noch nach Luft. Allerdings war er genauso entschlossen wie Emma, die Kunst des Todes zu meistern – um sich beliebt zu machen. Ihm lag es von Natur aus, anderen zu gefallen, also war es keine große Umstellung für ihn, und er war schon immer ein großer Fan von Kampfsportfilmen gewesen, auch wenn ihm das Können und die Koordination fehlten, um sie jemals selbst auszuüben. Das hier, dachte er, würde hart werden, aber es würde auch Spaß machen.

Mark trat erneut vor, diesmal mit erhobenem Stab wie eine Turnierlanze.

Patsch, patsch.

Und er landete mit einem dumpfen Aufprall auf dem Boden.

»Aua.«

»Wenn dieses Ding hier an einem Ende eine Klinge hätte«, verkündete der Mönch, »hätten Sie das überlebt?«

»Ich hab's ja ohne kaum überlebt!«, stöhnte Mark.

Der Mönch stieß das stumpfe Ende des Stabes auf den Boden. »Wir haben die Zerbrechlichkeit des Menschseins nicht vergessen. Wir werden Sie demnach so lange ausbilden, bis Sie einen Stab mit unerschütterlichem Selbstvertrauen in den Händen halten. Die Klinge daran soll sich so tief in Ihre Herzen einbrennen, dass Sie nicht zögern werden, sie zu schwingen, wenn Sie den wahren Gegenstand in Händen halten.«

»Ich habe als Junge mal mit einer Sichel Gras geschnitten«, sagte Mark. »Kann ich den Teil hier überspringen?«

Er bekam wieder einen Schlag auf den Kopf. Einen harten.

»Stehen Sie auf«, befahl der Mönch. »Und dann fangen wir an.«

Die Tatsache, dass ihre einleitende Abreibung nicht der Anfang war, ließ beide innehalten.

Veronique sah vom Karren aus zu, mit ein paar Stücken von Terrys Schokoladenorange in ihren knochigen Händen, wie die beiden Lehrlinge anderthalb Tage lang von einer Schar Mönche hin- und hergescheucht wurden, bevor sie zum formelleren Training übergingen. Am Ende erwartete sie, dass entweder ihr letztes Sandkorn fallen oder sie zu wahren Meistern des Klingenstabs werden würden ...

Und sie hatte reichlich Tee und Snacks mitgebracht, um sich das alles anzusehen.

KAPITEL ELF

Die Zeit verging im Reich jenseits des Lebens ... irgendwie. Das Vergehen der Zeit war schwer zu fassen. Die meisten Bewohner des Fegefeuers hatten weder Sonne noch Mond, weder Tag noch Nacht und auch kein Auf und Ab von Ereignissen. Selbst die Mönche, die hart daran arbeiteten, Mark und Emma auszubilden, konnten den Lauf der Zeit nur schätzen – obwohl einer von ihnen routinemäßig meditierte, indem er jede Sekunde mit der Faust eine Glocke schlug.

Einige hunderttausend Sekunden später wurde Marks und Emmas Ausbildung also als »gut genug« befunden, um als abgeschlossen zu gelten. Daher bekamen sie jeweils eine Sense und sollten sich ihrem Ausbildungsmeister stellen. Marks Sense war eher ein sehr langer Krummstab mit einem Metallhaken am Ende, der auf der Innenseite geschärft war. Emmas Sense war etwas kürzer, ein wenig kleiner als sie selbst, und die Klinge war schmaler, aber sie hatte einen festen Griff am Knauf.

»Macht euch keine Sorgen um Verletzungen«, sagte der Mönch. »Ihr könnt nichts tun, um mich aufzuhalten.«

»Das ist ja ermutigend«, sagte Mark. »Selbst wenn wir dich in Stücke hacken, machst du irgendwie weiter?«

Als Antwort wirbelte der Mönch seinen eigenen Klingenstab in einer pfeilschnellen Bewegung herum und schnitt sich damit durch den eigenen Hals. Sein Kopf fiel herunter und er fing ihn mit seiner sich noch bewegenden Hand auf.

»Das können wir wahrscheinlich nicht«, sagte Emma. Sie sah Mark an. Er zuckte mit den Schultern. Vielleicht konnten sie es doch, aber für einen Partytrick war es das Risiko nicht wert. Der Mönch setzte seinen Kopf wieder auf.

»Wir sind bereits tot«, sagte er. »Das haben wir akzeptiert. Obwohl dies nicht unser idealer Ort ist, um in Ewigkeit zu ruhen, ist es dennoch ein friedvoller. Der einzige Tod, der uns jetzt noch aufnimmt, liegt jenseits des unüberquerbaren Flusses.«

»Kannst du nicht einfach bei Charon auf *Der Mann mit der Todeskralle* machen, seine Fähre klauen und sie selbst über den Fluss steuern?«, fragte Mark. »Rein hypothetisch? Soweit ich das beurteilen kann, ist er kein schrecklich schlechter Mann, aber ... sicher hat doch schon mal jemand daran gedacht?«

»Davor wurde eindringlich gewarnt«, erklärte der Mönch. »Wer die Überfahrt nicht bezahlen kann, wird in den Fluss geworfen. Und es gibt keinen Ausweg, keinen Pfad, über den man gehen könnte – nur einen endlosen Fall purer Qualen, in eine vergessene Leere, die unter dem stillen Wasser liegt.«

»Und ich nehme an, alle Schwimmer haben es versucht und sind nie wieder aufgetaucht?«, fragte Emma.

Der Mönch ging auf sie los. Die Zeit des Redens war vorbei. Sie mussten sich beweisen. Er schlug nach Mark, der seine Klinge abwehrte und sich verteidigend zurückbewegte. Mark konterte; er versuchte, den Stab des Mönchs mit der Klinge seiner Sense zu fangen – ein schnelles Manöver, aber ein Fehlschlag.

Dann Emma. Der Mönch schwang nach ihr. Sie rollte sich rückwärts ab und ließ ihre Sense weit ausschlagen. Der Mönch sprang darüber. Sie schwang erneut, hielt auf halbem Weg inne und riss die Sense zu sich zurück. Der Mönch machte einen Rückwärtssalto, um dem fesselnden Hieb nach seinen Knöcheln zu entgehen.

»Gut«, sagte der Mönch. »Ausholen und ziehen. Das ist die Bewegung der Sense. Um die Distanz zu schließen, die der Tod bei allen Sterblichen schafft, müsst ihr sie mit Gewalt an euch ziehen. Das ist die

Philosophie der Sense, und indem ihr sie verinnerlicht, werdet ihr ein höheres Maß an Können erreichen.«

»Kriegen wir einen Gürtel oder so? Ich wollte schon immer sagen, dass ich einen schwarzen Gürtel habe.«

»Ein Gürtel ist dazu da, die Hose oben zu halten«, erwiderte der Mönch.

»Das ist dann also ein Nein.« Marks Gesichtszüge entgleisten. Er sah niedergeschlagen aus.

Der alte Mönch hatte Mitleid mit seinem neuen Schützling. »Wenn es dir so viel bedeutet.« Der Mönch band sich ein Stück Stoff von der Hüfte und reichte es Mark. »Hier.«

Mark strahlte, als er das Geschenk annahm, und war klug genug, nicht zu kichern, als die weite Hose des Mönchs um dessen Knöchel fiel. Er umklammerte den Gürtel in seinen Händen, seinen wertvollsten neuen Besitz.

Die beiden verbeugten sich feierlich vor dem Mönch. Ihre Ausbildung war abgeschlossen. Nicht, dass sie Meister wären, aber sie waren kompetent genug. Außerhalb des eigenen Körpers würde keine sterbliche Seele den Anstand besitzen, sich ihnen zu widersetzen. Vermutlich wären sie auch nicht bewaffnet. Eigentlich schien ihre intensive Ausbildung übertrieben.

Ungeachtet dessen verließen sie den weitläufigen Komplex der Mönche und kehrten zu Veronique zurück.

»Wie ist es gelaufen?«, fragte sie.

Mark klopfte mit seiner Sense auf den Boden. »Wir haben die Erleuchtung und die alten Kampfkünste eines Kriegergottes erreicht.«

»Wir haben begriffen, an welchem Ende man die sehr scharfen, spitzen Dinger halten und mit welchem man nach jemandem schwingen sollte«, stellte Emma klar.

»Oh, wunderbar«, sagte Veronique. »Monsieur sollte bald zurück sein. Ihr könntet vielleicht die Klingen kreuzen, wie edle Kämpfer, um zu beweisen, dass Ihr den ersten Schritt getan habt, nicht wahr?«

»Das wäre vielleicht ein bisschen frech«, bestand Mark höflich darauf. »Ich meine, er ist sehr gut trainiert, sogar kampferprobt. Es käme ein bisschen *unhöflich* rüber zu sagen: ›Na gut dann, Opa, mal sehen, was du noch draufhast.‹ ›Ich habe gerade gelernt, meine Schnürsenkel ganz allein zu binden; lass uns ein Wettrennen machen‹, oder? Das wäre anmaßend von uns, das zu tun, nicht wahr?«

Emma, die spürte, dass Mark sich verzweifelt aus einer solchen Herausforderung herauswinden wollte, fühlte sich etwas selbstbewusster. »Benutzt er seine Sense eigentlich, weißt du das?«

»Er hat immer eine bei sich«, sagte sie. »Und er wechselt sie, wie die Jahreszeiten kommen und gehen. Ich bin sicher, einige von ihnen müssten nur nachgeschliffen werden. Aber nein, das tut er nicht. Ersetzt das ganze Ding. Le infant jeté avec l'eau du bain. Die anderen Reiter haben ihre Handwerkszeuge und scheinen immer stolz darauf zu sein, sie vorzuzeigen. Vielleicht ist es mehr für die Ästhetik als für den Kampf. Aber ich ging freiwillig mit ihm, als ich starb. Und ich war recht froh darüber. Also, vielleicht habe ich einfach nicht gesehen, wozu er seine Sense in seinem Alltag braucht, außer um den Garten zu stutzen.«

»Widerspenstige Seelen«, sagte Mark. »Solche, die nicht freiwillig mitgehen. Diese Art?«

»Hooligans«, fügte Emma hinzu.

Dann ertönte von oben ein plötzliches, donnerndes Geräusch. Die Hufe einer uralten Furcht erfüllten die Luft wie fremde Herzschläge, die in die Brust der Lebenden und der weniger Glücklichen eindrangen. Ein sterblicher Puls säte ein scheußliches Gefühl durch die Luft und in den Boden und förderte das Wachstum einiger schattenhafter Filamente an der Oberfläche, als ob die Erde selbst vor Furcht bebte. Der Tod kam auf seinem fahlen Ross, eine fließende, schattenhafte Robe hinter sich herziehend, mit einer blitzenden Sense über der Schulter.

Er stieg ab, und alles war still. Der Hufschlag seines fahlen Rosses ließ das Beben des Bodens verstummen. Er hatte die beiden Anhängsel eine ganze Weile nicht gesehen, und das schien ihm zu passen. Er hatte seine Haltung wiedergefunden, obwohl es um seine Gesundheit immer noch schlecht bestellt schien. Selbst für ein Skelett wirkte er blass und dünn.

»Ihr seid nicht tot«, erklärte der Tod.

»Unser Training war ein Erfolg«, sagte Emma stolz.

Der Tod stöhnte. »Das sind ... keine *besonders* guten Nachrichten.«

»Können wir hier unten überhaupt sterben?«, fragte Mark.

Der Tod nahm seine Sense von der Schulter und stützte sich darauf wie auf eine Krücke. »Das ist eine faszinierende Frage, von der ich gehofft hatte, sie würde in meiner Abwesenheit beantwortet werden. Aber anscheinend nicht, zumindest nicht in den Wochen, in denen ihr hier gewesen seid.«

»Wochen?«, fragte Emma.

»Ja, aus irdischer Perspektive«, stellte der Tod klar. »Die Zeit ist nur ein flüchtiger Schatten und eine Erinnerung an die Sterblichkeit, die die Hiesigen nicht mehr benötigen. Jahrtausende, Jahrzehnte, bloße Augenblicke – alle vermischen und überschneiden sich. Der letzte Moment einer Ewigkeit könnte mit dem Beginn einer anderen zusammenfallen. Aber die Zeit schreitet unaufhaltsam voran – ihre Messungen sind allesamt bequeme Unwahrheiten, doch ihre Ergebnisse sind immer die gleichen.« Er klopfte sich mit der Hand auf die Brust. »Die Zeit ist eine große Verbündete von mir. Obwohl sie widerspenstig ist, bringt sie die Menschen immer näher zu mir.«

»Also werden wir dann richtig vermisst«, sagte Mark. »Zumindest von unserem Vermieter.«

Der Tod kniff die Augen zusammen, plötzlich neugierig. »Was haltet ihr da in den Händen?«

»Die Mönche haben sie uns gegeben«, sagte Mark. »Wir haben mit allen möglichen Sensen geübt, aber diese fühlen sich für uns am besten an.«

»Nichts für ungut, was deine angeht, natürlich«, sagte Emma. »Sie ist nur zu ... unpraktisch?«

»Sie ist super zum Dreschen«, sagte Mark, »aber ein bisschen unhandlich, um Menschen zu hüten.«

»Hmm.« Der Tod betrachtete seine Sense und dann die nächstgelegene Klostersäule. Veronique war damit beschäftigt, sein Pferd an die Kutsche zu spannen, damit sie alle nach Hause fliegen konnten. »Es ist keine einfache Sache, aber unpraktisch ist kein passendes Wort.«

»Ich nehme an«, begann Mark, »je mehr wir über die Zweckmäßigkeit von Waffen und ihren Einsatz sprechen, desto näher kämen wir an die Expertise des Krieges heran.«

»Obwohl wir neu sind und akzeptieren, dass jeder irgendwo anfangen muss«, sagte Emma, »würde es dir etwas ausmachen, uns zu zeigen, was du mit deiner Sense für Fähigkeiten hast?«

»Emma!«, rief Mark mit gedämpfter Stimme aus. »Du bittest doch nicht unseren *Gastgeber*, sich zu beweisen, oder?«

»Ich will es nur sehen«, beharrte sie. »Zum Vergleich, wie wir vielleicht-«

Der Tod schwang seine Sense. Nicht auf irgendeine praktische Weise. Es war ein zeremonieller Schwung, flach und schnell, nach außen und zur Seite. Die große Säule, die die Grenze der Mönche markierte, wurde wie ein von einer Axt gespaltenes Schilfrohr durchtrennt. Dann folgte ein starker Wind und stieß das Lehmgebilde um, wo es zu einem Haufen formlosen grauen Schlamms in der merkmallosen Leere zerfiel.

»Nach Tausenden von Jahren«, sagte der Tod, »kriegt man den Dreh raus. Was euch betrifft, schwingt einfach den scharfen Teil auf jeden, der euch Ärger macht. Das allein ist ausreichend.«

Der Tod ging zu seinem Pferd, benutzte seine Sense wie einen Stock und stieg wieder auf. Mark und Emma blickten entschuldigend zu den Mönchen zurück, die sich um ihr verlorenes Bauwerk versammelten, entweder um es wieder aufzubauen oder in den Überresten herumzutreten. Die beiden konnten anscheinend nicht bleiben, um zu helfen. Sie hatten etwas Wichtigeres zu tun ...

KAPITEL ZWÖLF

Die Gruppe kehrte zum heimeligen Häuschen des Todes zurück. Mark entging der Zustand des Vorgartens nicht, das einst überwucherte und unkrautübersäte Feld aus Gestrüpp, Brombeerhecken und allerlei brachliegendem, wildwachsendem Zeug. Es war alles sehr kurz geschnitten worden, und es waren keine Spuren mehr davon übrig. Es war, als hätte der Tod viel Zeit und Mühe in das Mähen seines Rasens investiert. Obwohl es wahrscheinlich nur ein paar Hiebe gekostet hatte, einer pro Richtung, bis ganz zur Haustür.

Das Haus jedoch war etwas weniger ordentlich. Veroniques Abwesenheit machte sich bemerkbar. Tische und Stühle waren nicht zurechtgerückt, eine Sammlung schmutziger Töpfe stapelte sich in der Spüle. Benutzte Tassen waren verstreut. Die Vorhänge waren ungleichmäßig zugezogen. Eine Sense war mit der Klinge voran in den Boden gefallen und war einfach dort stecken gelassen worden, zu tief im dekorativen Parkett, um sie herauszuziehen.

»Ihr zwei«, rief der Tod ihnen zu. Er schnippte mit den Fingern. Auf seinen Befehl hin verwandelte sich seine Robe, zuerst in einen undurchsichtigen Nebel aus tintenschwarzer Dunkelheit, dann in einen wunderschön geschneiderten einreihigen Anzug, der sich seinen phantomhaften Proportionen wie eine zweite Haut anpasste – aber im Fall des Todes eigentlich die erste Haut war. »Eure nächste Lektion in der Pflicht des Todes liegt am Ende eures Lebens.«

Mark und Emma sahen sich etwas besorgt an. Sie ließen ihre neuen Sensen an der Tür neben dem unbenutzten Garderobenständer und der Sammlung von Regenschirmen stehen, während Veronique auf Französisch fluchte, als sie ins Wohnzimmer ging, um den Schaden der paar Wochen Junggesellenleben zu beseitigen, die der Tod hinterlassen hatte.

Der Tod führte sie durch sein Arbeitszimmer und die versteckte Tür im Bücherregal in die Halle der Zeit, die auf allen Seiten und an jedem verfügbaren Platz mit Sanduhren gesäumt war, was sich, so schätzten Mark und Emma, meilenweit erstreckte. Er ließ sich in seinen liebsten, abgewetzten alten Sessel fallen und deutete ihnen an, ebenfalls Platz zu nehmen. Zwei Sanduhren lagen auf der Seite auf dem Couchtisch mit Goldrand. Mark und Emma erkannten sie als diejenigen, die zu ihren eigenen Lebensspannen gehörten, die symbolischen und mystischen (aber sehr realen) Lebenslinien, die sie vorerst vor dem wahren Tod bewahrten.

Auf einem Ständer ihnen gegenüber standen eine weitere Sanduhr und eine flache Schale, gefüllt mit doppelt gebleichtem Basmatireis. Der Tod drehte den oberen Kolben der Sanduhr auf und streute ein paar Reiskörner oben auf den Sand, die Körnchen für Körnchen nach unten rieselten. Er schraubte den Deckel wieder fest und hielt sie ihnen hin.

»Sagt mir, was ihr seht«, sagte er.

»Dass ein kluger Ratschlag befolgt wird«, sagte Emma selbstgefällig.

Der Tod stöhnte sie an.

»Äh, eine Sanduhr?«, sagte sie diesmal.

Er stöhnte erneut, was an ein ungeduldiges Knurren grenzte.

»Das Leben?«, fragte Mark.

Der Tod seufzte. »Dies ist in der Tat das, was das Leben misst. Die Zeit, die einem zu leben bleibt, sickert als Sandkörner nach unten. Jedes Korn ist ein Moment, eine gewisse Bedeutung, und der Fluss ist für alle unterschiedlich. Einige fließen schnell mit viel Bedeutsamkeit; andere sind nur halb voll oder sogar weniger, wenn sie ins Dasein treten. Jede eine Tragödie von unterschiedlicher Länge, aber jede unvermeidlich. Wenn man all den Sand nehmen würde, der in jeder Wüste eurer Welt liegt, würde dieser Sand nur einen einzigen Tag unter der Pflicht des Todes ausmachen.«

»Das ist eine Menge Sand«, sagte Mark.

»Das ist eine Menge Pflicht ...«, sagte Emma. »Ich meine, wie viele Menschen sterben jeden Tag? An irgendetwas? Das müssen doch mindestens ein paar Tausend sein?«

»Der Sand, der verloren geht«, sagte der Tod, »geht nicht nur durch den Tod verloren. Es gibt unzählige Wege, den Sand schneller fließen zu lassen ... und einige geheimnisvolle Wege, die ihn vielleicht *stoppen.*« Er warf einen bösen Blick auf ihre unbeweglichen Gläser. Die oberen Kolben waren leer, bis auf die Krusten aus Sand, die an den Seiten verhärtet waren. In jede war eine Handvoll Reis gefüllt, was sie doppelt voll aussehen ließ.

»Ihr müsst lernen, wie man jede Sanduhr misst und korrigiert«, sagte der Tod, »und welches Timing nötig ist, um die zugehörige Seele präzise einzusammeln, während die letzten Momente verfließen. Und das müsst ihr ungefähr eintausendsiebenhundert Mal pro Tag tun und ebenso oft losziehen, um die Seelen zu ernten und sie zum Fluss zu bringen. Denn so viele sterben im Durchschnitt jeden Tag in dem Gebiet, das ihr heute das Vereinigte Königreich nennt.«

»Wie viele Häuser besucht der Weihnachtsmann jedes Jahr?«, fragte Mark. »Wenn er das jeden Tag machen müsste, wäre er auch nur noch ein Skelett.«

»Stehen diese alle kurz vor der Abholung?«, fragte Emma, als sie auf den Raum um sich herum deutete. »Oder sind diese ... aus einem anderen guten Grund hier?«

Der Tod nahm eine leere Sanduhr aus einem Regal, eine ohne Namen, ohne Verzierung, etwas Reines und Einfaches. Er öffnete den Deckel und rieb die Spitzen seiner Fingerknochen aneinander. Sand entstand und füllte den oberen Kolben der Sanduhr. Er rieb weiter, bis nichts mehr herauskam, dann schraubte er den Deckel wieder fest. Nachdem die Sanduhr zusammengesetzt war, hielt er sie hoch und wischte mit einer Phalanx über die Messingplatte. Während sie zusahen, erschienen Buchstaben, die in die Plakette am Sockel der Sanduhr eingraviert waren – Noah Archibald Simmonds.

»Dies ist ein Leben«, sagte er, »das Gestalt annimmt. Sein Ende ist bestimmt worden. Obwohl das Schicksal nicht gewiss ist, kann dieses Leben darin niemals ersetzt werden, und sobald es zu fließen beginnt« – er schüttelte die Sanduhr, und der Sand bewegte sich, um langsam durch den schmalen Hals zu rieseln – »besteht es bis zum Ende.«

»Also heißt das, dass Noah tatsächlich gerade geboren wird?«, fragte Emma.

»Hmm, ja«, sagte der Tod. »Jeder Tod beginnt mit dem Leben.«

»Ich dachte, dafür wäre jemand anders zuständig«, sagte Mark.

»Wenn irgendjemand anderes die Verantwortung hätte, das Leben zu verwalten und zu erhalten«, erwiderte der Tod, »warum sollte er dieses Leben dann dem Tod ausliefern? Wenn es einen solchen Reiter wie das Leben gäbe, dann wäre es doch seine Aufgabe, Leben auszuteilen, oder?«

»Wie ein Storch«, sagte Mark.

»Oder ein Kohlbauer«, schlug Emma vor.

»Und dieses Leben, das sie geschaffen haben, dem Tod anheimfallen zu lassen, wäre ein Versäumnis, nicht wahr?«, fuhr der Tod fort.

»Ich meine«, begann Emma, »rein wirtschaftlich betrachtet wäre es doch für beide Seiten von Vorteil, Leben für dich zum Ernten bereitzustellen, wenn du dem Leben im Gegenzug auch etwas bieten könntest. Sowas wie Stabilität? Die Bevölkerung davon abhalten, zu stark zu wachsen?«

»Dieser Meilenstein wurde schon vor Jahren überschritten«, sagte der Tod. »Eure verdammte Industrielle Revolution hat es unmöglich gemacht, eure lästigen Wachstumsraten im Zaum zu halten. Und so wenige Länder haben die Dreistigkeit, wieder in den negativen Bereich zu rutschen.«

»Gern geschehen?«, sagte Mark.

»Leben ist eine Angelegenheit des Todes«, erklärte der Tod. »Seine Wichtigkeit kann keinem anderen anvertraut werden. Und wenn ihr der Tod werdet, oder zumindest als meine Stellvertreter handelt, wird es an euch liegen, es nicht zu vermasseln.«

Der Tod griff nach dem Hebel an seinem Stuhl, um ihn in einen

Liegesessel zu verwandeln. Er zog daran, und der Raum begann abzusinken. Mark und Emma fielen, als die Wände um sie herum in die Höhe schossen. Der Boden raste nach unten. Und auf allen Seiten um sie herum waren die Regale und die Stundengläser, eine unendliche Menge, die bis in eine Tiefe reichten, die sie nicht ermessen konnten. Sie verloren die Decke aus den Augen und sanken dann minutenlang weiter.

Dann, endlich, hielten sie an. Der Kamin, der einzige Teil des Raumes, der nicht ein mit Stundengläsern bedecktes Regal war, war erloschen und mit Sand gefüllt, der herausschwappte, als würde es durch den Schornstein hereinregnen.

»Dafür braucht man Fingerspitzengefühl«, sagte der Tod. »Eines, das ihr euch aneignen müsst. Um die richtige Menge zu finden, mit der man jedes Stundenglas füllt.« Er stand von seinem Stuhl auf, dessen Fußstütze sofort herausschnellte. Er grunzte und drückte sie wieder hinein, dann nahm er zwei einfache, leere Stundengläser. Er reichte sie ihnen.

»Fühlt ihr Gewicht«, wies er sie an. »Ihre Leichtigkeit. Ein Leben ohne Tod hat keine Bedeutung, keinen Zweck. Kein Maß. Aber ein zu lange gelebtes Leben wird zu einer schweren Bürde. Ihr müsst eine Richtigkeit entdecken. Ein ›Gerade-genug‹-Gefühl, um es zu füllen. Dann kann dieses Leben beginnen und anfangen zu enden.«

Mark und Emma hielten die Stundengläser und wogen sie in ihren Händen. Sie fühlten sich tatsächlich leicht an, viel leichter als erwartet. Das Glas war billiges Acryl und das Holz nichts weiter als Laminat. Er brachte auch ihre eigenen Stundengläser herüber. Er gab Emmas Stundenglas Mark und umgekehrt.

»Fühlt diese«, sagte er.

Die beiden nahmen ihr eigenes Leben in die Hände und verglichen das Gewicht, wie auf einer Waage.

»Wow«, sagte Mark. Er drehte sich zu Emma. »Es ist ... überraschend schwer.«

»Wirklich?«, fragte sie.

Es war nicht das erste Mal, dass er ihr Leben in seinen Händen hielt. Er erinnerte sich daran, was letztes Mal passiert war, umklammerte es etwas fester und konzentrierte sich stattdessen auf das leere. Er verglich das Gewicht eines gelebten Lebens, ob gut oder schlecht, mit dem eines, das noch nicht begonnen hatte.

»Füllt sie«, sagte der Tod, »bis sie sich so beständig anfühlen wie eure. Es wird jedes Mal eine andere Menge Sand benötigen. Manche werden vielleicht schneller rieseln als andere.«

Damit zog der Tod seine Kapuze über den Kopf und verschwand.

Mark und Emma gingen zum Kamin und begannen, die Stundengläser zu füllen, wie es ihnen gezeigt worden war. Sie experimentierten mit dem Gewicht, bis es sich genau richtig anfühlte. Eines war etwas flacher als ihr eigenes – ein Leben, das dazu bestimmt war, noch vor ihrem zu enden. Das andere war viel dichter, obwohl der Sand schneller floss, ein Leben voller Ereignisse, die bereits stattfanden.

»Alles Gute zum Geburtstag an euch beide«, sagte Mark.

»Sorry, dass wir dich getötet haben«, fügte Emma hinzu. »Indem ... wir dich haben geboren werden lassen.«

Mark verzog das Gesicht. »Ja, genau das sollten wir zu unserem Erstgeborenen sagen, nicht wahr? Entschuldige dich einfach direkt nach der Geburt.«

»Unserem Erstgeborenen?«, fragte sie ungläubig.

»Ich meine ja nur–«

»Tun wir einfach mal so, als wären wir nicht nur WG-Partner, hätten keine Beziehung, die über das Teilen von Rechnungen hinausgeht, und wären nicht tot. Na ja, mehr oder weniger tot. Würdest du mit dem, was du jetzt weißt, immer noch ein Kind in die Welt setzen wollen?« Sie hielt ihr Stundenglas hoch, um ihren Standpunkt zu untermauern.

»Nichts weiter als Rechnungen teilen?«, fauchte Mark. »Ist schon gut, wenn du mich nicht so siehst, wie ich dich sehe. Ich versteh's. Wirklich. Aber unsere Beziehung ist für dich wirklich so einfach? So geschäftlich?«

»Tut mir leid. Das kam total falsch rüber.« Emmas Züge wurden weicher, sie streckte die Hand aus und legte sie auf Marks Arm. »Das habe ich nicht so gemeint. Du warst ... du *bist* der beste Freund, den ich je hatte.«

»Gut gerettet.«

»Danke.«

»Und du schuldest mir immer noch zwanzig Pfund für den Strom vom letzten Monat.«

Emma lachte. »Sobald wir an einen Geldautomaten kommen.«

Mark nahm die nächsten leeren Stundengläser und reichte eines an Emma. Sie arbeiteten schweigend und lernten, den Wert des Lebens zu schätzen, nicht mehr als eine Handvoll Sand nach der anderen.

KAPITEL DREIZEHN

Über eine weitere lange, unbestimmte Zeitspanne hinweg wurden sie ziemlich geschickt im Sieben von Sand. Emma neigte dazu, ganze Handvoll auf einmal hinzuzufügen und den Überschuss dann wieder auszuschütten. Mark hingegen war viel vorsichtiger und gab manchmal nur eine Prise auf einmal hinzu, als würde er Fleisch würzen.

»Ich liebe den Fernsehkoch-Schwung«, sagte Emma amüsiert. »Fehlt nur noch ein Zweiglein Petersilie.«

»Hauptsache, es klappt«, erwiderte Mark, ohne den Blick vom Sand zu nehmen.

Beide wogen ihre Sanduhren in den Händen und waren mit den Ergebnissen zufrieden. Emmas oberer Glaskolben war fast bis zum Rand gefüllt. Marks war nicht einmal halb voll.

»Moment der Wahrheit?«, fragte Emma.

»Sicher.«

Sie tauschten die Sanduhren aus und prüften das Gewicht.

»Passt genau.« Mark nickte anerkennend und ließ den Deckel von Emmas Sanduhr einrasten. Als er das tat, erschien die Gravur auf dem Namensschild und der Sand begann im Nu zu rieseln. »Alles Gute zum Geburtstag, Nadia.«

Er lächelte und schob die Sanduhr über den Boden, bevor er sofort eine leere aufhob, um den Vorgang von Neuem zu beginnen.

»Das ist ja wie *One Born Every Minute*«, sagte Emma und schüttete den Sand aus ihrer hohlen Hand. »Nur auf Steroiden. Ohne das ganze Geschrei und die Körperflüssigkeiten.«

Nach anfänglichen Schwierigkeiten hatten sie eine Art Rhythmus gefunden und weit über zweihundert nun vollständig laufende Sanduhren gefüllt, die um sie herum auf dem Boden lagen. Nadia wurde auf Harry – Emmas vierte an diesem Morgen – platziert, um eine zweite Ebene zu beginnen.

»Es ist schon ein bisschen verrückt, dass wir im Grunde Leben erschaffen«, sagte Emma.

Mark dachte einen Moment darüber nach und schüttelte dann den Kopf. »Tun wir aber nicht, oder? Der Schöpfungsakt findet in Betten, auf Fußböden und in Materialschränken auf der ganzen Welt statt. Wir starten nur den Timer.«

Emma lachte. »Du vergleichst das damit, ein paar Fischstäbchen für zwölf Minuten bei zweihundert Grad in den Ofen zu schieben?«

»Zweihundertzehn, wenn die Panade knusprig werden soll. Aber ja. Es ist trotzdem erstaunlich und ein Privileg.«

Es ging nur um das Gefühl, und dieses Gefühl war mit einer Mischung aus Ehrfurcht und Furcht vor ihrer Macht verbunden. Eine Sense zu schwingen – ein gefährlicher Gegenstand, der dazu bestimmt war, ein Leben brutal zu beenden – war eine Sache. Aber das Gewicht zu spüren und die Zeit zu bemessen, die einem Menschenleben noch blieb, war etwas völlig anderes. Ihre Moralvorstellungen fühlten sich gedehnt an. Sie taten nur, was notwendig war, damit das Leben beginnen konnte, aber am Ende würde all dieses Leben irgendwie enden.

Sie arbeiteten sich weiter durch die leeren Sanduhren, aber es warteten immer noch mehr darauf, gefüllt zu werden, und unendlich viele mehr, die bereits liefen. Es fühlte sich an, als hätten sie in viel zu viel Zeit sehr wenig erreicht. Als sie eine Pause machten und vom Boden aufstanden, waren ihre Beine steif und ihre Rücken fühlten sich krumm an.

»Ich kann mir vorstellen«, sagte Mark, »dass das nach einiger Zeit an die Substanz gehen könnte.«

»Es ist wie die Arbeit in einem Bergwerk«, sagte Emma. »Irgendwann wird der ganze Körper quasi zusammengestaucht, nur um mit den Bedingungen fertigzuwerden.«

»Tun dir die Fingerknöchel weh?«, fragte Mark. »Vom Schaufeln des Sandes?«

»Ein bisschen. Aber meine Nägel sahen noch nie so glänzend aus.«

Der Tod erschien plötzlich im Raum, und Emma verschüttete eine Handvoll Sand auf dem Boden.

»Tut mir leid, Kleines«, flüsterte sie und schaufelte den Sand zurück in die Sanduhr.

»Lektion beendet«, verkündete der Tod und stampfte mit dem Fuß auf.

Die Wände rasten mit der gleichen verschwommenen Geschwindigkeit, die sie zuvor erlebt hatten, in den Boden hinab. Mark und Emma sicherten ihre Sammlungen gefüllter Sanduhren in der Nähe, bevor sie von den zunehmenden G-Kräften an den Boden gedrückt wurden.

»Sie haben das Gefühl für ein richtiges Leben gelernt«, sagte der Tod. Sie erreichten das oberste Stockwerk. Die Höhle, die auch als Aufzug diente, kam ruckelnd zum Stehen. Die Sanduhren schwankten, aber keine fiel um. »Der Rest sind bloße Vorschriften. Sie können den Sand einer bereits vorhandenen Sanduhr nicht manipulieren. Sie können weder mehr hinzufügen noch etwas wegnehmen. Die Zugabe von Reis zur Feuchtigkeitsreduzierung scheint aber in Ordnung zu sein.«

»Zum Glück«, sagte Emma.

»Des Weiteren«, fuhr der Tod fort, als er aufstand, »müssen Sie, wenn eine fast leer ist, das Urteil fällen, wann und wie Sie die entsprechende Seele abholen. Manche Momente sind offensichtlich tödlicher als andere. In Ihrem Fall sollten Ihre letzten Momente ohne viel Aufhebens kommen. Aber diese missliche Lage hat es Ihnen unmöglich gemacht, zu sterben. Das ist eine wesentliche Maßnahme, die Sie immer ergreifen müssen: Wenn auch nur ein einziges Sandkorn übrig ist, ein einziger Moment noch nicht erfüllt, kann das Leben nicht genommen werden. Man muss vollständig abwarten, bis dieser letzte Moment verstrichen ist.«

»Also, wenn sich ein sehr langweiliger Mensch«, sagte Mark, »absichtlich einschließt, um zu verhindern, dass er irgendetwas erlebt, könnte er länger leben?«

»Letztendlich«, sagte der Tod, »stirbt alles. Aber auch hier unterscheidet sich die Bemessung von Momenten und Bedeutung stark. Manche Männer überleben Kriege und sieben dennoch ihre eigenen Momente mit mehr Tödlichkeit durch als der Soldat, der hinter einer Barrikade sitzt und sein Gewehr umklammert. Langeweile ist relativ. Diese Mönche sind beste Beispiele. Einige werden über hundert Jahre alt, weil sie ihre Momente ganz anders bemessen.«

»Also kann Monotonie Zeit sparen«, sagte Emma und dachte an den endlosen Stapel von Versicherungsanträgen, der sie jeden Morgen bei der Arbeit begrüßte, und wie dies letztendlich ein entscheidender Faktor für ihre Entscheidung gewesen war, ihrem Leben ein Ende zu setzen. »Wenn ich das gewusst hätte, hätte ich bei der Arbeit den Kopf eingezogen und die Tage einfach an mir vorbeiziehen lassen.«

»Ist nicht jeder Job auf eine Art repetitiv, egal in welchem Beruf?«, überlegte Mark laut. Er war bei der Arbeit zufrieden gewesen. Die Arbeit selbst, Online-Anzeigen für Lebensmittel- und Getränkemarken zu erstellen, konnte etwas eintönig sein. Er hatte sie interessant gemacht, indem er sich witzige Wortspiele und Kalauer ausdachte, um – seiner Meinung nach – die Werbetexte und die Wirksamkeit der Werbung zu verbessern. Meistens endete das damit, dass Mark einen Anruf von einem wutentbrannten Markenmanager erhielt, der es vorziehen würde, wenn die ›Aushilfe nicht an dem Genie eines preisgekrönten Texters herumpfuschen würde‹. Und das war für Mark in Ordnung. Er war der festen Überzeugung, dass es besser war, es zu versuchen, als still in der Ecke zu sitzen. Aber gelegentlich funktionierten seine ausgefallenen Textideen. Die Marke erlaubte der Agentur, vom Briefing abzuweichen und die Daten entscheiden zu lassen. Und es funktionierte. Er hatte ihnen geholfen, ihr Quartalsziel für verkaufte Brokkoliröschen zu sprengen, oder erfolgreich bei der Einführung eines neuen Energydrinks geholfen, und bei beiden Gelegenheiten hatte die Agentur die

Lorbeeren geerntet und Mark wurde ein 50-Pfund-Gutschein von M&S zugesteckt. Win-Win.

»Langweilige Leben sind einfach zu beurteilen«, sagte der Tod. »Man kann sie gleichmäßig takten. Ihr Sand rieselt langsam. Manche Leben, die krank oder arm geboren wurden, enden früh und sind dennoch ereignisreich. Ihr Sand rieselt schnell. Nehmen Sie eine der Sanduhren, die Sie gefüllt haben. Sie werden selbst über das Leben urteilen, das Sie verdammt haben.«

Mark und Emma nahmen jeder eine zufällige Sanduhr aus der Gruppe, die sie gefüllt hatten, und hielten sie hoch. Marks war randvoll, bis ganz nach oben, und der Sand rieselte langsam. Emmas war etwa zu drei Vierteln gefüllt und floss ein wenig schneller.

»Geben Sie ihnen Jahre«, wies der Tod sie an. »Verlassen Sie sich auf Ihre erste Annahme.«

»Also gut«, sagte Emma. »Dieser Kerl, Jack, wird in die Neunziger kommen und so gut wie nichts daraus machen. Fast ein Drittel seines Lebens von seiner Rente leben.«

»Diese hier, Maisy«, sagte Mark. »Ähm ... mittleren Alters? Vielleicht in den Fünfzigern? Ziemlich aufregend.«

»Eine Zahl«, sagte der Tod. »Ganz und vollständig.«

»Einundneunzig«, schätzte Emma.

»Äh«, stotterte Mark. »Ähm, fünfundvierzig – nein, fünfundfünfzig. Dreiundfünfzig? In den Fünfzigern, aber achtundfünfzig? Vielleicht siebenundfünfzig?«

Der Tod riss Mark die Sanduhr aus der Hand. »Wie lange ist lang genug? Wenn es nach Ihnen ginge, würden Sie ihnen jede Chance geben, sich selbst zu retten und ihr unausweichliches Ende zu vermeiden. Praktisch gesehen sind Sie jedoch das Gegenteil ihrer Erlösung. Selbst wenn Sie den Sand in diesem Glas verdoppeln könnten, würde es immer noch bedeuten, dass sie durch Ihre Hand ein Ende finden müssen. Dieses hier endet mit neunundvierzig. Sie waren bei Ihrer Einschätzung zu großzügig. Auch wenn Sie denken, dass es falsch ist, müssen Sie grausam sein und nur das anerkennen, was Sie sehen, was Sie als wahr erkennen.«

»Hatte ich recht?«, fragte Emma.

»Zweiundneunzig«, sagte der Tod. »Nicht schlecht.«

Emma nickte zuversichtlich, während Mark ein wenig schmollte. Er war nicht verärgert, dass er mit seiner Schätzung falschgelegen hatte, aber die Art und Weise, wie er sich geirrt hatte, und die strenge Belehrung darüber gingen ihm etwas an die Nieren. Er war zu hoffnungsvoll und stolz auf die Menschheit, um der grimmige Richter zu sein, der er jenseits der Grenze des Lebens sein musste, was keine schreckliche Sache war. Er war nicht so zynisch und mürrisch, dass er selbstbewusst an seine Fähigkeit glaubte, andere dem Untergang zu weihen.

Aber der Tod war es. Und Emma war ... gut in Mathe, also ergab das Sinn.

»Wenn eine Sanduhr leer ist«, erklärte der Tod, »wird sie in die Sammlung gestellt. Ein Leben, das über den Fluss zieht, wird aufbewahrt und niemals zurückgeholt. Das soll mich daran erinnern, welche Seelen vollständig hinübergegangen sind und welche noch warten.«

»Und im Idealfall«, sagte Mark, »wollen wir, dass sie alle hinübergehen. Irgendwann.«

»Es gibt nur einen Fährmann«, sagte der Tod. Er trat an das Fenster, das auf den Fluss und seinen Nebel blickte. »Einen, der von seinen eigenen Überzeugungen und Traditionen gefesselt ist. Das Leben hat sich verändert, die Kultur hat sich verändert, doch nichts davon spiegelt ihr wahres Ende wider.«

»Ich bin mir ziemlich sicher, dass wir eine Menge Kriege darüber geführt haben, wessen Version des Jenseits die richtige ist«, sagte Mark. »Das ist ein heißes Eisen.«

Der Tod brachte eine Sanduhr herüber, die noch lief und deren meister Sand sich bereits unten befand. »Wie viel Zeit hat diese Person noch?«

Mark kniff die Augen zusammen, um den Sand zu betrachten – die Art, wie er fiel, die Form, die er annahm – und schaute dann auf den Namen auf dem Schild. »Georgie!? George Banbridge? Kein Scheiß!«

»Was?«, fragte Emma.

»Das ist mein Kumpel aus der Schule«, sagte er. »Grundschule. Er ist immer noch am Start! Wie klein die Welt doch ist.«

»Und wie lange muss er noch *strampeln*?«, fragte Emma. »Du erfährst es vor ihm. Stell dir das mal vor. Du könntest beim nächsten

Klassentreffen auftauchen und ihm ins Gesicht sagen, wann er sterben wird.«

»Das würde ich nicht tun«, sagte Mark. »George war ein feiner Kerl. Er hat uns allen mal nach der Schule eine Schachtel Kippen gekauft. Wir haben keine davon geraucht, nur zum Spaß untereinander getauscht.«

Der Tod stöhnte ungeduldig.

Mark raffte sich auf und sah sich den Inhalt noch einmal genau an. »Äh, noch etwas über dreißig Jahre?«

»Akzeptabel«, sagte der Tod. »In etwas mehr als dreißig Jahren werden Sie also in das Reich der Sterblichen hinabsteigen und ihm folgen, um auf den schicksalhaften Moment seines Todes zu warten und seine Seele einzusammeln – ja? Einfach nur herumlungern und ihm beim Leben zusehen, bis etwas passiert, das ihn sterben lässt?«

»Äh ...«

»Während Tausende andere«, fuhr der Tod fort, »um Sie herum sterben, außerhalb Ihrer Sichtweite und ohne Ihr Wissen, werden Sie Ihre einzige Macht für eine gewisse Zeit dieser einen Seele und keiner anderen widmen, bis etwas mehr als dreißig Jahre vergangen sind?«

»Na ja, das sollte ich doch nicht tun müssen«, sagte Mark. Er wandte sich unsicher an Emma. »Oder?«

Sie zuckte mit den Schultern.

»Präzision«, sagte der Tod, »ist wichtig. Sie bewahrt Sie davor, Ihre Zeit mit jemandem zu verschwenden, der seinen letzten Moment erreichen *könnte*, und führt Sie leichter zu jemandem, der es *wird*. Lernen Sie, das Rieseln des Sandes in Jahren zu messen. Dann in Monaten. Dann in Wochen, Tagen, Stunden und Minuten – bis zu dem Moment, in dem die Seele reif für die Ernte ist.«

»Gibt es eine mit weniger Sand, die wir als Probelauf nehmen können?«, fragte Mark.

Der Tod stöhnte und warf ihm eine Sanduhr zu. Mark fing sie panisch auf.

Die Sanduhren waren unverwundbar gegenüber jeglichem Schaden von außen. Aber zu sehen, wie Mark wegen seiner eigenen Nervosität herumfummelte, war eine kurze Erholung für den ungeduldigen Tod.

KAPITEL VIERZEHN

Der Tod war unterwegs und erntete die ewigen Seelen der Menschheit, um sie ohne Umschweife in die alles verzehrende Leere des Fegefeuers zu befördern. Wenn sie dachten, ihr Tag liefe nicht wie geplant, als der Tod erschien, sollte es nur noch schlimmer werden, wenn ihre Seelen von der gefühllosen Hand des Fährmanns Charon für ihre mangelnde Voraussicht verspottet wurden.

Auf Veroniques Wunsch gingen sie, Mark und Emma, nach draußen, um das Gelände zu erkunden.

Sie führte sie zu der Wiese hinter dem Haus, zu einem verfallenen Stall hinter dem Hügel. »Hier«, sagte sie, »bewahren der Monsieur und seine Kameraden ihre Ersatzpferde auf.«

»Ersatzpferde?«, fragte Mark.

»Ja«, erklärte Veronique. »In der Not tut's jedes Pferd, oder so ähnlich lautet das Sprichwort. Sie haben natürlich ihre Lieblinge, wie jeder andere auch. Pferde sind gute Freunde und eine gute Gesellschaft, wenn sie gut ausgebildet sind. Und diese Pferde sind von der Art, die die Grenze zwischen Leben und Tod überwinden kann, um die Bewohner dieses unlebendigen Ortes zurück in die irdische Welt zu tragen.«

»Warum Pferde?«, fragte Emma.

Veronique zuckte mit den Schultern. »Ich nehme an, sie sind zu alt, um Autofahren zu lernen?«

»Ich glaube, Pferde haben für sie eine große Bedeutung im Hinblick auf einen größeren Aspekt der menschlichen Kultur und Geschichte«, sagte Mark. »Warum sollte der Krieg sonst nicht auf einem Löwen reiten oder die Hungersnot nicht auf einer Art Riesenheuschrecke vom Himmel herabsteigen?«

»Sei nicht albern«, sagte Veronique. »Hier gibt es keine Löwen. Auch Pferde sterben und kommen hierher. Sie werden gezähmt und zur Arbeit eingesetzt.«

»Pferde haben Seelen?«, fragte Emma.

»Alle Lebewesen haben eine«, sagte sie. »Aber wilde Tiere lassen sich nicht so leicht zusammentreiben. Pferde schon. Also neigen sie dazu, sich zu versammeln und ihren Weg auf diese Weide zu finden, um zu grasen und auf eine ruhige, führende Hand zu warten.«

»Aber wenn alle Tiere hierherkommen«, sagte Mark, »und wenn wir die Aufgaben des Todes unterstützen sollen, warum können wir dann nicht etwas wie einen Löwen reiten?«

»Ich glaube«, sagte Emma, »es geht eher um die Frage, ob du denkst, dass du einen Löwen leichter dressieren kannst als ein bereits domestiziertes Pferd?«

Mark hörte zu und fügte ihre Worte in seinem Kopf zusammen, um die Situation zu verstehen. Aber er hatte noch drängendere Fragen, als er sich auf der weiten Prärie umsah. »Wo sind die Hunde? Warum gibt es hier keine Hunde?«

»Sie verlaufen sich«, sagte Veronique. »Und der Monsieur mag keine Hunde. Er sagt, sie bellen ihn immer an, wenn er ihre Besitzer holen kommt. Sie zerren an seiner Robe, wenn sie ihn erwischen. Er bringt sie nicht mit, wenn er es vermeiden kann.«

»Also gibt es Geisterhunde auf der Erde?«, sagte Mark. »Einfach ... überall?«

Veronique öffnete den Riegel einer der Stalltüren und klatschte sanft in die Hände. Eine kleine Herde verschiedenster Pferde trottete auf das Feld hinaus. Einige rannten los und flohen vor den Fremden, während andere ruhig und schüchtern am Gras fraßen.

»Habt ihr beide schon mal auf einem Pferd gesessen?«, fragte Veronique.

»Ich schon«, sagte Emma. »Als ich acht war. Zugegeben, alles, was sie taten, war, mich in den Sattel zu setzen und es an einer Longe einen kleinen Pfad entlanglaufen zu lassen. Also was das Reiten angeht, ja, aber ... das Steuern, nein.«

»Einfach nein von mir«, sagte Mark.

»Mark hat ein Problem mit Pferden«, erklärte Emma Veronique. »Er traut ihnen nicht.«

»Das werde ich nicht schon wieder rechtfertigen!«, beschwerte er sich. »Es ist kein Trauma, das versichere ich dir. Es ist absolut vernünftig.«

»Er hat gehört, dass sie einem Mann den Kopf abbeißen können, und seitdem hat er Angst vor ihnen.«

»Das war nicht nur ein Gerücht, es war eine echte historische Anekdote. Die Griechen hatten Wildpferde, die durch den Kampf mit Berglöwen gelernt hatten zu beißen, und Pferde sind sehr stark, also ist es naheliegend, dass ihre Kiefer stark genug sind, um sich durch Muskeln zu beißen. Außerdem sind sie schwer und haben Hufe. Wenn sie auf dich treten, stirbst du. Und sie sind so groß. Wenn du von einem herunterfällst, ist das, als ob du von der Spitze eines Festwagens fällst. Du stirbst. Alles an Pferden ist einfach nur ein Todesrisiko. Man kann nicht einmal in ihrer Nähe stehen, sonst drehen sie sich um, treten dich und bringen dich um. Sie sind wie Emus.«

Emma winkte ihm ab, bevor sie sich Veronique zuwandte. »Also, hast du irgendwelche Löwen, die er stattdessen reiten kann?«

»Nein«, sagte Veronique. »Aber ich glaube, ich habe etwas, das funktionieren wird.«

Emma bekam einen Hengst zum Zureiten. Sie musste die ganze Arbeit des Auflegens einer Decke und eines Sattels selbst erledigen, um sich mit dem Pferd anzufreunden und ihm beizubringen, den Akt dieser leichten Fesselung zu lieben, was ihr die Kontrolle geben würde. Veronique leitete sie an und lehrte sie die Kunst des Zäumens. Währenddessen bekam Mark ein Shetlandpony – ein ausgewachsenes Pferd von der Größe eines sehr großen Hundes. Seine Aufgabe war viel einfacher, aber er graute sich trotzdem davor, das Ding tatsächlich zu reiten. Nicht, weil es gefährlicher war als ein ausgewachsenes Pferd, sondern weil er sich des Gedankens nicht erwehren konnte, bei dem Versuch dumm auszusehen.

»Okay«, seufzte Mark schließlich. Er saß auf dem Rücken des Shetlandponys und es grunzte unter seinem zusätzlichen Gewicht. Sie standen einen Moment lang still in der Leere. »Ähm ... hüa?«

Marks Unsicherheit half dem Pferd nicht. Er versuchte, sich nach vorne zu lehnen, um es in Bewegung zu setzen, versuchte, es mit seinen Hüften zu schaukeln. Er versuchte, sich nicht wie ein kompletter Trottel zu fühlen, als erwachsener Mann, der auf einem pferdeähnlichen Kinderspielzeug hockte, aber es funktionierte nicht.

»Na los!«, drängte Mark. »Wir müssen los ... Seelen ernten und so weiter. Du und ich, Pferd. Ein loderndes Feuer am Himmel des dunklen Schicksals und des unheilvollen Endes.« Er blickte auf das Feld und sah, dass Emma ihr Pferd endlich gesattelt und in Bewegung gebracht hatte. Sie musste es nur noch besteigen, aber der Hengst war ein freigeistiger Rebell mit einem Herzen aus Gold und ließ sich nicht von einem Menschen binden, dem er nicht vertraute.

»Schau mal da drüben«, sagte Mark zu seinem Pony, seinem einzigen Freund in Hörweite. »Sie zieht es einfach durch, nicht wahr? Manchmal wünschte ich, ich könnte das auch. Nicht ein Pferd besteigen – das habe ich anscheinend geschafft. Aber einfach ... sie ist sogar mutig genug, sich das eigene Leben zu nehmen. Nicht mutig, aber entschlossen. Entschlossen, dass sie etwas tun kann, und dann tut sie es auch. Ihr ganzes Leben lang haben Leute ihr gesagt, dass sie Dinge nicht tun könne, und sie hat es einfach trotzdem gemacht. Sie akzeptiert kein ›Nein‹, nicht einmal von einem Pferd.«

Emma rannte neben dem galoppierenden Pferd her und packte den Sattel. Sie schwang sich mit einem Satz hinauf, steckte einen Fuß in den Steigbügel, schwang ihr Bein darüber und saß auf. Es machte einen kurzen Bocksprung, als sie sich im Sattel zurechtfand. Veronique ritt neben sie.

»Oberkörper zurück«, wies sie an, »Hüfte vor. Reite auf deinem Hintern, nicht im Schritt.«

»Wie bringe ich es dazu, langsamer zu werden?«, rief Emma.

»Anziehen«, sagte Veronique. Sie zerrte an ihren eigenen Zügeln und ihr Pferd verlangsamte zum Trab. Emma versuchte es ihr gleichzutun, doch ihre Hand rutschte ab und sie drehte den Kopf des Pferdes. Es bewegte sich natürlich in die Richtung, in die es blickte, zurück zum Stall und direkt auf Mark und seinen unbeweglichen, flauschigen Esel zu.

Mark trat dem Pony mit den Füßen in die Flanken. »Okay, jetzt sind wir beide in Gefahr. Na los, beweg dich. Hüa, vorwärts! Nun mach schon! Komm schon! Willst du zu Leim verarbeitet werden? Das passiert, wenn man einem Zug im Weg steht!«

Das Pony grunzte und wieherte kläglich, bevor es sich endlich abstieß und vorwärts trottete. Es machte ein paar Schritte, fiel dann in einen kurzen, hüpfenden Galopp und hob augenblicklich vom Boden ab in die Luft. Als würde es einen unsichtbaren Hügel erklimmen.

»NEIN!«, schrie Mark. »Das sollst du nicht machen!«

»Mark!«, rief Emma, als sie an ihm vorbeiritt. Es gelang ihr, die Zügel unter Kontrolle zu bekommen und ihr Pferd mit den Fersen zum Stehen zu bringen. »Wie hast du das gemacht?«

»Ich wäre lieber auf einem Emu!«, schrie er. »Dann würde das wenigstens Sinn ergeben!«

»Emus können nicht fliegen«, korrigierte ihn Emma.

»Sie haben Federn!«, rief er. Er stieg immer höher und das gefiel ihm ganz und gar nicht. Veronique ließ ihren Hengst in die Luft steigen und ritt vor das Pony, um es wieder nach unten zu lenken. Emma saß auf ihrem Pferd und ließ es von allein traben, während sie zusah, wie Mark am Himmel von einem tiefschwarzen Ross zusammengetrieben wurde. Es war, als würde eine Wolke einen Kindergeburtstagsballon jagen.

»Ein Löwe würde auch nicht fliegen«, sagte Emma. Schließlich kehrte Mark auf den Boden zurück, nicht weniger verängstigt als zuvor. Ein Pony machte großen Spaß, man konnte nicht allzu tief fallen, aber wenn es flog, war dieser Vorteil dahin und es wurde noch gefährlicher als ein normales Pferd.

Die beiden übten weiter, bis Veronique sie zu ihrem nächsten Trainingsplatz am Ufer des Flusses Styx brachte …

KAPITEL FÜNFZEHN

Mark und Emma wateten in den Nebel hinein. Das Klappern der Hufe trug sie in die Tiefen des trüben Morasts. Emma saß auf ihrem Schimmel mit dunklen Flecken auf der Brust und hatte ihren Hengst bequem im Griff. Mark ritt neben ihr auf seinem Pony, in dessen dichtem Fell sich die Feuchtigkeit zu sammeln schien.

»Wie heißt deiner?«, fragte Mark.

»Geben wir ihnen Namen?«, fragte sie. »Ich bin davon ausgegangen, dass er schon einen hat.«

»Ich kann mich bei meinem nicht entscheiden«, sagte er. »Nichts scheint der Würde gerecht zu werden, die er verkörpert.«

»Würde?«

»Hauptsächlich dem Mangel daran. Ich habe mit Napoleon geliebäugelt, aber der war mit seinen eins siebzig nicht einmal viel kleiner als ich. Die ganze Sache mit seiner geringen Körpergröße war von Anfang an hauptsächlich Propaganda, um ihn schlechtzumachen, selbst als er wütete und jedes europäische Königreich der damaligen Zeit eroberte.«

»Dann brachte er also den Tod«, sagte Emma. »Wenn auch hauptsächlich durch den Krieg.«

»Was uns wieder zu der Frage zurückbringt«, warf Mark ein. »Wir sind doch hauptsächlich für Todesfälle durch Unfälle oder Alter zuständig, oder? Pestilenz wären dann Krankheiten, und Hungersnot ist auf der Welt gerade keine besonders große Priorität. Also, im Großteil der Welt. Ja, in manchen Teilen schon, aber größtenteils nicht, und auch nicht für lange.«

»Stimmt.«

»Also sollten wir unsere Pferde nicht nach irgendeiner abscheulichen Katastrophe oder einem siegreichen Eroberer aus tausend Schlachten benennen. Aber sie nach, ich weiß nicht, natürlichen Ursachen zu benennen, scheint ein bisschen ...«

»Na ja, was ist mit dem Wetter?«, fragte Emma. »Gibt es keinen Reiter für Fluten und Brände? Gehören die zum Bereich der Pestilenz?«

»Nein, das ist wahrscheinlich auch der Tod«, sagte Mark. »Oh, und Mord. Nicht jeder Mord ist eine Kriegshandlung.«

»Aber er könnte es sein«, sagte sie. »Wenn Krieg etwas Organisiertes sein muss, das von Anführern angeführt wird, könnte es kompliziert werden.«

»Also«, sagte Mark und versuchte zusammenzufassen, wo sie gelandet waren, »wir sind nicht für Todesfälle durch Krankheit verantwortlich ...«

»Doch, sind wir«, sagte sie. »Für den Tod im Allgemeinen.«

»Aber Krankheit ist Pestilenz.«

»Veronique wurde im Krieg vom Tod geholt«, sagte sie. »Also eigentlich ...«

»Das ist alles sehr kompliziert«, beschwerte sich Mark. »Ich bin schockiert, dass es nicht mehr Reiter gibt. Oder zumindest mehr Tode.«

»Ich nehme an, das ist das Problem. Er hat alles selbst gemacht, und es wird ihm ein bisschen zu viel.«

Wie angewiesen erreichten sie das Ufer des Wassers und warteten darauf, dass sich der Fährmann näherte.

»Oh, oh, oh! Ich weiß, wie ich ihn nennen werde«, verkündete Mark sehr zufrieden mit sich selbst. »Sturmreiter. Wie cool ist das denn?«

»Gefällt mir.« Emma nickte. »Okay. Du weißt doch, wie die meisten Pferde beim Grand National heißen? Die haben oft witzige Namen mit Wortspielen. Also, wie wär's mit Prinzessin Tod?«

Mark biss sich auf die Unterlippe und warf einen Blick auf Emmas

Reittier. »Dir ist schon klar«, sagte er leise, »dass deine Prinzessin Tod einen riesigen Pimmel hat?«

»Es ist das Wortspiel. Prinzessin Tod. T. O. D. Wie in sterben. Tod eben.«

»Ich versteh's schon. Es ist nur nicht besonders fair. Du wirst den armen Kerl verwirren. Ihm einen Komplex verpassen.«

»Es gefällt ihm«, schnurrte Emma, rieb ihr Gesicht in die Mähne des Hengstes und überschüttete ihn mit Küssen. »Nicht wahr, Prinzessin?«

Der Hengst wieherte zustimmend.

Charon ruderte als verschwommene Gestalt aus dem grauen Feld in der Luft heran und stieß dann mit dem Boot gegen das Ufer. Die in seine Roben eingenähten Münzen klirrten leise durch den Aufprall.

»Verdammt«, murmelte er.

»Guten Tag«, sagte Mark. »Wir haben immer noch keine Goldmünzen, aber wir haben uns gefragt, ob Sie uns etwas über, äh ... beibringen könnten.« Er wandte sich Emma zu.

»*Anatmanschaft*«, sagte sie und sprach es sorgfältig aus. »Die Lehre von ... Anaten.«

»Ich glaube, oben nennen wir das einfach Anatomie«, warf Mark ein. »Ist irgendwie dasselbe, oder?«

»Nein, nein«, murmelte Charon. Er stieß sein Ruder gegen das Ufer und befreite sich aus dem Sand. »Dieser verdammte, verfluchte Fluss ist niedriger als gestern. Es gibt keine Gezeiten auf dem Fluss. Das ist ein Omen.«

»Ist das Teil unserer Ausbildung?«, fragte Mark. »Müssen wir den Fluss auffüllen?«

»Es scheint hier unten nicht zu regnen, es sei denn, auf Befehl des Todes«, sagte Emma. »Und es ist weder sonnig noch heiß.«

»Aye«, bestätigte Charon. »Dann ist es ein Omen. Aber kümmert Euch nicht darum. Das wird eine Aufgabe für ein andermal sein, für ein höheres Wesen. Mir wurde gesagt, dass Ihr die neuen Herrschaften sein werdet, die die Seelen der Lebenden an dieses verdammte Flussufer eskortieren?«

»Ja, das sind wir«, antwortete Mark. Er versuchte, seine Brust herauszustrecken, um männlicher zu wirken, aber er saß immer noch auf dem Rücken eines Shetlandponys.

Charon schnaubte. »Der arme Knochenmann muss Schimmel im Schädel haben, dass er dem zugestimmt hat.«

»Ist ja nicht so, als hätten wir etwas Besseres zu tun«, sagte ihm Emma. »Wir sind immer noch nicht *tot*, aber von hier aus kommen wir nicht weiter.«

»Glück für Euch.« Charon wandte sich ihnen zu und musterte sie. »Was war Eure Todesursache … Euer *fast* Tod?«

»Äh, Selbstmord«, gab Emma zu. Sie warf Mark einen scharfen Blick zu. »Durch einen Sturz.«

»Ich habe versucht, sie aufzuhalten. Aber ich habe das nicht besonders gut hingekriegt.«

»Ah«, sagte Charon. »Ein ordentliches Zerspritzen und Zersplittern. Knochen, Blut und Gedärme in alle Richtungen verstreut, und von euch wäre nicht viel übrig geblieben, um hierher zu kommen. Hier ist eine üble Wahrheit, die ihr Menschen noch nicht gelernt habt. Die Art, wie ihr zur letzten Ruhe gebettet werdet, ist die Art, wie ihr hier landet. Daher sollten, wenn ein Begräbnisritual abgeschlossen ist, Goldmünzen auf die Augen gelegt, unter die Zunge geschoben, in die Taschen oder die Jacke gesteckt oder sogar fest in der Hand umklammert werden. Eure letzte Erinnerung daran, wie ihr aus dem Leben scheidet, bestimmt, wie ihr in den Tod eintretet.«

»Ich glaube nicht, dass das noch jemand macht«, sagte Mark. »Außer vielleicht Milliardäre? Die ganz komischen, die Tempel und Denkmäler und so was bauen?«

»Oh nein«, sagte Emma. »Was, wenn die die ganze Zeit recht hatten und man *kann* alles mitnehmen?«

»Ugh.« Mark stöhnte angewidert auf. »Ich kann ja vieles akzeptieren, aber das ist nicht die Erkenntnis, mit der ich sterben will.«

»Ja«, sagte Charon, »eure menschliche Ignoranz ist widerlich. Es ist eine ehrenvolle Tat, den Wert des Lebens in den Tod mitzubringen – denn der Wert ist es, der so viele Männer zum Leben antreibt, und ohne ihn zu sterben bedeutet, ohne erfüllten Zweck zu sterben. Ein Mann, der bei seinem Ableben nicht einmal eine einzige Münze wert ist, ist kein Mann, den man am Leben lassen sollte.«

»Was ist mit Bargeld?«, fragte Mark. »Scheinen? Papiergeld?«

Charon wischte mit der Hand streng durch die Luft. »Nein. Münze. Gold. Eine Goldlegierung ist akzeptabel, solange es mehr Gold als alles andere ist. Es hat einen Wert, der selbst das übersteigt, was ihr euch in euren wachen Stunden darunter vorstellt.«

»Wofür gebt Ihr es aus?«, fragte Emma. »Gibt es auf der anderen Seite des Flusses irgendein Einkaufszentrum, das wir nicht sehen können? Ein riesiges Casino? Schaffen es auch tote Ladenketten hier runter?«

»Würdest du das wollen?«, fragte Mark. »Die sind ja nicht ohne Grund gestorben.«

»Was ist mit dem Laden, in dem wir damals an der Uni gegessen haben?«, fragte sie. »Der kleine Laden an der Ecke, der alle möglichen Pasteten verkauft hat?«

»Oooh, stimmt«, sagte er. »Mit der Cheeseburger-Pastete.«

»Dafür würde ich jetzt sterben«, sagte Emma.

»Nein«, grunzte Charon. »Es gibt keinen Pastetenladen am anderen Ufer. Und ihr müsst nicht wissen, was dort ist, bis ihr die Münze habt, um es zu sehen.«

»Wenn niemand mehr mit Münzen stirbt, wie kommt dann überhaupt noch jemand hinüber?«, fragte Mark.

»Nicht mein Problem«, sagte Charon. »Aber wenn eine Person die Voraussicht besitzt, mit etwas Wertvollem begraben zu werden, wird dieser Wert Teil ihrer Seele. Aber das gilt auch für alle Narben oder Schäden. Genauso wird ihre Seele den Zustand ihres Körpers und den Geisteszustand widerspiegeln, den sie beim Sterben hatten. Ihr beide, wärt ihr gestorben, wie ihr solltet, hättet die gleichen gebrochenen Knochen und geplatzten Organe wie beim Aufprall auf dem Boden, und ihr würdet nicht vor mir stehen, sondern nur ein schlaffer Haufen aus Schmerz und Qual sein, eingewickelt in einen Sack aus Haut.«

Mark versuchte, bedauernd auszusehen, aber nicht dafür, dass er sie gerettet hatte. Eine Art mitfühlendes Bedauern für den Zustand, in dem sie gewesen wäre, wenn er sich überhaupt nicht eingemischt hätte.

Emma sah Mark mit einer gewissen wertenden Verachtung an. Sie erkannte, dass er ihr Bestes im Sinn gehabt hatte, als er versucht hatte, einzugreifen. Zumindest das, was er *dachte*, was ihr Bestes wäre. Aber er hatte sich nicht nur eingemischt und damit ihre letzten Momente, die eigentlich ihre hätten sein sollen, umso schwieriger gemacht, sondern auch noch beschlossen, ihr zu sagen, dass er sie liebte. Das hatte sie nicht erwartet und hatte keine Antwort darauf. Während sie seine Aussage mit jeder Faser ihres Wesens zurückwies, hatte sie sie doch zum Nachdenken gebracht. Nur ein kurzer Moment, ein nagendes »Was wäre wenn«, das die Dinge weiter verkompliziert hatte, als sie eigentlich absolute Klarheit über ihre Absichten gebraucht und sich darauf vorbereitet hatte. Um die Sache noch schlimmer zu machen, hatte er sie nicht aufgehalten. Er hatte sie versehentlich zusammen mit sich selbst über die Kante stürzen lassen.

»Ich werde niemanden, der blutet oder ausläuft oder anderweitig kaputt ist, einladen«, sagte Charon mit einem Klopfen seines Ruders in seinem Boot, »denn es ist nicht meine Pflicht, sie zum jenseitigen Ufer zu bringen. Es ist eure Aufgabe, die Körper zu richten, die gebrochen zu euch kommen. Als Seele können sie nicht mehr verletzt werden, und der Schmerz, den sie fühlen, ist nur die Erinnerung an den Schmerz, den sie im Tod erlitten haben. Wenn eine Seele hierher gebracht wird, muss sie ganz sein. Ihr müsst sie wieder zu dem machen, was sie vor dem Tod waren, damit sie für mich präsentabel genug sind, sodass ich ihre Überfahrt in Erwägung ziehen kann.«

»Was ist mit Pharaonen?«, fragte Mark.

»Wie bitte?«

»Die ägyptischen Könige, die mit Reichtümern begraben und von Wohlstand umgeben waren, aber denen auch die Organe entfernt und aus ... irgendeinem heiligen Grund in Krüge gelegt wurden.«

»Ah, ja«, sagte Charon. »Die waren immer leicht. Nur ein bisschen leichter als die anderen. Ein fehlendes Gehirn bedeutet fehlende Sprache. Und ihre Zungen fehlten auch. Sehr ruhige Fahrten waren das. Das waren die guten alten Zeiten.«

»Solange sie also okay aussehen und es sich leisten können«, fasste Emma zusammen, »ist das gut genug? Selbst wenn sie mit Sägemehl gefüllt oder angezündet wurden?«

»Ja, ja«, sagte Charon. »Hauptsächlich die Knochen. Setzt sie richtig wieder zusammen, bevor ihr sie hierher bringt. Das wird ihnen auch helfen, ihren Tod zu akzeptieren, wenn sie weniger kaputt sind als zuvor. Lasst einen Mann mit all seinen Verletzungen zurück, und er wird gehässig, bösartig und zerstörerisch. Und ich werde ihn eher in den tiefen Abgrund stürzen lassen, als auf meiner Überfahrt das Geschwätz eines Wahnsinnigen zu ertragen.«

»Gut zu wissen, dass Ihr Prinzipien habt«, sagte Mark sarkastisch.

Charon kümmerte sich nicht um seine Spitzfindigkeit und ruderte davon.

Er hatte ihnen nichts zu lehren außer den Forderungen, die er an den Tod stellte, und so fragten sich Mark und Emma, welcher der beiden streitsüchtigen alten Avatare das wahre Ende des Lebens war: derjenige, der Seelen als Hüllen ihres früheren Selbst ziellos umhertreiben ließ, oder derjenige, der sie für Geld, das er nicht einmal ausgeben konnte, stranden ließ?

Die Welt des Todes war eine vertrackte, sinnlose Sache. Aber es war eine Welt, zu deren Erkundung sie beide bereit und nun auch ausgebildet waren.

KAPITEL SECHZEHN

Mark und Emma waren auf dem besten Weg, Gevatter-Lehrlinge zu werden. Sie lernten, ihre Sensen zu schwingen, mit Sand umzugehen, zu reiten und nach qualvollen und gewalttätigen, schrecklichen Toden Knochen und Organe wieder in Körper einzusetzen. Bei dieser Aufgabe handelte es sich nicht um praktische Übung, sondern um eine Flut von Texten und Bildern aus der Enzyklopädiesammlung des Todes. Tagelang verzogen sie das Gesicht angesichts der Schrecken und der Zerbrechlichkeit des menschlichen Körpers und wie man ihn wieder in Ordnung bringen konnte, während Veronique an dem letzten Schliff für ihren tödlichen Aufstieg arbeitete: ihren Roben.

»Weißt du was?«, sagte Mark und blickte von seinem Buch über das Ausweiden von Menschen auf, in der Hoffnung, dass das Lesen von hinten nach vorn ihm irgendwie verraten würde, wie man einen von innen nach außen gekehrten Mann wieder zur Normalität zurückführte. »Ich habe den allergrößten Respekt vor Ärzten. Wie kann man sich das alles merken?«

»Monsieur Mark!«, rief Veronique. »Könnten Sie bitte hierherkommen? Ich muss Ihre Maße nehmen.«

Mark legte sein Buch mit einem Seufzer nieder. Dann wandte er sich an Emma. »Mir wurde noch nie ein Anzug angepasst.«

»Heb einfach die Arme, schau geradeaus und denk an England.«

»Ich werde mir die Augen zuhalten, nur für den Fall, dass sie sich bückt und ein Knöchelchen hervorblitzt.«

Mark verließ das Wohnzimmer und kehrte einige Zeit später in einer fließenden, bodenlangen, dunklen Robe und einer passenden Kapuze zurück, die sein Gesicht wie ein zerfetzter Schatten verdeckte. Sie gab nur seinen verzogenen Mund preis, der ganz leicht mit etwas Grundierung nachgebessert worden war, um ihm einen blassen Teint zu verleihen – nicht skelettweiß, nur fahler und mit schattigeren Wangen, wie ein Grufti, der von einer durchzechten Nacht nach Hause kommt. Er ließ seine Sense auf den Boden tippen und versuchte, die Brust herauszustrecken, aber egal, wie er seinen Körper bewegte, das ganze Gewand fiel schlaff an ihm herab und ließ ihn ein wenig pummelig aussehen.

»Ich bin der Tod geworden, der Zerstörer der Welten ...«, knurrte er. »Nein, warte ... Ich bin Batman.«

»Du trägst ein Nachthemd«, sagte Emma.

Mark zog die Kapuze zurück. Dann noch eine Kapuze. »Eigentlich eher ein Burkini.«

Die gesamte Robe war mehrschichtig, zwei Roben in einer. Die äußere Schicht war viel weiter und absichtlich zerfetzt, wie eine dieser modisch zerrissenen Jeans. Die Schicht darunter war aus festem Stoff und seinem Körper angepasst, eine komplette Robe mit einer eng anliegenden Naht, die von seiner linken Schulter bis zur Hüfte verlief.

»Ich bin sicher, in Bewegung sieht es besser aus – schau mal.« Er machte ein paar schnelle Schritte durch den Raum, in der Hoffnung, dass der Stoff ihm nachwehen würde. Tat er auch irgendwie. Er machte einen weiteren kurzen Sprint zurück an dieselbe Stelle und versuchte zu erkennen, ob es so gut aussah, wie er dachte.

»Schwebe ich?«, fragte Mark, als er auf Emma zutänzelte. »Ich will, dass es aussieht, als würde ich auf sie zugleiten.«

»Du siehst aus wie diese Witwe aus der Seifenoper, die dachte, sie erbt ein Vermögen, aber dann herausfindet, dass ihr Gatte Hans-Peter die ganze Kohle kurz vor seinem frühzeitigen Ableben für Nutten und Koks verprasst hat«, sagte Emma und fügte dann mit heiser-rauchiger Stimme hinzu: »Jetzt wird sie sich rächen!«

»Damit kann ich leben«, beharrte Mark. »Das funktioniert, solange ich imposant aussehe, wenn ich durch den Himmel fliege. Hoffentlich gibt es genug überschüssigen Stoff, um das Pony zu verdecken, damit es niemand sehen kann.«

»Madame!«, rief Veronique. »Sie sind an der Reihe.«

Emma stand auf und ging an Mark vorbei in den Flur.

»Darauf bin ich jetzt aber gespannt«, sagte Mark mit einem Nicken.

Emma schnaubte verächtlich und ging mit Veronique.

Mark verweilte im Türrahmen und übte seinen Gang. Er war kurz davor, zu versuchen, einen Blick zu erhaschen, schüttelte den Gedanken aber ab. Angesichts dessen, wie viel zwischen ihnen noch unausgesprochen war, würde es zukünftige Gespräche nicht einfacher machen, wenn er auch noch »Spanner« zu seinem Sündenregister hinzufügte. Außerdem waren sie im Totenreich. Nichts tötete die Stimmung so sehr wie ein Selbstmordversuch, der sich in einen Doppelselbstmord verwandelte, der nur so halbwegs funktioniert hatte.

Mark vertiefte sich bald wieder in sein Buch, nicht zum Vergnügen, sondern weil er sachlich bleiben wollte. Während er die alten, ausgemusterten Roben des Todes trug, die Veronique wieder zusammengenäht hatte, wollte er gefasst und gut über seine zukünftigen Pflichten informiert bleiben – todernst sein.

Er schlug ein Buch über die Sexualisierung des rituellen Todes in verschiedenen Kulturen auf. Die Verbindungen zwischen Sex und Tod in der Religion. Da Vincis ungenierte Geilheit beim Entwerfen allerlei christlicher Kunstwerke. Die Bande, die den Schritt des Mannes mit den Kreuzen verbanden, die er im Laufe der Zeitalter trug. Die weibliche Anatomie und wie alles zusammengesetzt war ...

Er legte das Buch hin und saß mit den Händen im Schoß ganz ruhig da und versuchte, an nichts zu denken. Er war in Gefahr. Seine Robe war gerade so eng, dass es beim Aufstehen verraten könnte, dass er erregter war, als er sein sollte. Er dachte an England – an Schulden und schmerzhafte Zyklen geisttötender, seelenzerstörender Arbeit und die schlechte Belohnung, so viel an Steuern und Miete zu zahlen, dass er keine Anzahlung für den Kauf eines Hauses sparen konnte.

Er wechselte von super erregt zu genau dem richtigen Maß an Traurigkeit. Als Veronique ihnen einen möglichen Ausweg aufgezeigt hatte, hatte er die Chance sofort ergriffen. Er war sich sicher, dass es eine Chance auf eine Belohnung gab, wenn sie das durchzogen und sich beim Tod beliebt machten. Aber nichts, was der Tod gesagt hatte, deutete darauf hin, dass die Belohnung die Möglichkeit wäre, wieder zu leben. Viel wahrscheinlicher würde sich Emmas Deutung als wahr erweisen, dass der Tod seinen Einfluss geltend machen würde, um ihre Überfahrt über den Fluss mit dem Fährmann zu beschleunigen. Er fuhr sich mit den Händen über das Gesicht, um den wachsenden Kummer auf seiner Stirn zu lindern. Dann hörte er zwei Paar Füße den Flur entlangkommen, begleitet von einem seltsamen Knarren.

»Monsieur«, verkündete Veronique, »Ihre Mitbewohnerin ist–«

»Machen Sie ihm bitte keine Hoffnungen«, sagte Emma.

Mark blickte hinüber. Emma steckte in einem Leder-Catsuit, der so eng war, dass er sich ihren Bewegungen anpasste, ohne Falten zu werfen. Er schmiegte sich nicht nur an ihre Figur, er erstickte sie förmlich, wie eine zweite Haut, die dunkel und unheilvoll, aber absolut freizügig war. Der einzige Teil ihres Ensembles, der nicht schwarz und glänzend war, war ihr Gesicht, das mit lebhaftem Make-up geschminkt war, das ihre natürliche Röte nicht verbergen konnte.

Er liebte es.

Mark klatschte in die Hände. »Veronique, Sie sind ein Wunder an der Nadel.«

»Es ist ganz anders als das Nähen offener Wunden«, sagte sie, »aber es macht großen Spaß! Monsieur Tod hat so etwas nicht. Das habe ich alles selbst mitgebracht.«

»Sag mir bitte, dass man meine Brustwarzen hier drin nicht sehen kann«, sagte Emma.

Mark beugte sich nah zu ihr, um sie zu inspizieren. »Oh, ja, da sind sie ja.«

Emma bedeckte ihre Brust. Das Gummi quietschte aneinander.

»Das war der Anzug«, sagte sie schnell. »Das ... das bin gar nicht ich, glaube ich. Vielleicht wäre der zweite besser? Entschuldigung.«

»Schon gut«, sagte Veronique. »Ich komme Ihrer Bitte gern nach. Ich danke Ihnen, dass Sie mich so viel experimentieren lassen.«

»Oh, ja, viel Spaß«, sagte Emma. Sie ging mit schnellen, quietschenden Schritten davon. »Das war die *Hose*«, beharrte sie.

Mark betrachtete einen Moment lang seinen eigenen Anzug und wünschte sich, er wäre ein wenig cooler gewesen. Lange, fließende Fetzen aus zerlumpten, abgenutzten – und beunruhigenden – Roben waren nicht wirklich sein Stil.

Schließlich kam Emma zurück. Ihr neues Outfit war dem ersten einigermaßen ähnlich. Es war nicht länger aus Latex und Gummi, sondern ein mehrteiliges Outfit mit einer Bluse in dunklen Tönen und einer engen Jeans – natürlich schwarz. Sie trug Reitstiefel aus Leder, ebenfalls schwarz. Sie trug einen breitkrempigen Melone, der gerade so weit herunterhing, dass er ihre Augen verbarg und den blutroten Lippenstift betonte, der sich von dem blassen Make-up in ihrem Gesicht abhob. Statt einer Robe trug sie einen sehr langen Mantel – im Grunde eine Robe –, aber mit Knöpfen zum Schließen und einem Ziergürtel, der das Ensemble vervollständigte.

»Sehr schön«, sagte Mark. »Auf zu einem Tag beim Pferderennen.«

»Ja«, sagte Emma. »Und am Ende jedes Rennens sterben alle Pferde.«

KAPITEL SIEBZEHN

Dem Tod wurden hinten am Stall stolz seine beiden Lehrlinge präsentiert, wie sie ihre Roben trugen und ihre Sensen schwangen. Und er seufzte.

»Das war Zeitverschwendung«, murmelte er.

»Da können Sie nicht sicher sein«, sagte Mark.

»Oh doch, das kann ich«, erwiderte er. »Sie haben keine Ahnung, was für einen Unfug Sie anstellen können, wenn Sie mich in diesen absurden Kostümen oder auf diesen jämmerlichen Reittieren vertreten.«

»Na gut, ich gebe zu, meins ist ein bisschen wie ein Kostüm für den schmalen Geldbeutel«, sagte Mark, »aber was ist an ihrem auszusetzen?«

Der Tod tat die Frage schnaubend ab, unwillig zu antworten.

Sie stiegen beide auf und folgten ihm und seinem fahlen Pferd auf die Wiese. Das Trio ritt zusammen, bis sie genug Geschwindigkeit aufnahmen, um aufzusteigen. Mark bekam den Dreh raus, mehr oder weniger. Er kam ein wenig vom Kurs ab, aber sein Pony schaffte es, die gleiche Geschwindigkeit wie der Hengst und die alte Schimmelstute des Todes beizubehalten.

»Sie müssen üben, Risse zwischen den Welten zu öffnen«, sagte der

Tod, »damit Sie sich mühelos von diesem Ort zum anderen bewegen können. Ich werde nicht Ihr Pförtner sein.«

»Wie machen wir das?«, fragte Emma.

Der Tod lehnte sich zurück und hielt seine Sense über die Schulter. Er packte sie fest und schwang sie nach vorn, als wollte er einen Speer werfen, hielt dann inne und richtete die Spitze vor sich in den Himmel. Ein Spalt aus knisternden, violetten Blitzen öffnete sich. Er tauchte darunter hindurch und das Loch schloss sich wieder.

»Sie müssen vor sich schneiden«, erklärte er. »Und Ihren Willen auf den Raum konzentrieren, den Sie geöffnet haben.«

»Und das ist aufgrund von Magie möglich?«, fragte Mark.

»Es ist möglich, weil ich der Tod bin«, korrigierte er ihn. »Und wenn Sie es auch sind, dann sollte es auch für Sie möglich sein.«

»Ich glaube an mich«, sagte Mark leise zu sich selbst. »Sei der beste Sensenmann, der ich sein kann.«

»Glauben Sie fester daran«, sagte der Tod. Er galoppierte durch die Luft voraus und gab ihnen etwas Raum zum Üben, während er wie ein behufter Geier über ihnen kreiste. Emma versuchte es zuerst. Sie schwang ihre Sense nach unten und hielt sie nach vorn. Ein paar verirrte Funken flackerten vor ihr in der Luft auf und sie flog direkt hinein. Es war, als käme man einer Wunderkerze zu nahe. Sie schreckte zurück und zog ihren Hut tiefer ins Gesicht.

Mark versuchte es ebenfalls. Er hielt seine Sense vor sich und spürte, wie sie an etwas hängen blieb, das nicht da war. Er dachte sich, dass sich das richtig anfühlen musste, und versuchte es erneut. Beim zweiten Mal gelang es ihm, und er versuchte seinen Willen darauf zu konzentrieren, das, was er erwischt hatte, aufzureißen. Weit vor ihm begannen violette Funken zu sprühen, bis sie eine Naht bildeten. Sie war nicht ganz breit oder hoch genug, um hindurchzugelangen, aber er hatte etwas geöffnet, genau auf Höhe seines Kopfes.

Er fragte sich für eine Sekunde, was passieren würde, wenn ein Portal nicht groß genug für einen ganzen Körper wäre und sich um ihn herum schließen würde. Um das nicht herauszufinden, schaffte er es, sich zur Seite zu ducken und Stormrider gerade noch rechtzeitig in einer Fassrolle durch die Luft zu wirbeln.

»Schön geflogen«, sagte Emma. »Wie hast du das gemacht?«

»Also«, begann Mark, »weißt du, wie es ist, wenn du ein Stück Papier hast und in zwei entgegengesetzte Richtungen daran ziehst, es aber nicht reißt? Als würdest du nur die Festigkeit des Papiers in deinen Händen testen. Aber dann drehst du es ein ganz kleines bisschen, um einen kleinen Riss zu erzeugen, ziehst erneut, und plötzlich ist es ganz durchgerissen?«

»Ich schätze schon«, sagte Emma.

»Wie bei den Coupons von deiner Kundenkarte«, sagte er. »Weißt du, wie du daran ziehst, um sie vom Brief zu trennen, und sie sich nicht rühren? Aber du reißt sie am Rand ein wenig ein und dann lassen sie sich ganz leicht vom Rest des Blattes lösen?«

»Also, soll ich jetzt schneiden, ziehen oder zerren?«

»Alles zusammen«, sagte er. »Am Anfang ist es gespannt, aber du *willst* es irgendwie einfach zerreißen und dann tust du es. Und dann musst du weiter reißen und zerren, aber ein guter Ruck bringt den Stein ins Rollen.«

»Okay.«

Emma versuchte es erneut. Sie schwang ihre Sense und zielte. Sie spürte dieselbe Spannung, als hätte sie den Haken ihrer Klinge an etwas Unsichtbarem eingehakt und wollte es auseinanderziehen. Anstatt nach vorn zu reißen oder nach unten zu drücken, stieß sie die Spitze der Klinge sanft nach vorn, um einen kleinen Riss zu erzeugen. Der violette Blitz knisterte tiefer und ahmte das Gefühl nach, ein kleines Stück von was auch immer es war, zerrissen zu haben. Dann zog sie ganz leicht, als würde sie sanft den ersten Gang eines Autos einlegen, gerade so, dass man das Getriebe umschalten hört. Das Loch, das sie geöffnet hatte, wuchs langsam, zu langsam, um groß genug zu sein, als sie sich ihm näherte.

Ihr Hengst machte einen Satz und sprang über das Ganze hinweg, das hinter ihr auseinanderbarst, als das Portal zusammenbrach. Sie schnappte erstaunt nach Luft.

»Sind wir magisch?«, fragte Mark. »Oder sind die Sensen magisch?«

»Oder die Anzüge?«, fügte Emma hinzu.

»Was ich mich wirklich frage, ist, ob das alles auch funktioniert hätte, als wir noch am Leben waren?«

»Nein«, dröhnte der Tod. »Schwafeln Sie nicht. Üben Sie.«

Seine Anwesenheit erstickte die Freude, die sie über ihr Machtgefühl empfanden, aber sie blieben lange genug bei der Sache, um die Feinheiten der Technik herauszufinden. Am Ende schafften sie es beide, ein anständig großes Loch in die Luft zu reißen, und jedes Mal wichen sie ihm aus, aus Angst, es könnte tatsächlich funktionieren, anstatt zu klein oder von Blitzen durchzuckt zu sein.

Sie kehrten auf den Boden zurück, um den Pferden eine Pause von dem ganzen Herumgerenne in der Luft zu gönnen. Ihre Hufe waren nicht müde, aber ihre Lungen waren es. Mark führte sein Pony wie einen Hund herum, während Emma ihres frei umherstreifen ließ. Der Tod kam mit unterdrücktem Husten und Stöhnen herunter und stieg ab.

»Diese Portale sind die einzige Möglichkeit«, erklärte er, »euch dorthin und wieder zurück zu bringen. Und die Seelen, die ihr bei euch tragt, müssen ebenfalls hindurch. Sobald sie das getan haben, liefert ihr sie am Fluss ab und reitet los, um erneut zu ernten. Das müsst ihr tausendmal am Tag oder öfter tun.«

»Haben wir für tausend überhaupt genug Zeit an einem Tag?«, fragte Mark. »Sagen wir mal, für einen guten, schnellen Job brauchen wir zehn Minuten, um die Seele von jemandem zu holen und zurückzubringen. Und wir tauchen einfach auf, spießen sie mit der Spitze unserer Sense auf, schwingen sie in das Loch und lassen sie am Fluss fallen. So läuft das. Zehn Minuten. Sechs pro Stunde. Sechs mal vierundzwanzig ... Das sind hundertvierundvierzig. Nicht einmal zweihundert.«

Der Tod stöhnte. »Ihre Besessenheit von der Zeit und der menschlichen Wahrnehmung davon geht mir langsam auf die Nerven. Wenn Sie die Welt der Lebenden betreten, steht die Zeit normalerweise still. Sie befinden sich inmitten des Chaos des Todes, am Ende eines Lebens, wenn keine weiteren Momente mehr vergehen können. Keine weiteren Momente bedeutet ...?« Er wartete darauf, dass Mark mitkam, hatte aber nur die Geduld, etwa eine Sekunde zu warten. »Keine Zeit! Sie vergeht nicht mehr so, wie Sie es sich vorstellen.«

»Wenn Sie also sagen, für uns seien Monate vergangen«, sagte Emma, »fallen wir dann auf der Erde in Wirklichkeit immer noch vom Dach?«

»Nein«, sagte der Tod. »Ihre Umstände waren einzigartig genug, dass Ihre echten Körper mitkommen mussten.«

»Was bedeutet, dass unsere echten Körper zurückkehren würden«, sagte Mark, »aber nicht mehr altern, weil keine Zeit vergeht. Auch nicht, nachdem wir das Tausende von Jahren lang getan haben?«

Der Tod seufzte, und sein heiserer Atem verfing sich in seiner nicht vorhandenen Kehle, was einen kurzen, leichten Hustenanfall auslöste. »Sie werden das nicht für denselben Zeitraum tun. Sie sind immer noch sterblich. Ihr Sand wird rieseln, *irgendwann*, und bis dahin werde ich mich an Ihrer lausigen Arbeit sattgesehen haben. Bis dahin können Sie so arbeiten, dass Sie mich nicht enttäuschen, aber gehen Sie nicht davon aus, dass Sie mich ersetzen werden – das werden Sie *nicht*. Ich mache es Ihnen einfach.«

Er hob einen Finger. Eine Gewitterwolke zog sich direkt über seinem Kopf zusammen und hüllte ihn in einen Schleier der Dunkelheit, der seine Robe noch dunkler und das knöcherne Weiß seines Gesichts noch weißer erscheinen ließ.

»Einhundert. Ihre Probezeit endet nach einhundert Ernten. Die ersten paar werde ich Ihnen zuweisen, und von da an müssen Sie Ihre Sandkunst nutzen, um zu wissen, welche Seelen Ihre Aufmerksamkeit erfordern, Ihre Sensenkunst, um den Weg zu öffnen, der sie in kürzester Zeit zu Ihnen führt, Ihre Reitkunst, um sie in der Komplexität der menschlichen Gesellschaft aufzuspüren, und Ihre Seelenkunst wird auf die Probe gestellt, wenn sie hierher zurückgebracht und für den Fährmann vorbereitet werden.« Sein Finger drehte sich und zeigte auf Mark und Emma, und die Wolke breitete sich über ihnen aus. »Und wenn Sie versagen, werde ich mich *entscheiden*, Sie durchfallen zu lassen und Sie in den Fluss selbst zu werfen, aus dem Sie nicht geborgen werden.«

Plötzlich von einer lähmenden Angst ergriffen, streckte Mark unbewusst die Hand aus, um Emmas Hand zu halten. Anstatt sie zu ergreifen, streckte sie die Arme für eine Umarmung aus. Mark und Emma hielten sich umarmt. In der Miene auf dem ausdruckslosen Gesicht des Todes sahen sie die Präsenz einer furchterregenden Autorität, die sie nicht leugnen konnten. Nachdem sie so lange Gäste – und, wagten sie es zu sagen, Freunde – in seinem Haus gewesen waren, kehrten sie zu ihrem natürlichen menschlichen Zustand zurück und fürchteten den Tod von Neuem.

Die Aufrichtigkeit seines Versprechens traf Emma am härtesten. Sie war Drohungen von der Geschäftsleitung gewohnt, die eine leistungsschwache Belegschaft in Superstars verwandeln sollten. Sie war es auch gewohnt, diejenige im Team zu sein, die ihre Arbeit machte, und zwar gut. Sie brauchte weder Zuckerbrot noch Peitsche, sie war von Natur aus fleißig und gewissenhaft. Emmas Problem war immer gewesen, nicht bemerkt zu werden und nicht die Lorbeeren für ihre Arbeit zu ernten. Weniger fähige Kollegen hatten sich oft in ihrem Windschatten mitziehen lassen, aber die Kunst gelernt, sich selbst zu beweihräuchern, und das Endergebnis war immer dasselbe – sie waren diejenigen, die die Beförderungen, die Gehaltserhöhungen und die Anerkennung bekamen.

Aber nicht dieses Mal. Emma hatte sich den Tod gewünscht und war sogar bereit gewesen, sich bereitwillig in seine letzte Umarmung zu stürzen. Jetzt, im Limbus, musste sie sich als würdige Sensenfrau beweisen, um einer Ewigkeit der Qual zu entgehen und mit der Hilfe des Todes auf die andere Seite zu gelangen. Sie schwor sich im Stillen, nicht nur das zu liefern, was verlangt wurde – sondern dem Tod selbst das Wasser zu reichen. Sie würde ernten, als hinge ihr Leben nach dem Tod davon ab. Denn das tat es.

Die spontane Umarmung, die er von Emma erhielt, tat Marks Seele mehr Gutes, als er sich hätte vorstellen können. Kein Wort wurde gesprochen, und doch wusste er in diesem Moment, dass er Recht gehabt hatte, zu versuchen, sie zu retten. Er hatte Recht daran getan, ihr zu sagen, was er für sie empfand, obwohl die Reaktion nicht die gewesen war, die er sich gewünscht hatte. Er sah eine Stärke in Emma, die die meisten ignorierten, und welche Bedenken er auch immer angesichts der gewaltigen Aufgabe vor ihnen hatte, er wusste, dass er in diesem Moment niemanden außer Emma an seiner Seite haben wollte. So sehr er sich auch unvorbereitet, untrainiert und overdressed fühlte, er wollte es wirklich vermeiden, für alle Ewigkeit in den Fluss geworfen zu werden. Und so umklammerte er den langen Stiel seiner Sense und salutierte dem Tod.

»Jagen wir ein paar Seelen!«, verkündete Mark mit Inbrunst von seinem winzigen Reittier aus. Er stieß seine Fersen sanft in die Flanken und sein Pony schritt voran.

KAPITEL ACHTZEHN

Charon bemerkte einen hellen Blitz am Himmel, näher am Flussufer als gewöhnlich. Er spottete darüber, während er auf seiner einsamen Fähre dahinruderte, er, der ewige Fährmann von nichts als seiner eigenen Enttäuschung und kummervollen Einsamkeit. Die Lehrlinge des Todes, diese beiden frechen Emporkömmlinge, waren auf dem Weg zurück in die Welt der Menschen.

Sie hatten mehr Macht und Freiheit als er. Seine einzigen Gefährten waren seine Münzen, an denen er sich nicht einmal mehr erfreuen konnte, aus Angst, noch mehr ans Wasser zu verlieren. Er ließ eine über seine Finger rollen, doch ein Zittern ließ sie fallen, und sie verkeilte sich fest zwischen zwei der Planken, die das Deck der Fähre bildeten.

»Verdammt nochmal, Mann«, schalt sich Charon. Er bückte sich und versuchte, die Münze mit den Fingern wieder herauszuhebeln, aber sie rutschte ihm immer wieder aus dem Griff. Er versuchte es stattdessen mit seinem Ärmel, aber vergeblich. Dann dachte er, es wäre vielleicht eine gute Idee, sie herauszurollen oder nur auf einen Punkt Druck auszuüben, um sie wie mit einem Hebel herauszuschnippen. Er drückte sie nach unten, bis sie sich löste und davonkatapultiert wurde. Die Münze überschlug sich, beinahe über die Reling, doch Charon fing sie auf, bevor sie zu weit trudelte. Er seufzte erleichtert und lehnte sich in seinem Sitz zurück.

Dann spürte er Wasser an seinem Fuß. Als er ihn von den Planken hob, entdeckte er, dass die Münze gerade genug Teer herausgebrochen hatte, um das flache Loch in ein winziges Leck zu verwandeln. Jetzt verrieten ihn sogar seine Münzen. Er umklammerte die Münze in seiner Faust und drohte, sie in die Ferne zu schleudern, gab aber nach. Das Gold war sein einziger Gefährte auf dem Boot. Er musste so viel wie möglich davon bei sich behalten …

Der Himmel über Liverpool war ungewöhnlich sonnig – ein kurzes sommerliches Intermezzo, das die dröhnende Monotonie eines scheinbar endlosen Frühlings durchbrach. Die Straßen waren nur leicht nass vom Regen, der Stunden zuvor gefallen war. Der Tag schien rundum ruhig und fröhlich zu sein. Es war kaum ein Tag, den man sich als seinen letzten vorstellte.

Doch Mark und Emma waren da, um dafür zu sorgen, dass dieser Tag für jemanden der letzte sein würde, den er je zu sehen bekam. Sie schwebten hoch über der Stadt mit dem Tod über ihnen, einem drohenden Schatten der Ordnung.

»Dies«, erklärte er, »ist die Stadt, aus der Sie stammen. Daher nehme ich an, dass Sie mit ihrer Topografie und Geografie recht vertraut sind.«

»Ja«, stimmte Mark zu, »vom Straßenniveau aus.«

»Sie werden von hier aus beginnen«, sagte der Tod. »Beurteilen Sie die Sanduhr. Halten Sie sie und beobachten Sie das Rieseln des Sandes darin. Er wird Sie dorthin führen, wo die verdammte Seele ist. Selbst wenn sie schräg gehalten wird, fällt und türmt sich der Sand nur in diese eine Richtung. Folgen Sie ihr und finden Sie Ihre erste Pflicht.«

»Und sie dann in einem Stück zurückbringen, damit Charon sie arm und wertlos nennen kann?«, bestätigte Emma.

»Ja«, sagte der Tod. »Wenn sie ohne Münze tot sind, werden Sie sie auf ewig ins Fegefeuer verbannen, oder bis der Fährmann eine andere Quelle für den Wert des menschlichen Lebens findet, die er horten kann. Aber machen Sie sich da keine allzu großen Hoffnungen. Zaudern Sie nicht und trödeln Sie nicht. Sprechen Sie nicht mit den Toten, wenn Sie es nicht müssen, und beantworten Sie nicht zu viele ihrer Fragen.«

»Besteht die Möglichkeit, dass wir diese Sensen oft brauchen werden, um rebellische Geister abzuwehren?«, fragte Mark.

»Absolut«, sagte der Tod. »Und denken Sie daran, wenn Sie eine Seele zerschneiden, müssen Sie sie wieder zusammensetzen. Zu diesem Zweck ...« Der Tod zog einen dick aussehenden Jutesack aus seinem Ärmel und warf ihn hinunter. Er fiel wie eine Plane über Marks Kopf. »Wenn sie nicht auf Ihrem Sattel reiten wollen, reiten sie als Gepäck.«

Der Tod ließ sein Pferd steigen und verschwand durch einen weiteren Riss zwischen den Welten. Er überließ seine Lehrlinge ihrer Pflicht, hoch über Liverpool, mit nichts als dem Grauen und dem Elend ihrer neuen Berufung, die nun in vollem Umfang zu ihnen durchdrang.

»Weißt du, worüber ich mir Sorgen mache?«, fragte Mark.

»Ich mache mir über eine Menge Dinge Sorgen«, antwortete Emma. Sie blickte auf die Sanduhr. Sie war für Richard Baskerton, und die letzten Körner waren fast durchgerieselt. Sie konnte zählen, wie viel Sand noch übrig war, und er fiel in einem regelmäßigen Rhythmus. »Sorgen wir uns nach der Arbeit darum.«

Mark nickte und stopfte den Sack zwischen seine Beine, wo er wahrscheinlich am sichersten war. Er folgte Emmas Hengst, als sie einen steilen Sturzflug in Richtung Crosby begannen. Es war eine wohlhabende Gegend, mit der keiner von beiden vertraut war und in der sie auch nie viel Zeit verbracht hatten.

»Kennst du diese Orte«, bemerkte Mark, »wo du es dir niemals leisten können wirst zu leben, selbst wenn du den Rest deines Lebens sparst?«

»Ja?«

»Nun, wir sind hier, und wir sind tot. Es stimmt also.«

Sie nickte ein wenig und folgte dem Sand. Als sie auf Straßenniveau ankamen, waren sie überrascht, dass niemand verblüfft schien, sie zu sehen. Die Leute gingen scheinbar vorbei, ohne die beiden pechschwarzen, todbringenden Gestalten auf fliegenden Pferden zu bemerken, die mit riesigen, rasiermesserscharfen Sensen bewaffnet waren.

»Muss hier üblich sein«, sagte Mark. »Kultur der reichen Leute. Wollen nicht anhalten und mit dem Finger zeigen, falls es ein neuer Trend ist, von dem sie noch nichts gehört haben, und sie aus Versehen gecancelt werden.«

»Es ist hier drin.« Emma zeigte auf das nächste Haus. »Wie machen wir ...?«

Mark zuckte mit den Schultern. Er ging zur Tür und versuchte, daran zu klopfen. Seine Hand traf die Oberfläche, machte aber kein Geräusch. Seine gesamte Anwesenheit wurde von der Welt um ihn herum ignoriert, sogar von der Tür. Dann sah er seine Sense an.

»Gib mir Deckung«, sagte er. Er trat von den Verandastufen zurück und versuchte, die Klinge seiner Waffe zwischen die Tür und den Rahmen zu zwängen. Emma sah sich um und fragte sich, was genau von ihr erwartet wurde. In der Reihe identischer Häuser gab es keinen Platz um das Reihenhaus herum, um auf einen Pfad oder in eine Seitengasse zu huschen. Es gab nur eine Haustür und die Nachbarhäuser, die es zwischen sich einklemmten.

Mark, irritiert darüber, dass sich die Tür mit seiner Sensenklinge nicht aufhebeln ließ, stocherte stattdessen mit der Spitze seines Sensengriffs im Schloss herum. Er hörte ein hartes, metallisches Klicken, als das Schloss aufsprang. Seine Sense, die Löcher zwischen den Welten aufreißen konnte, hatte ohne Zweifel auch Macht über simple Messing-Schließzylinder, die als Grenzen zwischen drinnen und draußen dienten. Er streckte sanft die Hand aus, um die Tür zu öffnen, und fiel stattdessen durch sie hindurch. *Jetzt* war er unkörperlich.

»Na schön«, stöhnte Mark. Emma kam herein, nachdem er sich aufgerappelt hatte. »Man muss sich mit einer Menge alberner Regeln herumschlagen.«

Emma hielt die Sanduhr. Der Kolben zuckte ein wenig und zeigte die Richtung an, in die sie gehen sollten. Nur noch zwei Sandkörner waren übrig. Eines fiel. Dann, endlich, war der obere Kolben leer. Die Welt stand still. Das Licht erlosch, und alles wurde grau. Die Momente des Lebens, das sie holen sollten, waren zu Ende, und so auch die Zeit für dieses Leben. Ihre Pflicht band sie streng an dieses Schicksal, und so mussten sie es teilen, bis sie ihre Aufgabe erfüllt hatten.

»Gehen wir«, sagte Mark. »Ich weiß nicht, wie lange wir hier sein können, bis wir technisch gesehen versagt haben.«

»Eine Menge alberner Regeln«, stimmte Emma zu.

Sie rannten beide die Treppe hinauf und gingen zum Hauptschlafzimmer, wo sie ihren Mann tot in seinem Bett fanden, mit einem Gürtel um den Hals. Richard Baskerton war ein sanftmütiger Gemeinderat, dessen Amtszeit ihn ein hohes Maß an Korruption gekostet hatte. Emma und Mark kannten ihn. Zumindest hatten sie von ihm gehört. Er hatte Bestechungsgelder von allen möglichen Interessengruppen angenommen, die sich in Steuererleichterungen, der Manipulation von Baugenehmigungen und guten, altmodischen braunen Umschlägen niederschlugen, die den Armen seines Bezirks direkt schadeten, alles in dem Bemühen, sie entweder zum Wegzug zu bewegen oder in kalten, ungeheizten Wohnungen verhungern zu lassen.

Und wie sich herausstellte, war er ein ziemlich perverser Lüstling. Nichts Anstößiges, das andere mit einbezog, aber der Mann hatte eine Vorliebe für autoerotische Asphyxiation. In gehässigen Kommentaren zu öffentlichen Verurteilungen seines Verhaltens bezog er sich ziemlich oft auf den Galgen und das Hängen. Niemals Enthauptung, nur Hängen. Es war offensichtlich, dass ihm das meistens im Kopf herumging.

Seine Leiche lag tot, entsetzt, blau und mit Schaum vor dem Mund da, während sein Geist verdrossen in Unterwäsche neben seinem Bett verweilte. »Wer ... wer sind Sie?«, fragte er.

»Äh ...«, begann Mark. Die Situation war mehr als peinlich. Keine Einleitung, die ihm einfiel, schien auszureichen. Er war gerade bei einem Mann hereingeplatzt, der versucht hatte, sich zu sehr zu amüsieren, und daran gestorben war. Und dazu noch ein furchtbarer Mann.

»Wir«, erklärte Emma, »sind die Reiter des Todes, die Schnitter der Seelen, die grimmigen Phantome des Schicksals, gekommen, um Sie zu Ihrer Bestimmung zu führen.«

»Das ist sehr gut.« Mark klopfte anerkennend mit dem Griff seiner Sense auf den Boden. »Klarer Zweck, prägnanter Aufruf zum Handeln. Du wärst eine gute Texterin gewesen.«

»Danke, Partner.« Emma grinste und sonnte sich in dem Lob.

»Was?«, sagte Richard. »Nein. Ich träume. Auf keinen Fall bin ich tot. Ich habe das schon Dutzende Male gemacht. Um keinen Preis bin ich so draufgegangen!«

»Aber das sind Sie!«, sagte Mark, genauso bombastisch, wie Emma begonnen hatte. »Sie, der Sie das Leben aus Ihren eigenen Wählern und Bezirksbewohnern gewürgt haben, Sie, der Sie ebenjene Menschen geknebelt haben, denen zu dienen Sie geschworen hatten, sind nun der Schlinge Ihrer eigenen Machenschaften zum Opfer gefallen. Die Fesseln Ihrer eigenen wahnsinnigen Vergnügungen haben Sie zum ultimativen Leid geführt!«

»Sie, mein Herr«, setzte Emma nach und genoss ihren spontanen Schlagabtausch, »haben sich beim Wichsen erwürgt.«

»Nein!«, schrie Richard, dann fiel er auf seine geisterhaften Knie und heulte in seine Hände.

»Oh, das macht Spaß«, flüsterte Mark.

»Genießen wir es nicht zu sehr«, sagte Emma und verbarg ein kicherndes Lächeln. »Arbeit ist Arbeit.«

»Ja, aber diese Art von Arbeit kann befriedigend sein. Sehr befriedigend sogar«, fügte Mark hinzu.

Die beiden spielten sich über den kauernden Geist auf und genossen die Macht, nun da sie in ihren Händen lag.

KAPITEL NEUNZEHN

Mark und Emma kehrten in die andere Welt zurück. Es war wie bei einer Laufmasche. Sie scheint schön fest zu sein, bis man genau an der richtigen Stelle hängen bleibt, und dann hört das Reißen nicht mehr auf. Das Portal öffnete sich und sie lieferten ihre Beute – den in Ungnade gefallenen und zerzausten Politiker – am Fluss Styx ab, um Charon zu treffen, wo er wegen seines gescheiterten Opfers abgewiesen wurde. Dann ließen sie ihn in der unbehaglichen Leere der ruhenden Geister zurück. Selbst schuld, wenn er kein richtiges Ende fand.

Mit einem Wisch kehrten sie zur Erde zurück – wenn auch nicht gemeinsam. Emma tauchte über Liverpool auf, von wo aus sie aufgebrochen waren. Mark war unterdessen woanders.

»Oh, cool. Brighton!«, rief er aus.

Der Pier über dem Meer war in Sicht und wie üblich majestätisch unterbesetzt. Kaum jemand war auf den Straßen unterwegs. Ein paar tapfere Wassersportler waren am Strand, obwohl die Brandung nicht gerade hoch war, und die Geschäfte schienen alle darauf zu warten, dass die Kunden mit ihrer Einkaufstherapie begannen.

Er holte die Sanduhr aus seinem Ärmel, der überraschend geräumig war und sich hervorragend eignete, um Dinge darin zu verstauen, und versuchte, sich zu orientieren. Die Sanduhr neigte sich nach Osten, also drehte er Stormrider und suchte nach der Seele.

Er steuerte sein Pferd nach unten und begann auf seiner eigenen privaten Schnellstraße eine Tour über die Stadt. »Das ist mal was Besonderes. Eine Aussicht, für die die Leute ein paar Tausender hinblättern würden. Und sie sich auch leisten könnten.« In seinen Gedanken schwang ein Hauch von Neid mit. Das Insta-perfekte Leben, das er sich vorstellte, an einem Ort wie Brighton zu führen, war für ihn immer unerreichbar gewesen. Sogar ein Besuch kam ihm teuer vor. Jetzt würde sich dieser Traum niemals erfüllen.

Der Sand veränderte sich. Er verlagerte sich leicht nach links, nach Westen. Er war seiner eigenen Spur dicht auf den Fersen. Und jetzt wurde ihm möglicherweise auch klar, warum. Sie hatten jeder eine Sanduhr genommen, um die doppelte Arbeit zu schaffen. Die Sanduhr, oder das Leben, das die Sanduhr darstellte, bestimmte, wo sich das Portal auf der Erde öffnete. Er inspizierte die Sanduhr noch einmal und kniff die Augen zusammen, um den Namen auf der Messingplakette zu entziffern. Henrietta Bower. Ihre Zeit war bald abgelaufen. Er folgte weiter dem Pfad, den der Sand zeichnete, bis er bei einer Anlage für betreutes Wohnen landete.

Es war unvermeidlich, dass er auf die eine oder andere Weise bei einem Rentner landen würde. Die meisten Toten starben eines natürlichen Todes. Im Vereinigten Königreich gab es keinen Krieg, abgesehen vielleicht von einem Klassenkampf, und auch kein riesiges Netzwerk von Schwerkriminalität. Kriminalität, ja, aber nicht ganz so organisiert, wie die Politiker die Leute glauben machen wollten. So waren die meisten Toten natürlich einfach nur Teil des Laufes der Natur.

Er ritt hinunter und landete, gerade als alles grau und ein bisschen indigofarben wurde. Alle Farben der Welt wurden »tot«. Alles Lebendige, Helle und Fröhliche wurde grau, und alles andere färbte sich mürrisch und blau. Die jähe Veränderung ließ ihn für einen Moment verwirrt taumeln, bevor er sich daran gewöhnte. Er hatte einen Job zu erledigen.

Er tippte mit dem Stiel seiner Sense auf das Türschloss und ging hindurch. Das hatte er inzwischen drauf. Er war ein Experte für Hausfriedensbruch, und er war gut ausgerüstet. Das Zuhause war eine schlichte kleine Wohnung am östlichen Ende einer Seniorenresidenz, ein Campus aus niedrigen Backsteingebäuden, die an eine auf Geriatrie spezialisierte Klinik angeschlossen waren. Die schlimmsten Fälle, oder die ohne anständige Renten und ein Haus zum Verkaufen, um das alles zu bezahlen, hatten bloße Zimmer und Wohneinheiten in dem Komplex, während die Reichen und Angesehenen ihre eigenen Bungalows zum Sterben bekamen. Anscheinend war Henrietta eine dieser wenigen Glücklichen. Aber nicht glücklich genug, um zu leben.

Das Erste, was Mark am Inneren von Bungalow Nummer sieben auffiel, war, wie kahl er wirkte. Selbst durch den grauen Filter der stillstehenden Zeit war klar, dass jedes Zimmer im selben deprimierenden Magnolienton gestrichen worden war. Zwar gab es einige Möbelstücke, aber nichts schien zusammenzupassen und nichts schien so in den Raum zu passen, wie es sollte. Alles fühlte sich sehr provisorisch an und sah auch so aus. Es war alles so in den Raum geworfen worden, dass es den Eindruck erweckte, es sei nicht für Komfort oder Bequemlichkeit platziert worden, sondern die Möbelpacker hatten sich selbst einen Gefallen getan, indem sie es sich leicht machten, es wieder abzutransportieren ... wenn die Zeit unweigerlich gekommen war.

Marks Blick wurde von einem gerahmten Foto an der Wand angezogen. An dem Bild von Henrietta, die zwischen zwei grinsenden Männern mittleren Alters saß, die er für ihre Söhne hielt, war nichts besonders Auffälliges. Es war vielmehr die Tatsache, dass es die einzige persönliche Dekoration in allen Räumen war. Am meisten regte es Mark auf, dass die Schraube, an der es hing, nicht mittig saß. Jemand hatte das Foto offensichtlich aufgehängt, um »den Ort etwas heimeliger zu machen«, und hatte sich nicht die Zeit nehmen wollen, einen Nagel in die Wand zu schlagen. Warum auch, wenn eine vollkommen gute Schraube bereits an der Wand verschwendet wurde?

unusual_whales_translation_fails_at_this_point

Mark spähte zu dem Geist der alten Frau, als sie über ihrem Körper stand, der unbeweglich in einem Pflegebett lag.

»Oh, je«, seufzte sie. »Was wird der Manager nur denken?«

»Henrietta?«, sagte Mark. Sie drehte sich um, eine altbackene alte Frau mit einer eingezogenen Lippe, die nichts als einen finsteren Blick zuließ. Sie sah das Gespenst des Todes und seinen geisterhaften Wanst, der unter den kunstvollen Fetzen seiner Robe hervorlugte, als er mit seiner Sense in der Hand näherkam. »Ich bin gekommen, um Sie von hier wegzuholen.«

»Ja«, sagte sie. Sie ging zu einem nahen Sessel in einer kleinen Sitzecke – ein Luxus, den sie offensichtlich seit vielen Tagen oder vielleicht Wochen nicht genossen hatte und den sie ein letztes Mal erleben wollte. Mark nahm sich die Freiheit, sich ihr gegenüberzusetzen. Als er das tat, seufzte Henrietta, und sie schien sich irgendwie zu verjüngen. Viele ihrer Falten verschwanden, ihr schütteres Haar verdichtete sich zu einem Bouquet aus Locken, ihre Haut wechselte von einer kränklichen Blässe zu einer robusteren Bräune, und ihre Augen glänzten wieder – frei vom grauen Star und voller Entschlossenheit. Sie erreichte einen Idealzustand – das letzte Mal, als sie sich lebendig gefühlt hatte, war die Art und Weise, wie ihr Geist zu sterben wählte.

»Sagen Sie mir«, sagte sie. »Spielen wir jetzt Schach?«

»Leider nicht.«

»Wie ist er? Dieser nächste Schritt, den ich nun gehen werde?«

Mark rückte sich auf seinem Sitz ein wenig zurecht und versuchte, mit seiner großen Sense weniger bedrohlich zu wirken, die über ihnen thronte wie der Vorbote des Todes, der sie war. Er wollte sie nicht auf den Boden legen, nur für den Fall, dass Henrietta die gebrechliche alte Dame nur spielte und er ihr unvermittelt den Kopf abschlagen musste. Stattdessen legte er sie wie einen Sicherheitsbügel über die Armlehnen und drehte sie hin und her, damit sie im Gleichgewicht blieb, was bedeutete, dass die Klinge direkt neben seinem Handgelenk war, als er seinen Arm ablegte. Es gab für ihn keine Möglichkeit, ihr gegenüber den Anstand zu wahren, trotz ihrer besten Bemühungen, im Tod genauso damenhaft zu sein, wie sie es zu Lebzeiten sicherlich gewesen war.

»Das darf ich Ihnen nicht sagen«, sagte er. »Und auch sonst nicht viel.«

»Warum so ein Geheimnis darum machen?«, fragte sie. »Wem könnte ich es schon erzählen und die Überraschung verderben? Ich bin doch ganz offensichtlich aus diesem Leben geschieden. Ich wüsste gern, wie ich mich auf das Nächste vorbereiten kann.«

»Ja, das wüsste ich auch gern«, gab Mark zu.

»Sind Sie nicht der Tod?«, fragte sie.

Er neigte den Kopf hin und her, unsicher über seine eigene Antwort. »Im Grunde schon. Der Tod erweitert gerade sein Dienstleistungsangebot, um ein breiteres Spektrum an … Talenten einzubeziehen, die bei der … äh … Abwicklung beteiligt sind. Sozusagen.«

»Ist das eine Stellung, die jedem gewährt wird?«, fragte sie.

»Nein«, sagte er. »Aber das gehört zu einer Liste von Dingen, die ich Ihnen nicht sagen darf.«

»Hmpf«, machte sie. »Ich habe in eine adlige Familie eingeheiratet und meinen ersten Mann lange genug überlebt, um ein beträchtliches Vermögen zu erben. Dann wurde ich von einem gewinnorientierten jüngeren Mann umworben, der meinen Reichtum als Mittel zur Verbesserung seiner eigenen Zukunft sah. Dieser Mann wurde wegen Veruntreuung und Verbindungen zu ausländischen Regierungen verhaftet. Mir sind die besser gehüteten Geheimnisse der Elite nicht fremd. Es ist für eine neue Führungsebene immer bezeichnend, wenn man eine einfache Frage stellt und keine einfache Antwort erhält. Die Einfachheit, das habe ich zu spät im Leben gelernt, ist eine willkommene Abwechslung vom Leben selbst. Das Leben ist kompliziert. Menschen sind komplex. Aber die Einfachheit ist immer so flüchtig. Ich wünschte, ich hätte sie früher zu schätzen gewusst – aber das ist die seltsame Laune des Schicksals, nicht wahr? Dass diejenigen, die in feine Verhältnisse hineingeboren werden, die Einfachheit erst später zu schätzen wissen; nachdem all das Glänzende seinen Glanz verloren hat. Aber diejenigen, die zu weit weg geboren wurden, um das, was anderen gegeben wird, überhaupt nur bewundern zu können, werden ihre eigene Einfachheit niemals so zu schätzen wissen, wie sie begehrt wird.«

»Hmm.« Mark nickte. Er fragte sich, was genau er tun sollte. Er fühlte sich wohl dabei, mit ihr zu reden und sie reden zu lassen. Es war zwar niemand sonst da, und da die Zeit angehalten war, wartete er nicht wirklich auf jemanden, aber er hatte das Gefühl, als stimme etwas nicht. Er fragte sich, was passieren würde, wenn er sie einfach dort zurückließe, gestrandet in ihrem letzten Augenblick. Würde die Zeit wieder anlaufen, wenn er jetzt ginge? Würde sie als Geist umherwandern und zusehen müssen, was mit ihrem Körper, ihrem Vermächtnis und ihrem Reichtum in den Tagen nach Bekanntwerden ihres Todes geschah?

Wäre das ein grausameres Schicksal, als sie ins Fegefeuer zu bringen und sie für immer am Flussufer umherwandern zu lassen?

»Ich sage Ihnen Folgendes«, sagte Mark, nachdem er entschieden hatte, was er preisgeben sollte. »Der Ort, an den Sie gehen, ist einfach. Aber es ist ein Grad an Einfachheit, den Sie vielleicht nicht als angenehm empfinden werden.«

Sie zog die Augenbrauen hoch. Für sie war das ein Zeichen großer Überraschung. Aber sie nickte und holte ein letztes Mal tief und ergeben Luft. Sie streckte ihm ihre Hand entgegen, damit er sie wie ein Gentleman ergreifen konnte. Mark nahm seine Sense und dann ihre Hand, um ihr aufzuhelfen. Die alte Frau starb mit Anmut, nahm ihr Schicksal mit Würde an und ertrug den Ritt auf dem Rücken des Ponys mit stillem Respekt.

Mark begleitete sie schweigend, aber während der Reise versprach er sich selbst, dass er seine Oma öfter besuchen würde, sollte er jemals wieder die Chance bekommen zu leben. Jeden Tag, um genau zu sein.

KAPITEL ZWANZIG

Mark kehrte in die Leere des Todes zurück, um Henrietta abzusetzen. Er blickte am Flussufer entlang, das an die merkmalslosen Ebenen der Unendlichkeit grenzte, und sah einen schwarzen Fleck, der sich von seiner Umgebung abhob wie ein einzelnes Pfefferkorn in einem Haufen Salz. Er flog hinunter und traf am Boden auf Emma.

Mark half Henrietta vom Pferd. Sie gab ihm einen höflichen Klaps auf die Hand, als wollte sie sagen: »Gut gemacht«, und machte sich selbst auf den Weg zu ihrem unendlichen Warteraum. Mark sah ihr einen Moment lang nach, dann ging er zu Emma.

»Wie war's? Wo ist deine Seele?«

Sie zeigte auf das Wasser. Oder besser gesagt, darunter. »Er ist an einer Überdosis gestorben. Kaum hatte er mich getroffen, war er wieder nüchtern. Ich habe ihn hierher gebracht und ihm gesagt, er solle auf den Fährmann warten. Er fragte, was passieren würde, wenn er rüberschwimmen würde. Ich sagte ihm, dass er untergehen und nie wieder hochkommen würde, und er hat einfach …« Sie ließ ihren Arm fallen.

»Armer Kerl«, sagte Mark. »Aber sonst keine Probleme, oder? Nichts Besonderes?«

»Keine.«

»Musstest ihn nicht runterholen und wieder zusammenflicken?«

»Nein. Er hat sich einfach festgehalten. Hat ein bisschen geweint. Ich glaube, die Drogen haben jahrelang seinen ganzen inneren Schmerz unterdrückt. Ohne sie kam er mit sich selbst nicht klar.«

»Tja, das ist traurig«, sagte Mark. »Meine war nur eine nette, alte Dame. Ich hab's nicht übers Herz gebracht, ihr zu sagen, dass hier überhaupt nichts auf sie wartet. Nichts als eine riesige, offene, endlose Weite des Nichts und–«

Die beiden hörten in der Nähe das Klimpern von Metall. Sie drehten sich um und sahen, wie Henrietta vorsichtig an Bord von Charons Boot stieg. Mark rannte hinüber, um sich die Szene anzusehen.

»Was soll das?«, fragte er.

Charon grinste und öffnete seine Hand. Er hielt zwei dicke, wunderschöne goldene Ohrringe, massive Plättchen mit Hakenverschlüssen, und einen goldenen Ehering – ein Abschiedsgeschenk, das Henrietta bereitwillig hergegeben hatte. Sie war mit einem Teil ihres Schmucks gestorben.

»'s ist gerade genug für die Überfahrt«, sagte Charon. »Der Ring allein, den so viele mitbringen, ist kaum genug wert, aber Ihr, meine Liebe, seid eine geehrte und hochgeschätzte Seele.«

»Ich dachte, Sie nehmen nur Münzen«, sagte Mark.

»Gold ist Gold«, erwiderte Charon. Er klatschte das Ruder ins Wasser und spritzte ein wenig auf Marks Robe. »Es wird zu Münze, wenn es meine Tasche lang genug gesegnet hat. Vorsicht nun, meine Liebe. Im Boot ist das Sitzen sicher, aber steht nicht auf, sonst werdet Ihr keinen Grund in diesem See finden.«

»Können Sie mir sagen, was auf der anderen Seite ist?«, fragte Henrietta.

Charon kicherte und sprach mit leiser Stimme, und sie entfernten sich so weit in den Nebel über dem Fluss, dass seine schroffe Stimme das Ufer, an dem Mark festsaß, nicht mehr erreichte.

»Huh«, schnaubte Mark. »Na gut.« Er stemmte die Hände in die Hüften, und Emma gesellte sich mit ihrem und seinem Pferd im Schlepptau zu ihm. »Also, Frauen kommen eher auf die andere Seite als Männer ...«

»Wie kommst du darauf?«

Er klemmte ein Ohr zwischen Daumen und Zeigefinger und wackelte damit.

»Soll das heißen?«, fragte Emma.

»Das ist kein Scharade. Ich meine, Männer werden normalerweise nicht mit goldenen Ohrringen beerdigt.«

»Ah«, wurde ihr klar.

»Oder Halsketten oder Fußkettchen oder massenhaft Ringen.«

»Manche schon«, korrigierte ihn Emma. »Mafiabosse. Rapper. Instagram-Influencer.«

»Stimmt. Und Fans von Manchester United.«

»Aber im Allgemeinen hast du recht, ja.«

»Wenn wir ins Leben zurückkehren«, sagte Mark, »müssen wir sicherstellen, dass wir immer Gold bei uns haben. Wenigstens ein paar Unzen. Ich riskiere lieber, was auch immer da drüben ist, als ewig hier festzusitzen.«

»Was ist mit den Armen?«, fragte Emma. »Die mit nichts in den Händen sterben, mit gar nichts?«

»Die Letzten im Leben, die Letzten im Jenseits ...«, nickte Mark. »Das ist in jeder Hinsicht ein mieses Geschäft. Mein ganzes Leben lang habe ich die Labour-Partei gewählt. Sag mir bitte nicht, dass die verdammten Konservativen die ganze Zeit recht hatten und es nur um die Kohle geht.«

»Keine Sorge.« Emma rieb Marks Schulter. »Die haben niemals recht. Selbst wenn sie recht haben, haben sie es nicht.« Sie schürzte neugierig die Lippen, griff dann nach ihrer Satteltasche und holte eine Sanduhr hervor. »Lass uns beide schnell zum nächsten eilen. Damit wir uns von all diesen Fragen ablenken und nicht verrückt werden.«

»Sind wir wirklich schon an dem Punkt angelangt«, sagte Mark, »an dem unser Leben so kompliziert geworden ist, dass wir uns mit Arbeit ablenken müssen? Das letzte Mal, als wir uns das angetan haben, hast du versucht, dich umzubringen.«

Emma seufzte. »Letztes Mal war es, weil ich in einem wirtschaftlichen Würgegriff steckte, der mich in meinem eigenen Land wie eine Bürgerin zweiter Klasse behandelte, nur weil ich es gewagt hatte, mehr Möglichkeiten für meine Zukunftsplanung zu wollen. Das hier ist ein wenig anders.«

»Es geht immer noch um die Zukunft«, sagte Mark. »Und ironischerweise brauchen wir immer noch ein beträchtliches Privatvermögen, um voranzukommen.«

Emma stritt nicht weiter. Sie stieg auf und erwartete, dass Mark ihr folgen würde. Und sie hatte die Sanduhr, also konnte sie das Portal nach Belieben erschaffen und schließen. Mark sattelte auf und hob vom Boden ab, gerade als Emma losflog. Er holte sie rechtzeitig ein, als sie ihre Sichel nach vorne schwang und das Portal öffnete zu ...

Nirgendwo. Nichts. Keine Städte in Sicht. Nichts als sanfte grüne Hügel und Nebel. Trotz ihrer geisterhaften Körper konnten sie eine Kühle in der Luft und einen feuchten, moosigen Geruch spüren.

»Sind wir in Schottland?«, fragte Mark.

»Oder?«, fragte Emma. Sie blickte sich durch die Wolken über dem Boden um und entdeckte in der Ferne eine Burg, alt, aber ehrwürdig, mit einem eigenen Parkplatz, der einen seichten See überblickte. »Ja, ich glaube schon.«

Mark stürzte sich nach unten und in den Nebel. Emma folgte ihm. Sie verbrachten einige Zeit über den schmalen Landstraßen und durch die Täler und sanften Hügel und genossen die Landschaft. Praktisch ihr eigener Hinterhof, höchstens ein paar hundert Meilen entfernt, und doch war es ein Ort, der sich für sie so bedingungslos fern und fremd anfühlte.

Emma folgte dem Sand auf einem langen Umweg und flog hoch über Wälder, Bäche und makellose kleine Hügel. Sie nahmen alle Anblicke, aber keinen der Gerüche der ewig nassen Wälder in sich auf.

Dann wurde alles grau. All die Grüntöne verblassten blitzschnell. Der Himmel wurde dunkel, der Nebel lichtete sich, und das Wasser war ein opalisierendes, unheilvolles Schwarz. Emma musste nicht hinsehen, um es bestätigt zu bekommen; der letzte Sand war hindurchgerieselt. Der Spaß war vorbei, obwohl es von Anfang an nie als Spaß gedacht war. Sie mussten sofort ihren vorbestimmten Bewohner des neuen Reiches finden. Oder sonst ...

Minutenlang folgten sie weiter dem Sand, der an den Rand des Glases stieß. Oder zumindest Minuten, relativ zu ihren Sinnen und relativ zu ihrer Geschwindigkeit, die sehr hoch war. Sie drangen immer weiter in die Wildnis vor, kamen an keinen Städten oder Dörfern vorbei, nur tiefer dorthin, wo weitere verirrte Burgen aus den Hängen zu ragen schienen.

»Ich hoffe, sie müssen nicht lange warten«, sagte Mark.

»Sie werden sich freuen, uns zu sehen«, sagte Emma. »Da bin ich mir sicher.«

Schließlich bewegte sich der Sand auf einen Ort zu – ein kleines Torhaus auf der anderen Seite eines verfallenen Burggrabens mit einer verrotteten Zugbrücke neben einem voll funktionsfähigen, eisenverstrebten Steg. Es war eine historische Burg, die mit einer Landstraße verbunden war, eine Art Touristenfalle. Und der einzige Kastellan war für das Wochenende da und am Esstisch gestorben, die Brust umklammernd, während ein unberührtes Haggis-Abendessen auf seinem Teller stand.

Der Geist des Mannes war ein ruppiger, zähneknirschender, stark aussehender alter Schotte mit dicken Armen und einem dichten Bart. »Wer seid ihr?«, forderte er. »Platzt mitten am Tag in mein Haus, ohne auch nur einen Termin. Wisst ihr überhaupt, wie verdammt viel Arbeit ich bis zum nächsten Sonnenaufgang zu erledigen habe?«

»Sir …«, begann Mark.

»Seht euch an!«, schoss der Mann zurück. »Angekleidet wie verdammte Gespenster auf dem Festwagen einer Kinderparade. Und du, Mädel, mit deinem großen Hut – hast du noch nie was von einem Regenschirm gehört? Man trägt sein Dach nicht, wenn man eine Decke über dem Kopf hat!«

»Oh, er wird Charon lieben«, sagte Mark.

»Wir sind der Tod«, sagte Emma. »Und Sie sind gestorben. Wir sind gekommen, um …«

»Glauben Sie, ich habe Zeit, mich hinzulegen und tot zu sein?«, sagte der Mann. Er kauerte sich neben sein erstickendes Gesicht und schrie es an. »WACH AUF!« Das Auge zuckte. »WACH AUF, DU FAULER BASTARD! DU WIRST NICHT DAFÜR BEZAHLT, AUF DEM BODEN ZU SCHLAFEN!«

»Sir, Sie sind tot«, sagte Mark. »Da können Sie nichts machen.«

Der Mann stand auf und holte zu einem Schlag gegen ihn aus. Mark wich instinktiv zurück, unsicher, ob der Schlag treffen würde, aber nicht wagemutig genug, um es darauf ankommen zu lassen.

»Sagen Sie mir nicht, wie ich mit meinem eigenen Körper zu reden habe«, sagte er. »Wenn das da unten ich bin, wer bin ich dann hier oben?«

»Ihre Seele«, sagte Emma, »die wir mitnehmen müssen ...«

»Das wird euch der Teufel holen!«, sagte er. Er hob die Arme und ballte die Fäuste. »Ihr werdet mich nicht in eure Höllengrube zerren, ihr Teufelsbrut! Geht und scheißt Satan in den Mund und sagt ihm, es ist von mir!«

»Wir arbeiten nicht für Satan«, sagte Mark. »Wir haben ihn noch nie getroffen.«

»Ach was«, spottete der Mann, »so weit unten auf der Leiter des Teufels, dass ihr noch nie mit eurem Chef gesprochen habt? Tankwarte des Jenseits, das seid ihr. Regalauffüller, die davon träumen, eines Tages an der Fischtheke angelernt zu werden, was? Liege ich da etwa falsch?«

»Sir«, sagte Emma streng, »es ist uns gestattet, Sie bei Bedarf *in Einzelteilen* mitzunehmen.« Sie hielt den Sack hoch, den braunen Jutesack, der kaum groß genug war, um als richtige Satteltasche zu dienen. Die Drohung schwebte spürbar im Raum, aber der Mann lachte trotzdem weiter.

»Dann solltet ihr das verdammt noch mal besser tun!«, sagte er. Er stürmte schreiend mit erhobenen Fäusten los.

Emma und Mark hatten wochenlang unter der fachkundigen Anleitung des entschlossenen Kriegermönchs trainiert. Sie hatten dieses Wissen vertieft, indem sie die vielen anatomischen Wälzer in der umfangreichen Bibliothek des Todes studiert und sich den Namen und die genaue Lage jeder größeren Knochen- und Muskelgruppe eingeprägt hatten. Sie erkannten, so ziemlich im selben Moment, dass es einen gewaltigen Unterschied gibt zwischen dem *Wissen*, wie man eine Seele mit einer zweihändigen Klingenwaffe erntet, und dem *tatsächlichen Einsatz*, um auf das Phantom eines anderen Menschen einzuschlagen, mit der alleinigen Absicht, Stücke davon abzutrennen. Diese plötzliche Notwendigkeit, theoretisches Wissen in die praktische Anwendung umzusetzen, würde viele aus dem Konzept bringen.

Aber nicht Emma und Mark. Nein, diese beiden waren schnittfreudig, bereit, willens und in der Lage, ihre Lektionen aus dem Klassenzimmer ohne einen Moment des Zögerns in einer Live-Umgebung anzuwenden.

Der Mann trat vor, schwang seine leere Schulterpfanne nach Emma und blickte verwirrt zurück. Mark hatte kunstvoll den Arm des Mannes abgetrennt. Er klatschte auf den Boden und ballte sich von selbst weiter zur Faust. Der Schotte lachte. »Wetten, das macht ihr nicht noch mal!«

Emma schwang ihre Sense und schlug ihm den Kopf ab. Sein Körper stand verwirrt und ziellos da, als wäre er auf einmal blind und taub geworden, während sein geisterhafter Kopf auf den Boden rollte.

»Oh, das ist ja verdammt fein und wunderbar«, fuhr er höhnisch von ihren Füßen her fort. »Glaubt ihr, ich brauche einen Körper, um euch zu blutigem Brei zu schlagen? Ich habe Worte, die so abscheulich sind, dass euer Teufel sich die Ohren zuhalten und in die Hosen machen würde, um sie zu hören. Ich kenne Schimpfwörter, an deren Verbot Christus selbst in seinen heiligen Schriften nicht gedacht hätte, zu profan für die Hölle und zu einzigartig für den Himmel. Ich …«

Mark hob den Kopf am Bart auf und steckte ihn zusammen mit dem Arm in den Sack. Er sah Emma an, und beide blickten auf den Körper, der immer noch im Raum umherirrte und blind auf alles in seiner Nähe einschlug.

KAPITEL EINUNDZWANZIG

Nur wenige Seelen nach Beginn ihrer richtigen, wahren Ausbildung genossen Mark und Emma ihre Arbeit. Sie genossen sie wirklich. Emmas Job im Leben war langweilig und eintönig gewesen, mit wenig Aussicht auf Aufstieg oder Belohnung, und sie hatte sich nach etwas gesehnt, das sich erfüllend und lohnend anfühlte – oder, falls das nicht klappte, einfach nur ein bisschen Wertschätzung und Anerkennung.

Obwohl Mark aus seiner Arbeit als Grafikdesigner eine gewisse Befriedigung zog, spielte sie immer nur die zweite Geige neben seiner wahren Leidenschaft: dem Schreiben von Sitcoms. Er war produktiv, sein Schreibstil war gut und er hatte sogar ein paar Wettbewerbe gewonnen, aber er konnte für kein Geld der Welt eine Produktionsfirma finden, die seine Projekte übernahm. Stattdessen hielt er sich mit Grafikdesign für eine Werbeagentur über Wasser und verbrachte seine Abende und Wochenenden damit, neue Szenarien für seine Charaktere zu entwerfen.

Die Natur der Agenturarbeit bestand darin, sich durch Aufträge zu ackern und schnell zum nächsten überzugehen. Es ging nur darum, schnell eine Lösung zu finden, mit wenig Zeit, den Kunden oder dessen

Kundschaft kennenzulernen, was bedeutete, dass es kaum mehr war als Fließbandarbeit, die sich als kreative Freiheit tarnte.

Sie waren erst ein paar Seelen dabei, aber so weit, so gut. Obwohl viel auf dem Spiel stand – buchstäblich Leben und Tod –, hatte ihre Aufgabe eine wunderschöne Einfachheit. Zur festgesetzten Zeit ankommen, ernten und die Seele zum Flussufer geleiten. Klar, definiert und binär, mit wenig Raum für Interpretationen. Ähnlich wie beim Kärchern einer Terrasse gab es eine sofortige Befriedigung für eine gut gemachte Arbeit und, wie es schien, genug Abwechslung, um die Dinge interessant und frisch zu halten.

Obwohl sie glücklich waren, war klar, dass es so etwas wie einen glücklichen Tod nicht gab. Das Nächste, was sie erreichten, war jemand, der sterben wollte, nur um dann festzustellen, dass auf der anderen Seite nichts auf ihn wartete – und diese Art von Ende war lediglich das letzte Licht eines Lebens, das bereits in einer Dunkelheit getränkt war, über die man besser nicht nachdachte.

Es war emotional anstrengend, aber körperlich fühlten sie sich noch nicht besonders müde. Ihre Arme waren am schlimmsten, und die Schultern, von denen aus sie ihre Sensen schwangen. Marks Rücken schmerzte ein wenig, weil er sich vornüberbeugen musste, um sich an sein Pony zu klammern, während es weiterritt, aber er gewöhnte sich daran. Ein Großteil der Belastung für sie waren die unbeantworteten Ängste, Fragen und Gefühle über das, was sie taten und sahen – und ob der Tod ihre Arbeit letztendlich gutheißen würde.

Dieser spezielle Ausflug hatte sie nach London geführt, und sie bahnten sich ihren Weg vorbei am Big Ben entlang der Themse und überquerten sie nach Waterloo, bis sie ein Krankenhaus erreichten. Natürlich war das ein naheliegender Ort, um viele Tote zu finden, ein Ort, an den die Leute gingen, um ihre letzten, vergeblichen Momente im Kampf gegen Krankheiten oder Verletzungen zu verbringen.

Ihr Ziel, Thomas Berringer, war ein junger Mann mit wildem Haar und gutem Aussehen. Eine tragische Jugend, die durch irgendeine schreckliche Gewalttat verloren ging, die es erforderte, dass mehrere Polizisten an seinem Sterbebett waren und ihn mit Handschellen an das Bett fesselten, in dem er schlief. Es war eine erschütternde Szene. Mark und Emma waren zwiegespalten, ob sie hineingehen sollten, und hielten sich in dem irgendwie malvenfarbenen Korridor auf, während die Zeit noch ablief.

Obwohl sie wiederholt auf spektakuläre Weise eines Besseren belehrt wurde, glaubte Emma immer noch, dass die Menschen im Grunde gut waren, aber manchmal schlechte Dinge taten – anstatt zu akzeptieren, dass die Welt randvoll mit Arschlöchern war, die ein diebisches Vergnügen am Elend anderer hatten. Sich verzweifelt an diese Hypothese zu klammern, war die Art und Weise, wie sie, zumindest vor sich selbst, rechtfertigte, warum »Freunde« aus der Schule ihr Fahrgeld gestohlen hatten, sodass sie jeden Tag nach Hause laufen musste, und sie es nie ihren Lehrern oder ihren Eltern erzählt hatte. So redete sie sich ein, dass es ihre Schuld war, wenn andere im Büro die Anerkennung für ihre harte Arbeit ernteten, weil sie sich nicht zu Wort gemeldet hatte, anstatt deren Schuld, weil sie sie ausgenutzt hatten. Am wichtigsten war, dass es die Art und Weise und der Grund war, warum sie Kredite aufgenommen hatte, die sie sich kaum leisten konnte, um die Spielsucht ihrer älteren Schwester Claire zu finanzieren, die – immer wieder – versprochen hatte, das Geld mit Zinsen zurückzuzahlen, wenn Emma sich nur dazu durchringen könnte, ihr genug zu leihen, um ihre nächste todsichere Wette zu platzieren... Erst als Emmas Verluste sich auf atemberaubende sechzigtausend Pfund beliefen und sie einfach keinen weiteren Kredit mehr bekommen konnte, dämmerte ihr die Erkenntnis, dass sie niemals einen Penny zurücksehen würde.

Und doch, während sie die Szene vor sich beurteilte und trotz aller gegenteiligen Beweise, sah sie eine mögliche Ungerechtigkeit.

»Was, glaubst du, ist passiert?«, fragte Emma mit leiser Stimme, obwohl sie unsichtbar und ungreifbar und für andere überhaupt nicht physisch wahrnehmbar waren.

»Ich meine«, begann Mark, »er hat offensichtlich ... irgendetwas getan.«

»Warum bekommen wir keine Karten oder Spickzettel? Kleine Zusammenfassungen, wer diese Leute sind?«

»Ich denke, das würde dem Ziel, sie einfach nur zu finden und von ihrer sterblichen Hülle zu schaufeln, etwas zuwiderlaufen.«

»Es heißt stoßen«, korrigierte sie ihn.

Mark kniff die Augen zusammen. »Tatsächlich?«

»Wegstoßen, wie bei schubsen.«

Mark kniff erneut die Augen zusammen. »Was ist überhaupt eine sterbliche Hülle?«

»Ich weiß nicht ... Jedes Mal, wenn wir angekommen sind, steckte irgendeine Geschichte dahinter, nicht wahr? Wie klein sie auch sein mag, alles, was wir zu sehen bekommen, ist, wie diese Leute sterben. Was, wenn er jemandem geholfen hat?«

»Wem geholfen?«, fragte Mark. »Einem Kartell? Bankräubern? Ich bezweifle, dass Polizisten an seiner Seite stehen und ihm Handschellen am Handgelenk anlegen, weil *ihm* Unrecht getan wurde.«

»Aber was, wenn doch?«, fragte Emma. »Irgendeine Art von Rachegeschichte, in der er alles aufgegeben hat, seine Freiheit und seine Zukunft und jetzt sein Leben, um einen anderen zu rächen?«

»Was macht das für einen Unterschied?«, fragte Mark. »Der ganze Grund ... Schau, wenn der Tod jetzt hier wäre, wüsstest du, dass er uns genau deswegen eine Predigt halten würde.« Er nahm eine tiefe, dämonische Stimme an, die nicht ganz so klang wie der Tod, aber dem unheilvollen Gehabe des Reiters entsprach. »Die Menschen zu kennen, bringt Sie ihnen näher und macht es schwerer, ihnen das Leben zu nehmen. Es ist Ihre Pflicht, denken Sie sich nichts dabei.«

»Oh, ich weiß das alles«, sagte sie, »aber trotzdem ...«

»›Ich weiß das alles‹ ist im Grunde schon das Ende vom Lied«, sagte er. »Wenn du alles weißt, dann gibt es nichts mehr zu sagen.«

»Aber es gibt da noch etwas zu sagen«, sagte sie, »denn was, wenn ...«

»Ich glaube nicht, dass ich das hören will«, sagte er.

»Was, wenn wir die Wahl hätten«, fing sie an, und Mark hielt sich die Ohren zu und begann zu summen, »ihn ein wenig länger leben zu lassen, damit er tun kann, was getan werden muss?«

»Und was wäre das?«

»Nun, vielleicht ist er unschuldig?«

Mark kniff die Augen zusammen und sah sie erneut an. »Das ist doch nur, weil er wie ein Boyband-Mitglied aussieht, oder?«

»ODER ...«, sagte sie abwehrend. »Oder vielleicht ist er schuldig, und der Tod ist kein Ausweg für ihn. Geben wir ihm genug Sand, damit er den Prozess übersteht, oder länger. Oder vielleicht kann er sich besser erklären – ich weiß es nicht. Ich will nur nicht herumstehen und mich fragen, warum ausgerechnet er und nicht die Dutzenden anderen auf dieser Etage, die krank sind und nur darauf warten, als Nächste an der Reihe zu sein.«

»Na schön, wenn du das riskieren willst«, sagte Mark. »Aber du riskierst nicht nur, in die Wohnstätte des Todes einzudringen, sondern auch eine seiner Ressourcen zu stehlen, die wir nicht ohne Weiteres erhalten haben, um aus einer Laune heraus einen sehr wichtigen Teil des Kreislaufs des Lebens zu pervertieren, nur weil wir es können. Schau mal, ich habe nichts dagegen, mal ein paar Büromaterialien mitgehen zu lassen. Habe ich schon gemacht. All die Haftnotizen und die Ries Druckerpapier, die einfach so in der Wohnung aufgetaucht sind? Die habe ich nicht gekauft. Mein Stuhl? Den hat niemand benutzt. Das ist harmlos. Das ist in Ordnung. Das können wir machen. Wenn wir jemanden wirklich hassen, können wir ihn zerhacken und ihm sagen, das sei Standardvorgehen. Einfach, simpel. Aber jetzt überleg dir mal Folgendes – das ist immer noch so, dass wir unseren Job machen, wie erwartet, ohne Probleme. Das sind einfach nur wir, die den Job machen. Aber wenn wir den Job nicht machen, was dann?«

»... Stimmt«, sagte sie. Sie dachte noch eine Sekunde darüber nach und wartete darauf, dass Mark sie einholte. »Genau. Was dann? Wir machen es auf die Art des Todes oder ... was?«

»Na ja, er wird uns in den Fluss schmeißen.«

»Aber das ist gegen die Regeln«, sagte sie.

»Er ist der Boss«, sagte Mark. »Er kann die Regeln brechen. So funktioniert Macht.«

Emma schnaubte verächtlich und ging eingeschnappt durch den Schreibtisch der Schwesternstation.

»Mir gefällt es auch nicht, aber so *läuft* das nun mal.«

Ungefähr zu diesem Zeitpunkt bemerkten sie, dass ihre Zeit abgelaufen war. Die Farben im Krankenhaus verblassten, was sich nicht allzu sehr vom Normalzustand unterschied. Es war ohnehin hauptsächlich Weiß und Grau gewesen, aber ein paar Schilder änderten sich, und alle Kittel der vorbeilaufenden Krankenschwestern und Pfleger wurden grau.

Der Mann im Zimmer trat aus seinem eigenen Körper hervor und sah sich um. Er klopfte sich ab und drehte sein Handgelenk in seiner Handfläche, bevor sein Blick auf den ersten Sensenmann im Flur fiel: Mark. Er und Mark sahen sich in die Augen. Der Mann war für eine Sekunde ängstlich, dann wurde sein Blick weicher und er trat vor.

»Hey, mein Guter«, sagte Thomas, sehr charmant und freundlich. Emma versteckte sich sofort im Nebenzimmer, um zuzusehen. Thomas streckte seine Hand aus und zog sie dann zurück. »Äh, na ja, ich schätze, dafür ist es ein bisschen spät, was?«

»Ein bisschen«, sagte Mark. Er schüttelte ihm trotzdem die Hand.

»Ah, immer noch Fleisch und Blut«, bemerkte Thomas. »Ich dachte, ich würde ein Skelett berühren.«

»Diesmal nicht«, sagte Mark. »Thomas Berringer, ich bin gekommen, um Sie in die nächste Welt zu bringen. Zu Ihrer neuen Ewigkeit. Ihre Zeit ist abgelaufen, und Sie ...«

»Ja, aber äh«, begann er, »das ist für mich tatsächlich eine Art Problem.«

»Ja«, sagte Mark. »Der Tod ist für die meisten Menschen ein Problem. Das letzte Problem. Das letzte, das sie jemals haben werden.«

»Nun, es ist nicht direkt für *mich* ein Problem«, gab er zu. »Angesichts dessen, was mir bevorgestanden hätte. Einige an den Haaren herbeigezogene Anschuldigungen, um einen Mann von seiner Frau fernzuhalten. Diese Verschwörung geht tief, Mann. Ich sage es Ihnen – vielleicht wissen Sie es sogar schon. Der allsehende, allwissende Tod, der Sie sind. Sie müssen wissen, wer wirklich die Schuld an all dem trägt.«

»Hmm«, summte Mark. Das wusste er nicht. Sein Streit mit Emma hatte sich genau darum gedreht, wie wenig sie über diejenigen wussten, die sie holen kamen, was er in Ordnung fand, da es den Job vereinfachte. Aber er wollte sehen, wie Recht er hatte.

»Ich kann Sie nicht ins Leben zurückbringen«, sagte Mark. »Das ist nicht möglich. Aber wenn es jemanden gibt, den Sie sehen wollen, bevor Sie gehen, irgendetwas, von dem Sie wissen müssen, dass es geschieht, dann vielleicht ...«

Thomas neigte seinen Kopf und schlug die Hände zusammen. Für ihn war das gut genug. Hoffentlich würde es auch für Emma gut genug sein ...

KAPITEL ZWEIUNDZWANZIG

Mark ritt auf seinem Shetlandpony – einem grimmigen und einschüchternden Ross des Jenseits, wie er seinem Passagier versicherte – über die vielen Straßen und Gassen der Stadt, in der kahlen, grauen Welt des letzten verblassenden Augenblicks des Lebens. Thomas Berringer hatte einen Abschied wie keinen zweiten erhalten, begnadigt und ins Gewissen geredet vom Geist seiner zukünftigen Weihnacht. Aber er hatte sein Geschenk viele Monate zu früh bekommen. Fast ein halbes Jahr zu früh, um genau zu sein.

Emma hatte unterdessen Marks Plan durchschaut und folgte ihm von unten, wo ein Pferd hingehörte, mit gebührendem Abstand hinter dem Pony, sodass sie sehen, aber nicht gesehen werden konnte. Thomas war ohnehin zu sehr vom Anblick Londons von oben eingenommen, um wirklich darauf zu achten.

»Das ist der Hammer, Mann«, sagte Thomas. Er hielt sich mit einem festen Griff seiner Oberschenkel fest, damit er seine Arme ausbreiten und die Phantombrise in der unbewegten Luft einfangen konnte. »Was für eine Art zu reisen, was?«

»Es erfüllt seinen Zweck«, sagte Mark. »Apropos, wohin?«

»Harlesden«, sagte er. Er zeigte grob in eine Gegend nordwestlich von ihrem Standort. Mark ließ das Pony von ihrem Weg weg vom Krankenhaus abschwenken. Er beschloss, zu sehen, was das Ende von Thomas' Geschichte hätte sein können, aus dem, was er selbst sehen und herausfinden konnte, Rückschlüsse zu ziehen und es Emma dann unter die Nase zu reiben, falls es sich als etwas wirklich Schlimmes herausstellte. Andernfalls wäre es eine gute Möglichkeit, Zeit zu verschwenden und zu beweisen, dass ihre Bemühungen besser darauf verwendet würden, die Geister, die sie fanden, mit so wenig Interaktion wie möglich einfach nur zu befördern.

Marks größte Angst betraf den Sand in ihren eigenen Stundengläsern, noch unsichtbar, aber immer präsent wie eine kaputte Uhr, nur ein Ticken entfernt von der Mitternacht ihrer ganzen Schöpfung. Wenn sie herumtrödelten, wenn ihre Zeit ablief, so stellte er sich vor, würde das viel von der Gunst und dem Wohlwollen zunichtemachen, das sie erlangt hatten. Das Pony war kein lebendes Pony; es war eines aus dem Jenseits. Wenn sie keiner der beiden Welten angehörten, was würde dann aus ihm werden?

Diese letzten Sandkörner waren, solange sie stecken blieben, die einzige Barriere, die Mark davon abhielt, selbst eine Seele zu werden. Solange er aus Fleisch und Blut blieb und seine tödlichen Pflichten gut erfüllte, gab es eine Chance – wenn auch eine unendlich kleine –, dass er auf die Erde zurückkehren würde.

Mark war sich schmerzlich bewusst, dass er sich immer noch in seinem eigenen Körper befand. Thomas nicht. Ihre körperlichen Interaktionen waren Teil einer Art Einzigartigkeit ihrer Situation. Thomas war ein reiner Geist, der wahrscheinlich lernen könnte, nach Belieben zu kommen und zu gehen, wenn er dazu neigte. Aber verloren in einem einzigen Augenblick der Zeit wäre der Schaden, den er anrichten konnte, minimal. Ein problematischer Geist würde einen Verweis nach sich ziehen. Ihre Ausbildung stand auf dem Spiel.

»Da runter.« Thomas zeigte. »Das Gebäude da, genau da.«

»Die Wohnungen?«

»Die erste an der Ecke, neben dem Park.«

Mark flog hinunter und landete direkt vor einem Wohnblock. Er war im Stil des Brutalismus erbaut, ehemals im Besitz der Stadt und jetzt jeweils knapp eine Million Pfund wert. »Heruntergekommen« war noch eine freundliche Umschreibung. Ein paar Jugendliche waren draußen – junge Teenager, die aussahen, als hätten sie gerade eine Prügelei beendet und lehnten sich nun am Bordstein zurück, um eine Verschnaufpause einzulegen, bevor sie weitermachten. Ganze Kleiderschränke voller Wäsche hingen an Leinen und Geländern auf den Fensterbalkonen, die mit Eisengittern versiegelt waren.

Es sah aus wie ein Ort, aus dem ein Mann wie Thomas mit seinen tätowierten Armen und seinem Tod unter Polizeibewachung stammen würde. Aber er war ein Mensch. Er hatte seine Umstände. Mark nahm nur an, dass sie schrecklich waren, und wollte es beweisen. Emma hatte ihre Annahme getroffen und schwankte, blieb aber dabei, ihre eigene aufdringliche Neugier zu befriedigen. Sie hatte die Macht, zu lernen, also warum nicht?

Thomas ging direkt durch die offene Haustür des Wohnblocks. Er ging in den dritten Stock und auf eine Tür zu. Seine Hand glitt durch den Griff. Er lehnte sich an die Tür, halb geschlagen, bis Mark ihn einholte.

Mark klopfte an die Tür, was sie entriegelte. Dann hielt er Thomas an der Schulter fest. »Mit mir«, sagte er.

Er war sich nicht sicher, ob es funktionieren würde. Und wenn nicht, plante er, sein Gesicht zu wahren, indem er seine Sense schwang und Thomas erledigte, die Stücke in den Sack warf und direkt in die Vorhölle verfrachtete, um die Chance zu haben, den Kessel aufzusetzen, die Kekse aufzureißen und sich in einen von Tods Sesseln fallen zu lassen.

Aber es funktionierte, und sie waren beide in der engen Wohnung, wo eine Frau mit einer Zigarette im Mund über die Rückenlehne eines Stuhls gelehnt war und fernsah.

Die Wohnung hatte bessere Zeiten gesehen. Die Ritzen, wo der Boden auf die Wand traf, waren alle schmutzig und die meisten Fußleisten fehlten. Spinnweben hingen in uneinsehbaren Ecken, die Lampenschirme hatten alle einen nikotingelben Farbton, waren aber wahrscheinlich ursprünglich babyblau gewesen. Der Teppich war zerrissen und fadenscheinig und legte eine ganze Reihe von Dielenbrettern frei, wo der Vermieter sich einfach nicht die Mühe gemacht hatte, ihn zu ersetzen, und es stattdessen in einen dekorativen Laufsteg verwandelt hatte. Die Küchenspüle war mit Geschirr vollgestapelt, und

Glasscherben waren unter den Herd geschoben worden, von dem nur noch eine Kochplatte funktionierte, da die anderen alle kaputt waren.

»Sie hat die Bude aufgeräumt«, sagte Thomas. »Heh. Hatten hier einen Mordskrach.«

Mark blieb neutral und still, aber die Szene entwickelte sich langsam. Er erhaschte einen Blick auf Emma vor dem Fenster. Sie parkte ihr Pferd in der Luft und kletterte gewissermaßen an der Seite hinunter, um durchs Fenster blicken zu können, ohne gesehen zu werden.

Thomas umrundete als Geist die Frau von hinten. »Vetti«, flüsterte er. »Kannst du mich hören?«

»Das kann sie nicht«, unterbrach ihn Mark. »Ihre Anwesenheit kann diese Welt nicht mehr beeinflussen.«

Thomas wich zurück und nickte. Dann warf er Mark einen Blick zu. »Aber Ihre schon.« Mark kniff die Augen zusammen. »Sie haben das Schloss geöffnet, ja? Das Ding, das Sie da haben ... Es muss ziemlich praktisch sein.« Er ging mit einem etwas federnden Schritt auf Mark zu. Als wären sie die besten Freunde und er wolle nur um einen kleinen, frechen Gefallen bitten. »Ich wette, Sie können damit alle möglichen Dinge öffnen.«

»Das kann ich«, sagte Mark und rückte unbewusst die Sense weiter weg. »Aber nur ich.«

»Ist das so?«, sagte Thomas mit einer Art sarkastischem Nicken. »Dann sind Sie ja ein Glückspilz, was? Nichts für irgendjemand anderen. All diese Macht nur für Sie.«

»... Ja«, stimmte Mark zu. »Ich habe Sie hergebracht, damit Sie sie ein letztes Mal sehen können. Das ist der einzige Trost, den ich Ihnen spenden kann, bis Sie sie irgendwann in der Zukunft vielleicht doch noch einmal wiedersehen werden.«

Thomas nickte. Er steckte die Hände in die Taschen und setzte ein gequältes, steifes Lächeln auf. Er heuchelte Einverständnis. Dann hechtete er nach der Sense. Mark wich zurück und stieß gegen die Frühstückstheke. Thomas rang mit ihm und die zerfetzten Teile seiner Robe rutschten herunter. Mark zog sich zurück, bis sein Rücken gegen die Wand neben dem Herd prallte. Thomas packte ihn an der Kehle und versuchte, auf ihn einzuschlagen. Die Schläge taten ihm nicht weh; er litt nicht und spürte rein gar nichts, außer einem scharfen, kalten Luftzug, der in seine Haut sickerte. Es war, als würde ihn ein Kühlschrank anhusten.

Als Thomas merkte, dass seine Schläge zwecklos waren, ging er direkt auf die Sense selbst los. Er packte sie mit beiden Händen. Zu Marks Überraschung war der Griff des Geistes fest. Es war eine spirituelle Entität, ein geisterhaftes Werkzeug aus der anderen Welt. Marks Körper war immun gegen Geister, so wie er es schon immer gewesen war, aber die Sense und seine Roben waren es nicht. Und sein Pony wahrscheinlich auch nicht! Dem Geist gelang es, Mark die Sense aus den Händen zu winden und sie ihm zu entreißen.

»Nein!«, schrie Mark. Wie hatte er nur so dumm sein können? Nicht auf den Rat von anderen zu hören, war eine Sache. Nicht auf den eigenen Rat zu hören, war unverzeihlich. Um Emma etwas zu beweisen, um ein paar Punkte auf einer imaginären Strichliste zu sammeln, hatte er alles riskiert und den Kürzeren gezogen. Das hier konnte er dem Tod nicht als versehentlichen Fehler erklären. Es gab keine »Ich finde mich gerade erst zurecht, ich werde denselben Fehler nicht zweimal machen«-Ausrede ... Was Mark getan hatte, verstieß bei einem einzigen Einholen so ziemlich gegen die gesamte Liste der absoluten No-Gos.

Thomas richtete die Klinge direkt auf ihn.

»Kann man nicht benutzen, was?«, sagte er. Ein plötzlicher Wahnsinn überkam ihn – oder besser gesagt, die Fassade des sympathischen, frechen Kerls wurde endlich fallengelassen und enthüllte den verrückten Burschen, der er schon immer gewesen war. »Genau wie der Bulle sagte, bevor ich ihm seinen Teleskopschlagstock abgenommen und ihm in den Hals gerammt habe! Genau wie mein Partner mir gesagt hat – ›Das Messer ist nichts für dich, Tommy! Das Mädchen gehört nicht dir, Tommy! Sie gehört jemand anderem!‹ Tja, jetzt gehört es MIR! Es ist in MEINEN Händen! Das bedeutet, es gehört mir! Es gehört mir, es gehörte mir, sie ist es und sie WIRD es sein!«

Thomas hielt die Sense triumphierend hoch, bereit zum Schlag.

Mark stemmte sich mit geballten Fäusten und angespannten Beinmuskeln gegen die Wand. Mark war nicht nur sauer auf sich selbst, sondern auch rasend vor Wut, dass dieser furchtbare Dreckskerl die Dreistigkeit besaß, seine Gutmütigkeit auszunutzen. In jedem anderen Szenario wäre er vor Angst gelähmt gewesen, wohl wissend, welchen

Schaden die Sense ihm zufügen würde. Aber die Wut – die absolute Rage, die Mark empfand – überwog jeden Wunsch, sich zu ducken oder zu winden. Stattdessen stürzte sich Mark nach vorne, bereit, seinem Gegner mit bloßen Händen die Glieder auszureißen –

Thomas' Kopf platzte ab und fiel hinter ihm zu Boden. Sein Körper erstarrte vor Schreck, als er vom Boden aus zu dem sorgfältig platzierten Stiefel auf seiner Stirn aufsah. Emma war durch das Balkonfenster hereingekommen und hatte Mark die Gelegenheit verwehrt, dem Kerl mittelalterlich den Arsch aufzureißen.

Mark holte seine Sense zurück und stieß den Körper um. Emma trat zurück und ließ Thomas' Rücken sein Gesicht gegen den Boden drücken.

»Ich schätze«, sagte Emma, »deshalb sollten wir uns nicht in das frühere Leben der Verstorbenen einmischen.«

»Ich glaube nicht, dass sie alle Mörder sein werden«, sagte Mark. Seine Hände zitterten noch immer vor Adrenalin.

Emma nickte. »Vielleicht aber die, die mit Handschellen an Betten gefesselt sind ...«

»Wenn sie bereits gerichtet wurden, einigen wir uns darauf, es bei diesem Urteil zu belassen? Falls wir falschliegen –«

»Wir richten niemanden«, sagte Emma. »Soweit wir wissen, wird das jenseits des Flusses erledigt.«

»Stimmt«, sagte Mark. »Genau das ist es – und wir sollten nicht noch einmal danach fragen.«

»Ich bin nicht diejenige, die ihn hierhergebracht hat«, erinnerte sie ihn.

»Richtig. Belassen wir es bei einem Geheimnis«, sagte Mark. Sie nickten beide und seufzten. Dann gab Mark dem Körper einen Tritt mit dem Fuß. »Wir müssen nach einem größeren Sack fragen.«

KAPITEL DREIUNDZWANZIG

Fünf geschafft, fünfundneunzig noch vor uns.

Mark und Emma kehrten in die Ebenen des Fegefeuers zurück, setzten Thomas wieder zusammen und ließen ihn mit nichts als dem Umriss des Flusses in der Ferne zurück, der ihn zu seinem Schicksal bei Charon führen sollte. Er blieb stumm, während sie arbeiteten. Anscheinend reichten der Verlust seiner letzten Rache und ungefähr 75 % seiner vorherigen Körpermasse aus, um ihn zum Schweigen zu bringen.

Sie waren sich einig gewesen, dass es einfacher war, den Kopf einzuziehen, den Mund zu halten und sich an die Arbeit zu machen. Im Tod so zu leben, wie sie im Leben gelebt hatten.

Doch dieser Gedanke hielt nur von ihrem Aufbruch bis zu ihrer Rückkehr durch das Portal an. Er wurde in Rekordzeit sauer und faulig. Die Aussicht auf eine Ewigkeit unbequemer Knechtschaft war einfach nicht verlockend. Also einigten sie sich auf einige Zugeständnisse, während sie sich auf den Weg zu ihrer nächsten Beute machten.

»Erstens«, sagte Emma. »Wir sollten immer die malerischen Routen nehmen. Sehen, was wir von den Teilen Großbritanniens sehen können, in denen wir noch nie waren, solange wir die Chance dazu haben.«

»Zweitens«, fügte Mark hinzu. »Wir mischen uns nicht in Geister-Dramen ein, egal wie fesselnd sie sind. Tod ist Tod. Es ist Zeit, weiterzuziehen.«

»Drittens«, fuhr Emma fort. »Richte nicht. Es gibt kein Richtig oder Falsch. Der Tod ist das Ende. Die Bestrafung liegt nicht in unserer Hand.«

»Viertens«, sagte Mark und erhob den Zeigefinger. »Wenn sie wirklich eine Bestrafung verdienen, zerstückeln wir sie und stecken sie in den Sack.«

»Und nehmen eine holprige Heimreise in Kauf«, nickte Emma.

»Und eine malerische, wenn möglich!«.

»Sie wirklich in ihren eigenen Körperteilen schmoren lassen, damit sie darüber nachdenken, was sie getan haben.«

Mark kicherte. »Okay, fünftens. Äh ... Keine Wettrennen mit den Zügen.«

»Warum nicht?«

»Okay, guter Punkt.«

»Brauchen wir einen fünften Zusatz?«, fragte sie. »Ich glaube, wir haben bereits alle wichtigen Punkte abgedeckt.«

»Oh!«, rief Mark aus. Er hob die Hand, um ihre Aufmerksamkeit zu erregen. »Fünftens: Wenn es eine ... kompromittierende Situation gibt, die die An- oder Abwesenheit von Kleidung betrifft, kümmert sich jeder von uns um das, was ... zu uns passt. Einverstanden?«

Emma nickte entschieden. »Gut mitgedacht. Denn was ich wirklich hassen würde, wäre, in das Schlafzimmer irgendeines Mannes zu platzen, der einen Schlaganfall erlitten hat, während er sich einen runtergeholt hat, dabei möglicherweise auch einen Infarkt hatte und sich vielleicht einen von der Palme gewedelt hat.«

»Und mir geht es genauso«, sagte Mark. »Ganz genauso. Wenn ich nackte Frauen vorfinde. Aber ich denke, es ist weniger peinlich und weniger konfrontativ, wenn wir bei unseren eigenen Geschlechtern bleiben.«

»Ja, einverstanden«, sagte Emma. Sie tippte auf die Seite der Sanduhr und betrachtete den Namen – Shahir bin al Marik. »Wir hatten bisher Glück mit Leuten, die Englisch sprechen, aber was ist, wenn sie es nicht tun?«

»Sprechen wir nicht eine Art … universelle Sprache, die direkt in ihren Geist spricht?«

»Ich weiß nicht«, gab sie zu. »Ich bin mir nicht sicher. Wir brauchen ein System. Vielleicht ist es sogar am besten, wenn wir gar nicht reden? Bisher hat uns jeder als den Tod erkannt – zumindest so weit, dass sie nicht wirklich infrage gestellt haben, was vor sich geht.«

»Nur eine Welle und dann auf das Pferd zeigen«, schlug er vor.

»Ja!«

»Was bei dir sehr gut funktionieren wird, weil du sie nicht auf ein Pony einlädst.«

»Nun, ja.«

»Oh!«, rief Mark. »Mir ist gerade Nummer sechs eingefallen.«

»Sechs? Wirklich? Wenn wir noch mehr wollen, können wir uns auch gleich bis dreizehn vorarbeiten.«

»Warum dreizehn? Wie auch immer, diese hier ist, glaube ich, gut. Aber sie ist komplex, also hör mich an.« Er holte Luft und ordnete seine Gedanken, bevor sie ihm alle in der falschen Reihenfolge aus dem Mund kamen. »Also, niemand ist glücklich darüber zu sterben, richtig?«

»Nein, niemals.«

»Selbst wenn es ihre eigene Wahl ist, können wir nicht davon ausgehen, dass sie glücklich sein werden.«

Emma nickte langsam.

»Also wollen sie vielleicht nicht mit uns mitgehen«, sagte er.

»Das wäre ein Problem.«

»In diesen Fällen«, erklärte er, »müssen wir anfangen, offen zu sein. Also, so sollte es ablaufen: Wir tauchen auf, stoßen mit der Sense auf den Boden« – was er auch tat – »zeigen, dass wir es ernst meinen, und deuten auf das Reittier. Ich werde dabei etwas nachdrücklicher sein, klarmachen, dass es mir auch nicht besser gefällt als ihnen, und dann machen wir uns einfach auf den Weg. Wenn sie etwas Trost brauchen, weil sie nicht glauben, dass es echt ist, oder einen Zusammenbruch haben, dann können wir reden, aber wir können ihnen nicht alles erzählen. Wir müssen ihnen nur das Nötigste sagen, um sie auf das Pferd zu bekommen. Wir zerstückeln Leute nur, wenn sie uns angreifen oder versuchen, unsere Sensen zu stehlen oder so was. Vertrau mir, wenn jemand weint, fuchtelt oder auf deine Brust trommelt, tut das nicht weh. Und sie müssen sich wahrscheinlich nur mal richtig ausheulen wegen ... du weißt schon, des Sterbens.«

»Richtig.«

»Und wir können mit ihnen reden und sie uns anhören, wenn es das ist, was sie dazu bringt, mit uns zu kommen.«

»Also, nur für den Notfall«, sagte Emma, »empathisch sein und sie wie einen Menschen behandeln?«

»Ja. Ansonsten ... Kopf ab.«

»Alltagstrott.«

»Alltagstrott«, seufzte er.

Die Welt wurde grau und signalisierte ihnen, dass ihre Atempause vorbei war und ihre Pflicht sofort beginnen musste.

»Also gut«, sagte Mark. »Auf geht's.«

Mark und Emma fanden ihr Ziel auf der Straße. Sein Hals war am Fuße einer Betontreppe auf eine schrecklich falsche Weise verdreht. Sein Geist war ein Stück entfernt. Emmas Sanduhr-Kompass zeigte nur auf den Körper, was ein ganz neues Problem aufwarf, sollte eine Seele beschließen, ein wenig auf Wanderschaft zu gehen.

Mark ging als Erster hinüber, ein finsteres Gespenst mit einem niedlichen Pony und absolut keiner Gefühlsregung. Shahir, ein arabischer Mann mit dichtem Bart und einer Mütze auf dem Kopf, sah Mark mit Angst und Verachtung an, bevor er ihn anschrie. Leider geschah dies in einer Sprache, die Mark nicht kannte, was ihn sofort an seiner Theorie zweifeln ließ, dass sie nun eine Art ätherisches Esperanto sprachen. Shahir schrie erneut, schien wütend zu sein, aber es gab immer noch nichts, woran Mark hätte anknüpfen können.

Dann drehte sich Shahir um und fiel auf die Knie. Er stützte sich auf die Hände und verbeugte sich zum Gebet. Mark stand still, unsicher, wie er mit der Situation umgehen sollte. Er drehte sich zu Emma um, die in der Nähe hinter einem Baum wartete. Sie drängte ihn, vorzugehen. Er nickte und trat zu dem Mann, wartete, bis Shahir verstummte und nur noch sein schweres Keuchen auf dem Pflaster zu hören war.

»Sie sind tot«, sagte Mark. Shahir blickte auf, Tränen in den Augen, und Mark nickte.

»Nein«, sagte Shahir. Die Bewegungen seines Mundes passten nicht zu den Worten, die Mark hörte. Und er hörte sie in einer monotonen Stimme, die an eine automatisierte Telefonansage erinnerte. »Das kann nicht sein. Das ist nicht, was ich geübt habe. Sie sind nicht die Hand, die mich holen soll.«

»Ich kann Ihnen nicht helfen«, sagte Mark. »Ich kann Sie nur geleiten.«

Shahirs Kopf sank geschlagen herab. Er stand auf und lief umher, rieb sich die Augen und kämpfte sichtlich mit dem, was ihm bevorstand. Er blickte Mark mit extremer Intensität in die Augen und schrie nun offensichtlich wieder – obwohl Mark nur einen gleichbleibenden, roboterhaften Monoton hörte. »Mein Leben war nicht vergebens. Das war es nicht. Ich schwöre es.«

Mark legte seine Hand auf Shahirs Schulter. »Kein Leben ist vergebens.«

Shahirs Lippe bebte. Er beugte sich vor und umarmte Mark. Mark war einer guten Umarmung nie abgeneigt gewesen und erwiderte sie bereitwillig, indem er ihm auf den Rücken klopfte. Es war, als würde man auf die Oberfläche einer Wanne voller Wasser klatschen, aber er hielt es aus. Er trug Shahir über der Schulter den ganzen Weg bis zum Pony, was Shahir zum Lachen brachte. Dann stieg dieser in den Sattel, und die beiden entschwanden in den Himmel. Emma kam von oben herab und kümmerte sich um das Portal. Von da an war der Rest nur noch reine Formsache. Shahir wanderte in die Leere, um die Seinesgleichen im Glauben zu finden, überzeugt davon, dass sein Land nicht jenseits des Flusses lag, sondern irgendwo in der Wüste des toten Glaubens.

»Okay«, sagte Mark. »Also, als Testfall war das ziemlich gut. So halbwegs. Wir können andere Sprachen sprechen, und wenn der Geist nicht in der Nähe des Körpers ist …«

»Das ist ein guter Grund, sie zu erwischen, *bevor* die Welt dunkel wird«, sagte Emma. »Wahrscheinlich ein Punkt, den der Tod betonen würde.«

»Was sich aber mit Punkt eins, dem Sightseeing, beißt.«

»Oha, ja.«

»Wir müssen das echt schneller durchziehen.«

»Aber das war gut.«

»Hmm?«

»›Kein Leben ist vergebens‹«, wiederholte sie. »›Ich kann dich nur geleiten.‹ Sieh dich an, weiser Schutzgeist des Jenseits. So weise.« Sie zupfte spielerisch an seiner Robe. Mark nickte ein wenig bei dem Kompliment. Sein blasses Make-up wurde einen winzigen Hauch rosa. »Aus welchem Film hast du das?«

Mark lachte. »Hab ich nicht! Nein! Das würde ich nicht tun!«

»Sieben: Keine Filmzitate«, sagte Emma.

»Was, wenn sie ein großer Fan sind? Sie sind in einem Werbe-T-Shirt gestorben und ich weiß, wer ihr Lieblingscharakter ist und kenne jede Menge coole, zitierfähige Sprüche?«

»Nur bei Kindern«, sagte sie, »als Erweiterung von Punkt sechs.«

»Was ist mit den Kindsköpfen?«

»Die kriegen immer den Sack.«

»Das ist fair.«

Sechs erledigt. Endlich bekamen die Lehrlinge den Dreh raus. Das Spiel des Lebens und der Job des Todes lagen fest in ihrer Hand.

KAPITEL VIERUNDZWANZIG

Die Lehrlinge des Todes waren unterwegs und erfüllten seine Pflichten auf der Ebene der Sterblichen, was ihm ein wenig Zeit zum Nachdenken und Vertrödeln ließ. Da ihm dieses Gefühl der Verschwendung nicht gefiel, beschloss er, sich wie so oft Gesellschaft zu suchen. Eine Partie Poker, eines der alten Spiele, die in vergangenen Epochen weitergegeben wurden und zu allerlei Schwierigkeiten führten, die er mit denen genießen konnte, die ähnliche Pflichten hatten.

Krieg, Pest und Hunger gesellten sich zu ihm. Ein Spiel zu viert war einfacher zu handhaben und zu entscheiden als zu fünft. Außerdem hatte Charon eine Abneigung gegen Wetten – ja, er war praktisch allergisch dagegen. Selbst bargeldlose Chips, deren einziger Wert Glaube und gute Zeiten waren, konnte Charon nicht verschmerzen.

In der Hütte des Todes war Poker immer eine angenehme Angelegenheit. Teils lag es am kameradschaftlichen Humor, teils am Nervenkitzel und der Möglichkeit, dass der Gewinner alles bekommt. Aber hauptsächlich lag es daran, dass Veronique es als Vorwand nutzte, um ihre kulinarischen Fähigkeiten – insbesondere ihre Kenntnisse der Patisserie – unter Beweis zu stellen, was zu einem Büfett hausgemachter Köstlichkeiten führte.

Krieg erschien in einem adretten Hosenanzug, der an ihrer edelrobusten Gestalt hing. Sie hatte immer den gleichen selbstgefälligen Siegesblick, egal, welches Blatt sie zog, und hatte keine offensichtlichen Tells, ging aber nie All-in. Pest kam mit einem Schal, der sein gelegentliches Räuspern dämpfte. Er war ein einziges Symptom, wenn er ein schlechtes Blatt auf der Hand hatte, also bedeutete Stille von seiner Seite normalerweise, dass er etwas Gutes hielt. Hunger fehlten immer die hohen Karten, aber er erhöhte oft stark, wenn er niedrige Paare hielt. Und der Tod zog nichts als tote Blätter.

Sie alle waren auf Gedeih und Verderb dem River und dem Flop ausgeliefert, um den Verlauf ihres Spiels zu bestimmen. Trotz einer jahrzehntelangen Pechsträhne kleidete sich der Tod angemessen. Er trug eine dunkle Sonnenbrille über seinen leeren Augenhöhlen und verbarg sein skelettartiges Gesicht zu jeder Zeit. Er trug seine Walkman-Kopfhörer, deren fadenscheinige orangefarbene Ohrpolster einen Kontrast zu seiner tintenschwarzen Kutte bildeten. Sein hohler Schädel fungierte als Lautsprecher, sodass sie alle seine abgenutzte Wham!-Kassette genießen konnten. Man musste ihn schon sehr genau beobachten, um ohne Lippen zu erkennen, ob er lächelte oder nicht. Im Großen und Ganzen war es nur ein Spiel aus Spaß und Zufall. Niemand ging als Verlierer nach Hause, es sei denn, er fühlte sich so. Und keiner von ihnen tat das.

Hunger hob die Karten ab und begann, den Stapel zu mischen – die üblichen Farben waren durch Schädel, Schwerter, Fliegen und Blut ersetzt worden.

»Ich sag euch«, begann Pest, »ich spüre, dass eine neue Epoche anbricht.«

»Wieso das?«, fragte Hunger.

»Ich höre da so Geschichten«, begann er und griff nach einer juckenden Stelle unter seinem Schal, »über klinische Studien, die mit neuen Entdeckungen durchbrechen, und Labore weltweit, die die Genforschung vorantreiben. Sie versuchen, in Wildtieren gefundene Bakterien zu entschlüsseln und umzuprogrammieren, um die Auswirkungen beim Menschen umzukehren. Apotheken boomen. Könnte eine weitere industrielle Revolution werden, wenn das so weitergeht – eine *Pharmalution*. Ich weiß nicht, ob ich da mithalten kann, ohne komplett durchzudrehen.«

»Was ist daran schlimm?«, fragte Krieg.

»Na ja, es wäre zu viel«, sagte er sachlich. »Zu viele Tote, nicht genug Leid. Tote sind nicht mein Ziel, alles in allem.«

»In der Tat«, sagte der Tod. »Eine moderne Seuche würde hauptsächlich zu einem Ausmerzen der Älteren und dem langsamen Tröpfeln ihres Lebens durch das Sieb der genetischen Veranlagung führen. Aber ziele auf die Jungen ab, und es wird niemand übrig sein, um eine neue Krankheit in voller Blüte anzunehmen.«

Hunger teilte jedem Spieler zwei Karten aus.

»Wenigstens hast du was zu tun«, sagte Hunger. »Die Lebensmittelproduktion und die Vorräte nehmen ständig zu. So sehr, dass die Leute jetzt Lebensmittel wegwerfen. Gott sei Dank; das sind die einzigen guten Nachrichten, die ich tagtäglich bekomme. Könnt ihr euch das vorstellen! Tonnenweise wird einfach alles dem Verrotten und der Verschwendung überlassen – aber nur, weil die Leute es nicht schnell genug essen können.«

Sie alle spähten auf ihre Karten.

»Es gibt immer jemanden«, sagte Krieg, »der nicht genug bekommt.« Sie schob einen ordentlichen Stapel Chips in Richtung Pot. »Ich gehe mit.«

»Nicht, bevor ich erhöhe«, sagte Hunger.

»Hmpf«, schnaufte der Tod und ging mit.

Pest schniefte und grunzte. »Wird es da draußen eigentlich kälter?«

»Es ist nicht kalt oder heiß«, sagte der Tod. »Es ist nichts. Jede Wahrnehmung im Limbo ist eine, die man mitbringt.«

»Ja«, sagte Pest, »aber es fühlt sich kälter an.«

»Vielleicht steigt der Fluss«, sagte Krieg. »Das ist noch ... nie passiert, aber es könnte sein.«

»Zu viele verdammte Seelen, die schwimmend fliehen wollen«, sagte Hunger. »Die am Grund entlangstapfen und eine Staumauer bilden, um das Wasser zu blockieren. Ein verdammter Damm.«

»Unwahrscheinlich«, sagte der Tod. »Obwohl Charon an Passagieren mangelt. Es würde mich nicht wundern, wenn das Wasser ansteigt, um das gesamte Ufer zu verschlingen und keine Spur von den Seelen zu hinterlassen, die zum Umherwandern verdammt sind.«

»War es immer so, der Limbo?«, fragte Krieg.

»Ich bin länger hier als ihr alle zusammen«, sagte der Tod. »Um unzählige Augenblicke. Bevor der Mensch den Krieg ersann, von Krankheit erfuhr oder sich auf der Jagd aushungerte. Erst der Aufstieg der Gesellschaft hat uns zusammengebracht, aber dieser Ort war schon immer der Tummelplatz der Verdammten, und damals war das Wasser seicht genug, dass die Willensstarken allein auf die andere Seite wandern konnten.«

»Die Armen«, sagte Krieg. »Jetzt nur noch in Gesellschaft derjenigen, die sich nie die Füße in auch nur einer Schlammpfütze schmutzig machen mussten.«

»Bemitleide nicht die Toten, die bereits übergesetzt sind«, sagte der Tod. »Sie sind diesem Schicksal entkommen.«

Alle Augen richteten sich auf Pest, der immer noch einen Juckreiz hatte, den er nicht loswurde. »Oh, äh, ich passe.«

»Ha!«, spottete Krieg. »Wie schade.« Sie legte ihre Karten auf. Sie hatte ein Damenpaar und schlug damit Hungers Damen-hoch.

Die Augen richteten sich auf den Tod. Er grunzte und legte seine Karten hin.

»Nun, das kann sich sehen lassen«, sagte Pest.

»Oh«, keuchte Krieg, als sie das Blatt des Todes sah.

»Dafür gibt es kein Mitleid«, bemerkte Hunger.

»Ein Flush«, sprach der Tod. »Alles Schädel.«

»Das Deck mag dich ausnahmsweise mal«, sagte Krieg. »Das ist das erste Gewinnerblatt, das ich dich seit Äonen ziehen sehe.«

»Dieses Spiel ist nicht ganz Äonen alt«, sagte der Tod sachlich, während er den Pot einsammelte. »Obwohl es schön ist, hin und wieder mal ein gutes Blatt zu haben.« Er mischte die Karten und bereitete sich vor, die nächste Hand auszuteilen.

Pestilenz hustete. »Tut mir leid. Entschuldigt, macht nur weiter.«

»Brütest du da irgendeinen neuen Erreger in dir aus?«, fragte Krieg.

»Äh, vielleicht«, sagte er. »Um die Wahrheit zu sagen, liebäugle ich mit ein paar neuen Projekten. Bei einigen bin ich noch unentschlossen – sozusagen, weil ich versuche, sie in die Luft zu bekommen.«

»Planst du endlich, es durchzuziehen?«, fragte Hunger. »Die ganze Welt lahmzulegen?«

»Nein«, seufzte Pestilenz. »Die Lebenden haben all diese Pläne zunichtegemacht, als sie in meinem eigenen Bewusstsein einen prophetischen Traum von einer durch die Luft übertragbaren Tollwut erhaschten und all diese blutrünstigen, schrecklichen Zombiefilme drehten. Jetzt hat jeder eine Zombie-Überlebensparanoia und ist darauf vorbereitet, damit umzugehen. Alles, was mit einer Kugel geheilt werden kann, funktioniert nicht.«

»Amerika bleibt standhaft«, sagte Krieg stolz und klopfte sich mit geballter Faust auf die Brust. Sie lehnte sich zurück und zuckte sofort zusammen, rieb sich die schmerzende Stelle an ihrer Schulter.

»Zu standhaft?«, fragte Hunger. Er griff nach einem weiteren hausgemachten Gebäckstück auf dem Tablett zwischen ihm und dem Tod – eines der vielen, das er an diesem Abend gegessen hatte, mehr als jeder andere.

»Der Krieg ist zu statisch geworden«, sagte sie. »Alles nur noch Fahrzeuge und Drohnen, Cyberkriegsführung und so weiter. Keiner steht mehr auf und rennt mit Schwertern, Speeren und Bögen herum wie in den guten alten Zeiten. Jetzt verhebe ich mir den Rücken dabei, Softwarecode zu lernen, um mitzuhalten, wie die Menschen gelernt haben, sich gegenseitig zu verletzen. Früher musste man einem Mann mit einem stabilen Hammer den Knöchel zertrümmern, um ihn lahmzulegen ... heute muss man nur seinen Internetzugang sperren.«

»Solche Kriege ohne Sterben«, sagte der Tod, »haben keinen Ruhm. Keine Bedeutung.«

»Aber es lässt sich eine Menge Reichtum damit machen«, sagte Krieg. »Die Ideale der Vergangenheit wurden gegen Aktien und Anteile eingetauscht. Die Überzeugungen, die die Menschen hatten – und einige immer noch haben –, sind ihnen in großer Zahl nicht mehr ihr Leben wert. Es gibt sicherlich einen Wert, aber die Entschlossenheit hat in letzter Zeit so sehr gefehlt. Die Urinstinkte sind alle befriedigt.« Sie wandte sich an Hunger. »Was mich nicht ganz so sehr aufregt wie vielleicht dich.«

»Äh.« Hunger wiegte seinen Kopf hin und her. »Ein Zusammenbruch wird kommen. Wenn die Menschen sich selbst und dann den Planeten betrachten und fragen, wo und wie sie die Nahrung anbauen sollen, die sie brauchen, um so viele zu ernähren, wird das Hungern beginnen. Und auch der Planet wird mit ihnen hungern.« Er stopfte sich den Mund mit Gebäck voll, und der ganze Pudding quoll heraus und füllte seine Wange. »Die Wüsten sind in dieser Ära meine Freunde. Ihr werdet sehen. Widerstand ist zwecklos. Wasser wird das nächste Gold sein.«

»Aber sie werden versuchen, Widerstand zu leisten«, sagte der Tod. Er teilte die Karten aus, zwei für jeden von ihnen, und legte dann vorsichtig den Flop, den Turn und die River-Karte in die Mitte des Tisches. »Und meistens werden sie Erfolg haben.«

»Das ist eine Schande«, sagte Krieg.

Die erste Karte war eine Fünf der Schädel. Die zweite war eine Vier des Blutes. Die Einsätze wurden am Tisch getätigt: Krieg erhöhte. Hunger ging mit. Der Tod erhöhte. Pestilenz ging mit, um im Spiel zu bleiben. Der Tod deckte den River auf – die Sechs der Schwerter. Eine weitere Runde von Mitgehen und Erhöhen. Alle waren noch dabei, und alle fühlten sich zuversichtlich. Alle Hände wurden aufgedeckt.

Der Tod gewann, mit König-Hoch. Niemand hatte auch nur ein Paar, jeder Einzelne von ihnen hatte auf die Straße gehofft. Es war rundum ein schlechtes Blatt, eine tote Runde. Der Tod nahm den beachtlichen Pot an sich, und wenn ein lippenloser Schädel lächeln könnte, so lächelte er jetzt. Er reichte Pestilenz das gemischte Deck zum Abheben.

»Markiere deine Karten nicht wieder«, warnte der Tod.

»He! Was? Nein«, protestierte Pestilenz. »Das war unbeabsichtigt.«

»Warum sonst solltest du Flöhe hierherbringen?«, fragte Krieg. »Und sie dann praktischerweise auf der Karte lassen?«

»Bei mir hat es einmal funktioniert«, sagte Hunger. »Die Karten mit Blut zu markieren.«

»Ja, das war es, was die Flöhe aufgescheucht hat«, sagte Pestilenz mit unschuldig erhobenen Händen. »Du bist derjenige, der damit angefangen hat – ich bin nur derjenige, der erwischt wurde.«

KAPITEL FÜNFUNDZWANZIG

Das Echo von Schüssen. Auf den Straßen brach große Panik aus. Zivilisten rannten in alle Richtungen.

Feiernde strömten aus Pubs und Restaurants, um zu sehen, ob es etwas gab, das es wert war, mit dem Handy gefilmt zu werden, und rannten dann auch schnell los – unsicher, wovor und in welche Richtung sie am besten laufen sollten. Mark und Emma kamen gerade rechtzeitig an, um über der Szene zu schweben und das Pandämonium unter ihnen zu beobachten. Innerhalb von Sekunden verwandelte sich die belebte Freitagnachtstraße in eine verlassene Einöde.

Sie hörten das Heulen von Sirenen.

»Wirklich?«, sagte Mark. »Sind wir plötzlich in den Staaten?«

»Nein, sieh mal. Das ist das Arndale«, sagte Emma und zeigte auf das weitläufige Dach des Einkaufszentrums. »Leider sind wir genau da, wo wir sein müssen … Manchester.«

»Na wunderbar«, sagte Mark. »Waffengewalt.«

»Ja, ja«, sagte Emma. »Nun, wir sind keine Staatsanwälte, wir sind Sensenmänner. Wir müssen nur herausfinden, wer erschossen wurde, und sie hinüberbringen.«

Die beiden schwebten zu Boden, um die Lage zu analysieren. Sirenen kündigten an, dass die Polizei auf dem Weg war. Ein Mann mit einer schwarzen Strickmütze und Jacke stand mit einer Waffe in der Hand über zwei Körpern, die sich an eine Wand gekauert hatten, um ein kleines Mädchen zu schützen. Der Schütze drückte eine Handtasche an seine Brust – an sich nichts Ungewöhnliches, dachte Mark, da er selbst der Praktikabilität einer Herrentasche ziemlich zugetan war, aber der funkelnde Strassverschluss war ein todsicherer Hinweis darauf, dass sie gestohlen war und die wahrscheinliche Besitzerin ihm tot zu Füßen lag. Die Augen des Mannes schnellten hin und her. Er bezog Stellung unter dem Steinvorsprung einer nahegelegenen Veranda und einer längst vergessenen eisernen Laternendekoration.

Alles kam genau in dem Moment zum Stillstand, als die Polizeiwagen quietschend um die Ecke bogen. Die Seele, die Mark und Emma holen wollten, waren in Wirklichkeit zwei Seelen: die Leben der Eltern, die ihre Tochter beschützt hatten. Glücklicherweise – oder auch nicht, je nachdem, wie man es betrachtete – waren nur sie es. Das Mädchen war unverletzt.

»Oh nein«, sagte der Vater des Mädchens. »Nein. Olivia!«

»Olivia!«, rief die Mutter. Sie sahen sich in ihren geisterhaften Gestalten an. Sie standen über ihren eigenen Körpern, schlaff und tot, aber immer noch zusammengekauert, das Mädchen beschützend, das auf dem Bürgersteig kauerte.

Emma und Mark waren stumm entsetzt, als das tote Paar zu weinen begann. Sie hatten einen sehr schwierigen Job vor sich. Mark drehte Emma von der Szene weg und zog sie für ein leises Flüstern zu sich. »Der hier gefällt mir nicht.«

»Wir müssen uns ein paar Sprüche zurechtlegen«, sagte sie, »denn sie werden auf dem ganzen Rückweg untröstlich sein, wenn wir sie nicht davon überzeugen können, dass es zum Besseren ist.«

»Es ist besser, dass sie tot sind?«

»Nein, hör zu«, beharrte sie. »Lass dich nicht auf ihr Niveau herunter. Okay? Kein Mitleid. Nur Arbeit.«

»Richtig, ja«, stimmte er zu, »aber trotzdem – das ist ein Chaos.« Mark blickte zu dem Räuber hinauf. Er hatte sich hinter dem Steineingang verschanzt, die Waffe im Anschlag, bereit, weiterzukämpfen und zu töten. »Und wir müssen sie überzeugen weiterzuziehen, direkt neben dem Assi-Mistkerl, der sie erledigt hat. Glaubst du, das wird gut gehen?«

»Oh, ja«, sagte Emma. »Äh ... du solltest ihm die Sicht auf den Kerl versperren.«

»Einfach hier wie eine Mauer stehen?«, fragte er. »Einfach die Arme ausbreiten, damit sie nicht an mir vorbeisehen können?«

»Ja, so was in der Art«, sagte sie, und er warf ihr einen Blick zu. »Nein, das wird funktionieren. Sie werden dich nicht beachten. Sie werden zu sehr von Trauer und Angst um ihre Tochter und so weiter erfüllt sein, um deine Anwesenheit infrage zu stellen.«

»Richtig«, sagte er. »Die Tatsache, dass ihre Tochter überlebt hat, gegen sie verwenden. Das ist gut.«

»Ich hab das im Griff.« Emma klopfte Mark auf die Schulter.

Sie hatten ihren Plan und hielten sich daran. Emma wandte sich den immer noch trauernden Eltern zu, während Mark über dem noch nicht gefassten Verbrecher stand und einen gehässigen Blick auf den Mann hinabwarf.

Mutter und Vater hielten sich in ihren astralen Gestalten. Als sie die schwebende Gestalt von Emma mit ihrer bereitgehaltenen Sense bemerkten, stellte sich der Vater sofort vor seine Frau. »Bitte«, begann er, »wenn Sie jemanden mitnehmen müssen, nehmen Sie mich. Aber wenn es irgendwie möglich ist, lassen Sie meine Frau leben.«

»Peter, nein«, schluchzte sie.

»Und unsere Tochter«, sagte er. »Unsere Tochter ... Sie, sie muss leben, egal was passiert.«

Emma blickte nach unten. Die Tochter war in Sicherheit. Keine Kugel hatte sie durchdringen können, und sie hatte kaum einen Fleck vom Blut ihrer Eltern auf ihrer Bluse. Sie saß einfach da, den Kopf in die Knie gesteckt, die Hände über die Ohren gelegt, in nachdenklicher Angst, und wartete darauf, dass die schlimmen Zeiten vorbei waren. Emma blickte wieder in Peters Augen. Er war entschlossen und kompromisslos. Er hatte es in sich, sich zu opfern, egal was geschah, was es umso leichter machte, ihn mitzunehmen. Aber das Schicksal hatte sich für beide entschieden.

»Sie beide müssen weiterziehen«, sagte sie.

Peter holte tief Luft, als wollte er sich auf sie stürzen, aber seine Frau hielt ihn von hinten fest.

»Peter«, begann sie, »es tut mir leid.«

»Was?«, sagte er, niedergeschlagen und besiegt. »Jen, nein. Du hast nichts getan.«

»Wir sind meinetwegen tot«, sagte sie. »Wenn ich ... wenn ich ihm nur die verdammte Tasche früher gegeben hätte–«

»Nein, sei nicht dumm«, beharrte er. »Es war meine Schuld. Ich habe ihn aufgestachelt. Ich habe den ersten Schlag gelandet, erinnerst du dich? Das hat ihn zur Verzweiflung getrieben. Ich wusste nicht, dass er eine Waffe hat! Ich dachte, ich hätte es genau in dem Moment gelöst.«

»Aber wir sind nur meinetwegen hier«, sagte sie. »Ich dachte, es wäre schön, als Familie einen Spaziergang zu machen. Dumm, wirklich. Es ist alles meine Schuld!«

»Nein, das kann nicht sein«, sagte er.

Jen begann, an seiner Brust zu weinen, und er wiegte sie einfach in seinen Armen, während er traurig in die Ferne blickte. Emma stieß ihre Sense auf den Boden. Sie hallte mit einem lauten, metallischen Klang wider, als hätte eine Glocke aus Messing ihren letzten Ton von sich gegeben.

»Wir können nicht bleiben«, beharrte Emma. Sie deutete auf ihr Pferd, das geräumig genug für sie beide war. »Die Zeit drängt.«

Peter stammelte. Er wandte sich sofort an Olivia. »Kann sie uns hören?«

»N–« Aber Emma brachte es nicht über sich, ihre offensichtlichen Hoffnungen mit Füßen zu treten. Sie sog die Luft ein und legte den Kopf in den Nacken. »Nur kurz«, log sie. »Sorgen Sie dafür, dass es sich lohnt.«

Das Paar kniete sich neben seiner Tochter nieder, vorbei an seinen Körpern, um ihr jeweils an ein Ohr Dinge zuzuflüstern. Emma drehte sich zu Mark um, um sich ein wenig moralische Unterstützung zu holen. Sie war verblüfft, als er ihr einen leicht missbilligenden Blick zuwarf, nur einen ganz leichten. Er hatte natürlich recht. Ihre eigenen verdammten Regeln. Und sie hatte sie gebrochen. Es war so viel einfacher, sich vorzustellen, wie man in einer theoretischen Situation reagieren würde. Nun, angesichts eines toten Paares, das offensichtlich Opfer der Umstände war, während der Täter nur wenige Meter entfernt war, war es nicht mehr so eindeutig.

Der Tod hatte sie gewarnt, sich nicht einzumischen. Sie hatte die Worte gehört, aber nicht wirklich zugehört. Tief im Inneren dachte sie, sie seien eher für Mark bestimmt gewesen als für sie selbst. Sie hatte eine Aufgabe zu erledigen und war entschlossen, hervorragende Arbeit zu leisten. Die Belohnung für den Erfolg? Hilfe bei der Überquerung des Flusses und die Reise ins Jenseits, nach der sie sich gesehnt hatte. Einfach nur den Job machen. Kein Drama, keine Komplikationen. Rein, raus, zum Nächsten. Sie hätte das Paar zur Eile antreiben und sie zu den Ufern des Flusses eskortieren sollen. Es war keine Zeit für müßiges, sinnloses Geplauder.

Emma war genauso überrascht gewesen wie Mark, als sie einen Schritt zurückgetreten war, um ihnen zu erlauben, ihrer Tochter aufmunternde Worte mit auf den Weg zu geben.

»Papa wird dich immer lieben«, wimmerte Peter. »Für immer. Du bist der Grund, warum ich gelebt habe, und solange du lebst, wird Papa glücklich sein.«

»Mama tut es so leid, mein Schatz«, flüsterte Jen. »Es tut ihr leid, dass sie nicht da sein kann, um dich aufwachsen zu sehen. Aber sie wird immer über dich wachen. Also bitte, *bitte* gib dein Bestes.«

»Gib dein Bestes, mein Schatz«, fügte Peter hinzu. Sie versuchten, sie zu umarmen. Ihre geisterhaften Tränen rannen die Wangen der kleinen Olivia hinab. Emma fühlte sich so unwohl wie noch nie und wandte sich von der Szene ab, während sich ihre eigenen Augen mit Tränen zu füllen begannen.

»Was ist los?«, fragte Mark.

»Kennst du das Gefühl, wenn es dir so unangenehm ist, dass sich in deinem Inneren alles verschiebt und dir schlecht wird?«

»Oh, bitte nicht«, sagte er.

»Ich kann nichts dafür«, sagte sie. »So ging es mir auf der Beerdigung meiner Großmutter. Die Leute dachten, ich würde schluchzen. Dabei habe ich *Kotze* zurückgewürgt.«

»Ich kann jetzt nicht die Aufgaben tauschen«, sagte er. »Ich kriege nicht beide auf das Pony.«

Emma seufzte und ihr stockte der Atem. Sie atmete aus und trat hinter das trauernde Paar. »Jetzt«, sagte sie leise und plötzlich. Die Eltern standen auf und gingen ohne ein weiteres Wort vor ihr zum Pferd.

Während sie aufstieg, blickte Mark zur dekorativen Laterne über ihnen und dann hinunter zu dem Verbrecher direkt unter deren spitzer Unterseite. Er sah hinüber zu dem Mädchen, das immer noch in seinem Blickfeld war, umgeben von den Körpern ihrer für immer verstummten Beschützer.

Mark trat zurück, nahm seine Sense und riss die Klinge durch die Laternenkette. Ein kurzes Knistern von Energie umgab sie. Dann verschob sich etwas leicht in dem angehaltenen Moment, und die Kette lockerte sich.

Als Mark Emma nachjagte, lief die Zeit wieder normal. Das Gewicht der Laterne ließ den Rest der Kette reißen und schlug dem Schützen den Schädel ein, bevor die Polizei ihre Fahrzeuge verlassen hatte. Mark landete wieder auf seinem Pony.

Nur einen Moment später kam der Dieb zu sich und blickte in einem Nebel aus Grautönen auf. Ein grimmiger Mann in dunklen Roben stand mit einem klingenbewehrten Krummstab in der einen und einem Sack in der anderen Hand über ihm.

»Wen sollen Sie denn darstellen?«, fragte der Räuber.

»Sie können auf dem Pferd reiten«, sagte Mark, »oder Sie können hier drin reiten.« Er stieß den Sack nach vorne.

»Da passe ich nicht rein«, sagte der Räuber.

Mark stieß mit dem Griff seiner Sense auf den Boden. »Das müssen Sie auch nicht«, sagte er.

Und so brachte er die dritte, etwas unerwartet verstorbene Seele in dem Sack mit sich zurück und nahm sich sorgfältig Zeit, sie am Ufer des Flusses wieder zusammenzusetzen, weit entfernt von den kürzlich Verstorbenen, die auf Emmas Ross geliefert worden waren.

KAPITEL SECHSUNDZWANZIG

Im Reich der Toten gingen die Dinge langsam voran. Ohne Urteil und Konsequenz herrschte in dem Reich zwischen den Welten nur so viel Betrieb, wie die Reiter durch ihre gelegentlichen Besuche in der Welt der Lebenden vortäuschen konnten. Während der Tod erntete, bediente sich der Krieg der List und teuflischer Stimmen, um das Bewusstsein ansonsten gutmütiger Männer zu vergiften, damit sie die Waffen gegen ihre Brüder erhoben. Pestilenz blieb hauptsächlich für sich, erprobte neue Kulturen in lebender Umgebung und machte sich penible Notizen über ihre Wirksamkeit. Und dann war da noch Hungersnot, der die meiste Zeit zu Hause blieb, aber dennoch die seltene Hilfe der einzigen anderen Bewohnerin des Limbus in Anspruch nahm.

Veronique ritt auf dem Rücken eines der vielen Stallpferde des Todes herüber, begierig darauf, eine andere Seite ihres seltenen Hausgastes kennenzulernen. Die Wohnung von Hungersnot befand sich im ersten Stock über einem exklusiven All-you-can-eat-Restaurant. Er lebte dort, wo das Essen war, und dort gab es immer Essen. Er aß, was Menschen nicht essen konnten, und schwelgte in den seltensten Dingen, die auf der Erde praktisch nicht mehr gegessen werden konnten.

Hungersnot öffnete die Tür. Er war immer fit und gut genährt, ein Affront gegen sein Wesen, der zeigen sollte, dass all die Nahrung, die in seinem Kielwasser fehlte, irgendwohin und zu jemandem gelangte, sodass die Zurückgebliebenen zusätzlich zum Elend ihres Hungers auch noch die Wut der Eifersucht erleiden und wahre Verzweiflung kennenlernen mussten. Doch Veronique kam er dünner vor. Möglicherweise, weil er die Tür in einem alten Unterhemd und fadenscheinigen Boxershorts öffnete.

»Ah, hallo«, sagte er. »Schön, dass du da bist.«

»Es ist mir ein Vergnügen«, sagte sie. »Monsieur Tod ist den ganzen Tag in seiner Höhle und hat mir verboten, sie sauber zu machen, aber er wird sie auch nicht selbst putzen. Ich glaube, er grübelt über die Fortschritte von Mark und Emma nach.«

»Wer und wer?«, fragte Hungersnot. »Oh! Die beiden, ja. Kommen sie gut voran?«

»Anscheinend schon«, sagte sie. »Sie sind gekommen und gegangen, ohne auch nur eine Pause oder eine Tasse Tee einzulegen, um ihre Pflicht zu erfüllen.«

»Das ist gut«, sagte Hungersnot. »Äh, nun, komm bitte herein. Ich würde deine Hilfe brauchen, wenn es dir nichts ausmacht.«

»Ich werde mein Bestes tun«, antwortete sie. Sie trat ein und sah sich um. Das Buffet war in einem traurigen Zustand. Ein ganzer Kopf einer Holsteinkuh diente als Mittelstück mit einem Bündel Taliaferro-Äpfel im Maul. Um ihn herum waren die Bereiche mit exotischem, ausgestorbenem Gemüse und seltenen Früchten ganz matschig und verwelkt. Edle persische Trauben, die während des Aufkommens des Weinbaus bis zur Neige abgeerntet worden waren, waren auf die falsche Art und Weise sauer geworden. Seltsamer bläulicher Blumenkohl umrahmte winzige kornische Hühnchen, die trocken und mit faltiger Haut waren. Mammutfleisch hatte bräunliche Flecken bekommen, weil es nicht gekocht worden war. Dodo-Beine lagen schief in der Schale.

»Oh, ignoriere das alles, meine Liebe«, sagte Hungersnot. »Nur ein paar alte Sammlungen, zu denen ich noch nicht gekommen bin. Wobei ich Hilfe brauche, ist hinten, wenn du bitte so freundlich wärst.«

»Gewiss«, sagte sie. Sie ging hinter der hinteren Theke vorbei in die Küche. Der Ort war verdreckt. Das weckte auf einen Schlag all ihre hausfraulichen Instinkte. Sie griff nach dem nächstbesten Handtuch, stellte aber fest, dass es bereits schmutzig war.

»Ignoriere bitte das Chaos«, sagte er.

»Bist du sicher?«, fragte sie.

»Oh, das ist nichts, was ich nicht später in Ordnung bringen kann. Es ist nur ... ähm ...« Sein Magen knurrte. Er hielt inne. Sein ganzer Körper und Geist schienen für einen Moment auszusetzen, während er eine Hungerattacke bekämpfte. »Richtig, ja. Äh, hast du schon mal von Ortolan-Ammern gehört?«

Veronique hielt inne. Der Zustand der Küche überforderte ihre Sinne. »Ja, habe ich.«

»Es ist französisch, glaube ich«, sagte er. »Also das Gericht. Und du bist Französin.«

»Ja«, sagte sie, »aber es ist eine aristokratische Speise, gewissermaßen. Ein königliches Gericht für jene, die ... Es tut mir leid, Monsieur, aber ich muss eine Bemerkung über den Zustand Ihrer Küche machen.«

Hungersnot nickte. »Ich habe sie ein wenig vernachlässigt, das stimmt. Aber alles im Bemühen, neue und alte Wege zu finden, um mich der Esskultur hinzugeben. Stück für Stück und Bissen für Bissen gehen diese Kulturen verloren, und wenn Essen nicht mehr gegessen wird, muss es seinen Weg zu mir finden. Jede Franchise, die ausstirbt, ihre Rezepte und Zutaten kommen zu mir, und ich kann mich dem hingeben, was die Menschheit nicht haben kann. Es ist ein anständiger Tausch, würde ich sagen, einen unendlichen Vorrat an allem zu haben, was auf der Erde nicht mehr hergestellt oder gefunden werden kann. Und da diese Praktiken aussterben, bleibt es an mir, sie zu bewahren.«

»Also, der Ortolan ist erledigt?«

»Noch nicht«, sagte er. »Ich denke, es ist nur eine Frage der Zeit, und ich will vorbereitet sein. Ich will wissen, wie man ihn richtig zubereitet, damit ich die Art und die Gewohnheiten bewahren kann, wenn sie wirklich aussterben. Nun, ich habe das hier ...« Er griff in einen Catering-Schrank aus Edelstahl und holte einen ganzen, noch lebenden Vogel heraus. Es war ein einfacher, klein aussehender Vogel, der fett gefüttert worden war und kaum fliegen konnte. »Äh, das ist eine Art

Taube, überhaupt nicht dasselbe, aber ähnlich genug, dass ich dachte, wir könnten damit üben.«

»Eine Taube?«, sagte sie mit einem angewiderten Zucken um die Lippen. »Sind das nicht Vögel voller Krankheiten?«

»Nur die in den Städten«, sagte er. »Und nur die, die an einem Samstagabend ihre Zeit damit verbringen, Döner-Reste vom Bürgersteig im Stadtzentrum aufzupicken. Diese hier –«

Als ob er gehört hätte, wie sie seine lebenden Brüder beleidigten, schlug der Vogel mit den Flügeln und drehte durch, sprang von einer Theke zur nächsten. Überall flogen Federn hin. Die meisten von ihnen klebten an jedem Fleck, den sie auf jeder Oberfläche berührten. Hungersnot duckte sich weg, als der Vogel auf ihn zustürzte. Aufgrund seines Gewichts konnte er sich nur in Parabeln fortbewegen.

Veronique schnappte sich einen dicken Topf und schwang ihn über den Vogel, fing ihn darunter gegen die Theke. Es raschelte einen Moment darunter, dann wurde alles ruhig.

»Gut gemacht«, sagte Hungersnot. »Gut gefangen. Energiegeladene kleine Biester.«

»Monsieur«, begann sie, »ich würde diesen Ort gerne aufräumen, bevor wir mit dem Kochen anfangen.«

»Aber warum?«

Veronique seufzte. »Kochen kann nicht an einem Ort stattfinden, an dem Manieren oder Etikette vergessen wurden. Das Kochen ist die Vollendung des Selbst und seiner Umgebung. Wir kochen nicht einfach in irgendeiner Spelunke oder einem Drecksloch, aus dem wir gekrochen kommen, oder in der Nähe irgendeines Chaos, das wir angerichtet haben. Es gibt ein menschliches Sprichwort: Iss nicht, wo du *merde* machst, sonst vermischt du die beiden. Und das geht über eine hygienische Begründung hinaus. Es ist das Gefühl der Sauberkeit selbst, das Essen gut macht. Du kochst, wo es sauber ist, und das Essen wird sich sauber anfühlen und sauber schmecken. Wenn du umgeben von Schmutz kochst, wirst du miserables Essen kochen.«

Hungersnot nickte. »Ich esse und koche normalerweise einfach, wie es mir gefällt. Vielleicht bin ich deshalb in letzter Zeit ständig hungrig. Ich esse nicht richtig, weil die Umgebung nicht die richtige war.«

»Dieses Gericht«, fuhr Veronique fort, »obwohl wir es falsch machen, ist es ein Gefühl. Es gibt bessere Arten, einen Vogel zu essen, als das, was wir gleich tun werden. Aber die Angemessenheit ist es, die ihm das *je ne sais quoi* der Leidenschaft verleiht.«

Hungersnot nickte lächelnd. Die beiden machten sich an die Arbeit und räumten gemeinsam die Küche auf. Hungersnot war nicht so passiv oder zwanghaft beschäftigt wie der Tod. Tatsächlich war er sträflich unterbeschäftigt. Veronique war überglücklich, einen Partner zum Putzen zu haben. Er hielt sie wie eine Ballerina in die Höhe, damit sie die klebrigen, filmüberzogenen Stellen nahe der Decke abstauben und schrubben konnte. Sie mischte eine Wolke aus starkem Seifenschaum an, um den angesammelten Schmutz und das Fett zu durchdringen, das über den Gaskochfeldern zu Stalagmitkristallen erstarrt war.

Sie fegten durch die Küche, von Ecke zu Ecke, bis sie ihnen mit dem stolzen Glanz des Fortschritts entgegenblitzte. Sie schrubbten gemeinsam die Töpfe und Pfannen und bewarfen sich mit Seifenblasen. Das starke Reinigungsmittel brannte Veronique in den Augen und im Hals, aber ihre Verspieltheit ließ sie das schaumige Gefecht lachend überstehen. Dann war es endlich Zeit zu kochen.

Schritt eins war bereits erledigt; der Vogel war zwangsernährt und fett. Schritt zwei war die Vorbereitung. Hungersnot besorgte eine Flasche Traubendestillat von uralten georgischen Reben, einen Wein, der um einige Grade feiner und beißender war als der Armagnac, den das Rezept verlangte. Dann ertränkte Veronique den Vogel lebendig in der Flüssigkeit, bis er sich nicht mehr bewegte. Schritt drei war das Braten. Keine Garnierung nötig. Die Federn fielen einfach ab, als die gut benetzte Haut mit einer klebrigen Glasur glänzte.

Als er fertig war, wurde der ganze Vogel serviert. Hungersnot holte ein großes Fleischermesser hervor – frisch gereinigt und geschärft – und halbierte den Vogel der Länge nach, um ihn zu teilen.

»Es ist nicht vorschriftsmäßig«, sagte er, »aber ich glaube, dieser Vogel ist ein bisschen groß für den Appetit einer einzigen Person.«

»Merci«, sagte sie. Der allerletzte Schritt bestand darin, sich eine Serviette unter das Kinn zu binden und den Vogel im Verborgenen vor den wachsamen Augen Gottes zu essen, denn die Tat war so sündhaft, dass sie in Seinen Augen einen heiligen Mann in ein Monster verwandeln konnte.

»Ach richtig«, sagte Veronique und spuckte ein kleines Stück aus. »Der Vogel sollte viel jünger sein.«

»Stimmt«, sagte Hungersnot mit einem scharfen Knacken von Knochen zwischen seinen Zähnen. »Dafür ist Übung ja da – sie macht den Meister. Beim ersten Versuch klappt nicht immer alles.«

Er aß trotzdem weiter, mit Knochen und allem, während Veronique vorsichtig das essbare Fleisch herausschnitt und -pulte. Insgesamt war es immer noch ein sehr schmackhaftes Gericht, das Hungersnots Esstisch würdig war.

KAPITEL SIEBENUNDZWANZIG

Mark flog mit einem Mann im Schlepptau zum Flussufer hinunter. Ein schreckhafter, unsicherer Mann, der alles mit weiten, suchenden Augen in Augenschein nahm. Er war schlaksig und dünn, beinahe hinfällig. Er war in Untersuchungshaft gestorben, während er auf seinen Prozess wartete. Kein guter Mann, aber nun ein toter, der nicht des Urteils eines Reiters bedurfte.

»Der Fährmann wird bald da sein«, sagte Mark. Der Mann nickte und Mark raste davon, um seinen nächsten Auftrag anzunehmen. Nach einer kurzen Wartezeit und als eine Nebelwalze an das Ufer rollte, ließ der Fährmann Charon sein Boot am Wasserrand treiben.

»Nun«, sagte er, »was hast du mir als Lohn für die Überfahrt über diesen verdammten Fluss hier zu bieten?«

Der Mann öffnete seinen Mund und zog ein goldenes Schmuckstück unter seiner Zunge hervor. Es war eine Uhr aus massivem Gold. Das Uhrwerk war stehen geblieben, da die Zeit im Jenseits keine Rolle mehr spielte, aber der Großteil seiner Zusammensetzung war geschmiedetes und geformtes Gold. Und für Charon war Gold nun einmal Gold. Er nahm die Uhr an, rieb sie mit seinem Ärmel sauber und kicherte über die reiche Beute in sich hinein, während der Mann langsam in das Boot stieg.

»Dann legen wir mal ab!«, rief Charon. »Halt dich gut fest, damit du nicht ins Wasser fällst, sonst verliere ich dich an die Fluten!« Er ruderte über den Fluss, endlich mit Gesellschaft und endlich mit Bezahlung. »Du bist der Erste von viel zu vielen, der mir Lohn für meine Dienste entrichtet. Es ist schon zu lange her und wird auch zu lange so bleiben, dass die Hände der Lebenden nach dem Tod zu sehr an ihren Almosen klammern. Eigentlich sollte es ein edlerer Akt sein, demjenigen Reichtum zu geben, der einem im Tode begegnet. Doch dieser Brauch ist längst verloren gegangen. Sag mir, warum du das getan hast. Welchem großen Brauch erweist du die Ehre, dass du mir dieses Gold bringst?«

Der Mann zuckte mit den Schultern. »Ich habe es versteckt«, sagte er. »Ich habe es gestohlen, also habe ich es versteckt.«

»Wusstest du denn nicht, welcher Gefallen dir hier auf diesem Fluss zuteilwerden würde, wenn du dem Fährmann einen Obolus für die Überfahrt reichst?«

Er zuckte erneut mit den Schultern. »Keine Ahnung«, antwortete er niedergeschlagen.

Charon lächelte. »Du wusstest, was zu tun war. Hättest es überall verstecken können, aber unter der Zunge ist eine gepriesene Tradition. Du verkaufst deine Zunge an das Schweigen im Tod, um nie wieder zu sprechen, bis der Fährmann den Tribut aus deinem Mund nimmt. Das ist Ehrfurcht.«

»Okay.« Der Mann nickte.

Charon wurde mürrisch und blickte für den Rest der Fahrt finster drein. Der Nebel lichtete sich und gab ein neues Ufer frei, das von Schilf und sanft wiegenden Pflanzen bedeckt war.

»Geh weiter«, sagte Charon, »bis du zur Wegkreuzung kommst, und nimm den Pfad, den du nehmen musst.«

Der Mann stieg aus dem Boot und ging wortlos, ziellos durch den Nebelschleier weiter. Seine Schritte waren so leicht, dass sich das Schilf kaum unter ihm bog. Er verwandelte sich bereits in eine luftige Gestalt, ohne das Gewicht von Schuld oder Gewissen. Charon stöhnte und ließ sich von der Strömung weiter am Flussufer entlangtreiben, wo seine Behausung lag. Er betrachtete die Uhr erneut und drückte das Uhrglas ab. Mit seinen langen Fingernägeln zupfte er alles heraus, was nicht aus Gold oder wertvoll war, und schnippte es achtlos ins Wasser, als würde er Fusseln von seiner Robe entfernen. Was übrig blieb, steckte er ein. Alles in allem war es ein fairer Lohn für geleistete Dienste.

Sein Boot stieß gegen einen wackligen Holzsteg. Er schlurfte hinaus, die Kette fest um seinen Knöchel, den ausgetretenen Pfad zu seinem Heim hinauf. Es bestand aus Gold, jede Oberfläche, Schicht um Schicht aus Münzen und Barren und Schmuckstücken – schimmernde Teile, die wie willkürliche Ziegel zusammengefügt waren. Jedes Goldstück, das er seit Äonen und durch die Jahrtausende gesammelt hatte, seien es Barren von dankbaren toten Adligen und Herrschern oder zufällige Gaben von einfachen Leuten – alles floss an diesen einen Ort: einen großen Hort wie ein Hügel, der ganz aus losem Gold bestand.

Er ging an ein paar wackeligen Säulen vorbei und in einen Aufenthaltsraum, in dem der Thron eines Wikingerkönigs stand, auf dem die Leiche des Königs angekommen war, teilweise von seiner Seebestattung angesengt. Viele weitere Wertsachen aus längst vergangenen Zivilisationen, hauptsächlich aus dem alten Ägypten, rundeten seinen Wohnbereich ab. Er kauerte sich hin und setzte sich auf den Thron, die Beine baumelnd.

Die Kette ruckte zurück. Er war fast an der äußersten Grenze seiner geografischen Reichweite – metaphorisch und physisch an sein Fährboot gebunden – aber nicht ganz. Er zerrte ein wenig an der Kette. Die Eisenglieder rasselten, als sie sich aus einem Haken an einer schweren Stange lösten, die aus verschiedenen goldenen Stäben gefertigt und mit goldenen Kordeln aus einer unbekannten göttlichen Grablegung umwickelt war. Die Wucht der gezogenen Metallkette ließ einen Teil der Wand ein wenig wackeln. Charon stöhnte und watschelte hinüber, um sie zu reparieren.

»Nicht genug für eine Flickarbeit«, sagte er und wog die Uhr in der Hand. »Aber immer noch gut für irgendwas.« Er ging umher, bis er eine andere Stelle fand, die gestützt werden musste, weitere lose Stäbe und Griffe und andere Gerätschaften, die zu einer Säule zusammengebunden waren, die eine Decke tragen konnte. Er schob das Uhrengehäuse in eine Lücke zwischen zwei verzierten goldenen Kopfbedeckungen, so wie ein Maurer den Mörtel einer baufälligen

Garagenwand ausbessern könnte. Es passte nicht ganz perfekt, aber es würde reichen.

»So, da haben wir's«, sagte er. Er klopfte mit der Hand auf die Säule, stolz auf ihre Stabilität. Sobald er das tat, wurde die nahegelegene Wand instabil. Sie begann zu wackeln. Charon sah zu, unfähig, es aufzuhalten. Die goldene Wand stürzte auf ihn zu, in den Rest des Gebäudes, und ergoss sich wie ein reizender Erdrutsch, der den Hügel hinab zum Fluss strömte. Charon atmete lange und erleichtert aus, als er zusah, wie sein kostbares Gold kurz vor dem Wasser zum Stillstand kam.

Er zuckte mit den Achseln und setzte sich auf den frisch aufgelockerten Haufen. Er gab leicht unter ihm nach. Er war eher fest als locker, als läge man auf einem Felsen, der langsam zerbrach, aber nie aufhörte, starr und hart zu sein. Unnachgiebig, unveränderlich, für immer statisch, ein bleibender Wert. Gold war die Antithese zum Tod. Deshalb brachten die Toten es mit, um zu beweisen, dass ihr Wert im Leben etwas war, das ihr Ende durchdringen konnte. Es bewies und widerlegte den Tod zugleich, denn Gold konnte nicht vergehen. Es konnte nur verloren gehen.

Charon bewegte seine Arme auf und ab, wie ein Kind, das einen Schneeengel macht, und hüllte sich von allen Seiten in den Reichtum wie in eine Decke. Es war alles seins. Keine andere verdammte Seele brauchte es. Die Reiter blieben unbeeindruckt, wenn er mit seinem Reichtum prahlte, und protestierten stets gegen seine Besessenheit. Was nützte es, so viel Reichtum zu haben, den er nicht ausgeben oder in etwas anderes verwandeln konnte? Sie verstanden es nicht.

»Sie werden es nie verstehen«, murmelte er. Er nahm eine Münze und warf sie über seinem Gesicht in die Luft. Er ließ sie über und unter seinen Fingerknöcheln tanzen, hin und her. Von Finger zu Finger. »Wie könnten sie auch?«

Charon ließ die Münze geistesabwesend kreisen, bis er spürte, wie sich seine Finger verkrampften. Die Münze fiel und traf ihn auf der Nase. Er gab nicht einmal einen Grunzer von sich, er stöhnte nur, dass er genau diese aus den Augen verloren hatte, und sah sich nach einer anderen um, die er aufheben konnte. Er ließ seine Hand durch den Münzhaufen gleiten und fühlte, wie sie wie zähes Wasser vor seiner Hand zurückwichen. Dann fand er eine und hob sie auf, eine uralte osmanische Münze aus einer Dynastie, die unzählige Zeitalter alt war. Er betrachtete sie von beiden Seiten, Kopf und Zahl, und drehte sie immer schneller zwischen seinen Fingern.

Bis er sie verlor. Er drückte zu fest, und die Münze flog aus seinem Griff, über die Mauer und auf das schiefrige Gestein am Flussufer. Charon sprang auf und folgte ihr. Die Münzen hinter ihm rutschten nach und sangen mit einem metallischen Klang, während Charon der einen Münze nachjagte, die gegen die Felsen prallte. Er holte sie beinahe ein und bückte sich, um sie aus der Luft zu schnappen.

Doch dann wurde er zurückgerissen. Die Kette an seinem Knöchel zerrte ihn zurück. Sie hatte sich an einer anderen goldenen Säule verfangen, die er selbst geschaffen hatte. Er konnte nur zusehen, wie die Münze gerade außer Reichweite rollte und hüpfte. Sie war eine Haaresbreite vom Wasser entfernt, aber zu weit weg, um sie zu holen, während die Wellen des Flusses dagegenplätscherten.

Charon drehte sich um und trat wie wild mit dem Bein, um seine Kette von dem loszureißen, was sie festhielt. Er brauchte nur ein paar Zentimeter Spielraum, um sie zu erreichen. Er streckte seinen ganzen Körper, um hinüberzugelangen. Sein Finger berührte die Münze – kurzer Jubel –, aber als er versuchte, sie gegen den Felsen zu klemmen und herüberzuziehen, kippte sie auf und schoss aus seiner nassen Hand mit einem Plumps ins Wasser, als der Fluss seinen Preis in der Tiefe willkommen hieß.

»Verdammt«, stöhnte er. Er zerrte erneut an seinem Bein und fand genau den Zentimeter, den er gesucht hatte, nur einen Augenblick zu spät. Er sah verächtlich auf seine Ketten, bevor er bemerkte, dass sie lockerer waren. Einige der Glieder hatten sich gedehnt. Nicht genug, um sie zu trennen, aber mehr als je zuvor …

KAPITEL ACHTUNDZWANZIG

Wieder voll im Einsatz, hatten Mark und Emma einen Kurs eingeschlagen, der sie zu einem Krankenhaus führte, und sie wappneten sich für das, was auch immer sie dort erwarten mochte.

Sie waren schon früher in Krankenhäusern gewesen, meistens, um die Alten oder unglückliche Opfer des Zufalls zu holen, und es war alles glattgelaufen. Die Toten hatten ihr Schicksal angenommen und waren normalerweise ziemlich froh, von ihrem Leid erlöst zu werden. Und sie waren alle erwachsen. Dieses Mal war es anders. Die Sanduhr wies sie an den Türen der Kinderstation vorbei, und Mark und Emma warfen sich einen besorgten Blick zu, als sie sich darauf vorbereiteten, hineinzugehen, solange die Welt noch etwas Helligkeit besaß.

»Hoffen wir«, sagte Mark, »dass es eine sehr reife junge Person ist, die oft gehört hat, wie tapfer sie war und wie bedauerlich ihre Situation, und dass sie sich keine allzu großen Illusionen über ihre Chancen macht.«

Die beiden gingen durch die Station und sahen viele Kinder, die dem Tod nahe waren, aber verbissen dagegen ankämpften. Ihre Chancen standen gut. Sie hatten schnell gelernt, nicht nur Sanduhren zu lesen, sondern auch die verbleibende Lebenszeit einer Person aus der Ferne halbwegs genau einzuschätzen. Die meisten Kinder hier hatten eine anständige Zukunft vor sich. Einige standen auf der Kippe. Sie suchten nach jemandem, der überhaupt keine Zeit mehr hatte.

Und sie fanden diese Person in der Aufwachstation der Kinderchirurgie.

»Es könnte sein«, sagte Mark leise, »dass ein Arzt oder eine Krankenschwester gestorben ist. Vielleicht.«

Emma hielt die Sanduhr hoch. Der untere Kolben, der vollste und fast vollständig gefüllte, aus dem nur noch einzelne Körner fielen, war sehr klein. Höchstens um die vier Jahre. Sie schüttelte langsam den Kopf, als sich die letzten Körner anschickten zu fallen. Sie eilten hinein, vorbei an den Krankenschwestern und Ärzten auf dem Korridor – unfähig, sie körperlich anzurempeln, aber dennoch höflich –, bis sich der Sand darin verlagerte und die Sanduhr sie direkt in ein Zimmer wies, in dem sich eine Gruppe von Schwestern um ein Bett versammelt hatte.

Sie hörten einen langen, gleichmäßigen Ton, und dann wurde die Welt grau.

»Wir werden dieses Geräusch noch so oft hören«, sagte Mark. In dem Moment, als die Zeit anhielt und der letzte Augenblick eines Lebens endete, zogen sich auch die Geräusche zurück, bis auf ihre Stimmen und das Schreien eines weinenden Kindes. Marks und Emmas Blicke trafen sich. Keiner von beiden wollte es tun. Emma hob eine Faust und stieß sie zweimal nach vorne. Mark schüttelte den Kopf und formte mit den Lippen ein »Nein«, aber Emma nickte.

Mark hatte sich mit Bravour in seine neue Rolle eingefunden, genoss sogar viele Aspekte davon, aber der Transport von Kindern ließ ihn jedoch immer innehalten. Er war nicht gerade der kinderliebe Typ und hatte wenig Erfahrung mit Kindern, abgesehen von einem vierteljährlichen Besuch bei seinem sechsjährigen Neffen Jack.

Für Mark ging es um Fairness – oder deren Fehlen. Ein Erwachsener hat eine Chance im Leben gehabt. Eine Chance, etwas zu bewirken. Es mag ein hartes oder ein leichtes Leben gewesen sein, aber sie hatten gelebt und geliebt, Fehler gemacht und hoffentlich auch etwas Spaß dabei gehabt. Kinder nicht.

Trotz seiner Vorbehalte wusste er, dass es Emma auch nicht leichter fiel, also mussten sie entscheiden, wer dieses Mal den Kürzeren zog.

Sie hatten keine Streichhölzer, also spielten sie Schere, Stein,

Papier, um zu sehen, wer hineingehen würde. Sein Papier gegen Emmas Stein – sie verlor. Mark freute sich nicht über den Sieg. Hier war niemand wirklich ein Gewinner. Emma überprüfte ihr Kostüm, passte es an, damit es weniger aufreizend war, und lehnte ihre Sense draußen an die Wand. Sie ging hinein und suchte nach der Quelle des Weinens.

Ein kleiner Junge, Robert, irrte mit verschränkten Händen im Zimmer umher und murmelte und plapperte in Lichtgeschwindigkeit. Emma konnte sehen, dass er tot auf dem Bett lag, umgeben von den entsetzten Ärzten und Schwestern. Sie waren wütend über ihr bitteres Schicksal, unfähig, den armen Jungen nach all ihren Bemühungen zu retten. Jetzt lag die einzige Hilfe, die er hatte, in den wartenden Händen des Todes.

»Robert?«, fragte Emma. Der Junge drehte sich zu ihr um. Sie beugte sich hinunter und versuchte, ihn anzulächeln. »Hallo.«

»NEIN!«, schrie Robert. Er rannte hinter einen der Ärzte und versteckte sich.

»R-Robert?«

»Nein«, sagte Robert erneut. Er versuchte, sich am Hosenbein des Arztes festzuklammern, aber seine kleinen Hände glitten immer wieder hindurch. »Nein. Geh weg!«

»Robert, Süßer?«, sagte Emma. »Ähm ...« Sie richtete sich auf, drehte sich weg und flüsterte zu sich selbst: »Was zum Teufel soll ich sagen?«

»Nicht mehr«, stöhnte Robert. »Mein Bauch tut nicht mehr weh. Ich will nicht gehen. Geh weg!«

»Deine Schmerzen sind weg?«, fragte Emma. Sie beugte sich hinunter und versuchte, ihn zu sehen. Er duckte sich um das Hosenbein herum und nickte. »Das ist gut! Das bedeutet, es ist Zeit ... woanders hinzugehen.«

»Nein«, sagte er. »Mama kommt.«

Emma konnte ihr Lächeln nicht aufrechterhalten. Sie richtete sich wieder auf und drehte sich um, um lautlos zum Fenster zu schreien. Es fiel ihr kein bisschen leichter als Mark, die Seelen von Kindern zu transportieren.

»Mama hat gesagt, wenn mein Bauch nicht mehr wehtut, können

wir nach Hause gehen«, fuhr Robert fort. »Und sie gibt mir dann ein Eis.«

»I-ich kann dir ein Eis besorgen, Robert«, sagte Emma.

Er schüttelte trotzig den Kopf. »Nein! Mama holt mir ein Eis. In meinem eigenen Bett!«

»Robert?«, sagte Emma. »Könntest du bitte hierbleiben? Ich muss nur kurz deine Mama suchen. Okay?«

Langsam kam Robert aus seinem Versteck hervor und nickte. Emma lächelte und zog sich in den Flur zurück, wo Mark wartete.

»Oh Gott, ich kann das nicht«, flüsterte sie verzweifelt. »Nicht das.«

»Ich weiß, es ist schwer«, sagte er, »aber –«

»Ach, ist das so?«, sagte sie ungläubig. »Und du weißt, wie schwer das ist? Wie viele Kinder musstest du schon dazu bringen, den Tod zu akzeptieren und ihnen erklären, dass sie ihre Mütter nie wiedersehen werden?«

»Sechs, im Vergleich zu deinen zwei«, antwortete er sofort. »Nicht, dass ich eine Strichliste führe oder so …«

»Ich will einfach nur weinen und sie in den Arm nehmen.« Emma ballte und öffnete ihre Fäuste, während sie auf und ab ging.

»Dann mach das«, schlug Mark vor. »Begib dich auf ihre Ebene. Knuddl sie, wenn du musst, halt sie fest und sag ihnen, dass alles gut wird.«

»Aber es wird nicht gut, oder? Sie sind tot.«

»Und welcher Schmerz, welches Leid oder welcher schreckliche Unfall auch immer gerade passiert ist, ist vorbei. Für immer.«

Er ahmte nach, wie er sich bückte und das Kind aufhob, als würde er einen Hund anfassen. Emmas Mund und Augen weiteten sich langsam.

»Ich meine, es bringt ihn dahin, wo er hinmuss«, sagte er.

»Das ist das Letzte, was wir tun«, sagte sie. »Nicht bei so was. Wenn du ihn in den Sack stecken willst, dann ist das deine Sache.«

»Schon gut, okay«, sagte Mark. »Dann mach ich das eben.« Er marschierte geradewegs ins Zimmer. Emma wartete um die Ecke und hatte es nicht eilig, ihn aufzuhalten.

Robert stand auf Zehenspitzen und versuchte, einen Blick auf seinen Körper auf dem Bett zu erhaschen.

»Soll ich dir hochhelfen?«, fragte Mark. Robert sah unsicher zu ihm auf.

»Wer bist du?«, fragte er.

Mark ging in die Hocke, um auf Roberts Augenhöhe zu kommen. »Nun, ich bin der Tod«, antwortete er.

Mark hatte eine ähnliche Situation mit seinem Neffen Jack schon hunderte Male erlebt. Kinder liebten Rollenspiele, und der Trick bestand darin, schnell die Regeln festzulegen und mit dem Spiel zu beginnen. Alberne Akzente halfen auch. Er war schon diverse Zeichentrickfiguren gewesen, Jacks Lehrer, ein alter Mann, dem sie im Supermarkt gefolgt waren, und in letzter Zeit – als Jack älter geworden war – berühmte Fußballer.

Dieses Mal tat Mark jedoch nicht nur so. Er war der Tod, und er musste auf eine Weise erklären, wer er war und was seine Aufgabe war, die ein Vierjähriger verstehen konnte.

Emma biss sich auf die Lippe. Mark schenkte Robert weiterhin sein freundlichstes Lächeln, auch wenn das Kind das Wort »Tod«, so einfach es auch war, nicht zu verstehen schien.

»Ist das dein Name?«, fragte Robert.

»Ja«, sagte Mark. »Und mein Beruf. Ich komme, um Menschen, die gestorben sind, in die nächste Welt zu bringen.«

Robert blickte wieder zum Bett hoch. Mark beugte sich vor, nahm Robert auf den Arm und hob ihn hoch, damit er sich selbst sehen konnte.

»Wer ist das?«, fragte Robert.

»Das bist du«, sagte Mark. »Ich fürchte, du hast die Operation nicht überlebt. Du bist gestorben.«

Robert blickte zurück auf sein eigenes ruhendes Gesicht und die Ärzte und Krankenschwestern, die wie in der Zeit erstarrt um ihn herumstanden. Langsam begann es für ihn einen Sinn zu ergeben.

»Warum gucken die alle so böse?«, fragte er.

»Weil sie versucht haben, dich zu retten«, sagte Mark. »Sie haben ihr Allerbestes gegeben, aber sie konnten es nicht.«

»Warum nicht?«, fragte Robert.

Mark setzte Robert auf das Ende des Bettes, um seine Schultern zu schonen, und beugte sich wieder zu ihm hinunter, um ihm in die Augen zu sehen. Er hatte bereits einen dünnen Tränenfilm in den Augen. »Das lag nicht an ihnen«, antwortete er. »Wenn es so wäre, wärst du noch am Leben, denn du hattest die allerbesten Krankenschwestern und Ärzte, die sich um dich gekümmert haben. Aber niemand kann diese Dinge vorhersagen. Es passiert einfach, wenn es passiert. Es tut mir leid, junger Mann. Aber…« Mark wischte sich eine Träne weg. Robert streckte die Hand aus und legte sie auf Marks Wange – um ihn zu trösten. Mark sah auf und erkannte dieselben Tränen, die sich in den Augen des Jungen sammelten.

Mark breitete seine Arme aus, und Robert schmiegte sich an ihn. Der Junge weinte, leiser als zuvor, während Mark ihn zu seinem Pony im Empfangsbereich der Notaufnahme trug. Emma führte sie beide zurück, den ganzen Weg durch das Portal zum Fluss, wo Mark Robert wieder absetzte.

»Du wirst vielleicht eine Weile hier sein«, sagte Mark, »aber du bist ein tapferer Junge, nicht wahr?«

»Kommt meine Mami auch hierher?«, fragte er.

»Eines Tages«, sagte Mark. »Aber bis dahin solltest du Freunde finden und glücklich sein, okay?«

Robert schniefte und nickte. Mark winkte ihm zum Abschied zu und ließ den kleinen Knirps den Flusspfad entlangwandern, außer Sichtweite und in die Leere hinein. Mark drehte sich um und stieß einen langen, zittrigen Seufzer aus. Er sah zu Emma hinüber, die immer noch etwas erschüttert war, und versuchte, die Spannung zu lösen. »Ich mache auch Erstkommunionen und Bar-Mizwas, falls du an einer Buchung interessiert bist.«

Emma brach gleichzeitig in Lachen und hässliches Weinen aus. Mark tat es ihr gleich, und die Tränen liefen ihm ungehindert über die Wangen. Sie machten eine Pause, bis sich ihre Herzen wieder beruhigt hatten. Emma warf ihr Haar zurück und wischte sich ihr verschmiertes Make-up weg. »Ich weiß nicht, wie du das so lange zurückhalten konntest«, sagte sie.

»Beim Zwiebelschneiden«, antwortete Mark. »Man lernt einfach, es … zurückzuhalten.«

Emma gluckste und lehnte sich an ihr Pferd. »Du wärst ein guter Vater.«

Mark lächelte und nickte. »Danke.«

»Ich glaube nicht, dass ich ein Kind bekommen hätte. Hätte es wahrscheinlich aus Versehen im Zug liegen lassen oder vergessen, es zu füttern. Ich konnte mich ja kaum um mich selbst kümmern.«

»Wärst aber vielleicht nicht gesprungen, wenn du ein Kleines gehabt hättest, um das du dich kümmern musst«, sagte Mark.

Emma schnaubte. »Wenn es so viel geschrien hätte, wäre ich vielleicht früher gesprungen.«

Sie lachten beide, bevor die Wucht dessen, was sie erlebt hatten, sie mit großer Verzögerung traf. Sie wurden still und kehrten zur Arbeit zurück, in dem Wissen, dass es mit der Zeit zu düster werden würde, um darüber zu scherzen. Nur eine unglückliche Unvermeidbarkeit des Jobs …

KAPITEL NEUNUNDZWANZIG

Das Cottage des Todes war zu einer Art Autobahnraststätte geworden, mit einem angeschlossenen Days Inn, in dem sich Mark und Emma ausruhen konnten. Nach so vielen Reisen zwischen dem Reich der Lebenden und wieder zurück kamen sie für eine kurze Pause, einen Tee und ein paar Kekse oder ein kurzes Nickerchen im Gästezimmer wieder, bevor sie ihren Dauerlauf fortsetzten und sich um die unzähligen Toten kümmerten, während der Tod sich weitaus produktiver und effizienter um die Toten im Rest der Welt kümmerte. Das bedeutete, dass immer jemand in der Nähe war oder durch das Cottage kam, während Veronique arbeitete.

Es war lebhaft – ein ungewöhnlicher Zustand, wenn man die Zeitalter des stagnierenden Untodes bedachte, die dem vorausgegangen waren, aber sie war ziemlich glücklich darüber. Das Putzen machte ihr nichts aus. Viel mehr machte ihr die Einsamkeit zu schaffen. Daher war sie für jede Gelegenheit dankbar, Staub zu wischen oder den hereingetragenen Schmutz aus der Welt der Lebenden wegzufegen.

Sie konnte sich auch nicht an eine Zeit erinnern, in der sie mehr Anrufe von den anderen Reitern entgegengenommen hatte. Es schien, als bräuchte jeder Hilfe und sei erst jetzt bereit, sich zu melden und darum zu bitten. Es war, als hätte der Tod mit dem Einsatz von Emma und Mark einen neuen Präzedenzfall geschaffen, und plötzlich hatten die anderen Reiter das Gefühl, die Erlaubnis zu haben, ihre eigene Unterstützung anzufordern. Sie galoppierte über die Ebenen des Fegefeuers zu dem bescheidenen, einstöckigen Haus, das die Wohnstätte der Pestilenz war. Sein Rasen war für gewöhnlich entweder tot oder erblühte in einer Art aufgedunsenem Leben, gesprenkelt mit den schrecklichen Farben verschiedener leuchtender Krankheiten, allesamt Experimente oder Seuchen, die schon lange aus der Welt getilgt waren und die in der ansonsten unveränderlichen Landschaft frei vor sich hin eiterten.

Sie klopfte an die Tür und spürte sofort einen klammen Film auf der Oberfläche. Selbst die Tür war krank und schleimig. Sie wischte ihre Hand am Saum ihrer Schürze ab und hörte ein elendes Husten auf der anderen Seite, als die Pestilenz kam, um die Tür zu öffnen. Er war nie ganz so »gesund« wie Hunger oder Krieg, aber trotzdem wurde er nie gerne krank. Sein Teint konnte jede schreckliche Krankheit im Vergleich dazu mild aussehen lassen. Nur schien er jetzt akuter zu leiden.

»Ah, hallo«, sagte er, als er durch die Tür spähte. »Veronique, ähm, das ist etwas peinlich. Danke, dass Sie hergekommen sind; ich hatte gehofft, ich könnte Sie um einen Gefallen bitten?«

»Ja, natürlich«, sagte sie. »Aber wenn Sie erwarten, dass ich putze ... fürchte ich, wüsste ich nicht, wo ich anfangen oder aufhören sollte.«

»Oh, nein«, sagte er und winkte ab. »Das ist es nicht ... Dieser Ort ist sein eigenes, organisiertes Chaos. Alles ist genau da, wo es sein muss. Einschließlich der Keime. Tatsächlich stecke ich gerade mitten in der Arbeit an etwas und kann nicht selbst gehen, aber ich brauche ein Testsubjekt.«

Veronique zog die Augenbrauen hoch.

»Nicht Sie, meine Liebe«, sagte er. »Ein Schaf. Es ist eine Schafkrankheit, die bestimmte Stämme von ...« Er wich zurück und nieste in die andere Richtung, bevor er fortfuhr. »... Schafen und Ziegen ersetzen soll, die gegenüber ...« Ein weiteres Niesen. »... Rindern bevorzugt werden. Weiter verbreitet, durch die Wolle. Seien Sie so gut und bringen Sie mir ein Lamm mit, wenn Sie können. Von irgendwoher, aber aus einer Industrieregion – einem Nettoexporteur. Aber auch Bio. Die

Fabrikschafe sind alle steril, so viele Antibiotika pumpen die in sie hinein.«

»Ein Schaf?«, fragte sie. »Mit dicker Wolle.«

»Ja, bitte«, sagte er. »Jedes Schaf sollte genügen, denke ich. Ich will mich nicht zu sehr aufdrängen, ich nur-«

»Nein, keine Sorge. Ich verstehe. Sie stecken mitten in etwas, können nicht weg. Ich werde es tun.«

»Danke.« Er seufzte. »Meinem Pferd geht es nicht gut und ich will es nicht stressen ...« Er hielt inne, als er scheinbar an etwas erstickte und es dann herunterschluckte, das sich in seinem Hals angesammelt und angestaut hatte. »Sie verstehen.«

»Bin sofort wieder da«, sagte sie.

»Danke.« Er schloss die Tür und bekam einen weiteren Hustenanfall. Sie dachte sich nichts dabei. Er arbeitete den ganzen Tag, jeden Tag, mit Krankheiten. Ohne verlässliche Testobjekte experimentierte er wahrscheinlich mit der Wirksamkeit solcher Dinge an seinem eigenen Körper. Aber sie hatte ihn noch nie so krank klingen oder aussehen hören.

Veronique ließ ihr Pferd hoch in die Luft steigen und holte eine sehr kleine, gebogene Stoffschere hervor, die sie schwang, um ihr eigenes Portal zu öffnen. Sie war der erste Mensch, dem der Tod beibrachte, wie man den Schleier zwischen den Welten mit dem durchdringen konnte, was sie bei sich hatte: einen Feldapothekenkasten. Sie hatte die Schere aus diesem ursprünglichen Kasten behalten und sie mit einer feineren und längeren Klinge zum Säumen und Zuschneiden von Vorhängen und Stoffen modifiziert, damit sie sich um die Roben des Todes kümmern und die längst unbrauchbaren in adrette Verdunkelungsvorhänge umfunktionieren konnte.

Sie erschien irgendwo über einer weitläufigen grünen Fläche. Hunderte von Hektar erstreckten sich in alle Richtungen, die der Aufzucht von allerlei Vieh gewidmet waren. Sie ritt umher, bis sie etwas Fleckiges und Weißes auf dem Boden entdeckte und fand sich bald inmitten eines Feldes von Schafen wieder. Die Schafe waren alle zusammengetrieben, was es etwas knifflig machte, eines aus der Herde zu picken. Wenn eines plötzlich in den Himmel schweben würde, würden die anderen es leicht bemerken und in Panik geraten. Ihre Anwesenheit in der Welt der Lebenden musste winzig, unbedeutend und durch gewöhnliche menschliche Vergesslichkeit leicht erklärbar sein.

»Veronique?«

Sie drehte sich in die Richtung der Stimme und sah zu ihrer beiderseitigen Überraschung Mark, der an einem Pfosten außerhalb des eingezäunten Bereichs lehnte. Sie winkte, gerade als zwei Pferde in einem knappen Rennen zwischen ihnen vorbeipreschten. Emma saß auf dem verlierenden Pferd, und ein geisterhafter Reiter spornte das noch lebende Pferd zu einer flotten Runde um das Gehege an. Veronique eilte hinüber und rollte sich über den Zaun. Mark half ihr den Rest des Weges und befreite ihr Kleid, das sich in den Holzlatten verfangen hatte.

»Was machen Sie hier?«, fragte Veronique.

Mark deutete auf die Szene. »Wir arbeiten.«

»Sie veranstalten Pferderennen?«

Er seufzte. »Der Mann – Harris Furnell – dem gehört dieser Hof. Er wurde von seinem Pferd getreten, aber sein sturer Geist weigert sich zu gehen, bis er Emma in einem Pferderennen besiegt hat. Und das hat uns in diese Zwickmühle gebracht, denn er hört nicht auf, es sei denn, Emma kann eine Runde lang die Führung behalten. Und es ist nicht so, als hätten wir nicht versucht, ihn einfach« – er machte eine ruckartige Bewegung mit den Händen – »zu schnappen, während er seine Runden dreht, aber er ist gerissen. Das ist bisher unser schwierigster Fall, und wir stecken beide fest, bis es erledigt ist.«

»Oh, verstehe«, sagte sie. »Das ist wirklich ärgerlich.«

»Ich weiß«, sagte Mark. Er rieb sich die Stelle direkt über den Augen. »Wie auch immer, warum sind Sie hier?«

»Monsieur Pestilence braucht ein Schaf, um seine neue Seuche daran zu testen«, erklärte sie.

»Ugh«, stöhnte Mark. »Ich weiß, es gehört alles zur Arbeit, aber mir wäre es lieber, er würde es nicht tun. Was, wenn er Erfolg hat?«

Die Pferde donnerten einmal mehr vorbei, Kopf an Kopf.

»Dann wird das sicherlich für Arbeit bei den noch Lebenden sorgen, nicht wahr?«, antwortete sie mit einem Lächeln. »Ich hatte die gleichen Gedanken wie Sie – warum sollte der Krieg nach dem Großen Krieg weitermachen? Es war der letzte Konflikt, der Krieg, der alle beenden sollte, und dann nein. Der Zweite Weltkrieg, Korea und Vietnam, der Nahe Osten, verschiedene afrikanische Nationen, Bürgerkriege und endlose Bosheit, Intoleranz und unstillbarer Blutdurst – und der Krieg war jedes Mal da, um dafür zu sorgen, dass es funktioniert. Und ihre Arbeit war erfolgreich, meistens. Dasselbe gilt für den Tod. Menschen sterben, immer. Es ist keine so traurige Sache, wenn es überall und jedem passiert. Diese Dinge werden zu einem Teil des Lebens.«

»Was für eine Welt«, sagte Mark. »Ich frage mich, wie es wäre, wenn sie alle zusammen Urlaub machen und uns einfach überlassen würden, uns selbst zu zerstören.«

»Die Antwort würde Ihnen vielleicht nicht gefallen«, sagte sie. »Ich habe einmal dieselbe Frage gestellt. Monsieur Tod erklärte mir, dass eine Welt ohne Tod zu einer Welt ohne Leben wird. Wenn die Menschen die Grenzen ihres Lebens kennen, werden sie es nicht richtig leben. Nicht leben, um jeden Tag zählen zu lassen, sondern nur die letzten paar Tage oder die letzten paar Wochen oder Monate, damit man sich nur an ihre letzte Zeit auf der Erde erinnert. Mit jedem Tag Erinnerungen zu schaffen, ist das, was das menschliche Leben lohnenswert macht – sowohl die guten als auch die schlechten. Schwierigkeiten zu überwinden und in schwachen Zeiten Stärke zu finden, macht das Leben zu etwas, das die Menschen lieben.«

»Schon«, sagte Mark, »aber ist das der richtige Weg, um es zu beweisen?« Veronique lächelte über seine Naivität.

Die Welt blieb plötzlich stehen und wurde grau. Das Pferd am anderen Ende der Koppel bäumte sich auf, und der Geist fiel auf den Rücken. Er hatte auf irgendeine Weise eine Niederlage eingestanden und den verlängerten letzten Moment seines Ablebens beendet, als die Herausforderung endete.

»Gott sei Dank«, sagte Mark.

Veronique sprang über den Zaun und ging zu den Schafen. Sie wählte eines aus, das jung war, aber viel dicke Wolle hatte, um es mitzunehmen. Sie hob es hoch wie einen Sack Mehl und warf es sich über den Kopf, sodass es auf ihren Schultern ruhte.

»Brauchen Sie Hilfe?«, fragte Mark.

»Nein, nein«, beharrte sie. »Überlassen Sie das mir. Wir haben unsere eigenen Pflichten, non? Konzentrieren Sie sich auf Ihre.« Als sie ihr Pferd erreichte, setzte sie das Schaf ab und griff nach einem Seil, um es an der Seite ihres Sattels festzubinden. »Ich finde, Sie machen eine gute Arbeit als Tod, zusammen.«

Mark tippte mit seiner Sense an seinen Hut und trabte mit seinem Pony hinüber, um zu helfen, die abtrünnige Seele einzufangen, die über den Zaun gesprungen und auf die Flucht gegangen war. Veronique beobachtete, wie sie als Team arbeiteten, eine natürliche Synchronität in ihrem Ritt, die darin gipfelte, dass Mark und Emma gleichzeitig ihre Sensen durch den Hals des Mannes schwangen, damit sie ihre Verfolgung beenden und weitermachen konnten.

Sie lächelte. Es war schön, solch lebhafte Tode zu umsorgen, und sie freute sich auf ihre nächste Pause auf dem Landgut...

KAPITEL DREISSIG

Das Meer. Eine offene Einladung zu Erkundungen, Abenteuern und ungeahnten Gefahren. Die weißen Klippen, eine Naturschönheit und ein Wahrzeichen, das so leicht zu erkennen war, dass die Seefahrer von einst aus meilenweiter Entfernung auf See ihren Weg in das alte Dover in Sicherheit finden konnten. Ein Ort regen Handels, wo die riesigen Schiffe der Neuzeit unsichtbare Seewege kreuzten, um Fracht verschiedenster Art zum und vom Kontinent zu befördern.

Nicht gerade ein idealer Ort zum Schwimmen. Schon gar nicht so weit draußen.

Ihre jetzige Aufgabe war es, die Seele eines unter dem Ärmelkanal Verlorenen zu finden. Zum Glück konnten ihre Pferde auf dem Wasser bleiben. Die Leiche leider nicht.

»Ist das nicht falsch?«, fragte Mark, als er auf den gefrorenen Wellen des Meeres stand.

»Was?«

»Sollten Leichen nicht treiben? Zumindest für eine Weile?«

»In stillem Wasser«, sagte Emma.

Mark blickte hinab. »Stimmt, und es war nicht still …«

»Du kannst nicht schwimmen, oder?«, fragte Emma.

Mark zuckte unbehaglich mit den Schultern. »Doch, kann ich schon. Ich bin nur nicht besonders gut darin, das ist alles.«

»Ach, stimmt«, sagte sie. »Ayia Napa. Du bist die ganze Zeit nur am Strand geblieben, während die Mädels und ich alle versucht haben, surfen zu lernen. Du weißt schon, dass deswegen Gerüchte über dich die Runde gemacht haben, ja?«

»Oh ja, ich weiß«, sagte Mark. »Meine Kumpels haben mich darüber aufgeklärt. Ich hab nur irgendwie ...« Er schnaubte. »Äh, ist nicht wichtig. Aber Tatsache ist – wie genau kommen wir da ganz runter, um ihn zu holen?«

»Wir schwimmen?«, schlug Emma vor. »Princess' Hufe kleben hier ziemlich an der Oberfläche fest.«

Mark testete das Wasser und versuchte, langsam und vorsichtig von seinem Pony abzusteigen. Es gelang ihm, auf der Wasseroberfläche zu stehen. Er stabilisierte sich und streichelte das kleine Pferd wieder ruhig.

Auch Emma stieg ab und kämpfte einen Moment lang um das Gleichgewicht. »Oh, das ist glitschig.«

»Ja, oder? Ist ja auch nass«, sagte er.

Ein Schweigen legte sich zwischen sie – ein peinlich offensichtliches.

»Wir müssen da doch irgendwie runterkommen«, sagte sie. Sie kauerte sich hin und versuchte, ihre Hand durch das Wasser zu stoßen. Es funktionierte, und ihr Arm glitt langsam bis zum Ellbogen hinein. »Ugh. Das ist, als würde man sich durch Wackelpudding drücken.«

Mark tat es ihr gleich und versuchte, seinen Fuß hinunterzudrücken. »Oh, du hast recht. Das ist pampig. Ist schon komisch.«

»Wie kann es einfacher sein, durch massive Wände zu gehen als das hier?«, fragte Emma. Sie zog ihren Arm heraus und griff nach ihrer Sense.

»Was machst du da?«

»Ich dachte mir«, sagte sie, »wenn das Ding ein Loch zwischen den Welten in den Himmel reißen kann, kann es vielleicht auch ein Loch durch den Ozean reißen?«

»Wie der Stab von Moses?«, fragte Mark.

»Wir haben nie gefragt«, sagte Emma, »aber die Reiter stammen aus der Bibel. Sie *sind* Teil derselben Überlieferung wie Jesus und Gott selbst. Also könnten die auch echt sein.«

»Ja, aber Charon ist griechisch«, sagte Mark. »Glaube ich. In der Hölle wurden keine Flüsse erwähnt. Das ist alles Feuer, Schwefel und Geschrei – und selbst das ist nur apokryph. Die wahre Natur der Hölle ist die Abwesenheit Gottes, so wie sie beschrieben wird. Was sie als Hölle beschreiben, wird nur auf einen Ort zurückgeführt, an dem es heiß war und sie damals ihren Müll verbrannt haben.«

Emma beschloss, Marks unaufgeforderten Vortrag zu ignorieren, und benutzte ihre Sense wie einen Spaten, um sich durch das Wasser zu graben. Sie schaffte es, ein ansehnliches Stück Wasser wegzuschaufeln und geriet dabei ins Schwitzen. »Das funktioniert nicht«, sagte sie schließlich. »Nicht so, wie ich es gerne hätte.«

»Äh-oh«, sagte Mark. Er begann, in den Wackelpudding zu rutschen und blieb genau an der Hüfte stecken. »Okay, ich glaube, ich hab kapiert, wie das geht, aber ich weiß nicht, wie ich es rückgängig machen kann.«

»Was ist es?«

»Ich habe ... ans Sinken gedacht«, sagte er. »So wie du daran denkst, durch Wände zu gehen, oder? Aber mit den Füßen voran. Und jetzt, wenn ich aufhöre, daran zu denken, über Wasser zu bleiben, spüre ich, wie ich einfach tiefer sinke.«

»Also, denk einfach ans Fliegen.«

»Das tue ich schon die ganze Zeit, aber es funktioniert nicht wirklich.« Er sank noch ein paar Zentimeter tiefer ins Wasser. »Oh nein!«

»Schnell, hör auf zu atmen.«

»Was!?«, rief er. »Warum denn?«

»Vielleicht musst du nicht atmen, wenn du nicht daran glaubst«, sagte sie mit einem leichten Grinsen über ihren eigenen Kommentar.

»Oh, klar, lach nur über den ertrinkenden Mann«, sagte Mark.

»Mach ich«, sagte sie. Sie zog die Sanduhr heraus. »Laut der hier ist er direkt unter uns. Also lass dich einfach sinken, halt die Luft an und du solltest ...« Sie drehte sich um, um Marks jämmerlichen Gesichtsausdruck noch einmal zu sehen, aber er war schon unter Wasser, und das Wasser schloss sich langsam über ihm, um ihn zu verschlucken. Seine Hand blieb zurück, und er hob den Finger, um ihr den Stinkefinger zu zeigen. Sie seufzte und richtete ihren Blick nach Dover, eine Idee im Kopf.

Mark sank unterdessen einfach weiter. Er hielt so lange wie möglich die Luft an, dann hatte er das Gefühl, gleich ohnmächtig zu werden. Er versuchte, nach oben zu schwimmen und dachte an Auftrieb, aber es half nichts. Es war ein sehr langsames Sinken. Nichts konnte es beschleunigen oder umkehren. Er versuchte zu schwimmen, aber seine Arme und Beine waren durch die Beschaffenheit des Wassers weitgehend gefangen. Also versuchte er, daran zu denken, sich durch das Wasser zu phasen. Und es funktionierte.

Und dann fiel er schneller, ohne dass ihn etwas darunter hätte auffangen können. Er schrie, ohne den Mund zu öffnen, und stürzte in einem steilen Fall durch das Wasser, als wäre es nur Luft. Dann erreichte er schließlich den Grund und landete auf dem Bauch. Kein Schmerz, aber ein kleiner Schock. Er befand sich auf dem Meeresgrund des Ärmelkanals. Das war nicht ganz das, was er erwartet hatte.

»Woah!« Vor Schreck schlug er sich die Hände vor den Mund. Nachdem er luftleere Gedanken gedacht hatte, stellte er fest, dass er überhaupt nicht mehr atmen musste. Er konnte nicht einatmen – rein körperlich. Er versuchte es, und es war, als würde er an einer Plastiktüte saugen. Aber er *musste* es auch nicht. Seine Stimme war nur ein Flüstern ohne Atem, aber sie schien den Raum um ihn herum zu füllen, nicht unähnlich dem gespenstischen Flüstern eines grauenvollen Schemens in der tiefsten Nacht – eine echte Sensenmann-Stimme.

Nun, da er zufrieden war, dass er seine Rolle hier unten vielleicht erfüllen konnte, sah er sich um. Es war sehr grau, nicht unähnlich der Welt oben, als die Zeit stillstand, und ziemlich flach mit einigen sanft gewellten Sandhügeln. Und der Meeresboden war mit Trümmern übersät. Manches war neueren Datums und kaum von Sand bedeckt – Brocken von Booten, verlorene Netze und anderer Abfall, der von den umherfahrenden Schiffen oben über Bord geworfen worden war. Andere Dinge, die er fand, waren uralt.

»Das ist ein Flugzeug«, sagte er, als er über das Wrack einer längst begrabenen Maschine ging. Er versuchte, etwas von dem Sand wegzubürsten. Er ließ sich abschaben wie eine festsitzende Papphülse. »Luftwaffe, was? Dann ist das hier ein guter Platz für dich.« Er betrachtete die Majestät des verschmutzten Meeres und entdeckte in der diesigen Ferne den zerbrochenen Mast eines Schiffes.

Es war ein altes Segelschiff, durch und durch verrottet, bis auf das dickste Holz und die hart polierten Böden. Die Beute an Bord war ebenfalls erhalten geblieben. Es gab schwere bleierne Vasen und Behälter, von denen einige noch fest verschlossen waren. »Ein Handelsschiff? Oder ein Schmuggler? Oder ein Militärschiff? So nah an der Küste gesunken, könnte es wirklich alles davon sein ...« Eine Weile besichtigte er das Deck des toten Schiffes und hätte dabei beinahe seine Pflicht aus den Augen verloren.

»Jeder Pirat, der hier unten so lange überlebt hat, ist kein bloßer Sterblicher, den ich einsammeln könnte, falls das hier direkt unter der Stelle ist, wo ich gefallen bin. Wo war das?« Mark versuchte, dorthin zurückzuwandern, wo er hergekommen war, stellte aber schnell fest, dass er sich ein wenig verlaufen hatte. Er verfolgte seine Schritte zurück zum Rumpf der Messerschmitt und zu dem körpergroßen Abdruck seines Landepunktes und patrouillierte dann im Kreis darum herum. Er weitete den Kreis ein- oder zweimal aus, bevor er kapitulierend die Arme in die Luft warf.

»Wo bist du?«, flüsterte er so laut er konnte. »Hallo? Zisch zurück, wenn du mich hören kannst!« Er fing an, wie eine Schlange, die sich räuspert, in alle Richtungen zu zischen. Er formte die Hände um seinen Mund und drehte sich wie eine Sirene.

Dann kreuzte sich sein Blick mit dem von Emma, die durch den Meeresboden auf ihn zugeschwommen kam. Und dann kam der Mann in ihrem Griff, der am Kragen gezerrt wurde und bestürzt aussah. Sie schienen unter dem Felsgestein hervor aufzuschwimmen – aus dem Ärmelkanaltunnel – und waren bald wieder auf dem Weg gen Himmel.

»Wartet!«, zischte Mark ihnen nach. »Ich kann immer noch nicht schwimmen!«

Er versuchte, an Fliegen zu denken. Schließlich entschied er sich für U-Boot-Gedanken und schraubte sich in einer Spirale an die Oberfläche.

KAPITEL EINUNDDREISSIG

Mark und Emma ließen sich in einem recht netten kleinen Viertel von Liverpool nieder, etwas außerhalb des Stadtzentrums, in einer Häuserzeile, in der es noch Hinterhöfe gab. Kleine Höfe, gerade groß genug für einen Tisch und ein paar Stühle, aber anständige Wohnorte. Ein Ort für Familien. Teil einer Gemeinschaft. Das hatte wenig gemein mit ihrem eigenen Block voller enger Neubauwohnungen – alles Glas und Verkleidung, abwesende Vermieter und Hypotheken zur Vermietung.

»Ah, da wären wir«, sagte Emma. »Dennis Perth Offdenson. Deine Stunde hat geschlagen.«

Das Haus war ein klassisches viktorianisches Reihenhaus mit minimalen äußeren Renovierungen. Es gab Anzeichen für Arbeiten am Dach, aber es schien sich größtenteils an reine Denkmalschutzstandards zu halten, ebenso wie die übrigen Häuser der Reihe. Mark ging hinein, und Emma blieb draußen in Reserve, direkt vor der Tür, für den Fall, dass es Ärger gäbe, aber das schien unwahrscheinlich. Herr Offdenson war ziemlich alt, nach der Zeit in seiner Sanduhr zu urteilen. Er hatte ein erfülltes Leben gelebt, und der Moment seines Todes endete sehr schnell nach ihrer Ankunft, ein Zeichen dafür, dass er sich bereits im Übergangszustand befand und auf die Hand des Sensenmannes wartete.

Mark hielt sich nur kurz im Haus auf. Es sah aber schön aus. Gemütlich, dachte er. Eine nette Verbesserung gegenüber ihrer bisherigen Wohnsituation. Dann dachte er darüber nach. Ihre Wohnung war größtenteils offen gestaltet, ohne enge Flure oder scharfe Ecken, die in andere Zimmer führten. Er versuchte, die gesamte Grundfläche ohne die Wände zu bedenken und ob sie es nicht vielleicht besser getroffen hatten, als ihm bewusst war.

Er fand Herrn Offdenson in einer Art Bibliothek, einem Arbeitszimmer, in dem jede Wand mit Bücherreihen ausgekleidet war, die eindeutig viele Jahrzehnte zurückreichten, möglicherweise sogar zu viele, um sie in einem einzigen Leben zu lesen. Die Sammlung war eindeutig über die Regale hinausgewachsen, und Stapel von Büchern, hauptsächlich in Leder gebundene Hardcover, lagen in wahllosen Haufen herum, von denen einige bodenhohe Säulen bildeten. Eine einzelne Schreibtischlampe mit geringer Wattzahl erhellte den graublauen Raum. Eine langhaarige Katze, im Schlaf erstarrt, lag auf einem kleinen Kissen neben der Messingeinfassung des Kamins.

Herr Offdenson, ein Mann mit grauem Bart und vollem weißem Haar, saß mit einer Pfeife in der Hand in einem braunen Ledersessel gegenüber seiner ruhenden Leiche. Gespenstischer Rauch schwebte durch die Decke nach oben. Er musterte Mark aus dem Augenwinkel seiner Brille mit Eichenholzfassung und rückte sie zurecht, als er sich umdrehte, um seinen Gast zu begrüßen.

»Ah, hallo«, sagte der Mann mit einem vornehmen Scouse-Akzent. »Sie müssen mein Psychopompos sein, angesetzt für ziemlich genau 12:15 Uhr.« Er schnellte seinen Arm hoch und blickte auf seine Uhr. »Sie sind pünktlich auf die Minute.«

»Ja«, sagte Mark. »Kommen Sie.«

»Hmmm«, summte der Mann neugierig. »Angenommen, ich weigere mich?«

»Steht nicht zur Debatte«, sagte Mark.

»Oh, wirklich?«, sagte Herr Offdenson. Er schien von Marks letzter Ansage seltsam amüsiert. Er lehnte sich weiter in seinem Sessel zurück und faltete die Finger zu einem Dach. »Nun denn, ich fürchte, ich muss mich auf das Tinkerbell-Theorem berufen und Ihnen die Autorität

Ihrer Existenz absprechen, mein Junge. Schade drum, mein Guter.« Er drehte sich um und sah aus dem Fenster.

»Was?«, sagte Mark. »Wir müssen weiter, Sir. Ich muss ...«

»Oh, was für ein Ärgernis«, sagte Herr Offdenson, als er aufstand und zum Fenster hinter seinem Schreibtisch schritt. »Ein Ärgernis, in der Tat. Ich bin ein besonders gebildeter Mann, sehen Sie. Ein Atheist, aus moralischer Entscheidung. Ich fand es schon recht früh weitaus aufrichtiger, ohne die Wahnvorstellungen eines großen Plans zu leben. Anstatt der Angst oder Verzweiflung, ein gescheitertes Leben zu führen, zu erliegen, beobachtete ich die Welt natürlich, organisch – wahrhaftig! Und obwohl ich die Existenz einer Seele in Betracht zog, kam ich zu dem Schluss, dass kein einziges Wesen die Macht besitzen könnte, alle Seelen gemeinsam zu kontrollieren, wie es ein Gott tun würde. Dieses Maß an zentralisierter Macht ist nur ein Traum der Menschheit – von Herrschern und Despoten der Geschichte –, der sich in den Lehren derer widerspiegelt, die die Zivilisation zuerst aus der Taufe hoben.«

»Kumpel, die Schulzeit ist für mich vorbei«, sagte Mark. »Sie müssten mich schon bezahlen, wenn ich mir das anhören soll.«

»Niemand«, rief Herr Offdenson triumphierend, »entkommt dem Lernen! Oder der Logik. Das ist die Torheit der theologischen Imperien des Menschen. Sie fliehen vor der Logik und geben den Göttern die Schuld für ihre Katastrophen, aber preisen andere, die unter der Kontrolle des Kaisers stehen, für ihren großen Erfolg! Sie hatten eine Hand hinter dem Vorhang, die sie blendete, und sie konnten die erste Illusion durchschauen, dass es keinen Gott gibt. Aber da ihnen der Glaube fehlte, sich selbst zu regieren, ersetzten sie ihre Vermutung durch viele Götter, damit sie sich immer noch kontrolliert fühlen konnten.«

Mark rieb sich die Augen. »Herr Offdenson ...«

»Mein Junge«, sagte er, »ich war nicht umsonst *einundfünfzig Jahre* lang Lehrer. Wenn Sie mich ansprechen, möchte ich Sie bitten, dies mit ›Professor‹ zu tun.«

»Natürlich wollen Sie das«, sagte Mark, der des Gesprächs schnell überdrüssig wurde. »Ich habe noch viele andere Seelen zu holen, also wenn Sie bitte, Sie wissen schon ... zack, zack.«

»Ich hätte so vielen so viel beibringen können«, beklagte Professor Offdenson. »Mein Verstand wurde in der akademischen Welt verschwendet. Es ist nicht mehr die Welt der Denker, sondern die Welt der Macher, denen von Generation zu Generation aufgetragen wird, immer weniger zu denken. Ich sah diese Abstumpfung des Verstandes, diese fortschreitende Ermattung des Geistes meiner Studenten. Sie weigerten sich, sich von mir über die großen Werke der Menschheit und ihre Bedeutung belehren zu lassen, über die Entschlüsselung der Gottes-Theoreme durch die großen Denker, die die Kirche selbst infiltrierten, um den Kurs der Menschheit hin zur selbstreflexiven Aufklärung zu ändern. Nein, sie wollten nur Tests und Ergebnisse. Sie wollten Jas und Neins. Sie wollten Vertrauen in das System. Vertrauen ohne Ehre! Und sie hielten meine Hände als Geisel, um meinen Geist in ihrer Sphäre der Täuschung gefangen zu halten. Jetzt sind wir in einem Zeitalter, in dem viele von sich behaupten, Gott zu sein, von Menschen gemacht, *ex machina*, und doch ist niemand bereit, sich auf eine animistische Sekte mit vielen Göttern zu reduzieren! Nein, sie alle wollen der Eine sein, weil sie die ganze Macht haben. Bildung, Gesundheitswesen, Transport ... Bürokratie ist der Gotteswahn unserer Zeit, Junge! Sie ist es, die uns zurück ins finstere Mittelalter stürzt!«

Mark sah sich im Raum um und blickte zu ein paar Rahmen, die an der Wand hingen – Abschlüsse in Grundschulpädagogik und verschiedene philosophische Auszeichnungen, darunter eine gerahmte Urkunde für den ersten Platz bei einem regionalen Debattierclub. Der Mann hatte ein Foto von sich mit einer Gruppe von Kindern in ihren Uniformen, auf dem in großen Buchstaben »Happy Birthday Mr Perth« gemalt stand.

Mark verkniff sich ein Lachen und drehte sich um.

Professor Offdenson sah aus dem Fenster. Er seufzte und begann mit etwas, das sich wie eine weitere lange Abhandlung anfühlte. »Sagen Sie mir, Mr. Reaper, wem dienen Sie?«

»Dem Tod«, sagte Mark.

»Sind Sie nicht der Tod?«, fragte er.

Mark zögerte. »Es ist ein wenig kompliziert.«

Er grinste spöttisch. »Ist es eine Hierarchie? Die ungeernteten Seelen einer niederen Entität zu überlassen, die einen Arbeitsaufwand erbringt, der sie sonst zu einer weitaus höheren Stellung in der Gesellschaft berechtigen würde, aber stattdessen den Launen einer erdrückenden Elite unterworfen ist?«

»Nein, das war mein anderer Job«, sagte Mark.

»Aber ein Job ist es«, sagte Offdenson. »Eine Leugnung der Göttlichkeit! Eine Leugnung der Selbstherrlichkeit! Der Tod ist ein Konzept jenseits aller Kontrolle, außerhalb jeder systematischen Struktur und eines, das selbst von den Dogmen der Religion gefürchtet wird. Mein Junge, Sie *können* nicht echt sein, denn kein Tod, welcher Art auch immer, würde höflich erscheinen. Wäre er real und wären Sie aufrichtig, dann hätte ich nicht diese Gelegenheit zu sprechen. Dies ist eine Berufung höherer Art, selbst jenseits von Ihnen, die mich Atem schöpfen und diese freien Gedanken denken lässt! Es ist der Beweis, dass Sie nichts weiter als eine Halluzination sind, die mir Gesellschaft leistet, während mein wahrer Verstand bis zu seinen letzten Synapsen verlangsamt und in unendlicher Dunkelheit verlischt. Und bis diese Dunkelheit kommt, werde ich hier bleiben« – er setzte sich – »wo mein Geist unter den großen Denkern der Erde, denen wir unsere ganze Existenz verdanken, den größten Trost findet.«

Professor Offdenson schielte aus dem Augenwinkel und – wie er erwartet hatte – war Mark verschwunden. Die schattenhafte Gestalt war nicht mehr zu sehen. Sein persönlicher Psychopomp, gesandt, um ihn in seinen letzten Augenblicken an den Tod zu erinnern, konnte die Heuchelei seiner eigenen Existenz nicht ertragen. Professor Offdenson seufzte und blickte zu seinem Schreibtisch, auf ein unvollendetes Manuskript, das aus langen, ununterbrochenen Absätzen bestand, die mit einer Schreibmaschine geschrieben worden waren. Er knirschte voller Bedauern mit den Zähnen.

Dann materialisierte Emma mit der Sense in der Hand durch den Boden.

»Was – schon wieder? Noch eine? Habe ich euch nicht endgültig widerlegt?« Die gekränkte Seele sprang auf und begann, auf sie zuzumarschieren. »Ich sage, genug! Ich sage–«

Dann kam die unendliche Dunkelheit in Form eines Sacks über seinem Kopf. Mark und Emma nahmen ihn mit zurück und stürzten ihn kopfüber – und was noch wichtiger war, mit dem Mund zuerst – in den lehmigen Fluss, wo er sein ruhiges Aufhören der Existenz genießen und den Rest der Vorhölle in Frieden lassen konnte.

»Es laufen schon zu viele von denen herum«, sagte Mark.

Emma nickte. »Und sie sind alle noch stinksauer, dass sie falsch lagen.«

KAPITEL ZWEIUNDDREISSIG

Das Land zwischen Leben und Tod am Südufer des Flusses Styx war größtenteils ruhig. Der Tod kehrte von einem langen Erntezug zurück und bemerkte eine ganze Reihe neuer Seelen am Ufer. Obwohl er sie nur widerwillig als solche akzeptierte, taten seine Lehrlinge ihre Pflicht, und das gut. Niemand war verloren gegangen oder vergessen worden. Und seine eigene professionelle Hand war in der Lage, sich um die restlichen Sterbenden der Welt zu kümmern, ohne einen besorgten Schatten auf das nicht ganz so Vereinigte Königreich werfen zu müssen.

Das war auch gut so. Er fühlte sich müde. Die Äonen und Zeitalter begannen, an ihm zu zehren und lasteten schwer auf seinem knochigen Rücken. Tatsächlich erlaubte der Tod sich, nur für einen Moment, den Gedanken, dass Emma und Mark ihre Verantwortlichkeiten auf ganz Kontinentaleuropa ausdehnen könnten, was dem Tod noch mehr Zeit verschaffen würde. Er ertappte sich dabei, wie er sich krümmte, und stützte sich auf seine Sense, um sich wieder aufzurichten. Sein Rücken knackste laut. Er konnte fühlen, wo sich die Knochen seiner Wirbelsäule verschoben hatten, und griff nach hinten, um sie wieder einzurenken. Es war ein Schmerz zum Stöhnen, der ihn hinkend zur Hütte zurückhumpeln ließ.

Nach der Anzahl der noch vorhandenen Stundengläser zu urteilen, hatte er einen Moment für sich, also legte er seinen schweren Umhang ab und wechselte in seine Gärtnerkluft. Er trug eine Latzhose aus Jeansstoff, ein Schottenhemd, einen Strohhut und dicke Handschuhe – es fehlte nur noch die Weizenähre, die ihm aus dem Kieferknochen hing, um den Look zu vervollständigen. Seine Sense behielt ihre natürliche Form, denn die Sense war ursprünglich ein Werkzeug zum Schneiden von Gras und war immer noch genauso gut geeignet, um das überwucherte Schilf und den Weizen des Jenseits zu pflegen.

Der Tod summte bei seiner Arbeit ein altes, heiteres Lied, ein Lied, das besser zum irren Spiel einer Fiedel passte, die von einem Mann gehalten wurde, der verzweifelt versuchte, die spöttischen Listen eines todbringenden Phantoms abzuwehren. Es war eine seiner liebsten Musikrichtungen, gleich nach den Klageliedern und Mozarts Requiem. Lieder, die sich alle um ihn drehten und von Menschenhand angemessen schrecklich gemacht worden waren.

Er mähte einen Streifen Gras um die Hütte herum und trat einen Schritt zurück, um seine Arbeit zu bewundern. Der Boden war eingeebnet, ohne dass scharfe Kletten oder unkrautartige Halme zurückblieben. Es fühlte sich gut an, darauf zu gehen, wie auf einem feinen Teppich. Er drehte sich um, um mit der Arbeit fortzufahren, als er Krieg auf ihrem Pferd heranreiten sah, das einen Mähdrescher hinter sich herzog. Sie stöhnte, als sie abstieg, und musste sich beim Gehen die Seite halten.

»Alles in Ordnung bei dir?«, fragte er.

»Ach, nur eine Zerrung«, sagte sie. »Ich habe mich ein bisschen zu sehr verausgabt, um die Müdigkeit des Ausruhens zu bekämpfen, und, tja, es ist für meinen Geschmack schon zu lange her, dass es einen richtigen Kampf gab. Es wäre mir viel lieber, wenn die Menschheit zum Nahkampf zurückkehren würde, dann hätte ich in der freien Zeit etwas Aktiveres zu tun.«

»In der Tat«, sagte er. »Und der Traktor?«

»Oh, der ist für dich«, sagte sie. »Ich habe ihn in meiner Sammlung gefunden und ihn zu einem Feldroder umfunktioniert. Er wurde im Großen Krieg eingesetzt – dem, an dem dein Mädchen beteiligt war –, als sie jedes Fahrzeug in ein Nutzfahrzeug umwandeln mussten. In seiner ursprünglichen Bauweise war er mit einer rotierenden Welle ausgestattet, die mit Kettenpeitschen bedeckt war und auf den Boden schlug, um Minen zu räumen. Aber natürlich ist jedes Schwert eine nützliche Waffe, also benutzten ihn die französischen Gardisten tatsächlich ...« Sie lachte. »Sie benutzten ihn, um deutsche Truppen zu überrollen und ihnen die Schädel einzuschlagen, wenn sie zu weit hinter die feindlichen Linien gerieten.«

»Es war eine scheußliche Zeit«, sagte der Tod nostalgisch. »Der Erfindungsreichtum des Menschen, Wege zu finden, mir zu begegnen, war schon immer spannend vorauszusehen und unbefriedigend, damit Schritt zu halten.«

»Jedenfalls«, sagte sie, »kannst du ihn genauso gut haben. Er ist jetzt nur noch ein landwirtschaftliches Gerät. Perfekt für dein Hobby hier.«

»Zufälligerweise mähe ich gerne von Hand«, sagte er.

»Aber mag dein Rücken das auch?«, fragte sie.

Der Tod schnaubte und blickte zu Boden. Er sah, wie unter dem Ärmel ihres Hosenanzugs Bandagen hervorschauten, die sich anscheinend ihren ganzen Arm hinaufwickelten.

Sie ertappte ihn bei seinem Blick und zog ihren Ärmel herunter. »Nur ein paar wunde Stellen, das ist alles«, sagte sie. »Du hast Glück, dass du kein Fleisch hast, um das du dich kümmern musst. Das wird zu einer ziemlichen Tortur, wenn man in mein Alter kommt.«

»Stimmt«, sagte er.

Mit einer angestrengten Geste verabschiedete sie sich und ritt davon, wobei sie den abgekoppelten Traktor zurückließ, der dem Tod die Sicht auf den Fluss versperrte. Er ging hinunter, um ihn zu inspizieren. Die Klingen des Mähwerks waren alle schön geschärft – wiederverwertete Metallkanten von unzähligen Schwertern, die in zahllosen Kriegen zerbrochen und zurückgelassen worden waren. Schätze für den Reiter, die zu einem freundlicheren neuen Zweck umfunktioniert worden waren. Schwerter zu Pflugscharen.

Der Tod stieg auf den Traktor, fummelte an den Bedienelementen herum und erweckte ihn zum Leben. Er drehte eine Runde um das äußere Feld und überprüfte sein Werk. In nur wenigen Minuten hatte er die Arbeit einer ganzen Woche erledigt, die bereits wieder nachgewachsen wäre, bis er mit seinen eigenen Werkzeugen das Ende seiner

Runde erreicht hätte. Er knirschte mit den Zähnen, um seine Version eines Grinsens zu erzwingen, und machte weiter, entschlossen, das gesamte Anwesen zu ebnen, bevor er sich für den Tag zurückzog.

Einige Zeit später kam Pestilenz vorbei. Der Tod hielt den Traktor neben ihm an und lehnte sich auf seinem Metallsitz zur Seite. »Hallo.«

»Wie ich sehe, hast du aufgerüstet«, sagte Pestilenz und hielt inne, um keuchend Luft zu holen. »Ich wette, damit wirst du weitaus mehr Seelen ernten.«

»Sie würden weglaufen«, sagte er. »Er ist nicht ganz schnell genug für meinen Geschmack. Oder wendig genug. Aber für ein bisschen Rasenpflege ist er nicht schlecht.«

»Verstehe«, sagte Pestilenz. »Ich hätte mich um dieses Feld für dich kümmern können, wenn du gefragt hättest.«

»Ich würde es vorziehen, wenn es wieder nachwächst«, sagte der Tod. »Unmutiert.«

Pestilenz gluckste und wurde dann von einem Hustenanfall geschüttelt, woraufhin der Tod in seinem Sitz zurückwich. »Ah, ja. Das wäre ein Problem. Wo ist deine Dame?«

»Meine was?«

»Die Französin?«

»Veronique kümmert sich um das Haus«, sagte der Tod, »und um den Stall. Ich glaube, jetzt bewegt sie die Pferde.«

»Ach so, na ja«, fing Pestilenz an, »ich wollte ihr nur ein Geschenk dafür geben, dass sie mir geholfen hat.«

»Geholfen?«

»Ja.«

Er holte ein Paar Handschuhe aus frischer Wolle hervor, fein gestrickt und zusammengeschustert, genau in der richtigen Größe für Veronique. Die Wolle war schwarz und gestreift, aber nicht gefärbt. Die Fasern des Vlieses waren durch die Seuche, die die Schafe befallen hatte, dunkel geworden. Sie hatte die Tiere nicht nur farblos, sondern gänzlich pigmentfrei gemacht, und zu glatt, als dass sie irgendeine Art von Farbstoff oder Farbe annehmen konnten. Eine Seuche, die alle Schafe zu schwarzen Schafen machen würde, würde sich bald unter den weißen Herden ausbreiten und den Markt für frisches Leinen zusammenbrechen lassen – eine Plage für die Tiere und für die Geldbeutel.

»Ohne sie hätte ich die nicht machen können«, sagte Pestilenz. »Und sie scheint Schwarz zu mögen.«

»Sie behauptet, das sei ihr westgotisches Erbe«, sagte der Tod. »Oder irgendein anderer Unsinn.«

»Warum lässt du sie nicht ein bisschen für dich arbeiten?«, fragte Pestilenz mit einem Husten. »Weißt du, da draußen? Mit den beiden anderen, die du hergeholt hast, scheint es ja gut zu laufen.«

Der Tod schnaubte. »Ich bin nach wie vor nicht überzeugt. Das Werk des Todes ist nichts, woran sterbliche Hände herumpfuschen sollten.«

»Glaubst du, ein Mensch würde dich gerne dabei sehen, wie du ein Feld mähst?«, fragte Pestilenz. »Oder mich ... in einem Krankenhaus? Unsere Zeit ist schon eine Weile vorbei. Es sterben mehr Menschen an Dingen, die wir nicht kontrollieren können, als je zuvor. Diese Cyber-Dinger richten verheerenden Schaden an. Eine ganze Flut von Viren und Würmern, und ich habe die verdammten Dinger nicht ein einziges Mal angefasst. Wir sind veraltet. Und mitzuhalten ist ...«

Der Tod spürte ein Rucken an seiner Seite. Er griff in seine Tasche und zog eine Sanduhr heraus, die sich zu voller Größe ausdehnte. Die letzten Körner waren fast durchgefallen. Er schüttelte sie und sah, wie sie von der Glaswand absprangen; nur noch ein paar wenige mussten fallen, und es blieb keine Zeit zu warten. Er sah sich um, aber sein Pferd war nicht in Sicht. Der Traktor war jedoch immer noch unter ihm. Er drehte den Zündschlüssel, ließ seine Sense aus dem Nichts erscheinen und schlug damit wie auf ein Pferd auf die Seite der Maschine. Der Traktor stotterte vorwärts und stieg langsam und gleichmäßig in die Luft. Der Tod holte zu einem gewaltigen Schwung aus und öffnete ein extragroßes Portal, damit sein Traktor hindurchpasste.

Pestilenz blieb ehrfürchtig zurück. »Wünschte, ich könnte das auch ... Ich habe nicht mal ein Auto.«

KAPITEL DREIUNDDREISSIG

Das Wasser des Flusses plätscherte, und sanfte Wellen schwappten ans Ufer. Drei Gestalten standen im Nebel und traten langsam hervor, als Charons Boot sich der Küste näherte. Zwei hielten Sensen, deren sichelförmige Klingen silbern schimmerten. Der Dritte stand in einer Robe da, die Hände vor dem Bauch gefaltet, die Augen geschlossen und das Gesicht gerötet.

Das Klimpern von Gold wurde vom wechselnden Wind hergetragen. Charon näherte sich dem Ufer und teilte den Nebel, um das Gespenst, das man ihm gebracht hatte, auf seinen Wert zu prüfen – und es besaß tatsächlich einen Wert, der einer genaueren Betrachtung würdig war. Er war ein älterer, gläubiger Mann, gekleidet in feine Leichentücher und angetan mit juwelenbesetzten Kleinodien, ringsum mit Gold gesäumt und eingefasst. Ringe, Halsketten, Armreife und sogar Zähne – die, soweit Charon sehen konnte, ebenfalls aus Gold waren.

»Gut gemacht«, sagte Charon. »Es ist zu lange her, dass Ihr mir eine würdige Seele für die Überfahrt gebracht habt. Immer wieder habt Ihr mich in dieser Hinsicht enttäuscht, und ich habe mehr abgewiesen, als ich zählen konnte. Aber nun sehe ich, dass wir endlich auf einer Wellenlänge sind. Dieser hier wird-«

Der priesterliche Mann hob trotzig die Hand. »Sprich nicht, Dämon«, begann er mit nordirischem Akzent. »Lass mich vor den Herrn treten und endlich sein Urteil für mein langes Leben in seinem Dienste empfangen. Ich werde mich nicht auf die dunklen, bezaubernden Töne der gottlosen Kumpane des Teufels und seinesgleichen einlassen, die danach trachten, meine reine Seele zu belästigen, bevor sie unberührt, ohne Fehl und ungefesselt vor Gottes Augen gesehen werden kann.«

»Viel Spaß«, sagte Mark, der sichtlich die Nase voll hatte, und ging davon.

»Tschüss«, sagte Emma, die offensichtlich ebenfalls sehr froh war, den Mann los zu sein.

Charon spürte eine furchtbare Stimmungsänderung, als er mit dem Priester allein gelassen wurde – als hätte er gerade erst die langen Tiraden zu hören bekommen, die diese beiden durchgestanden hatten, um einen Mann Gottes in ein gottloses Jenseits zu bringen.

»Zahlt den Obolus«, verlangte Charon, »und ich werde Euch in das Land schicken, wo Gott wartet.«

Der Priester rümpfte die Nase über Charon und richtete seinen Blick auf den dunstverhangenen Himmel. »O Herr, denn du bist der Mächtigste und der Heiligste, du bist mein Erlöser, mein Schöpfer und mein ewiges Licht.« Er sank auf die Knie und hob die Hände über den Kopf. »Ich erwarte dich hier an diesem, dem Fluss der Verzweiflung und der Qual, auf dass du herabsteigst und mich durch die Pforten des Himmels annimmst und mich in deine ewige Umarmung aufnimmst, von nun an bis ans Ende der Zeit.«

»Den Obolus«, beharrte Charon.

»Ich werde nicht hinhören«, rief der Priester, nicht zu Charon, sondern mit lauter Stimme, damit dieser ihn hören konnte, »auf diese vom Teufel gesandten Unholde, die mich prüfen und versuchen. Ich weiß, sie sind Dein Werk, ein liebevoller Streich, um meinen endgültigen Glauben zu prüfen. Aber ich bin hier, und ich erwarte dich – Gott! O Herr! Ich sehe und glaube an dich! Ich höre und gehorche nur dir! Verleih mir Flügel zu deinem Königreich, zeige, dass ich würdig bin!«

»Flügel werden Euch nicht über den Fluss bringen«, sagte Charon. »Nur ich kann-«

»OOOO, HERR!«, heulte der Priester. »Dein Heiligtum und deine Zuflucht rufen nach mir! Selbst hier in diesem stummen Abgrund kann ich deine Anziehungskraft spüren. Ich kann das Lied deiner Schöpfung hören!«

»Bezahlt mich!«, sagte Charon. Er schlug sehr frustriert mit seinem Ruder ins Wasser. »Ich bringe Euch dorthin, einfach nur ... bezahlt einfach ...«

Der Priester zog einen seiner Ringe ab. »Diese materiellen Dinge«, sagte er, »sind nicht meine Fesseln. Sie sind nicht mein Wert!« Er wandte sich ab und warf das Gold an Charon vorbei ins Wasser.

Charon sah ihm mit einem erschrockenen, dann geradezu entsetzten Gesichtsausdruck nach.

»Ich bin als Mensch nicht an diesen Reichtum gebunden. Nur du, Herr, glänzt wie Gold an diesem Ende aller Dinge.« Er legte weiter sein Gold ab und warf es weg. Er schwafelte davon, dass es für ein Kamel einfacher sei, durch ein Nadelöhr zu gehen, als für einen reichen Mann, in das Himmelreich zu gelangen. Charon begann, die Hand auszustrecken und es aufzufangen. Als er das tat, sah der Priester ihn an und schleuderte es mit voller Wucht in eine andere Richtung. Er machte weiter, bis er kein Gold mehr hatte, dann fing er an, seine Roben abzulegen. Zu diesem Zeitpunkt war es Charon egal. Er hatte das Gold verpasst, bevor es seins werden konnte, und es war weg.

Der Priester lud seine Wäsche auf Charons Boot ab. Er stand nur mit knöchelhohen Socken mit Halter und Unterhosen bekleidet da, abgesehen von der Stoffkappe auf seinem Kopf. »Sieh mich an, Herr! Ungehindert! Wie du mich geschaffen hast, unbefleckt von den Sünden der Versuchung. Sieh mich an, wie du alles siehst, alles weißt, und lass mich aufsteigen in dein Paradies!« Dann zog er seine Unterhose aus, ging wieder auf die Knie und begann, wiegend Kirchenlieder zu singen. Charon verabscheute die Freude des törichten Mannes und kippte die Kleider in den Fluss, bevor er davonpaddelte. Der Mann hatte kein Geld, kein Gold, keinen Obolus – nicht einmal seine Feinripp-Unterhosen – und somit keine Möglichkeit, überzusetzen.

Charon kehrte zu seinem goldenen Herrenhaus zurück. Er reparierte die eingestürzte Wand, die zuvor zusammengebrochen war, und ordnete die verschiedenen Throne neu an, um für etwas Abwechslung zu sorgen. Er zog sein Boot auf ein Trockendock und benutzte einige goldene Werkzeuge, um die Unterseite zu reparieren. Er kratzte ein paar sich festklammernde, unvollständige Hände ab, die wie Seepocken am Holz hingen, zusammen mit Fingernägeln und Zähnen von den verzweifelten Seelen, die versucht hatten, sich ohne Bezahlung am Boot festzuhalten, und darunter geendet waren, bevor es die andere Seite des Ufers erreichen konnte.

»Verdammtes Kirchensystem«, sagte Charon. »Bringt Spinner dazu, nicht mehr an den Wert von Gold zu glauben. Warum ihn mit all dem Kram begraben, wenn er nur im trüben, schlammigen, verdammten Wasser landet!?« Charons Stimme erhob sich zu einem Schrei, und er hätte seinen goldenen Schaber beinahe in den Fluss geworfen. Stattdessen stach er ihn ins Dock und stützte den Kopf in die Hände. Als er sich erholt hatte, beendete er die Behandlung seines Bootes und ging, um sich einen Moment inmitten seiner großen Schatzkammer zu entspannen. Er hatte ganze Barren als tragende Wände verwendet und Münzen in achteckigen Segmenten gestapelt, die sich auf halber Höhe spiralförmig nach oben wanden und dann in geraden Formationen bis zu einer gewölbten Decke reichten, wo er all seine verschiedenen Schätze wie bei einem Puzzle zusammengefügt hatte.

Wohin er auch blickte, überall gab es Gegenstände von historischem und offensichtlichem Wert, doch alles fühlte sich hohl an. Nichts davon konnte ihm verschaffen, was er wollte. Was er wirklich wollte. Sein Blick fiel auf eine goldene Pferdeikone, irgendein antikes phönizisches Tempelstück, das eine edle Priesterin vor vielen Äonen mit ins Grab genommen hatte. Allein bei ihrem Anblick verengten sich seine Augen und er knirschte mit den Zähnen. Charon sprach oft zu der Ikone – schlechte Gesellschaft, aber mit der Garantie, dass ihm niemals widersprochen würde.

»Pferde«, sinnierte er. »Können nicht einmal schwimmen. Keinen zu tiefen Fluss durchwaten. Halten sich wohl für zu gut für Boote, was? Wer hat entschieden, dass Pferde fliegen können, aber ein Boot nicht? So willkürlich. Ich sitze hier fest und erhalte Einblicke in die Außenwelt nur durch jene, die bemitleidenswert oder fromm genug sind, um mit Gold in der Hand zu sterben. Und sie reden so wenig von der Welt und so viel von sich selbst. Mein Los war ein unveränderliches, nur vom

Sand des Flusses verschoben und aufgetürmt durch diesen Haufen ... Ungerechtigkeit.«

Charon nahm eine Münze und warf sie gegen die ferne Wand. Sie prallte ab und rollte zu ihm zurück. Er warf sie so lange weiter, bis sie flach liegen blieb, und dann nahm er eine andere aus seinem eingesunkenen Sitz und warf sie erneut.

»Jetzt klagen sie alle nur noch über Geld. Status. Reichtum. Was sie zurückgelassen haben. Alles Bedauern hängt damit zusammen, was sie nicht verdienen konnten oder was sie umsonst verdient haben. Geld. Nicht Krankheit oder Krieg oder Hunger. Sie beklagen sich nicht einmal über den Tod. Sie beklagen sich über Banken und Kredite und Schulden. Die Reiter sehen nicht, wie vergessen sie geworden sind. Sie glauben zu wissen, was die Welt regiert, aber tun sie das wirklich?«

Charon warf besonders kräftig und verfehlte die Wand komplett. Die Münze flog an seiner goldenen Hütte vorbei und klirrte gegen die Felsen, wo sie auf einem bestimmten Weg weiter zum Wasser sprang.

»Meh«, spottete er. »Ist doch egal.«

Ting!

»All dieses Gold ist hier unten nicht mehr wert als Staub.«

Ting!

»Ich könnte es genauso gut alles ins Wasser werfen ...«

Ting!

»... und ihm dann selbst hinterherspringen.«

PLATSCH!

»Es gibt keinen Grund für ein-«

Klank!

Charon suchte nach der Quelle des fremden Geräuschs und bemerkte, dass ein Glied in der Kette seiner langen, unzerbrechlichen Fessel gebrochen war. Die Glieder waren immer noch verbunden, aber es gab ihm ein paar Zentimeter mehr Bewegungsfreiheit. Er blickte über sein Gold hinaus zum Ufer, das immer noch von Nebel bedeckt war, unter dem ein unbekannter Schatz an Goldmünzen lag, die weggeworfen, achtlos hingeworfen oder anderweitig im Abgrund verloren gegangen waren. Dorthin, wo die Natur sie nicht vorgesehen hatte.

Denn wenn der Zoll des Flusses nicht in Charons Hand lag, was nützte dann das Gold, das den ganzen weiten Weg gekommen war?

KAPITEL VIERUNDDREISSIG

Mark und Emma fanden ihren Weg in die Londoner Kanalisation, eine weitläufige Ansammlung katakombenartiger viktorianischer Tunnel. Sie waren immer noch bestens in Schuss, wie unzählige Stadtverwalter behaupteten, leiteten Abwässer ab und verhinderten, dass die Themse zu der Kloake wurde, die sie einst gewesen war. An den meisten Stellen waren sie auch ein wenig zu eng für die Pferde, sodass die beiden zu Fuß durch das schmutzige, knöcheltiefe, stehende Wasser, den Unrat und die Fettberge gehen mussten.

»Waren die schon immer hier unten?«, fragte Mark. Trotz der engen, gemauerten Tunnel hallte seine Stimme nicht wider, was ihn aus dem Konzept brachte.

»Anscheinend«, sagte Emma.

»Ist eigentlich kaum kleiner als das, was wir gemietet haben«, sagte er.

»Und besser isoliert«, sagte sie. »Aber mehr Wasserprobleme.«

»Nicht viele.«

Sie navigierten nach der vagen Angabe ihres Sandkompasses, bis sie eine komplexe Gabelung aus auseinanderlaufenden Tunneln erreichten. Die Nadel zeigte genau geradeaus, direkt auf die Mauer, die den Tunnel in zwei teilte.

»Meinst du, die laufen weiter vorne wieder zusammen?«, fragte Mark.

»Das ist Londoner Infrastruktur«, sagte Emma. »An diesem Punkt könnten sie nach oben, unten oder sonst wo langführen.«

»Wir könnten am Ende wieder bei Tods Haus rauskommen«, sagte Mark.

»Eher bei Charons.«

Sie lachten beide und wurden dann still. Sie hörten ein leises, fernes Summen, als würde jemand weit unten im Tunnel ein Lied murmeln. Es klang, als käme es von beiden Seiten gleichermaßen. Mark und Emma beschlossen, sich aufzuteilen und liefen die Tunnel entlang. Diese wanden und krümmten sich, teilten sich erneut, führten aber schließlich wieder zur selben Zisterne, die mit einer eher standardmäßigen, blockartigen Plattform jüngeren Datums verbunden war.

Ihr Ziel, Phillip Coaver, summte ein altes Lied von *The Who* mit, während er mit einer Kelle gegen eine Wand arbeitete, um den Mörtel fester in das Mauerwerk zu pressen, obwohl er sich bereits jenseits des Todes befand. Mark bemerkte ihn zuerst, als Emma einen Augenblick später um eine weiter entfernte Ecke bog. Er begann mit den Formalitäten.

»Mr. Coaver?«, fing er an. »Entschuldigen Sie, könnten Sie das für einen Moment weglegen?«

»Geht nicht, Junge«, sagte Mr. Coaver. Er klopfte die Wand mit dem Rücken seiner Kelle glatt und kratzte mit einer schnellen Bewegung etwas überschüssigen Mörtel ab. Sein physischer Körper lag an der Wand, die Hand fest auf die Brust gepresst und die Augen geschlossen. Herzleiden. Der Mann war Anfang sechzig, sah aber etwas jünger aus. Er war voller Falten, kein graues Haar lugte unter seinem Schutzhelm hervor, und er hatte kräftige Arbeiterarme.

»Mr. Coaver, bemerken Sie zufällig etwas Seltsames an sich?«

»Nicht wirklich, nein«, antwortete er.

»Wie Ihren Puls zum Beispiel?«, sagte Mark. »Und wie er vielleicht nicht ... da ist?«

»Keine Zeit, das zu prüfen«, sagte er.

»Sir, Sie sind tot«, stellte Mark kurz und bündig fest. »Sie sind gestorben. Es ist beeindruckend, dass Sie die materielle Ebene so stark beeinflussen können – das sollten Sie nicht –, aber so ist das nun mal, und das hier ist der Tod. Bitte legen Sie die Kelle weg und kommen Sie mit mir.«

»Nein, Sir«, sagte Mr. Coaver.

»Ich fürchte, ich muss darauf bestehen«, beharrte Mark.

Mr. Coaver drehte sich um und musterte Mark von oben bis unten. Er wandte sich wieder ab, sichtlich unbeeindruckt von dem, was er sah. »Ist das Ihr Job?«, fragte er.

»Zufälligerweise ja«, sagte Mark.

»Reden Sie immer so viel über Ihre Arbeit, bevor Sie sie erledigen?«

Mr. Coaver stand mit der Kelle in der Hand da und versuchte, denselben Einschüchterungsfaktor zu erreichen, den Mark mit seiner Sense ausstrahlen sollte. Emma trat hervor, um ihm Rückendeckung zu geben. Zwei Klingen waren besser als eine. Phillip drehte sich um und grinste sie an. »Na, seht mal einer an. Seid ihr ein Paar?«

»Mitbewohner«, stellte Emma klar.

Phillip verdrehte die Augen. »Ein Glück. Ein Mann hat Glück, wenn er gut mit einem Kumpel zusammenarbeiten kann. Das klappt nicht immer. Seid froh, dass es bei euch so ist.«

»Wir müssen jetzt wirklich gehen«, sagte Mark.

Phillip trat selbstbewusst vor und tippte mit seiner Kelle gegen Marks Sichel. Er war stark. Viel stärker als Mark. »Ein verdammt großes Werkzeug, das Sie da halten. Glauben Sie, Sie benutzen es richtig?«

»Hey!«, rief Emma. Sie schwang ihre Waffe. Mark und Phillip duckten sich beide weg. Phillip wich zurück und fing sich wieder, während Mark ausrutschte und in das übel riechende Wasser fiel.

Phillip lachte. »Nicht jeder ist für Handarbeit geschaffen, mein Junge. Seien Sie nicht beleidigt deswegen. Heben Sie sich Ihre zarten Finger für die Lohnabrechnung auf.« Er lachte, als Mark wieder auf die Beine kam.

»Was machen wir?«, flüsterte Mark Emma zu.

»Anschleichen«, sagte sie. »'Nimm ihm die Arme ab und dann die Beine.«

»Den Schwarzen Ritter mit ihm machen?«, sagte Mark. Emma sah ihn neugierig an – dann verstand sie und verdrehte die Augen. Beide drehten sich um, um sich ihrem Ziel zu stellen, aber Phillip war bereits die Leiter hochgeklettert und aus dem Kanalschacht verschwunden. Sie rannten, um ihm zu folgen. Emma pfiff laut, sobald sie oben war, und zog Mark hoch.

»Verfolge ihn«, sagte sie. »Bleib an ihm dran; ich finde dich mit den Pferden.«

»Okay.« Mark rannte Phillip hinterher.

Der alte Mann nahm die Beine in die Hand. Er rannte, als wäre er im Endspurt eines Marathons, die Kelle immer noch wie einen Staffelstab in der Hand. Mark konnte nicht mithalten und hatte Mühe, den alten Mann im Blick zu behalten. Mark dachte an tiefgründige Dinge – wie seine Zeit im Meer – und setzte zu einem weiteren Sprint an, ohne atmen zu müssen. Jetzt wurde er nur noch von seinen eigenen läuferischen Fähigkeiten gebremst.

Die nicht sonderlich gut waren, also blieb er weiter zurück.

Phillip drehte sich mit seiner Kelle in der Hand um, die er wie ein Wurfmesser hielt, und warf sie in Marks Richtung. Mark hob seine Sense, um sie abzuwehren. Die Kelle traf den Stiel und klirrte dann zu Boden. Mark überprüfte die Oberfläche seiner makellosen Sense und blickte gerade auf, als Phillip um eine Ecke bog.

Emma kam von oben angeflogen und verfolgte den Mann. Er drehte sich um, sah sie kommen und duckte sich in die enge Gasse zwischen einigen Häusern. Sie schwebte darüber und wartete darauf, dass er am anderen Ende wieder herauskam, aber das tat er nicht. »Verdammt!«, zischte sie. Sie begab sich auf Straßenniveau hinab und sah, dass er auch nicht mehr in der Gasse war, obwohl er die Straße nicht erreicht hatte. Dann sah sie einen Schatten, der sich drinnen im Obergeschoss eines der engen Häuser bewegte, als Phillip von einem Balkon trat und zum nächsten hinübersprang.

»Kommen Sie da runter!«, rief Emma. »Sie brechen sich noch das Genick!«

»Nicht, bevor Sie es tun, Mädchen!«, rief er zurück.

Emma sprang von ihrem Pferd und bahnte sich ihren Weg durch die Tür, wo ihr der listige alte Mann prompt einen fliegenden Bilderrahmen ins Gesicht schleuderte. Er huschte an ihr vorbei und aus der Tür, kurz bevor Mark um die Ecke kam.

Jetzt war Phillip jung und von südlicher Erscheinung, zurückversetzt in eine unbeschwerte Jugend als durchtrainierter junger Mann mit Armen, die von jahrelanger Schwerarbeit gestählt waren. Sein Haar war voller, sein Gesicht schmaler, und seine Augen leuchteten lebendig und erfüllt von einer furchtbaren Leidenschaft. Mark hatte keine unbeschwerte Jugend, an die er sich erinnern konnte, also blieb er einfach stehen, als er dieser besseren Version des ehemaligen Seniors gegenüberstand.

»Haben Sie jemals versagt, eine Seele zu ernten?«, fragte der Mann.

»Noch nicht«, sagte Mark.

Phillip schüttelte enttäuscht den Kopf. »Dann haben Sie noch nicht einmal angefangen zu arbeiten. Wissen Sie, wie oft ich bei meinen Aufträgen versagt habe?«

»Nicht oft genug, um gefeuert zu werden, aber zu oft für eine anständige Rente?«, riet Mark.

»Oft genug, um zu lernen, dass die Arbeit nie getan ist«, sagte er. »Dass ein einzelner Fehlschlag einen Mann nicht für immer zu Boden werfen kann. Dass ein schlechter Auftrag nicht ausreicht, um ein Leben voller Dienst und Mühe zunichtezumachen. Wenn Sie noch nie versagt haben, mein Junge, dann arbeiten Sie nicht hart genug.«

»Ich fürchte, wir können es uns nicht leisten zu versagen«, sagte Mark. »Und das zu *Ihrem* eigenen Wohl.«

Phillip breitete herausfordernd die Arme aus. »Ich werde Ihnen den Kopf zurechtrücken – diesen Kopf, der glaubt, er müsse immer perfekt sein oder bestraft werden. Fragen Sie Ihren Boss, ob er schon mal seine Werkzeuge hat fallen lassen und Farbe abgekratzt hat, die nicht hätte abgekratzt werden müssen, und wenn er droht, Sie zu feuern, dann wissen Sie, dass es öfter war, als er zählen konnte. Die guten Arbeiter sind diejenigen, die am häufigsten versagen, aber am härtesten arbeiten, um die Dinge wieder in Ordnung zu bringen.«

»Sir«, sagte Emma. Sie warf ihre Sense und schnitt Phillip von der Schulter bis zur Rippe in einem ungleichmäßigen Schnitt, von dem er sich nicht erholen konnte. »Wir wissen Ihren Beitrag zu schätzen. Aber wir müssen wirklich weiter.«

Phillip schnaubte. Seine Falten kehrten zurück, und seine Muskeln schwanden zu ihrer vom Alter gezeichneten Form. »Ich habe immer geschworen, mein ganzes Leben lang zu arbeiten. Und ich fühle mich immer noch nicht tot. Was soll ich jetzt bauen?«

»Geduld«, sagte Mark.

»Davon habe ich schon genug«, sagte Phillip, während er sich aufrichtete und Mark seine Körperteile zu einem ordentlichen Haufen arrangierte, als Sturmrider von hoch oben herabgaloppierte. »Ich nehme an, ehrliche Arbeit lebt also in der Seele.«

»Das tut sie, Sir«, sagte Mark, als er die halbe Seele aufnahm.

Phillip klopfte ihm auf die Schulter – zwei kräftige Schläge von seinen vorschlaghammerschweren Händen. Er stieg auf, ritt hinter Mark und warf einen letzten sehnsüchtigen Blick von oben auf London, als sie ins Jenseits ritten.

»Einiges davon habe ich gebaut«, sagte er. »Jemand anderes wird es fortführen müssen.«

»Jep«, sagte Mark. Sie glitten durch das Portal und ließen die physische Welt hinter sich, zusammen mit einer verbeulten Kelle, die mitten auf der Straße lag, und einer Arbeit, die nach einem anspruchsvollen Standard vollendet worden war, den nur sehr wenige nach dem Tod ihres einzigen Arbeiters sehen würden.

KAPITEL FÜNFUNDDREISSIG

Sie nahmen je eine Sanduhr, brachen zur gleichen Zeit auf und kamen zu unterschiedlichen Zeiten an unterschiedlichen Orten an. Als Mark erschien, war die Welt um ihn herum noch in prächtigem Technicolor und die Zeit seines Ziels lief weiter ab, während die Zeit von Emmas Ziel bereits um war und die Welt in dem Moment, als sie am Himmel erschien, schon in stummem Grau lag.

»Na wunderbar«, sagte sie mit einem entnervten Seufzer. »Macht es mir doch nicht zu einfach.«

Ihre Sanduhr zeigte auf den Körper ihres Ziels. Sie musste nur hoffen, dass sich der Geist nicht bereits auf einen kleinen Spaziergang begeben hatte. Der Ort war Sandyford in Newcastle, in einem schlichten Studentenwohnheim. Und der Anblick war nicht leicht zu ertragen.

Emma fand sich bei einem missglückten Selbstmord wieder. Nicht, dass es unter solchen Umständen viel Richtiges gegeben hätte, aber es war klar, dass das Ganze anders geplant gewesen war. Der Geist des Mädchens schluchzte in der Ecke, ihr Körper lag ausgestreckt da, zerschmettert und gebrochen, mit Knochen, die sich nach einem Sturz auf etwas, das wie ein abscheuliches Stück moderner Kunst aussah, unter ihrer Haut abzeichneten. Es war mit Winkeln gefertigt, die perfekt darauf ausgerichtet waren, einen Körper beim Aufprall zu zerbrechen.

»Polly?«, fragte Emma. »Polly Harrowsoth?«

»Sieh es dir an!«, klagte das Mädchen und zeigte mit einem krummen Finger auf das Chaos. »Es ist alles schiefgegangen!«

»Ja, so ist das«, sagte Emma mitfühlend. »Eins führt zum anderen, und man hat keine andere Wahl mehr …«

»Nein, nein.« Polly schüttelte den Kopf. »Die Kulisse! Die Szene! Ich hatte alles vorbereitet, und das verdammte Seil ist zu früh gerissen! Jetzt bin ich ganz hässlich und unordentlich gestorben, und vorher war es so hübsch und perfekt! Es muss …«

»Oh«, sagte Emma. »Das hier war also …«

»Es ist *Kunst*«, beharrte Polly. Sie kauerte sich mit an die Brust gezogenen Knien an die Wand. »Es soll ein großes, schönes Statement sein. Jetzt werden sie nur sagen: ›Seht nur, wie zerfetzt ihr Körper war, als sie von ihrer Stange fiel.‹ Oder schlimmer noch: ›Seht nur, wie *fett* sie war, als sie sich erhängt hat …!‹ Das bin ich verdammt noch mal nicht! Offensichtlich!«

»Oh, ganz offensichtlich«, sagte Emma. »Es ist die Schuld des Hakens, dass er dich nicht halten konnte.«

»Oder? Ich bin keine Ingenieurin. Aber vielleicht hätte ich eine sein sollen … was auch immer mir das jetzt nützen würde.«

»Polly, ich bin keine Kunstkennerin. Kannst du mir einfach erklären, was … du da gemacht hast?«

Polly stand auf und begann einen kurzen Spaziergang um die sehr spitze Architektur. »Der Titel lautet, wie meine Notiz beschreibt: ›Der Gipfel der weiblichen Apokryphen‹. Die verschiedenen Spitzen in der Formation dieser brutalistischen fundamentalistischen Struktur aus Stuckputz mit Aluminiumrahmen stellen den Angriff der Männer auf die Künste zugunsten eines unangefochtenen Pragmatismus dar. Und um dieses Statement reiner Funktionalität gegen allen Ausdruck, kalter Logik und emotionsloser, kantiger Ordnung zu überwinden, braucht es das strahlende, humorvolle Herz einer Frau.«

»Aha.« Emma nickte.

»Aber es bloß zu ergänzen, reicht nicht aus«, fuhr Polly fort. »Man muss alles opfern, um über dem ultimativen Statement zu stehen. Daher ist das Martyrium notwendig, wenn Frauen über die hart gehauene Welt der Männer aus kaltem Stein aufsteigen, um von oben Farbe herabbluten zu lassen, während ihre Abbilder erhöht und somit geheiligt werden.«

»... Also hast du dich erhängt«, fasste Emma wörtlicher zusammen, »damit deine Anwesenheit sozusagen auf die Gebäude der Männer heruntertropft.« Sie drehte sich für eine Bestätigung zu Polly um, erntete aber nur einen hochnäsigen, schnippischen Seufzer.

»Wenn du dich auf die unwichtigen Details fixieren willst, dann habe ich dir nicht mehr viel zu bieten«, sagte Polly abweisend. »Also, was bist du jetzt ... der Tod im Domina-Schick?«

»Ich bin einfach nur der Tod«, sagte Emma. »Ich bin kaum ›schick‹ irgendwas. Oder eine Domina, was das angeht.«

»Ja, offensichtlich«, sagte Polly. Sie seufzte besiegt und ging zu einer Bank, die zwischen zwei rautenförmigen Kisten aufgestellt war, die auf ihren Kanten balancierten und eine spaltende Delle in den Boden zu schlagen schienen. »Ich wollte nur, dass mein Leben etwas bedeutet. Denn je länger ich lebe, desto weniger wird es das tun.«

»Was in aller Welt bringt dich darauf?«, fragte Emma. »Du hättest ein ganzes, strahlendes Leben voller ... Ideen und Gedanken vor dir gehabt. Und voller Gründe.«

Die Ironie der Situation entging Emma nicht. Mit einer Selbstmordgefährdeten über die unzähligen Gründe zu streiten, am Leben zu bleiben. Natürlich war es nie so einfach. Hatte Mark nicht versucht, sie mit fast denselben Argumenten herunterzulocken? Und hatte sie nicht jeden einzelnen Punkt mit einer ähnlichen Antwort gekontert? – Du verstehst mich nicht; niemand tut das.

Irgendwie, weil der Spieß jetzt umgedreht war, war es für Emma sonnenklar, dass Pollys Entscheidung extrem, unüberlegt und unnötig gewesen war. Sie war ein junges, kluges Mädchen, wütend auf die Welt, aber mit einer potenziell glänzenden Zukunft vor sich. Emma spürte, wie sich ein Kloß in ihrem Hals bildete.

»Du hättest das nicht tun müssen«, schloss Emma.

»Doch, musste ich«, beharrte Polly. »Das ist der springende Punkt. Die Tragödie einer Frau, die für ihren Platz in der Welt kämpft, ist der Punkt – dass sie um denselben Platz *kämpfen* muss, den Männer ohne jeden Kampf erreichen. Es ist so, als ob für jedes Leid einer Frau hundert Männer Erfolg haben. Und doch würden sie ohne die Opfer ihrer Mütter und Ehefrauen und all der unzähligen kleineren Leute, über die sie hinwegtrampeln müssen, um ihre eigenen *Spuren* in der Welt zu hinterlassen, gar nicht existieren.« Sie deutete auf die brutalistische Dekonstruktion, über der ihr Körper schlaff hing.

Emma hatte Mühe, sich zusammenzureißen. In diesem Moment verstand sie zum ersten Mal, wie sich Mark gefühlt haben musste, als er verzweifelt versuchte, auf der Kuppel des Liver Buildings das Gleichgewicht zu halten. Er hatte gegen seine Höhenangst gekämpft und die ganze Zeit versucht, Emma zum Umdenken zu bewegen, sie angefleht, es sich noch einmal zu überlegen. Sie war felsenfest davon überzeugt gewesen, dass es keine andere Lösung gab. Sie hatte sich selbst überzeugt, aber ihn nicht überzeugen können, und sie erinnerte sich daran, wie sie immer wütender wurde, als er über Tupperware daherfaselte, anstatt ihr aus dem Weg zu gehen. Sie schuldete ihm wohl eine Entschuldigung.

Aus Pollys Sicht hatte sie nur getan, was nötig war, um eine Botschaft weiterzutragen, die ihr mehr bedeutete als ihr eigenes Leben. Es war ein nobles Unterfangen, aber maßlos und brutal übertrieben. Was Emma am meisten traf, war, wie jung das Mädchen war. Es erinnerte sie an die schlimmen Phasen, die sie in ihren frühen Zwanzigern durchgemacht hatte, als sie in eine Welt der Ungerechtigkeit gestoßen wurde, kläglich schlecht ausgerüstet und unvorbereitet – immer das schüchterne Mauerblümchen, vergessen und ignoriert.

Diese Gefühle hatten sich mit der Zeit verstärkt. Es gab keinen einzelnen Auslöser. Kein klares Überschreiten einer Grenze oder ein zuzuordnendes Trauma. Vielmehr die allmähliche und kumulative Belastung durch Hunderte von Strohhalmen, die sowohl dem Kamel den Rücken als auch Emmas Lebenswillen brachen, von denen jeder einzelne vermeidbar und abwendbar, in der Summe aber überwältigend war. Kleine Momente, die ihr ein Gefühl der Hoffnungslosigkeit und Verzweiflung vermittelten, das schließlich in ihrem Kopf die Vorstellung festsetzte, dass es vorzuziehen wäre, einfach alles abzuschalten.

»Polly«, sagte Emma mit einem Seufzer, »tut mir leid, aber ... das ist Scheiße.«

»Klar«, sagte Polly. »Jeder ist ein Kunstkritiker. Und als Nächstes hältst du mir einen Vortrag über meinen Modegeschmack? Nur zu, sieh dich in meinem Kleiderschank um. Nimm dir raus, was du willst, und ich kann dich damit fertigmachen.«

»Nein, nicht die Skulptur«, sagte Emma. »Obwohl sie nichts für mich ist. Ich stehe auf Landschaften. Aber die Situation, in der du dich befunden hast ... die war beschissen. Ich sehe das auch so, dass das Leben sich manchmal sinnlos anfühlt und es nicht wert ist. Ich habe das alles selbst durchgemacht, und selbst als mir jemand sagte, ich solle es nicht tun und versuchen, alles durchzustehen, hat das nicht geholfen, mich aufzuhalten. Ich dachte immer noch ... ich dachte immer noch, am Fuße eines dreizehnstöckigen Gebäudes gäbe es mehr Frieden, ohne die Treppe zu nehmen, als mit dem Leben weiterzumachen. Weil es unlösbare Probleme auf der Welt gibt, die auf uns einstürzen.«

»Was sollen wir also tun?«, fragte Polly.

Emma zuckte mit den Schultern. »Leben«, sagte sie. »Sterben löst gar nichts.«

Polly stand beleidigt auf. »Na ja, wenn wir sowieso alle sterben müssen, können wir uns doch wenigstens aussuchen, wie wir abtreten. Wie man sich an uns erinnert!«

»Du kannst es versuchen«, sagte Emma. Sie wandte sich wieder der Szene vor ihr zu. »Aber meistens wirst du scheitern. Die Lebenden suchen im Tod nicht nach höheren Gründen. Niemand wird zu deiner Beerdigung kommen und weinen, weil dein letztes Kunstwerk missverstanden wurde. Sie werden weinen, weil du nicht mehr da bist. Selbst deine schärfsten Kritiker werden dich vermissen. Denn sie wissen, dass auch ihr Leben eines Tages enden wird. Und die Bedeutung und Wichtigkeit, die sie der Welt gaben, mag mit ihm enden.«

»Das ist doch Scheiße«, sagte Polly.

Emma nickte. »Die Leute machen sich ihre eigenen Gedanken, um sich besser zu fühlen. So funktioniert Kunst. Hundert Leute können sehen, was du gemacht hast, und sich zu ihrem eigenen Nutzen verschiedene Gründe dafür ausdenken. Nicht zu deinem.«

»Es muss doch einen besseren Weg gegeben haben, meine Botschaft zu vermitteln«, sagte Polly. »Um glasklar zu machen, warum ich auf diese Weise sterben musste ... oder auf eine bessere Weise.«

»Die einzige bessere Art zu sterben«, sagte Emma, »ist, wenn man sehr alt ist und im Schlaf. Der Grund, warum du stirbst, wird immer von dem Leben überschattet, das du gelebt hast.«

Polly schüttelte den Kopf. »Gibt es denn wirklich keine Kunstfertigkeit im Tod?«

»Ich glaube nicht«, sagte Emma. »Er ist nicht sonderlich offen für Interpretationen.«

»Dann ... dann kann ich die Dinge ändern?«, flehte Polly. »Kann ich zurückgehen und es noch einmal tun? Es besser machen? Ein anderes Statement setzen, mit dem Leben statt mit dem Tod?«

Emma legte dem Mädchen eine Hand auf die Schulter. Eine kalte, sachliche Hand. »Wenige Leute mögen die Art, wie sie sterben. Aber sie sterben trotzdem.«

Polly sah den Brutalismus in Emmas Augen, ihren kalten und kantigen Gesichtsausdruck. Angesichts der überwältigenden Aussage, die das darstellte, zuckte sie einfach mit den Schultern und gab auf. Emma führte sie hinaus und brachte sie zurück zum Fluss, wo sie sie freiließ, damit sie umherwandern konnte. Dort traf sie Mark, der bereits mit einem menschlichen Rucksack über den Schultern zurück war. Emmas längst überfälliges Gespräch mit Mark musste noch eine Weile warten.

»Was ist das denn?«, fragte Emma.

»Wie sieht er denn aus?«, stöhnte Mark. »Er ist ein ziemlich frommer Buddhist. Hat mich eine ganze Weile komplett ignoriert, also musste ich ihn zurücktragen.«

»Denkst du darüber nach, ihn zu den Mönchen zu bringen?«, fragte Emma.

»Ja. Aber ich bin nicht sicher, ob ich es schaffe.«

Emma ging herum und nahm die Beine des Mannes. Er verharrte in einem perfekten Lotussitz, als die beiden ihn tiefer in die Wüste des Unwirklichen trugen, um sich seinen gleichgesinnten Brüdern in ihrem ewigen Fegefeuer anzuschließen.

»Er hat sich wirklich überhaupt nicht bewegt?«

»Kein Stück«, schnaufte Mark.

»Er muss ziemlich zufrieden damit sein, wie er gestorben ist«, sagte sie. »Glückspilz.«

»Er muss ziemlich zufrieden damit gewesen sein, *fett* zu sterben«, stöhnte Mark. Die beiden schleppten ihr rundliches, lebendes Gepäck in die Leere und kehrten dann zu ihren Pflichten zurück – nach einer kurzen Pause, in der Mark kurzen Prozess mit dem Smörgåsbord aus geräuchertem Fleisch machte, das Veronique für sie bereitgestellt hatte.

KAPITEL SECHSUNDDREISSIG

Im Land zwischen dem Leben und dem Jenseits lief alles gut, bis auf ein paar ungelöste Beschwerden, die immer wieder in Tods Häuschen aufkamen. Die Luft stand still und war von einem allgegenwärtigen Staubfilm überzogen. Veroniques Staubwedel schien mehr Staub an die Wände zu bringen, als er entfernte. Also musste sie zu drastischeren Mitteln greifen und die Wände mit dem Staubsauger absaugen. Das war laut, aber effektiv.

Sie hatte die Fenster geöffnet, um alles durchzulüften, doch ihre Bemühungen scheiterten am ständigen Ansturm von Staub, der aus dem Nichts zu kommen schien. Er tauchte einfach auf. Kaum wandte sie den Blick ab, wurde das perfekte Spiegelei-Gelb der Tapete einen Ton blasser und beiger. Dank des Durchzugs konnte sie zumindest die Staubschlangen beobachten, die sich ihren Weg hinaus in den restlichen Garten bahnten.

Es war eine einsame Arbeit, für Ordnung zu sorgen. Selten gab es wirklich viel zu tun, und nicht immer war sie lohnend. Sie musste sich nur um einen einzigen Bewohner kümmern – den Tod –, und dessen Aktivitäten hielten ihn meist tagelang außer Haus, so kam es ihr zumindest vor. Ihre Zeit im Land des Todes hatte ihr Zeitgefühl und dessen Vergehen abgestumpft. Sie war schon lange genug tot, um zu wissen, dass Zeit keine Rolle mehr spielte.

Aber das Durcheinander war trotzdem schwer zu ignorieren. Ihr Blick schoss zu jedem potenziellen Staubkorn, das ihren vorherigen Bemühungen entgangen war, und sie pirschte sich daran an wie ein Soldat, der durch die Schützengräben schleicht. Geduckt schlich sie zur Schallplattensammlung neben dem Fenster, holte mit dem Staubwedel aus, um den Staubfilm von den Hüllen zu fegen, und wurde von einem Rückschlag getroffen. Die scharfe Kante eines Grashalms streifte ihr Gesicht zwischen Kiefer und Kinn, bevor er zu Boden fiel.

»Was?«, sagte sie. Sie pflückte ihn auf und hielt ihn ins Freie. In der Ferne sah sie eine Wolke aus Materie, wie eine stille Explosion, die alles Weizen und Unkraut aus dem Boden gerissen hatte. Sie sah zu, wie ihr Gönner das Feld aberntete und dabei den Traktor benutzte, den Krieg ihm geschenkt hatte und der mit jeder Durchfahrt breite Schneisen aus kurzem, begehbarem Gras schlug.

Sie bekam selten mit, wie er sich um den Garten kümmerte. Das war für gewöhnlich ihre Aufgabe. Sie hatte sogar ihre eigene Gartenschere dafür und alles. Es war beinahe kathartisch, Unkraut von Hand zu jäten, ein Büschel nach dem anderen, als würde man das Fell eines unglaublich großen und faserigen Schafes scheren. Aber letztendlich war es sein Garten, und dessen Pflege war sein liebstes Hobby. Endlich hatte er wieder Zeit für eines, da seine Lehrlinge nun im gesamten Vereinigten Königreich die Arbeit übernahmen. Sie selbst hätte große Lust gehabt, eine kleine Runde mit dem neuen Traktor zu drehen.

Für den Moment beschloss sie, einen Krug Limonade für ihn zu machen, um ihn zu erfrischen. Sie schlenderte aus der Haustür und ließ sie offen, damit der Staub entweichen konnte. Inzwischen war fast mehr Staub im Haus als draußen. Sie kam gerade an, als der Tod einen Weg entlang der Gartenseite freimähte, der bis hinunter zum lehmigen Ufer des Flusses führte. Er stellte den Motor ab und hatte Mühe, vom Fahrersitz herabzusteigen. Wieder auf dem Boden, stolperte er vorwärts.

»Monsieur!«, rief sie.

Der Tod fing sich mit seiner Sense ab. Der Stiel schrumpfte augenblicklich, und er klemmte sich die stumpfe Seite der Klinge unter die Achsel, um sich eine Krücke zu machen.

»Ah, hallo«, erwiderte er. »Schon fertig mit Ihrer Arbeit?«

»Geht es Ihnen gut? Ich könnte das für Sie übernehmen«, bot sie besorgt an, wie gebrechlich er aussah.

»Mir geht es bestens«, sagte er.

Sie kannte ihn nun schon seit etwa einem Jahrhundert und viele Leben darüber hinaus im zeitlosen Fluss der Welt außerhalb der menschlichen Zeit, daher kannte sie seine verräterischen Anzeichen sehr gut. Seine Atmung war flach und müde. Seine Haltung war so krumm, dass sie seine Wirbel unter seiner Tweedweste zählen konnte. Die Tatsache, dass er sich auf seine Sense stützte, als bräuchte er sie, verriet ihr weit mehr, als er sie wissen lassen wollte.

»Sind Sie sicher?«, fragte sie.

Er stöhnte. »Ja, ja. Ich weiß, ich sehe etwas blass aus, aber glauben Sie mir, das ist der Teint, der mir am besten steht. Es ist eine geschliffene Blässe. Eine sehr würdevolle und anmutige Art von ... verkalkter Erscheinung.«

Veronique begutachtete seine Arbeit. Er hatte den ganzen Garten von vorne bis hinten gemäht, während sie sich drinnen mit dem Staub abgemüht hatte. Das erklärte zumindest, warum nun eine Wolke aus aufgewirbeltem Dreck das Haus füllte.

»Was ist das?«, fragte er und deutete auf den Krug, den sie trug.

»Für Sie«, sagte sie.

Er nahm ihn und leerte ihn in einem Zug. Die Flüssigkeit verschwand in seinem Kiefer, der hohl war und keine Kehle hatte, sodass sie einfach aus dem Blickfeld entschwand. »Danke«, sagte er, bevor er ihr den leeren Krug zurückgab und einige Kondenswassertropfen von seinen Fingern schüttelte.

»Lassen Sie mich Sie nach drinnen begleiten«, sagte sie.

Er schnaubte. »Es ist nur ein kurzer Weg den Hügel hinauf. Wo sind die beiden eigentlich?«

»Emma und Mark?«, sagte Veronique. »Ich glaube, sie haben ihre hundert Seelen bald gesammelt.«

»Ach, wirklich?«

»Oui.«

»Hmmm«, summte er. »Sie haben ungefähr so lange gebraucht, wie ich erwartet hatte.«

»Also sind sie auf dem besten Wege, Sie zu beeindrucken?«

»Bah«, sagte er. »Mich beeindrucken? Keineswegs. Es ist nur in dem Sinne beeindruckend, dass sie es überhaupt geschafft und sich nicht bei einem Sturz von ihren Pferden auf der schrecklichen Realität des gehärteten Asphalts zerschmettert haben.« Er griff in seine Tasche und hielt Emmas Stundenglas hoch. Der an der Seite klebende Sandfleck war nun kristallisiert. »Solange sie mir von Nutzen sind, werde ich ihre Bemühungen anerkennen.«

»Und wenn sie ihre ersten hundert Lieferungen erledigt haben?«

»Dann können sie weitere hundert machen«, sagte der Tod. »Und so weiter und so fort, auf ewig, bis sie aufgeben.«

»Und Sie werden einspringen, um den Rest zu erledigen?«, fragte sie skeptisch.

Er hörte den sarkastischen Ton in ihrer Stimme heraus und humpelte den Pfad zum Haus hinauf. »Natürlich werde ich das! Tatsächlich wollte ich mich gerade ausruhen, bevor ich mich auf eine Reise durch Polynesien begebe, um am Meeresboden nach Ertrunkenen zu jagen. Ein packender, belebender Ausflug, der mich von all diesen Pollen und Hautschuppen in der Luft befreit.«

»Die Sie dort hineingebracht haben«, fügte Veronique hinzu.

»Ist es nicht Ihre Aufgabe, aufzuräumen?«, sagte er. Er ging zuerst hinein und sah sich um. Veronique folgte ihm. Zu ihrer Überraschung sah das Haus jetzt viel sauberer aus, als sie es verlassen hatte. Nirgends war Staub zu sehen. Nicht einmal in den Deckenecken, die sie nur mit einer Leiter erreichen konnte.

»Wir alle haben unsere Pflichten zu erfüllen«, sagte er. »Solange wir das tun, wird alles in Ordnung sein.«

»Ja«, stimmte sie zu. Der Tod humpelte zurück in sein Arbeitszimmer und ließ sich in seinem Sessel nieder. Sie ließ ihn allein, machte sich aber weiterhin Sorgen um seine Gesundheit. Er war verstimmt, das war unübersehbar. Sein üblicher Drang, Abschlüsse zu bringen und Leben zu ernten, schien im Garten verpufft zu sein – und was übrig blieb, war ein ziemlich grantiger alter Mann mit einer kurzen Zündschnur und einem langen Gedächtnis.

Nach ein paar Minuten kam er wieder heraus. Er benutzte seine Sense nun als Gehstock anstatt als Krücke und verließ mit einem selbstbewussteren – wenn auch immer noch schiefen – Gang das Haus.

Er wandte sich wieder Veronique zu.

»Wenn diese beiden zurückkehren, während ich fort bin«, sagte er, »und ihre Pflicht mir gegenüber erfüllt haben, weisen Sie sie an, im Arbeitszimmer zu warten. *Warten* sollen sie, denn ich werde mit ihnen reden, bevor ich über die nächsten Schritte entscheide.«

»Das werde ich«, sagte sie mit einer Verbeugung. Während ihr Kopf gesenkt war, bemerkte sie eine Spur aus frischem, beinahe glitzerndem Staub, der dem Tod folgte und unter seiner Robe hervorzuschimmern schien. Veronique machte sich an die Arbeit, fegte ihn zusammen und blies ihn zur Tür hinaus. Der Staubpfad reichte bis zurück in sein Arbeitszimmer, wo die größte Ansammlung davon auf seinem großen Ruhesessel lag.

Es war seltsam. Staub sammelte sich normalerweise ganz natürlich an. Sie begann zu vermuten, dass es gar kein Staub war. Sie nahm etwas davon mit den Fingerspitzen auf und rieb es. Die Art, wie es knirschte und nach unten rieselte, war nicht wie gewöhnlicher Hausstaub. Es war eher wie ein dichtes Pulver. Sie fegte alles auf der Veranda zu einem Haufen zusammen und ließ es durch ihre Finger rieseln.

Die Partikel wurden von einer Brise erfasst, die sie nicht spüren konnte und die in Richtung des Flusses wies. Alle Körnchen und der ganze Sand – der Staub und die Überreste, die noch auf dem Mauerwerk verweilten – hoben ab und flogen von ihr weg. Sie jagte ihnen nach, um zu sehen, wohin all dieser Staub getragen wurde.

Ein trüber Film breitete sich über dem Fluss Styx aus, als der Staub sich darauf absetzte und sich wie ein trockener Ölteppich verteilte. Er warf einen silbrigen Schimmer vom allgegenwärtigen Licht der Ewigkeit zurück. Veronique seufzte, als sie ihm nachsah. Es war nicht mehr ihre Aufgabe, ihn zu beseitigen, aber es war dennoch eine Art von Schmutz, den sie nicht dulden wollte.

Er war nun in Charons Reich, und sie wusste es besser, als sich damit anzulegen. Der Dienst für den Tod war ein weitaus besseres Schicksal, als eine Schiffsjungenmagd zu sein.

KAPITEL SIEBENUNDDREISSIG

Die beiden Menschen kehrten mit einer weiteren Seele zurück, die, anstatt in die weite Ferne der leeren, seelenlosen Leere hinauszuwandern, beschloss, landeinwärts zur Hütte des Todes zu gehen, um das Gelände zu inspizieren. Es gab keine Regeln, die es verboten, sich dem Heim des Todes zu nähern, und auch keine gegen einen Besuch, außer dass der Herr des Hauses schlichtweg keine Besucher wünschte.

Der Wanderer fand den Sensenmann in schlichter Kleidung mit einem Overall und hochgekrempelten Ärmeln, die seine knochigen Arme entblößten, wie er in der Mitte eines umgegrabenen Gartens kauerte und die Noten von Mozarts »Dies Irae« summte.

»Oh«, sagte der Tod. »Hallo.«

»Hi«, sagte der Mann voller Schüchternheit. »Ähm ... Entschuldigung. Ich glaube, ich habe mich etwas verlaufen.«

»Ja«, stimmte der Tod zu. »Verloren ohne Überfahrt zur anderen Seite und dazu verdammt, umherzuwandern und sich zu fragen, was die Ewigkeit wohl noch für Sie bereithalten mag?«

Der Mann nickte. »J-ja.«

»Nun«, sagte der Tod, »das geht mich nichts an.«

Er widmete sich wieder seiner Gartenarbeit, machte weiter, als wäre er nicht unterbrochen worden, und ließ den Fremden etwas sprachlos zurück. Der Mann beobachtete, wie der Tod den Garten pflegte und mit seinen knochigen Fingern Samen in die Erde pflanzte.

»Was, äh ...«, setzte er an und ergriff erneut das Wort. »Was soll ich tun?«

»Tun Sie, was Sie wollen«, sagte der Tod. »Ich bin kein Freund von Hausgästen und es gibt keine Arbeit, die ich von denen, die bereits in meinen Diensten stehen, weitergeben könnte.«

»Warum bin ich dann hier?«, fragte der Mann.

Der Tod deutete zum konturenlosen Horizont. »Um in die Leere zu wandern. Bis eines Tages eine große Abrechnung diesen Ort zerteilt und alle verlorenen Seelen an den einen oder anderen Ort verschlägt, im Dienste von Mächten, die größer sind als ich.«

»Wie eine Entrückung?«

»So ähnlich«, sagte der Tod.

»W-war ich kein guter Christ?«

»Hmpf«, spottete der Tod. »Niemand ist jemals gut genug in irgendetwas. Das ist alles, was es gibt, es sei denn, Sie bringen Gold mit, um den Fluss zu überqueren. Mit nichts anderem lässt sich feilschen.«

»Also ... haben sich *alle* geirrt?«, fragte er.

»Geirrt?«, sagte der Tod. Er richtete sich auf und stemmte die Hände in die Hüften, um seinen Rücken gerade zu knacken. »Inwiefern geirrt? Wurden Sie durch die Lehren, an die Sie sich hielten, dazu inspiriert, ein Leben zu führen, in dem Sie andere und sich selbst besserten?«

»Äh ... so ungefähr?«, sagte der Mann unsicher.

»Wäre das dann so verkehrt?«, fragte der Tod. »Haben Sie Ihr Leben mit Mitgefühl, Fürsorge und Verständnis für Ihre Nachbarn und auch für Fremde gelebt?«

»Ich nehme an, ja«, gab der Mann zu. »Habe nie jemandem etwas zuleidegetan. Ich habe ein paar Monate lang ein Netflix-Passwort geteilt und es niemandem erzählt. Aber in der Bibel steht nichts über Sünden, die das Nichtbezahlen von Abonnements betreffen, oder?«

»Diebstahl«, sagte der Tod. »Obwohl die Erklärung der heutigen Wohlstandssysteme für die Bibelgelehrten der Vergangenheit sie völlig darüber verwirren würde, wie man solche Dinge moralisch überwachen sollte, was sicherlich jenseits ihres Verständnisses läge.«

»Ja«, stimmte der Mann zu. »Aber ... wofür bin ich also hier? Was soll ich tun?«

»Sie sind hier, weil Sie gestorben sind«, erklärte der Tod. »Und es gibt nichts mehr *zu* tun.«

»Oh, na ja, das ist echt blöd«, sagte der Mann.

»In der Tat«, stimmte der Tod zu. Eine bange Stille legte sich zwischen sie. Dann kehrte der Tod zu seinem Garten und seiner Saat zurück. Als der Tod ihm die kalte Schulter zeigte, hielt der Mann es für angebracht, zurück in Richtung Vergessenheit zu wandern. Der Tod summte allein weiter und beendete das Säen einer Reihe roter Spinnenlilien. Er blickte zum Fluss hinauf, wo die vertraute Gestalt eines Fährmanns durch den Nebel am Rande des Wassers herantrieb.

Der Tod rappelte sich auf und schlenderte zum Ufer, wo Charon auf ihn wartete.

»Seltsam, dich dabei zu sehen, wie du dir die Hände schmutzig machst«, sagte Charon. »Klaust du mir jetzt auch noch mein Wasser?«

»Dein Wasser?«, sagte der Tod. »Abgesehen davon wächst im Fluss nichts. Ich hole mein Wasser aus der Welt der Lebenden.«

»Oh, la-di-da«, spottete Charon im Singsang. »Des Todes Blumenbeet bekommt nur die reinsten Säfte aus Bergquellen.«

Der Tod kicherte. »In der Tat. Das ist ein weiterer Grund, die Verbindungen zur Welt der Lebenden häufig und aufrechtzuerhalten.«

»Nicht, dass du derjenige wärst, der diesen Boden noch oft betritt«, sagte Charon. »So wenige Leute sterben, dass du jetzt Zeit hast, selbst Leben zu züchten?«

»Hmm«, sagte der Tod nachdenklich. »Es sind diese beiden.«

»Der Ausschuss?«

»Ja«, antwortete der Tod. »Sie haben ihre Probezeit fast abgeschlossen. Ich gebe es nur ungern zu, alles in allem, aber sie haben sich als nützlicher erwiesen, als ich erwartet hatte. Sie haben sich dieser Pflicht des Todes gut angenommen. Und vielleicht hat das Ganze über diese Probezeit hinaus einen gewissen Wert. Möglicherweise muss ich diese Beziehung in Zukunft ausbauen.«

»Ach ja?«, sagte Charon. Er holte eine Münze hervor und spielte damit zwischen seinen Fingern. Sein Arm streckte sich, entfernte die Münze von seiner Körpermitte und dem sicheren Halt des Bootes unter ihm, hin zum Wasser. »Es gab eine Zeit, da wärst du begeistert gewesen, sie scheitern zu sehen und ihre Leichen ins Wasser zu werfen.«

»Und das mag ich eines Tages wieder sein«, sagte der Tod. »Aber es würde meiner eigenen Fairness widersprechen, sie für ihren Erfolg zu bestrafen. Bisher haben sie keine einzige Seele aus ihrem Griff gleiten lassen.«

»Also machen sie ihre Sache besser als du, was?«, sagte Charon.

Der Tod sann einen Moment lang düster nach und dachte über die Worte nach.

Charon hielt seine Münze fest zwischen zwei Fingerknöcheln geklemmt. Dann rutschte sie ihm aus der Hand und fiel ins Wasser. »Hoppla.« Charon legte sich theatralisch die Hand vor den Mund. »Oh nein.«

Der Tod griff sich plötzlich an die Seite. Er hielt sich die Hand über die Rippen und stieß ein schmerzhaftes, zischendes Keuchen durch die zusammengebissenen Zähne hervor. Charon lehnte sich zurück und beobachtete, wie der Tod sich vor den Phantomschmerzen, die scheinbar aus dem Nichts kamen, krümmte.

»Was gebrochen?«, fragte Charon.

»Nein«, sagte der Tod. Er holte ein paar Mal stöhnend Luft und versuchte, sich wieder aufzurichten. Der Schmerz ließ nach, aber das Echo davon breitete sich im Rest seiner Knochen aus. Seine Schulter schmerzte plötzlich und sein Bein fühlte sich an, als wäre es leicht ausgerenkt. Er ließ Arm und Nacken kreisen, um sie zu lockern. »Ich habe mich ein bisschen zu lange geschont. Mein Körper ist es zu sehr gewohnt zu arbeiten. Er hält Entspannung für einen Todeskampf, den es zu verabscheuen gilt.«

»Mit mehr Lehrlingen wärst du entspannter«, sagte Charon. »Vielleicht stirbst du sogar daran, so viele um dich zu haben. Möglicherweise musst du deine Idee, noch mehr dazuzuholen, überdenken.«

»Das mag sein«, stimmte der Tod zu. »Nun, ich gehe dann mal. Du hast sicher deine eigenen Pflichten zu erledigen.«

»Oh, natürlich«, sagte Charon. »Es ist so schwer, am Ufer nach den weinenden, umherirrenden Seelen zu patrouillieren, die jeglicher Vergoldung oder jeglichen Wertes entbehren und die um die Überfahrt über einen Fluss flehen und betteln, den sie nicht zu überqueren verdienen. Vielleicht sollte ich meine eigenen Lehrlinge bekommen und eine Flotte von Booten bauen, um die gesamte Länge des Flusses durch die Leere abzudecken.«

»Ich sehe dafür keine Notwendigkeit«, sagte der Tod. »Es gibt nur einen Fährmann auf dem Fluss. Und der hat kaum genug Arbeit, so wie die Dinge stehen.«

Charons spöttisches Lächeln wich einem faltigen, eingefallenen Stirnrunzeln, das von dem Nebel verdeckt wurde, der ihn umgab, als der Tod sich den Hügel hinauf zurückzog. Charon benutzte sein Ruder, um in das seichte Wasser hinabzureichen und zu sehen, ob er seine Goldmünze herausfischen konnte, aber sie war verloren. Alles, was das Wasser berührte, sank hinab, bis es nicht mehr geborgen werden konnte.

Aber es war ein würdiger Verlust. Obwohl es ihn schmerzte, sich von der Münze zu trennen, verursachte die Trennung dem Tod weit schlimmere Schmerzen. Die Theorie, die zu prüfen er hierher gereist war, schien wahr zu sein, aber er musste sie weiter testen. Charon stieß sich vom Ufer ab und wandte sich flussaufwärts, mit dem Rücken zur Leere und der Unzahl wartender Seelen, die auf der erbarmungslosen Seite der Nachexistenz gefangen waren.

Der Tod hatte unterdessen sogar Mühe, seine Robe über den Kopf zu ziehen. Jedes Greifen über seine Schulter war mit einem plötzlichen Schmerz verbunden, den er nicht ignorieren konnte, wie eine straff gespannte Saite, die seinen Arm mit seiner Brust verband und so eng gewickelt wurde, dass sie drohte, auf blutige Weise zu reißen.

Veronique hörte sein Grunzen und Stöhnen und klopfte an die Tür seiner Höhle.

»Monsieur!«, rief sie. »Braucht Ihr Hilfe?«

»Keine«, sagte der Tod. Endlich bekam er seinen Arm in den Ärmel seiner Robe. »Ich gehe arbeiten. Um diesen Schmerz der Trübsal abzuschütteln.«

»Seid Ihr sicher, dass Ihr Euch dem gewachsen fühlt?«, fragte sie. »Mark und Emma sind fast mit ihren Pflichten fertig. Sie sind gerade aufgebrochen, um ihre neunundneunzigste Seele zu holen.«

»Schon neunundneunzig?«, wiederholte der Tod. Sein Kiefer verzog sich zu etwas, von dem Veronique annahm, dass es ein kurzes Lächeln war. Er verwarf es und zupfte seine Robe zurecht. Sie fühlte sich länger an als früher und seine Beine fühlten sich darunter verloren an. Er ging langsam über den Boden, besorgt, dass seine knochigen Beine sich verfangen und an den inneren Fäden seines Mantels der Dunkelheit ziehen könnten.

»Soll ich eine Feier für sie vorbereiten?«, fragte Veronique.

»Kein Grund, so förmlich zu sein«, beharrte der Tod. »Es kann immer noch sein, dass ich sie am Ende entlassen muss.«

»Oh, okay«, sagte Veronique. »Aber dann muss ich all die besonderen Pilze wegwerfen, die ich zum halben Preis bekommen habe.«

»... Besondere?«, fragte er.

»Ja. Die Sorte, die Ihr so sehr mögt. Es wäre eine Schande, sie zu verschwenden-«

»Matsutake-Pilze werden nicht schlecht«, schnappte er.

Veronique kicherte, da sie ihn dabei ertappt hatte, sich zu sorgen, obwohl er sich gegen ihren Wunsch, Erfolg anzuerkennen, sträuben wollte.

»Nur ... sei nicht verschwenderisch. Du kannst vorbereiten, was immer du magst. Es ist nur ein Abendessen unter der Woche.«

»Mit Gästen!«, sagte Veronique fröhlich. »Und Kuchen.«

Der Tod folgte ihr aus dem Zimmer. Seine Lieblingsmahlzeit mit denen zu teilen, die seine Arbeit für ihn erledigten ...

Er hasste die Vorstellung nicht.

KAPITEL ACHTUNDDREISSIG

Emma und Mark waren wieder einmal über London unterwegs. Sie hatten sich an den Anblick gewöhnt, nachdem so viele ihrer Probearbeiten Fahrten in die Hauptstadt und wieder zurück gewesen waren. Mal in den Süden, mal in den Norden, aus irgendeinem Grund meistens in den Westen und nur gelegentlich in den mittlerweile trendigen Osten. Für sie war es immer noch eine Art gespenstische Wanderlust-Tour durch »den großen Smog« und zugleich ein Was-wäre-wenn-Moment für den Fall, dass Mark sich entschieden hätte, die Karriere als Drehbuchautor zu verfolgen, die er sich vorgenommen hatte, anstatt auf Design umzuschwenken.

»Wenn wir erst einmal offizielle Tode sind«, sagte Emma, »glaubst du, wir werden dann auch an exotischere Orte geschickt?«

»Was, so wie Llanfairpwllgwyngyllgogerychwyrndrobwllllantysiliogogogoch?«, fragte Mark und grinste selbstgefällig, als er die Aussprache mit einem passablen walisischen Akzent traf.

»Sehr gut, du Klugscheißer. Jetzt buchstabiere es.« Emma grinste und tippte ungeduldig mit dem Fuß.

»Wo würdest du denn gerne hin?«, fragte Mark stattdessen und wich der Frage aus.

»Ich wollte schon immer mal Südamerika sehen«, sagte Emma.

»Einfach immer weiter weg von der Gesellschaft, bis man mitten in einem unwegsamen Gebirgszug oder Dschungel ist, umgeben von Natur, auf einer exklusiven Wanderung durch seine Weiten.«

»Egal was, du würdest am Ende immer an Orte gehen, um Leichen zu finden. Und all die armen Seelen, die von ihren Körpern wegwandern – richtig?«

»Ja«, stimmte sie zu. »Vielleicht stirbt gelegentlich jemand an einem schönen Ort, aber das macht es doch nur noch schlimmer, oder? Du würdest eine landschaftliche Sehenswürdigkeit oder ein wunderschönes Stück Natur besichtigen, das du dir seit deiner Kindheit ausgemalt hast, und alles wäre grau in grau …«

»Stimmt.«

»Und dann wärst du nur wegen der Arbeit da. Eine Art Schusterurlaub. Das würde den Moment verderben.«

»Ich fände es schön, andere Länder zu sehen«, sagte Mark. »Zu sehen, wie andere Menschen leben.«

»Wie die Reichen und Berühmten?«, sagte sie. »Die werden wahrscheinlich bald gar nicht mehr sterben, wenn sie das Geld haben, um es zu verhindern.«

»Nun, wenn sie noch sterben, sollten sie sich besser an etwas Hartwährung klammern, bevor sie den Löffel abgeben«, sagte Mark. »Sonst kommen sie nicht über den Fluss.«

»Dann also doch nicht so reich«, sagte sie spöttisch.

»Aber andere Leute, im Allgemeinen«, sagte Mark. »Ich kann es mir nicht vorstellen … Wir hatten, alles in allem, ein ganz gutes Leben.«

Emma verdrehte die Augen.

»Ich meine«, fuhr Mark fort, »im Vergleich zu den Leuten, die in Steinhütten und Bunkern leben. Aber sie leben, trotz alledem, finden einen Weg, am Leben zu bleiben. Und ja, schicke Villen zu sehen ist ganz nett, aber zu sehen, wie alle leben und mit ihnen darüber zu reden, wie sie mit allem glücklich waren. Ich glaube, das ist eine Erfahrung, die einen demütig macht.«

»Der Tod kommt also zu ihnen und sagt: ›Wisst ihr, meine Wohnung in Liverpool war viel größer als das hier. Mir ging's gut, oder?‹«

»Genau, als ob ich das so sagen würde«, schoss er zurück.

Die Welt wurde grau. Sie hatten einen Moment zu lange gestritten. Glücklicherweise war ihre Beute gut in Sicht, direkt über der Themse, bei der Lambeth Bridge. Jemand war über das Geländer gefallen und beim Aufprall gestorben. Aber die Seele war von der Leiche losgelöst, und der Geist war in einer außerkörperlichen Schockerfahrung auf der Brücke zurückgelassen worden, um sich selbst in den Tod stürzen zu sehen.

»Oh, es ist eine Radfahrerin«, sagte Mark mit einem Hauch von Abscheu und beäugte die Reflektorstreifen um die Knöchel der Seele. »Ich erledige das schnell, wenn es dir nichts ausmacht.«

»Hass sie nicht dafür, dass sie ihren Teil für die Umwelt tut«, sagte Emma und kniff dann die Augen zusammen, als sie sich näherten. »Warte mal.«

»Was ist los?«

»Bleib zurück«, wies sie ihn an. Sie flog hinab und galoppierte entlang des stehenden Verkehrs hinter die verlorene Seele in ihrer Radlerkluft. Die Frau drehte sich erschrocken um und blinzelte dann zu der dunklen Reiterin auf ihrem fuchsbraunen Pferd hinauf.

»Emma?«

»Louise?«

Emma stieg ab und hüpfte, ein wenig ausgelassen, zu der völlig aufgelösten Frau, die sie begrüßen wollte.

»Wow«, sagte Emma. »Ein blöder Anlass für ein Wiedersehen, so wie hier, was?«

»Wa... Du *bist* es wirklich, Emma!«, rief Louise aus, als sie ihren Helm abschnallte und zu Boden warf, wobei ihr langes, lockiges, blondes Haar über ihre Schultern fiel. Louise war kaum gealtert, seit sie sich das letzte Mal getroffen hatten. Immer noch groß und schlank, ihre Wangen waren rosig von der Anstrengung, den Londoner Bussen und wütenden Taxifahrern auszuweichen. Sie streckte die Arme aus und umarmte Emma sofort um ihre lederbesetzten Schultern. »Es ist Jahre her, nicht wahr?«

»Seit wir mit der Uni fertig waren«, sagte Emma und erwiderte die Umarmung. »Schön, dich wiederzusehen!« Sie trat einen Schritt zurück und ließ ihr Lächeln sofort fallen. »Oh ... aber schlechte Nachrichten.«

»Was?«

»Du bist tot.«

»Nein!«

»Ja, tut mir leid.«

Louise drehte sich zu dem leicht verbogenen Geländer, an dem ihr Fahrrad an den Speichen hing. »Ich war mir sicher, dass ich rechtzeitig abgesprungen bin.«

»Ich glaube, deine Seele hat deinen Körper verlassen, bevor du gestürzt bist«, sagte Emma. »Habe ich noch nie gesehen. Aber ... ja.«

Louise drehte sich verwirrt, dann traurig um. »Das war's also?«

Emma nickte. Louise seufzte und setzte sich neben ihr Fahrrad, den Rücken zur Themse. Emma lehnte ihre Sense gegen den Brückenpfeiler und setzte sich neben sie – ein Bild der Ruhe inmitten der erstarrten Schreckensmienen der unglücklichen Schaulustigen, die auf den Fluss und die Leiche unter ihnen blickten.

»Schade, dass wir uns so wiedertreffen müssen«, sagte Emma. Sie schaute auf und winkte Mark herbei. Sein Pony trabte heran, und er stieg ab. Louise zuckte bei seinem Anblick zurück, bis er seine Kapuze abnahm.

»Mark?«, sagte sie entsetzt.

»Oh – Louise?« Er zog die Sanduhr aus seinem Ärmel. »Louise May Grosse! Ich wusste doch, dass ich den Namen kannte! Ich meine, ich dachte es mir, aber ich kannte deinen zweiten Vornamen nicht. Wie ist es dir ergangen?«

»Gut, bis jetzt«, sagte sie. Sie wandte sich ungläubig an Emma. »Warte. Sag bloß nicht, ihr zwei seid *endlich* zusammengekommen?«

»Was? Nein. Wir sind kein Paar«, sagte Emma. »I- Wir sind Freunde.«

»Beste Freunde«, korrigierte Mark sie.

»Mitbewohner«, stellte Emma klar. »Er hat tatsächlich versucht, mich davon abzuhalten, mich umzubringen, und dann ...«

»Es gab eine Menge Komplikationen«, sagte Mark. »Wir jobben für den Tod, bis wir uns unsere Flügel verdienen. Sozusagen.«

Louise sah zwischen den beiden hin und her, stand dann auf und streckte die Hände abwehrend von sich, als würde sie vor einem überlaufenden Waschbecken zurückweichen. »Oh mein Gott. Ich fass es nicht.«

»Was denn?«, fragte Emma. »Falls du daran denkst, wie unwahrscheinlich es ist, dass wir uns alle so treffen, weil wir alle tot sind, dann, ja, das ist schon unheimlich.«

»Nein, das nicht«, sagte Louise mit einem Seufzer. »Ich kann nicht fassen, dass ihr beide immer noch nicht miteinander gepennt habt!«

»Tja«, sagte Emma. »Wir sehen uns einfach nicht so.«

»Eigentlich ...« Mark hob einen Finger, um seinem Punkt Nachdruck zu verleihen, verstummte aber, als Emma ihm den Kopf schüttelte.

»*Wow*!«, rief Louise. »Wir haben jedes Jahr gewettet. Wir dachten: ‚Die kriegen sich noch. Ist nur eine Frage der Zeit, bis sie sehen, was alle anderen sehen.'«

»Und was sehen alle anderen?«, fragte Emma und bereute die Worte schon, als sie ihr über die Lippen kamen.

»Dass ihr füreinander geschaffen seid. Aber der Dussel hier war zu feige, um dich jemals nach einem Date zu fragen.«

»Es ist nicht so, als hätte ich es nicht versucht«, sagte Mark ein wenig zu defensiv.

Emma stand auf und stemmte die Hände in die Hüften. »Wir sind Kumpel. Waren wir immer, werden wir immer sein.«

»Red dir das nur weiter ein.« Louise schüttelte den Kopf und fing an zu lachen. »Oh, Mark. Hut ab vor dir. Du musst ja mittlerweile Eier wie verdammte Wassermelonen haben.« Die Heiterkeit versiegte schnell und Louises Lachen wurde gezwungen, falsch. Es war ein verzweifeltes, ängstliches Lachen. »Ich bin gestorben«, sagte sie kurz darauf. »Allein. Und ihr beide seid zusammen gestorben? Wie ist das denn fair?«

»Oh«, sagte Emma. Sie sah zu Mark hinüber, als fürchte sie den aufziehenden Sturm der Gefühle.

»Ich war unterwegs«, begann Louise, »auf dem Heimweg von einem Date mit einem totalen Vollidioten, der am Tisch saß und mich mit anderen Profilen verglichen hat, mit denen er ein Match hatte. Und wisst ihr was? Das war das beste Date, das ich diesen Monat hatte. *Ugh!*« Sie seufzte mehr als nur entnervt. In ihrer Stimme lag eine lebensmüde, besiegte Resignation. Emma tippte mit den Fingern aneinander und wartete auf einen Moment, um sich einzuschalten.

»Es war nicht alles nur Glück«, sagte Mark. »Ich meine, es war nicht die Absicht zu sterBen. Zumindest meine nicht.«

»Und doch sind wir hier.« Emma wollte das Gespräch zu einem Ende bringen – sie hatte genug von den Erinnerungen und wollte eigentlich nur zur nächsten Sanduhr weiterziehen. Sie lächelte.

Louise stöhnte nur. »Im Jenseits gibt es besser Singles ...«

»Gibt es«, sagte Emma, »aber ... nun ja, du wirst schon sehen.«

»Auch Christen?«, fragte Louise. Mark kicherte instinktiv.

»In der Vorhölle gibt es keine große Dating-Szene«, sagte Emma. »Und ich bin sicher, dass schon mal jemand versucht hat, eine aufzubauen.«

Die drei stiegen auf, wobei Louise auf dem Rücken von Emmas Pferd saß, und verließen den Schauplatz an der Brücke, um in den Himmel aufzusteigen. Emma schwang ihre Sense vor sich. Ein purpurnes Knistern eines Blitzes zerriss die offene Luft. Dann knisterte und brutzelte es weiter.

Das Portal öffnete sich nicht.

Der Blitz knisterte nur weiter frei in der offenen Luft.

»Das ist seltsam«, sagte Emma.

Mark spürte, dass etwas furchtbar schieflief. Er versuchte seinerseits, einen Riss zu öffnen – horizontal statt vertikal. Sein Portal öffnete sich, aber nur knapp. Es war zu schmal, um hindurchzukommen. Er duckte sich darunter hindurch. All die Energie brach in sich zusammen, als er vorbeizog, in einer gedämpften Explosion ohne Echo. Was übrig blieb, war eine Blitzkugel, die in der Luft hing, grau wie der Rest der Landschaft, und in die kurzzeitige Realität der lebenden Welt überging.

»Emma?«, rief Mark. »Versuch, fester zu schwingen!«

»Komm hier hoch und schwing mit mir!«, sagte sie zu ihm. Er ritt hinauf, um auf ihre Höhe zu kommen. Sie schwangen beide gleichzeitig ihre Sensen. Diesmal war der Riss groß genug, obwohl Mark zurückfallen und einzeln folgen musste, um hindurchzuschlüpfen. Als sie sicher auf der anderen Seite waren, sahen sie zurück, um das Portal vom Ausgang aus zu überprüfen.

Der Blitz brach mit einem donnernden Knall zusammen, anders als all die anderen Male, bei denen er sich einfach mit einem leisen Zischen in sich selbst gedreht hatte, als er sich schloss.

»Boah!«, rief Louise. »Das war laut! Macht ihr das jetzt die ganze Zeit?«

»Normalerweise läuft das etwas glatter«, sagte Emma. Sie betrachtete ihre Sense. Ein paar zusätzliche Funken blieben an der Klinge haften, als sie sie durch einen Trog aus Neonfunkeln zog.

»Also, wo sind diese toten Kerle, die ich treffen kann?«, fragte Louise.

Emma schenkte der Portal-Anomalie keine Beachtung. Von all den seltsamen Phänomenen, die mit ihren Pflichten als apokalyptische Reiterin des Todes zusammenhingen, schien ein verpatztes Portal von neunundneunzig eine ziemlich normale Unregelmäßigkeit zu sein. Es lohnte sich nicht, sich daran aufzuhalten oder deswegen anzuhalten. Besonders nicht jetzt, wo sie nur noch eine Sanduhr davon entfernt waren, ihre Pflicht gegenüber dem Tod zu erfüllen.

Nur noch eine verlorene Seele entfernt von ihrer Freiheit oder ihrem Urteil.

KAPITEL NEUNUNDDREISSIG

Es war ein ruhiger und friedlicher Tag am Flussufer. Genau wie jeder andere Tag in der letzten Ewigkeit war es ein Tag mit kaum nennenswertem Geschäft. Für Charon war das alles, was zählte. Seine Kameraden, die natürlichen Kräfte der Zerstörung und Verzweiflung für die Welt der Lebenden, wurden alle von etwas anderem gesättigt als dem harten Tausch von Münze gegen Wert. Sie hatten Kunstfertigkeit, um die sie sich kümmerten, Fleiß, Pflicht: Dinge, die sich nicht in Unzen Gold messen ließen.

Seine ganze Existenz drehte sich um den unveränderlichen Wert des Goldes, an das sich die Menschheit klammerte. Ihre materielle Besitzgier übertrug sich auf den ewig fließenden Fluss des Todes, was ihn dazu anstiftete, ein Sammler und Horter des Wertes zu werden, der über das endgültige Ende hinaus Bestand hatte. Es war alles, was er hatte. Und er konnte es nicht einmal ausgeben.

Aber es hatte dennoch einen Wert, wie er herausfand. Er ruderte zum Anwesen von War, das am weitesten flussaufwärts lag, zu ihrem gewaltigen Komplex, dem ein prächtiges Wikinger-Langhaus vorgelagert war. Sie war die Einzige, die ihm am Ufer eine Art von Komfort bot, einen Steg, an dem er sein Schiff anlegen konnte, und einen Pfosten, um seine Kette festzumachen, sodass er gerade weit genug ins Landesinnere wandern konnte, um ihre Haustür zu erreichen.

Die Länge seiner Kette hatte sich jedoch verändert. Er hatte immer noch reichlich Spielraum, als er die Tür erreichte. Fast genug, um einzutreten und in den ersten Flur abzubiegen, aber keinen Schritt weiter. Er nahm die jüngste Veränderung scharfsinnig zur Kenntnis.

Er klopfte an die Tür. Nach einigem Schlurfen und Umherirren öffnete War.

»Charon? Wie geht es dir?«

»Ganz gut«, erwiderte er. »Etwas besser als dir, wie es scheint.«

War presste die Hand auf ihre Seite und drückte einen weißen Verbandbausch über eine langsam und leicht blutende Wunde. Ihr rechtes Bein humpelte ebenfalls, und ihr Make-up war in dem Bereich verblasst, wo sie einst gekonnt eine Narbe über ihrer Augenbraue verborgen hatte.

»Ist nur ein schlechter Tag«, sagte sie gleichgültig. »Alte Wunden, die mich an die Vergangenheit erinnern.«

»An bessere Tage?«, fragte Charon. »Jetzt hat die Menschheit keine Verwendung mehr dafür, Kriegerblut zu vergießen, wo doch so viel mehr Boden durch verlorene Unschuldige gewonnen wird und Compu-ter ihre Gräueltaten ohne die Fähigkeit zur Sünde ausführen.«

»An manchen Händen klebt immer noch Blut«, sagte sie. »Obwohl, das Blut, das sie nicht erreicht, bei mir gelandet ist.« Sie lächelte, wie immer charmant und kultiviert, selbst mit Blutflecken auf ihrer Handfläche. Sie ging mit Charon hinunter zum Ufer und blickte über den Steg.

»Was machen wir damit?«, fragte er, während er mit seinem Ruder gegen die losen Bretter stieß. Einige knarrten aufgrund mangelnder Nutzung und Wartung. »Das klingt doch wie eine Art Parabel, dass ich Bretter von meinem eigenen Boot abreißen müsste, nur um ihm einen Liegeplatz zu geben, meinst du nicht auch?«

»Das klingt in der Tat ... parabolisch«, sagte War. Sie beugte sich vorsichtig hinunter und inspizierte das Holz und die Fäulnis, die es befallen hatte.

Charon wich zurück und trat über das Wasser auf sein Boot. Er griff nach einer Münze, die in seinem Ärmel versteckt war, und bereitete sich darauf vor, sie ins Wasser zu werfen.

»Er ist veraltet«, sagte War. »So ist das eben, wenn man das nutzt, was der Mensch im Kriegswesen aufgegeben hat. Aber ich kann das hier im Handumdrehen in einen Betonsteg umwandeln, ihm so einen U-Boot-Stützpunkt-Look verpassen.«

»Und das ist dann sicherer?«, fragte er. »Ich möchte nicht, dass mir bei einem Besuch die Strömung mein Boot entreißt.«

»Es wird mit Sicherheit sicherer sein«, beharrte sie. Sie richtete sich mit einem Schnaufen auf und klopfte sich auf die Seite. Sie schien wieder ganz in Ordnung zu sein.

Dann warf Charon eine Münze ins Wasser. Von seinem Boot aus beobachtete er, wie War sich vor einem stechenden Schmerz, der durch ihren Körper fuhr, krümmte. Er hob mitfühlend eine zögerliche Hand.

»Alles in Ordnung, meine Liebe?«, fragte er.

»Oh, einfach prächtig«, stöhnte sie. »Nichts, was ein kurzes Hinsetzen nicht beheben sollte.« Ihre Atmung war schmerzerfüllt und gequält. Die Wunde war wieder aufgebrochen und sickerte nun mit frischem Blut. Charon sah zu, wie sich das Scharlachrot durch die Verbände ausbreitete und ihre Hand durch den ganzen Stoff färbte.

»Ich werde sehen, ob die junge Dame vom Tod dir einen Gefallen tut«, sagte er. »Vielleicht hat sie einen Vorrat an frischen Verbänden.«

»Das würde ich zu schätzen wissen«, sagte sie.

Charon stieß sich vom knarrenden Steg ab und behielt War im Auge, während er den Fluss hinabtrieb. Sie kämpfte sich den Pfad zu ihrem Haus zurück und stürzte sogar einmal, bevor der Nebel sie vollständig verhüllte. Es war ein schrecklicher Zufall, aber immer noch nur eine Theorie. Er brauchte wiederholten Erfolg, um zu beweisen, dass sein Vorgehen funktionierte. Und er hatte noch zwei weitere Münzen zu verlieren.

Flussabwärts war Pestilenz, draußen auf seinem Feld, wo er neonfarbene Pflanzen goss und zerkleinertes Essen in einen stehenden Tümpel warf, auf dessen Oberfläche ein vielfarbiger Film aus Bakterienkolonien lag. Er winkte Charon mit echter Wärme zu, als er sich näherte, und bat ihn herüber.

»Wie laufen die Dinge?«, fragte Charon. »Hast du endlich den dunklen Gral gefunden, um alle Wasser zu verseuchen, die als unheilvoller Trunk des Menschen aus ihm fließen?«

»Noch nicht, nein. Danke der Nachfrage«, sagte Pestilenz. »Aber ich komme der Sache näher. Stück für Stück finde ich neue Kombinationen von lebensbedrohlichen Krankheiten. Nur wie ich sie verbreiten kann, daran habe ich mich noch nicht ganz angepasst.«

Charon nickte, heuchelte Interesse und ließ dann eine Münze ins Wasser gleiten.

»Übertragungswege bleiben der Engpass- *ARGH!*« Augenblicklich unterbrach ein heftiger Hustenanfall den Fluss ihrer Diskussion. Charon stieß sich vom Ufer ab, als Pestilenz auf die Knie fiel. Er hustete so stark, dass er an der geschluckten Luft erstickte und als keuchendes, elendes Wrack zurückblieb.

»Du meine Güte«, sagte Charon. »Du solltest dich selbst weniger dem aussetzen. Du willst doch nicht von deinen eigenen Werken dahingerafft werden.«

»Das wär-«, begann er, bevor er erneut hustete. »... für mich in Ordnung.«

»Ich schicke die junge Dame des Todes zu dir«, sagte Charon. »Vielleicht hat sie ein Heilmittel für deine Leiden, das den kleinen Biestern, die du ernten willst, nicht schadet.«

»Danke«, sagte Pestilenz. Er blieb schmerzhaft zusammengekrümmt. Seine Theorie hatte sich erneut als richtig erwiesen. Wäre Charon ein Mann, der wettet, hätte er eine ordentliche Summe darauf gesetzt, dass er seine Hypothese bewiesen hatte. Aber das war er nicht, also gab es noch einen weiteren Kontrolltest, den er bestehen musste.

Hungers heruntergekommenes All-you-can-eat-Buffetrestaurant und Heim war nur ein kleines Stück weiter flussabwärts. Auch er war draußen, sah dünner und blasser aus als sonst und wirkte unaufmerksam. Am Wasserufer räucherte er ein ganzes Wildschwein mit irgendeinem ausgestorbenen Genom. Der Rauch aus seiner Grube vermischte sich mit dem Nebel und wurde über ihnen zu einer schweren, luftigen, schlammartigen Wolke. Charon erregte seine Aufmerksamkeit mit einem Winken, als er von seinem Boot stieg, und Hunger winkte zurück.

»Verspüren wir etwa Appetit?«, rief Charon.

»Nichts, was ein kleiner Snack nicht beheben könnte«, erwiderte Hunger gut gelaunt. Er klopfte sich auf den Bauch – der von einer anscheinend langen Fastenzeit flach war – und versuchte, ihn wackeln zu lassen, konnte aber nur schlaffe Haut greifen.

Charon warf eine Münze ins Wasser und sah zu, wie Hunger plötzlich erstarrte. Ein eingefallener Ausdruck überkam den Reiter – ein Verlust jeglicher Sättigung und der Ausbruch einer widerlichen Art von Hunger. Er war so sehr mit dem Schmerz und dem Heißhunger beschäftigt, dass er nicht bemerkte, wie der Fährmann zurück auf sein Boot kletterte und sich vom Ufer abstieß. Charon hörte das hallende Knurren von Hungers Magen, als sein Boot davontrieb.

Krieg blutete, Pestilenz wurde krank, Hunger hungerte und selbst der Tod verblasste. Alles nur durch den Akt einer Münze, die sich aus Charons Griff löste. Er hegte keinerlei Zweifel.

Mit einem Gackern strich er über sein goldenes Gewand. »Dann ist es also natürlich«, sagte er zu sich selbst. »Man darf seine Natur nicht verleugnen. Sonst wird diese Verleugnung in den Fluss fließen und die Länder jenseits des Ufers speisen. Ja …« Er gackerte erneut, während er das Tempo anzog und zurück zu seinem Schlosshort ruderte.

Über ihm sah er das scharfe Knistern violetter Blitze am Himmel. Die beiden Lehrlinge, die Lakaien des Todes, kehrten von einer weiteren nutzlosen Besorgung für den alten Knochengolem zurück. Charon verzog bei ihrem Anblick das Gesicht. Zwei weitere Ja-Sager, die die geizigen Seelen aus einer Welt herbeibringen, um eine andere zu belästigen und zu bevölkern. Auch sie waren außerhalb der Natur, die Charon kannte und am besten verstand.

Auch sie waren der Beweis für einen Wandel der Gezeiten.

»Sechs«, murmelte er. »Jetzt sind es sechs. Drei blasse Reiter auf ihren Pferden, die die Seelen tragen, die in der Folge der Wut der anderen drei aus der sterblichen Welt gerissen wurden. Es sollte keine sechs Reiter geben. Und wenn doch, dann schreibt das Dienstalter vor, dass einer zuerst aus dem Wasser kommen sollte ...«

Charon grummelte, während er den Fluss hinab zu seinem Hort ruderte. Zu seiner Bestimmung ...

KAPITEL VIERZIG

Es waren ein paar anstrengende Tage gewesen – oder so was. Mark und Emma schwebten mit ihrer letzten Seele an Bord über Belfast in der Luft, zerhackt und in Marks Tasche gestopft, weil sie eine ihrer Kulanzregeln gebrochen hatte. Sie starrten auf das Zifferblatt des Albert Memorial Clock. Aus ihrer Sicht waren es seit ihrem Tod viele lange Arbeitstage gewesen, mit nur wenigen gelegentlichen Pausen, um durchzuhalten und neue Energie zu tanken.

»Wann bist du an dem Tag zum Liver Building gekommen?«, fragte Emma.

»So gegen halb drei«, sagte er. »Ungefähr, also vielleicht zwei Uhr fünfunddreißig oder zwei Uhr vierzig?«

Der Uhr zufolge war es 14:51 Uhr an demselben Nachmittag. Nach großzügigster Schätzung war auf der Erde nicht einmal eine halbe Stunde vergangen, seit Mark und Emma vom Tod entführt worden waren und an seiner statt die Aufgabe übernommen hatten, die natürliche Ordnung aufrechtzuerhalten. Allein in dieser Zeit waren auf den Britischen Inseln einhundert Seelen gestorben und sie hatten jede einzelne von ihnen in eine andere Welt des ewigen Wartens in einem luftleeren Nichts gebracht.

»Ich hatte noch nie einen Job, bei dem es sich anfühlte, als wären

Stunden um Stunden vergangen, bevor in der Realität auch nur eine Stunde vorbei war«, sagte Mark. »Und ich hab's vergessen – ist das jetzt was Gutes?«

»Was?«, sagte Emma.

»Wenn die Zeit langsamer vergeht ... Das ist doch das, was es bedeutet, oder?«

»Nein«, korrigierte sie ihn. »Die Zeit vergeht schneller, wenn man Spaß hat.«

»Ach ja«, sagte Mark. »Na ja ... ich kann nicht sagen, dass das hier keinen Spaß macht.«

»Wenn ich deine doppelte Verneinung entschlüssele und nach den Auswirkungen der Arbeit auf die Zeitwahrnehmung des Geistes urteile, dann muss dies die langweiligste, gottverdammte Plackerei eines undankbaren Fehlers sein, den wir je gemacht haben.«

Er zuckte mit den Schultern. »Es könnte schlimmer sein.«

»Wie denn genau?«, fragte sie.

»Ich meine, wir wissen ganz genau, wie viel schlimmer es sein könnte«, sagte er und rüttelte an seiner Tasche. »Ungefähr so viel schlimmer.«

»Stimmt«, sagte sie. »Wir könnten für die Ewigkeit am Ufer des Limbus gefangen sein, nur weil wir kein Gold unter die Zunge gelegt haben.«

»Wenigstens wären wir zusammen gefangen«, sagte Mark.

»Wir sind zusammen gefangen. Nur eben zusammen im selben Job.«

»Ja, aber dadurch vergeht die Zeit schneller.«

Sie zeigte auf den Uhrturm.

»Okay, ein bisschen schneller«, korrigierte er sich. »Und ich habe nachgedacht ... Na ja, ich spreche es beim Tod an, wenn wir zurück sind.«

»Oh?«

»Ja«, sagte er. Er hob seine Sense hoch und hielt sie fest. Er war etwas besorgt, nachdem der letzte Versuch nicht so gut gelaufen war. Dieses Mal schwang er sie und ein Portal öffnete sich mit Leichtigkeit. Beide seufzten erleichtert auf und reisten hindurch, zurück in die vertraute Leere.

Der Himmel, wenn man ihn so nennen konnte, hatte einen leicht graueren Schimmer, als ob ein Sturm aufzog. Da es sich aber um eine konturlose Leere handelte, sah es eher so aus, als hätte man den Kontrast des Fernsehers heruntergedreht, der als ihr Panorama diente. Ein Nebel lag über einem großen Teil der Leere, wo er vorher nicht gewesen war. Er türmte sich auf und breitete sich vom Fluss aus und kroch sogar schon auf halber Höhe den Garten vor dem Cottage des Todes hinauf.

»Muss Abend sein«, sagte Emma.

»Und auch Sommer«, fügte Mark hinzu.

Sie flogen hinunter und sprangen von ihren beiden Pferden ab, bereit, ihren widerspenstigen Geist wieder zusammenzusetzen, damit er seine ewige Wartezeit antreten konnte.

»Monsieur! Madame!«, rief Veronique. Das Dienstmädchen joggte mit federnden Schritten auf sie zu. »Kommt, kommt! Bitte!«

»Wozu denn?«, fragte Emma.

»Zur Feier!«, sagte sie. »Einhundert Seelen abgeliefert, wie Ihr versprochen habt. Monsieur Tod hat einem Abendessen zugestimmt, um Euch zu danken!«

»Oh, das ist ziemlich großmütig von ihm«, sagte Mark.

»Oder hat er nur zugestimmt, weil du bereits die ganze Arbeit gemacht hast?«, fragte Emma.

»Kommt einfach!«, beharrte Veronique und gab Emma damit recht.

»Äh, was ist hiermit?«, fragte Mark und hielt den Sack hoch.

»Lasst ihn liegen«, sagte Veronique. »Das Essen ist schon fertig. Lasst es nicht kalt werden! Es ist meine Spezialität!«

»Ein All-you-can-eat-Buffet von Veronique lasse ich mir nicht entgehen«, sagte Emma.

»Also, ich auch nicht!«, rief Mark. »Wenn Veronique ihr eigenes Kochen so anpreist, ist es bestimmt der absolute Hammer!«

Emma ging ohne ihn den Kiesweg hinauf. Als er die Tasche fallen ließ, kam ein leises Stöhnen von innen.

»Hör zu, Kumpel«, sagte Mark zu der Seele im Inneren, »du hättest nicht nach mir schlagen sollen. Und jetzt sind wir hier und ... bleib einfach ruhig sitzen. Du wirst nichts verpassen.« Während der

Nebel langsam hinter ihm aufkroch, ließ er den Sack zurück, der auf dem kurzen, frisch gemähten Gras vor sich hin murmelte und zitterte.

Als sie das Cottage betraten, wurde das Paar von einer Flut herrlicher Gerüche empfangen, die alle von einem brillant dekorierten Tisch im Hauptessbereich ausgingen. Dort war eine Auswahl an prächtig aussehenden Speisen aufgetischt, von einem garnierten, gebratenen Hähnchen und einem tiefen Topf mit käseüberbackener französischer Zwiebelsuppe bis hin zu einem Korb mit frisch geschnittenen Baguettes und einem Drehteller mit verschiedenen süßen, cremigen Käsesorten. Und für alle gab es Wein, für jeden eine Flasche und hohe Gläser, um ihn einzuschenken.

Der Tod saß am Kopfende des Tisches, leger gekleidet in seine Alltagskleidung und mit einer Lesebrille über den hohlen Augenhöhlen. Er sah irgendwie älter aus. Der Farbton seiner Knochen ließ sie fast brüchig aussehen. Sein Energiemangel war deutlich an der Art zu erkennen, wie er in seinem Stuhl zusammensackte. Veronique jedoch machte seinen Energiemangel mühelos wett, als sie einen Champagnerkorken knallen ließ, der nach oben flog und gegen ein Banner prallte, das sich zu einer Botschaft entfaltete:

Joyeux 100 trépas!

»Herzlichen Glückwunsch!«, jubelte Veronique. Der Tod hob die Hände und klopfte seine Handflächen aneinander.

»Ah, danke«, sagte Mark. »Das ist alles sehr …«

»Reizend«, sagte Emma. »Wirklich aufmerksam.«

»Danke«, stimmte Mark zu. »Ich bin froh, dass wir einen Eindruck hinterlassen haben.«

»Ja«, sagte der Tod. Seine Stimme, einst dröhnend, wirkte verblasst und schwach. »Seine Pflicht zu feiern ist eher ein Brauch der Sterblichen. Um den fortgesetzten Gehorsam gegenüber den gesellschaftlichen Systemen zu fördern, die im Austausch für Arbeit eure Sicherheit und Langlebigkeit gewährleisten. Dieselbe Sorgfalt zu fördern, war nie nötig. Aber für euch, nehme ich an, können Ausnahmen gemacht werden. Ihr seid bereits selbst Ausnahmen.«

Daraufhin nahm der Tod Veronique die Flasche Champagner ab und füllte vier Gläser. Er nahm eine Flöte und nickte ihnen zu, es ihm gleichzutun.

»Skål«, sagte der Tod und erhob sein Glas.

»Santé«, erwiderte Veronique.

Emma und Mark grinsten, erfreut, dass sie die Anerkennung des Todes gewonnen hatten.

»Prost«, sagten sie wie aus einem Munde und stießen mit ihren Gastgebern an.

»Unser Sand ist also immer noch nicht durchgelaufen?«, fragte Emma, nachdem sie an ihrem Champagner genippt hatte.

Der Tod schüttelte den Kopf.

»Na ja ... wenigstens war die Zeit nicht verschwendet.«

»Wir haben einhundert Seelen zu ihrer letzten Ruhestätte gebracht«, sagte Mark. »Dieses ... Festmahl fühlt sich schon wie eine ziemliche Belohnung an.«

»In der Tat«, sagte der Tod. »Und einhundert Seelen, ohne einen einzigen Fehlschlag ... Das ist eine Belohnung wert.« Als die beiden sich ihm gegenübersetzten, richtete er sich in seinem Stuhl auf. »Selbst ich bringe nicht immer alle Seelen zurück, die ich holen will.«

»Wirklich?«, fragte Mark.

Der Tod seufzte. »Es sind so viele. Und sie sind so ungeduldig. Manche rennen weg, manche kämpfen. Manche leisten Widerstand. Und dann hauen sie ab. Und ich muss in Erfüllung meiner Pflicht losziehen, um einen anderen zu finden. Die Welt kann nicht wegen eines einzigen Todesfalles stehen bleiben. Sie muss weiterbestehen und sich immer weiter vorwärtsbewegen.«

»Stimmt«, sagte Mark. »Wir hatten ein paar ... Ausreißer.«

»Aber wir haben sie zusammengetrieben und dazu gebracht, sich zu fügen«, sagte Emma.

»Es macht nicht immer Spaß«, gab Mark zu. »Den Geist eines Kindes zu holen, das nicht versteht, was geschieht, ist nichts, was ich unbedingt wiederholen muss. Verzeihen Sie das Wortspiel. Es kann ziemlich düster sein, dieses Geschäft mit dem Ernten. Aber ... es ist sehr gut, denke ich. Letzten Endes, alles in allem, war das, was wir getan haben, ziemlich-«

Der Tod stöhnte plötzlich auf, nicht aus Verärgerung, sondern mit großer Schwäche. Er fiel nach vorne und sein Schädel landete auf seinem Teller. Veronique keuchte und eilte sofort an seine Seite.

»Mon Dieu!«

»Was ist los?«, fragte Emma. Sie sprang auf und umrundete den Tisch. Kurz darauf kam Mark hinzu, um zu sehen, was los war. Der Tod hob die Hand, um ihre wachsende Besorgnis zu beschwichtigen, und schob seinen Stuhl zurück.

Seine Beine ... lösten sich auf. Von den Knöcheln abwärts waren sie schon leicht verschwunden. Alles, was übrig blieb, war eine dünne, neblige Spur wie bei einem klassischen, frei schwebenden Geist.

»Das ist kein Grund zur Sorge«, sagte der Tod.

»Verdammte Scheiße, im Ernst?«, plapperte Mark und wusste nicht, was er tun sollte. »Sie lösen sich auf!«

»Können Sie mich hören?« Emma beugte sich dorthin, wo die Ohren des Todes wären, wenn er welche hätte. Sie verlangsamte ihre Worte und konzentrierte sich auf ihre Aussprache. »Ihnen geht es gut. Hilfe ist unterwegs. Ich bin Emma. Alles wird gut.«

»Ich habe keinen Schlaganfall, Sie brauchen nicht mit mir zu reden wie mit einem Kleinkind«, erwiderte der Tod ruhig, während er den Dunst begutachtete, wo seine Fingerknochen sein sollten. »Es ist ... rätselhaft.«

Emma beugte sich zu Veronique, um zu flüstern: »Passiert das, wenn er zu tief ins Glas schaut? Er ist wie Marty McFly in *Zurück in die Zukunft*!«

»Non«, protestierte Veronique. »Das ist noch nie passiert. Monsieur, was soll ich tun?«

Der Tod streckte die Hand aus und tätschelte Veroniques Kopf. Dann legte er seine Hand auf sie, eine ruhige, beruhigende Geste, so wie er es getan hatte, um sie nach ihrem Tod vor vielen Jahren zu trösten. Er versuchte aufzustehen, doch seine Füße berührten den Boden nicht. Es war, als stünde er auf glatten Eisblöcken. Seine Beine zitterten, als sie versuchten, ihn aufrecht zu halten.

Als er sich dann mit der Hand auf dem Tisch abstützte, verlor auch sie etwas von ihrer festen, physischen Form. Seine Fingerspitzen wurden zu dünnen Schwaden. Der Knochen löste sich in schnell verflüchtigendem Rauch auf und hinterließ einen staubigen Rückstand auf dem lackierten Holz.

»Ich muss mich nur ausruhen«, sagte der Tod. »Ihr beide ... habt euch bisher außerordentlich gut geschlagen. Ich hoffe, ich kann mich auch in Zukunft auf euch verlassen.«

»Monsieur, bitte«, flehte Veronique. »Erlauben Sie.« Sie legte seinen Arm über ihre Schulter und half ihm, ihn zurück in sein Arbeitszimmer zu schleppen. Mark und Emma blieben mit einem Tisch voller Essen zurück, während ihr Gastgeber, ihr Gönner und ihr Arbeitgeber nur einen Raum entfernt im wahrsten Sinne des Wortes verblasste.

»Ich glaube«, sagte Mark, während er seinen Champagner hinunterstürzte, »es wäre unhöflich, diese Mühe zu verschwenden. Wir sollten reinhauen.«

»Nein, das ist falsch«, sagte Emma mit finsterer Miene.

»Stimmt«, stimmte Mark zu. »Stimmt. Es ist falsch.«

Sie eilten los, um Veronique bei der Pflege des Todes zu helfen. Es gab noch einige Geheimnisse dieses Reiches zwischen den Welten zu lüften. Geheimnisse, die der Tod nie hatte preisgeben wollen …

KAPITEL EINUNDVIERZIG

Veronique half dem Tod in seinen Lieblingssessel und eilte sofort hinaus, um etwas zu holen, das ihm helfen würde. An ihrem fahrigen, abgewandten Blick war zu erkennen, dass sie nicht genau wusste, was. Mark und Emma standen beiseite und spähten durch den Türspalt hinein.

»Er löst sich auf«, flüsterte Emma.

»Er ist nicht taub«, sagte Mark. Er zog sie beiseite und auf die andere Seite des Flurs. »Kann der Tod ... sterben?«

»Ist das ein Rätsel?«, fragte sie. »Nein, warte, das ist eine Textzeile. Aus einem Lied, oder?«

»Nein, das ist ... ich meine, wir sind nicht tot.«

»Nein?«

»Technisch gesehen nicht«, sagte Mark. »Jedenfalls noch. Sozusagen. Aber das Gespräch kam doch auf, soweit ich mich erinnere, dass wir auf die andere Seite verfrachtet werden, als wären wir tot, sobald unsere Zeit abgelaufen ist – oder wenn wir bei unserer Aufgabe einfach kläglich versagen würden, was wir zum Glück nicht getan haben.«

»Ja, wir haben uns ziemlich gut geschlagen.«

»Stimmt.«

Sie hielten inne, um sich zur Feier des Tages ein High-Five zu geben.

»Aber mein Punkt ist«, fuhr Mark fort, »die Geister hier oder draußen in der Leere oder solche wie Veronique und die anderen Reiter ... was passiert mit denen, wenn sie, keine Ahnung, die Treppe runterfallen?«

Emma verstand, worauf er hinauswollte, wenn auch nur knapp. Trotz all der mythischen Symbolik und der Erhabenheit ihrer spirituellen Bedeutung hatten die Reiter und die wandernden Seelen der Leere einige unbedeutende sterbliche Gewohnheiten gemeinsam. Ihre Nase nahm einen Hauch des Essens wahr, das im anderen Zimmer unberührt blieb.

»Apropos«, sagte sie, »warum isst er überhaupt?«

»Eben, oder?«, sagte Mark. »Es ist nicht zum Spaß. Er hasst das.«

»Kann der Tod also verhungern?«, fragte sich Emma.

»Und kann der Hunger ... stolpern und sich das Genick brechen? Das ist keine besonders kriegerische oder kränkliche Angelegenheit, und es ist nur ein Unfall. Zufällige, versehentliche und brutale, aber beabsichtigte Tode scheinen das Hauptgeschäft des Todes zu sein.«

»Das und das Alter«, sagte sie.

»Ich meine, was passiert mit uns, wenn der Tod stirbt?«

Die beiden wechselten einen beklommenen Blick. Sie spürten das Schleppen der Zeit in der Welt dazwischen, obwohl die Zeit sich nicht bewegte, es sei denn, sie waren anwesend, um ihr Vergehen in den letzten Momenten einer schicksalhaften Beseitigung zu beobachten. Sie alterten asynchron zum Rest der Welt. Und so war auch der Tod seit dem Anbeginn der Menschheitsgeschichte in einem noch stärker beschleunigten Tempo gealtert.

»Wäre es unhöflich zu fragen, ob wir tatsächlich die ersten und einzigen Aushilfen sind, die er angeheuert hat?«, fragte Emma.

»Du denkst, er ist vielleicht nicht der ursprüngliche Tod?«

»Ich glaube, wenn wir lange genug bleiben, wird auch von uns nichts mehr übrig sein als *unsere* Knochen.«

Genau in dem Moment kam Veronique mit einem Fuß-Spa und einer elektrischen Heizdecke den Flur entlang.

»Was ist mit ihr?«, fragte Mark.

»Sie ist Französin«, sagte Emma. »Sie hat gute Gene.«

»Französinnen verwesen auch«, sagte Mark.

Emma schüttelte abweisend den Kopf.

»Entschuldigung«, rief Veronique, »könnte ich Sie bitten, die Tür aufzumachen?«

Mark bemerkte, dass sie ihre Sachen kaum halten konnte. Emma nahm ihr das Fuß-Spa ab, während Mark die Tür aufhielt, um sie hineinzulassen. Der Tod siechte in seinem La-Z-Boy dahin – seine Füße waren bis zu den Knöcheln komplett verschwunden, und seine Hände schienen auf dem besten Weg dorthin zu sein, denn die Spitzen seiner knochigen Finger lösten sich praktisch auf.

Sie bereiteten seine therapeutischen Maßnahmen vor und versuchten, ihn dazu zu bewegen. Er hatte keine Kraft, sich gegen ihre Fürsorge zu wehren, nicht einmal zu stöhnen. Er stieß nur luftige, hauchdünne Seufzer aus. Eine feine Spur weißen Staubs rieselte aus seinem Mund und schwebte in der Luft, bevor sie wie langsamer Schneefall herabsank.

»Alles in Ordnung bei Ihnen, Sir?«, fragte Mark.

»Oh ... nein«, sagte der Tod beiläufig. »Es scheint, ich werde zu einem Schemen.«

Mark warf Emma einen besorgten Blick zu. »Ist das ... wie sterben?«

»So ähnlich«, antwortete er. »Wenn eine Seele zu lange unbeachtet bleibt, verliert sie ihre Gestalt. Sie verliert ihren Zweck und ihre Identität. Sie verliert die Festigkeit ihrer Form und verpufft zu nichts als einem Fleck, einer Kugel oder einem umherirrenden Schädel, bis sie jeden Zweck in einer Welt verliert und in die nächste übergeht.«

»All diese Seelen«, sagte Mark, »hier draußen im Limbo ...«

»In der Tat.« Der Tod seufzte. »Auch das ist ihr Schicksal. Sich dem Nebel über dem Fluss anzuschließen. Unterzutauchen oder über dem Wasser zu gleiten, ewig auf der Suche nach der Überfahrt durch den Fährmann.«

»Der Nebel?«, sagte Emma. »Das sind alles Seelen?«

»Die zahllosen Unbeachteten«, verkündete der Tod. »Ohne Zweck, tot ohne Glauben, verloren in alle Richtungen aus den Annalen der Geschichte. Lange genug tot, um zu wissen, dass ihr Urteil nicht kommen wird, dass ihr Gott sie nicht rufen wird. Der einzige Zweck, der sie danach noch aufrechterhält, ist der Wille, auf die andere Seite zu gelangen. Jene, die ins Wasser gehen, erheben sich nicht wieder, sie sinken einfach in den Abgrund. Jene, die noch länger warten, verlieren ihre Form und ziehen als Nebel über das Wasser, der sich nicht wieder formen kann. Das bedeutet es, ein Schemen zu sein. Den Zweck und damit die Form zu verlieren …«

»Oh nein«, sagte Mark. »Das ist unsere Schuld.«

»Nein«, protestierte Veronique. »Machen Sie sich keine Vorwürfe.«

»Wir haben so gut geerntet«, sagte Mark, »dass Sie dadurch Ihren Zweck als der einzig wahre Tod verloren haben.«

»Pah!«, rief der Tod aus. Dieser plötzliche Ausbruch war zu viel für seinen Körper. Er hustete schwach, bis sich sein Atem beruhigte. »Sie sind bestenfalls ausreichend. Zwar habe ich erwartet, dass Sie bei Ihrer Pflicht die eine oder andere Seele verlieren würden. Aber Sie haben nicht das Chaos des zerstörerischen Zeitalters der Menschheit durchlebt, um zu sehen, wie der wahre Tod aussieht. Jene umherirrenden Seelen auf dem Land – Geister und Gespenster, wie jene unglücklichen wenigen mit der Gabe, sie zu sehen, sie genannt haben – sind die Seelen, die ich in Kriegen und Völkermorden nicht finden konnte. In großen Katastrophen der Vergangenheit. Jene, die die Geduld verloren haben, auf die Ankunft ihres Gottes zu warten.«

»Und jene, die noch eine menschliche Gestalt haben«, sagte Emma, »behalten diese durch ein Pflichtgefühl bei, das größer ist als der Wunsch, das Jenseits zu sehen?«

Mark nickte. Er fragte sich, ob er während des Zeitstillstands, als er die Seelen einholte, solche nebligen Gestalten hatte umherziehen sehen. Dann schlich sich eine neue, einzigartige Sorge an und drohte, ihm die Kehle zuzuschnüren.

»Soll die Welt *eigentlich* ganz grau und trüb werden, wenn jemand stirbt?«, fragte er.

»Was?«, sagte Emma.

»Als ob an allem ein Nebel haften würde?«

Emma blinzelte nur. Sie suchte eine Antwort bei der verblassenden Gestalt des Todes. Er stotterte und schüttelte den Kopf.

»Das ist normal«, stellte er klar, und Mark seufzte erleichtert auf. »Selbst wenn Sie diese unglücklichen, verlorenen Seelen fänden, könnten Sie nichts für sie tun. Das ist der Preis des Versagens. Es ist ein ewiges Mahnmal einer vernachlässigten und in der Zeit verlorenen Pflicht ... Sehen Sie sich die Stundengläser an.« Er deutete auf die meilenlangen Regale, die durch die offene Tür zur Halle der Zeit am anderen Ende des Raumes sichtbar waren. Die heutige Ernte, jene, denen kaum noch Zeit blieb, waren allesamt ältere Menschen oder unglückselige junge Leute, die bei Unfällen verschiedenster Art ein jähes Ende finden sollten.

Und sie alle waren fleckig.

Mark nahm eines und drehte es um. Der obere Kolben des Stundenglases war an mehreren Stellen von etwas, das wie glasiger Schorf aussah, von innen verunreinigt.

»Der Sand Ihrer Stundengläser bleibt an den Seiten haften«, erklärte der Tod. »Genau wie bei jenen. Das ist ein Problem, das Reis nicht lösen konnte. Der Tod selbst geziemt sich für sie nicht mehr.«

»Wie soll das Sinn ergeben?«, fragte Emma. »Ständig sterben Menschen. Wir allein haben in nur etwa zwanzig Minuten schon einhundert Seelen geholt!«

Der Tod lachte, hustete und lachte weiter. »Wissen Sie, wie viele *Tausende* jede Stunde sterben? Was für eine Kleinigkeit ... Was für eine armselige, unbedeutende Sammlung Sie in einer Zeit zusammengetragen haben, in der Sie die gesamte Erdoberfläche hätten bereisen können, ohne auch nur eine einzige Minute vergehen zu sehen? Und wie viele eben *nicht*?«

»Monsieur, atmen Sie«, bat Veronique. »Sparen Sie Ihre Kräfte.«

»Na und?«, sagte Mark. »Es ist ein ruhiger Tag im Büro. Das kommt vor. Jeder hat mal einen guten Tag. Vielleicht haben sich all diese guten Tage ... einfach aneinandergereiht?« Gegen Ende verlor selbst er den Glauben an das, was er sagte.

»So etwas gibt es nicht«, sagte der Tod. »Nicht auf diese Weise. Ihr Fall war der erste. Ich fürchtete, es würde nicht der letzte sein. Aber solange diese wenigen Körner nicht fallen, werden die Ereignisse, die zum Ende des Lebens führen, nicht mehr eintreten. Und wenn niemand mehr stirbt ...«

»Bleibt die Zeit dann nicht einfach stehen?«, fragte Emma. »Wenn Zeit aus dieser Perspektive nur eine Ansammlung von gelebten Momenten ist und diese aufhören ...«

»Die Endzeit«, murmelte der Tod. »Das, wovor wir Reiter uns fürchten, es auszuführen.« Er drehte sich zu seinem Fenster um, das auf den Fluss blickte, der draußen von der Feuchtigkeit des Nebels bedeckt war. »Wenn die Zeit selbst endet.«

Mark bemerkte, dass er den Stoff seiner Robe mit geballten Fäusten umklammert hielt. Er hatte versucht, ein ausgezeichneter Tod zu sein, um eine weitere Chance auf das Leben zu bekommen. Er war noch nicht bereit, auf die andere Seite überzugehen, doch nun fürchtete er, dass es nicht einmal mehr eine lebende Welt geben würde, in die er zurückkehren könnte.

Emma streckte die Hand aus, um seine zu halten. Sie umklammerte seine Finger fest. Auch sie war besorgt. Nicht um sich selbst, sondern angesichts des ganzen Ausmaßes dessen, was die Endzeit bedeuten könnte. Sie hatte die Entscheidung getroffen, ihr Leben zu beenden; sie hatte ihre Gründe gehabt und eine wohlüberlegte Wahl getroffen. Aber was war mit all den anderen Leben, die durch die Millionen von Stundengläsern repräsentiert wurden, die sie in der Halle der Zeit sehen und hören konnten? All die gelebten Leben, die Leben, die gerade gelebt wurden, und jene, die ihre Reise zum Tod noch nicht begonnen hatten.

Die Stimmung im Raum war drückend, als ob der Nebel bereits darin wäre und die Luft, die sie mühsam atmeten, beschwerte.

KAPITEL ZWEIUNDVIERZIG

Sie durchstöberten die Regale in Tods Archiv im Wohnzimmer nach Büchern über seine Arbeit, über die Apokryphen menschlicher Erfindungen und allem, was ihnen bei dem seltsamen Szenario helfen könnte, mit dem sie es zu tun hatten – einer Zeit, in der der Tod selbst sterben könnte und in der alle anderen Aspekte der grausamen Natur durch eine plötzliche Laune des Schicksals auf den Kopf gestellt wurden. Sie wandten sich seinen persönlichen Schriften und Grübeleien zu, die über die Jahrhunderte in allen möglichen unleserlichen alten Schriften überliefert waren.

»Ich habe eins auf Deutsch gefunden«, sagte Mark.

»Ich auch«, fügte Emma hinzu. »Ziemlich viele sogar.«

»Dass der Tod eine deutsche Phase hatte, ergibt mehr Sinn, als ich dachte«, sagte Mark. Er kniff die Augen zusammen und versuchte, den Text laut vorzulesen. »Ach, vergiss es – es ist tatsächlich Polnisch.«

»Noch passender«, sagte sie. »Oh, warte, das hier sieht vielversprechend aus.« Sie zog ein schwarzes, in Leder gebundenes Notizbuch hervor, auf dessen Vorderseite ein Totenkopf eingraviert war. Der Text darin war in einfachem, handgeschriebenem Englisch verfasst, mit einem etwas viktorianischen Zungenschlag.

»›Die Endzeit‹«, las Emma, »›ist noch nicht verwirklicht, obgleich

ich fürchte, ihr Herannahen könnte unmittelbar bevorstehen. Dieser unumkehrbare Wandel der Natur, den der Mensch durch Eisen und Dampf vollbracht hat, ist nur der erste schmerzliche Schlag gegen sein eigenes düsteres Schicksal.‹«

»Verdammt«, sagte Mark. »Die industrielle Revolution hat uns mal wieder in die Scheiße geritten.«

»›Bei meinem Zeichen und auf Märtyrerblut‹«, fuhr Emma fort, »›verschwende nicht ... die unsterblichen Gezeiten ...‹ Es ist sehr poetisch, das muss ich ihm lassen.«

»Aber was bedeutet das?«

»Anscheinend«, sagte Emma, »ist diese ›Endzeit‹, vor der die Reiter zurückschrecken und die wir aus unserem biblischen Kontext ebenfalls fürchten, *buchstäblich* ein Ende der Zeit. Das Ende des Fortschritts und der gesamten Menschheitsgeschichte, da die Aspekte der Natur, die den Lauf der gesamten Realität diktieren und bestimmen, zu einem knirschenden Stillstand kommen. Wenn es keine Kriege mehr gibt, die das ›Chaos der Produktion‹ verursachen, keine Krankheit, die ›die Seelen der Schwachen siebt und zukünftige Stärken stärkt‹, wenn es keine Hungersnot gibt ›und somit kein Kampf, der alle Clans und Stämme vereint‹, wird es ebenfalls ›ein Aufhören des Todes geben und alle solche Momente werden dadurch ewig bleiben‹.«

Sie las eine weitere Schlüsselpassage laut vor. »›Es sind die Flaute und der Frieden, die sie am meisten fürchten sollten, denn sie bedeuten den wesentlichsten Anfang ihres Untergangs. Denn die erste Posaune, die ertönt, wird in der Stille ihres eigenen Atems zu finden sein, und in der Vereinnahmung ihrer Sonne, die den Himmel grau färben wird, und keine Brise wird die Wolken am Himmel verschieben. Wo es Nacht ist, wird für immer Nacht sein; Wo es Tag ist, wird ebenfalls Nacht sein. Und dieser letzte Augenblick wird geerntet werden, wenn der letzte Faden des Schicksals durchtrennt und für alle zukünftigen Ungeborenen zurückgelassen wird.‹«

»Das war's also?«, sagte Mark. »Wenn die Reiter ihren Zweck verlieren und zu Schemen werden, verliert die Menschheit? Wir *brauchen* Krieg und Pestilenz und Hungersnot und Tod, nur um weiterzuleben?«

»... Ja?«, sagte Emma mit einem unsicheren Schulterzucken. »Es ist irgendwie ein beschissenes Schicksal, eine Symbiose, aber ich verstehe es. So wie wir uns verhalten, haben wir es ein Stück weit verdient.«

»Ich verdiene das nicht«, sagte Mark. »Sie auch nicht.« Er deutete in Richtung der endlosen Regale mit den fließenden Sanduhren.

»Na ja, wir wären sowieso irgendwann gestorben«, sagte sie. »Oder so schien es zumindest.«

Tods Grübeleien, über Jahrhunderte niedergeschrieben, hatten keine Heilung offenbart. Sie und die gesamte Zivilisation saßen in der Scheiße. Das Summen des ständigen Sandflusses erfüllte den Raum – Millionen von Momenten, die sich immer noch für Millionen von Menschen ereigneten, die ihr Leben ahnungslos lebten.

Die Realität des existenziellen Ereignisses, dessen Zeugen Mark und Emma wurden, war fast zu tiefgreifend, um sie zu begreifen. Emma fuhr sich mit den Händen durchs Haar und blickte auf die Reihen über Reihen von Sanduhren, die ordentlich in den Regalen aufgereiht waren. Konnte all das einfach bald aufhören? Kein Sand mehr? Kein Tod mehr? Kein Leben mehr?

»Es gibt nur noch eine Sache, die wir jetzt tun können«, sagte Emma.

»Was denn?«, fragte Mark.

»Wenn der Tod im Moment das Einzige ist, was die Menschheit am Laufen hält, dann müssen wir es einfach selbst am Laufen halten. Alles vorantreiben, einen Sekundenzeiger nach dem anderen. Dann läuft wenigstens irgendetwas richtig.«

»Aber wir können keine unfertigen Seelen ernten«, sagte er.

Emma stand auf und nahm Marks Hand, führte ihn durch die Tür in die riesige Halle der Zeit. Sie schritt auf das nächste Regal zu und ließ ihre freie Hand über das glatte Holz der dortigen Sanduhren gleiten. Mit einhundert geernteten Seelen und vielen Tausenden von Leben, die buchstäblich in Sandkörnern in ihren Händen gewogen wurden, wussten sie instinktiv, wie man ein Leben bemisst. Emma nahm eine Sanduhr aus dem Regal und sah auf das Namensschild – Marcus Gordale.

»Höchstens fünf Monate«, schätzte sie.

»Emma, das *können* wir nicht«, sagte Mark zu ihr.

Er wich ihrem Blick so lange aus, wie er konnte, aber sie kam immer näher, bis es nichts mehr gab, wohin er hätte blicken können, außer in ihr Gesicht, das sehr verärgert über ihn schien.

»Aber wenn wir es täten …«, begann sie.

»Es wäre nicht fair«, sagte Mark. »Nimm uns das nicht weg. Fair zu sein ist das Einzige, was wir mit diesem Titel aufrechterhalten können. Wenn wir anfangen, wahllos zu töten, wird es im ganzen Land niemanden mehr geben, der unverschämte Immobilienbewertungen aus der Luft greift.«

Emma nickte, stimmte ihm zu und war ziemlich erfreut zu wissen, dass sie beide, wären sie auf eine Tötungstour gegangen, Immobilienmakler als Kollateralschaden betrachtet hätten. Sie hatten wirklich viel mehr gemeinsam, als Emma zugeben wollte.

Sie unterbrachen ihre Diskussion, als Emma Veronique im Wohnzimmer mit einem Laken über dem Rücken entdeckte – einem Laken, aus dem Dampf wie aus einem überkochenden Wasserkessel quoll. Sie rannten zurück ins Wohnzimmer und sahen, wie Veronique den Flur entlang zur Haustür marschierte.

»Wohin gehst du?«, fragte Emma.

»Zum Fluss«, sagte sie.

»Womit?«

Veronique stieß einen zaghaften, furchtbaren Seufzer aus. »Habt ihr etwas gegessen?«, fragte sie die beiden. »Bitte tut es. Es ist eine Mahlzeit, die ich für euch gemacht habe.«

»Veronique, wo ist der Tod?«, fragte Mark.

Das Laken bewegte sich, und eine zarte, durchscheinende Hand glitt von Veroniques Schulter. Sie tastete sich wieder nach oben, um Halt an ihrem Arm zu finden. Der Tod lehnte an ihr, bedeckt von einem weißen Laken des traurigen Abschieds. Selbst für ein Skelett sah er ungesund aus. Einige seiner Zähne fehlten. Ein tiefer Riss zog sich von seiner rechten Augenhöhle über seine Wange.

»Markus … Emelia«, stöhnte er.

Die beiden traten näher und wagten es nicht einen Moment lang, ihn zu korrigieren.

»Ihr … könnt nun in eure Welt zurückkehren, ohne Furcht vor dem Tod. Denn der Tod hat seinen Platz in den Angelegenheiten der Sterblichen verloren.«

Weder Mark noch Emma wollten jetzt in ihre Welt zurückkehren. Nicht unter diesen Umständen. Nicht, wenn die Endzeit unmittelbar bevorstand. Sie waren entschlossen. Sie würden bleiben und alles tun, um dem Tod zu helfen, nicht zu sterben.

»Geben Sie nicht auf, mein Herr«, sagte Emma. »Es gibt noch einen Platz für den Tod in der Welt. Wir werden es tun! Es wird langsam gehen, aber wir können-«

Er hob eine Hand, um sie aufzuhalten. »Eure Macht ist nur durch Stellvertretung geliehen. Ohne mich werdet ihr die Fähigkeit verlieren, hin und her zu reisen. Ihr solltet jetzt gehen. Seid bei euresgleichen. Denn wenn ich den Fluss überquere und mich mit seinem Nebel vermische, wird es wahrhaftig das Ende aller Zeiten sein ...«

»Dann tun Sie es nicht«, sagte Mark. »Es muss doch etwas geben, was wir tun können, oder die anderen Reiter vielleicht. Oder sogar-«

Mit einem jähen Erkennen drehte er sich zu Emma um.

»Aber würde er helfen?«, fragte sie.

»Er hat genauso viel zu verlieren«, sagte Mark. »Kein Tod bedeutet kein Gold, richtig? Wenn er irgendetwas weiß, sollte er es uns sagen wollen.«

»Ihr sprecht vom Fährmann«, sagte der Tod. »Bemüht euch nicht. Auch er wird nicht lange durchhalten. So wie ich meine Gestalt verloren habe, hat er sicher sein Boot verloren ...«

Die vier Bewohner des Häuschens des Todes wurden vom Geräusch rauschenden Wassers, dem Grollen eines mächtigen Motors und »La Cucaracha«, gespielt über Nebelhörner, unterbrochen. Mark und Emma rannten als Erste hinaus in die dichte Nebelbank. Jetzt, da sie wussten, was es war, bemühten sie sich, nicht zu viel von den Überresten unsterblicher Geister einzuatmen. Sie benutzten ihre Ärmel als Masken und stapften durch die dicke Luft, bis sie das Ufer erreichten, wo die Luft klarer war.

Eine lächerlich große, protzige Yacht schaukelte im Wasser auf und ab. Sie war aus massivem Gold gefertigt, mit einer Reihe von sechs Außenbordmotoren und einem verkrusteten alten Kapitän, der mehr Schmuck als Kleidung trug – obwohl sie ein Paar ordentlich gebügelte Bootsshorts und ein Hawaiihemd ausmachen konnten.

»Na, sowas aber auch!«, rief Charon. Er ging zum Rand des Decks und lehnte sich über die Reling. Er war derselbe klapprige, krumme alte Mann von verächtlicher Erscheinung. Nur sein Äußeres und seine Ausrüstung hatten sich geändert.

»Schickes Boot«, sagte Mark.

»Das ist es!«, rief Charon aus. »Ein Gezeitenwechsel war angesagt. Ich habe es hochgefischt, nachdem ich einen kostbaren Fahrgast in die Wasser entlassen hatte, und heraus kam es, ein Tribut aus dem Abgrund der Schöpfung des Menschen!«

»Charon!«, rief Emma. »Die Endzeit bricht an!«

»Tut sie das?«, sagte er mit einem verschlagenen Grinsen. »Man hat euch alles über euren Job beigebracht, nur um sein bitteres Ende mitzuerleben, was? Furchtbarer Zeitpunkt für einen neuen Job, wenn die Firma pleite ist!« Er lachte ein verschlagenes, kehliges Lachen.

Emma und Mark drehten sich zum Geräusch galoppierender Hufe um. Der schwarze Hengst des Krieges, die fuchsfarbene Stute der Pestilenz, das rotbraune Arbeitspferd des Hungers und sogar das fahle Ross des Todes kamen alle nach vorne und gingen am Ufer auf die Knie, um ihre Reiter abzuladen.

Der Krieg war ein einziges Chaos aus Blut und Schnitten. Ihre Haut leuchtete hellrot vom Ausfluss umkämpfter Wunden. Der Hunger war eine leere Hülle, ein verhungernder Sack Knochen, umhüllt von dünner Haut. Die Pestilenz sah aus, als wäre sie nur einen zerlumpten Atemzug von ihrem letzten entfernt, wobei das Blau und Grün ihrer Adern die Blässe ihrer eigenen Haut färbte.

Und der Tod war jetzt nur noch ein Schädel, der in einem verdickten, in ein Laken gehüllten Dunst schwebte, wie die Vorstellung eines Grundschulkindes von einem Geist.

»Har, har, har!«, gackerte Charon. »Seht nur, wie tief ihr gesunken seid. Keine Kriege zum Zuschauen? Keinen Hunger zum Säen? Keine Krankheit zum Übertragen? Oh, und du«, sagte er und deutete mit einem goldenen Stock auf den Tod. »Der Erbärmlichste von allen. So schwach, dass du zwei *Kinder* deinen Job hast machen lassen, damit du dich bis zum Staub zerfallen lassen konntest!«

»Halt die Klappe!«, schrie Mark. Er trat vor und trat gegen die Seite von Charons Yacht, wobei er sich den Fuß am massiven Goldrumpf verletzte.

»Keine Schrammen in mein Boot!«, schrie Charon zurück. »Hab den ganzen Morgen gebraucht, um es zu polieren, und ich werde es brauchen. Dieses großartige Gefährt wird *ALLE* Pferde und ihre Reiter ersetzen! Eine neue Ordnung der Natur wird in die Welt der Sterblichen strömen. Und ihr, ihr alle, werdet hilflos von dieser Seite *MEINES* Flusses zusehen, wie die Seelen wie eine Flut durch ihn strömen!«

Charon griff in einen goldenen Kelch und warf eine Flut von Münzen ins Wasser, als würde er Fische füttern. Jedes Mal, wenn eine der Münzen auf das Wasser traf, stöhnten die Reiter und wurden in noch erbärmlichere Zustände versetzt. Ihre Körper zuckten vor Qual, als wären sie von Kugeln durchsiebt worden. Mark und Emma zählten die Ereignisse sofort zusammen. Sie starrten den verkrusteten Seemann wütend an, als er das Steuerrad der Yacht drehte und Gas gab, einen Donut vollführte, der sie mit dem verflüssigten Faktor unzähliger ertränkter Seelen bespritzte. Dann raste er davon.

»Er war das!«, sagte Emma. »Er muss es gewesen sein!«

»Genau«, sagte Mark und schüttelte seine Robe, um sie zu trocknen. »Ich wollte schon immer das Boot eines reichen Idioten demolieren. Jetzt habe ich einen guten Grund dafür. Sturmrider!«

»Princess!«, rief Emma.

Ihre Pferde kamen aus dem Nebel zu ihnen, verwahrlost, müde und Jahre älter, als sie sie nur Minuten zuvor zurückgelassen hatten. Doch sie brachten das Einzige mit, was sie beide brauchten: ihre Sensen. Sie stiegen auf und überließen die kränkelnden Reiter Veroniques Obhut.

Über den Fluss und den Strom hinab zu Charons Haus ritten sie …

KAPITEL DREIUNDVIERZIG

Mark und Emma, die Aushilfsreiter der Apokalypse, ritten am Fluss entlang, durch die große Nebelbank, und folgten dem glitzernden Spektakel von Charons goldener Yacht. Sie ritten so gut sie konnten, während ihre Pferde ihre letzten, rasselnden Atemzüge taten.

»Na los, Stormrider!«, feuerte Mark ihn an. »Du warst nie der Größte, aber du bist verdammt sicher der Zäheste! Das tödlichste Pony im ganzen Universum!«

»Halt durch, Princess Die!«, rief Emma. »Ich will nicht, dass du woanders reinrennst als in den Schädel dieses üblen Bastards.«

Während sie weiterritten, kamen sie an einem endlosen Zug von Seelen aus dem Limbo vorbei. Der große, karge, leere Raum, in dem sie sich befanden, veränderte sich weit in der Ferne. Er war nicht länger karg, sondern wurde von Dünen durchzogen, wie eine Kreidewüste.

»Alles verändert sich«, sagte Emma. »Zum Schlechteren.«

»Wir müssen diesen Fährmann erledigen«, erwiderte Mark. »Wenn auch nur aus reiner Rachlust.«

»Er muss wissen, was hier vor sich geht«, sagte Emma. »Gut genug, um alles nach Belieben noch schlimmer zu machen.«

Während sie ritten, hörten sie vor sich das Donnern der Außenbordmotoren der Yacht und hinter sich ein Grollen von Hufgetrappel. Mark drehte sich um und sah, wie Veronique auf ihrem eigenen Ross zu ihnen aufschloss, bewaffnet mit einem Staubwedel von der Größe einer Streitaxt. Ihr Pferd war in weitaus besserem Zustand, aber jeder galoppierende Schritt, den es machte, schien sein Fell einen Ton dunkler und trockener altern zu lassen.

»Monsieur! Madame!«, rief sie.

»Wo ist Charons Haus?«, fragte Mark. »Wir haben nie wirklich eine Tour gemacht, und mir fällt gerade ein, dass unser erster Besuch darin bestehen wird, ihm die Gurgel umzudrehen.«

»Charon steckt hinter all dem, nicht wahr?«, fragte Emma.

»Oui«, bestätigte Veronique. »Die Kavaliere haben das gesagt. Indem er das Gold, das er so sehr schätzt, zurückwies, hat er die natürliche Ordnung so sehr verzerrt, dass es den Tod tötet und den Krieg verwundet.«

»Und die Endzeit heraufbeschwört«, fügte Emma hinzu.

Die drei Reiter trieben ihre Rösser an und ignorierten deren Keuchen und Schnaufen.

»Und das Boot?«, fragte Emma. »Wo hat er das versteckt?«

»Sie wissen nicht, woher sein grandioses Boot kam«, antwortete Veronique. »Es ist zu unnatürlich.«

Mark wandte sich an sie. »Sind wir wenigstens auf dem richtigen Weg mit der Annahme, dass wir das alles rückgängig machen können, wenn wir ihn töten?«

»Ja«, bestätigte sie. »Aber ihn zu töten, wird ein anderes Problem schaffen. Sie müssen–«

Sie hielt inne und zeigte auf den Fluss. Eine große Welle aus schrecklichem, seelenverzehrendem Wasser kam von der Heckwelle von Charons Boot auf sie zu. Sie alle ließen ihre Pferde in die Luft steigen, um ihr auszuweichen. Stormrider blieb zurück und erhob sich nur knapp über die Flut, als sie seine Unterseite bespritzte.

»Hoch mit dir, Junge!«, rief Mark und zog die Zügel an, um höher zu steigen. »Ganz weit weg!«

»Los!«, rief Veronique. »Über den Fluss!«

Emma und Mark drehten sich um und begannen, den breiten Fluss Styx von oben zu überqueren, wobei sie Veronique zurückließen. Der Nebel umfing sie, während sie flogen, und zwang sie, darüber aufzusteigen. Von dort aus konnten sie die verbotene Landschaft der anderen Seite sehen.

Weit in der Ferne, jenseits des schattigen Tals, gab es zwei geteilte Horizonte. Einer war von Gewitterwolken und furchterregenden Blitzen durchzogen, wie die Anfahrt auf Manchester auf der M62. Die andere Seite war friedlich und ruhig, mit einem Schleier aus sanftem Licht, das durch einen wolkigen Dunst gefiltert wurde. Aber auch das war durch die Perversionen der Natur um sie herum verändert worden. Der Donner reichte bis in die ruhigen Wolken hinein, und die Dunkelheit fand ein jähes Ende, wo die stürmischen Wolken stillstanden und wie auf dem Kopf stehendes Eis, das auf das Land darunter tropfte, herabhingen.

»Oh«, sagte Mark. »Also gibt es einen Himmel und eine Hölle?«

»Oder es gab sie«, sagte Emma.

»Komisch, dass sie Nachbarn sind«, sagte er. »Und nah genug, dass … das ein Problem ist, das vermieden werden muss.«

»Offensichtlich gibt es hier keine Bauvorschriften«, sagte Emma. »Jeder kann bauen, was er will und wo er es beansprucht. Kein Respekt vor der Infrastruktur oder der umgebenden Ästhetik.«

»Apropos«, sagte Mark. Er zeigte auf das leuchtende goldene Signalfeuer unter ihnen. Charons Anwesen erstreckte sich über ein ganzes Gut. Sein Goldschatz bildete ein Dock, einen Kanal und eine Burgmauer in einem, und alles war aus Gold. Seine Yacht war in ein unterirdisches Dock, das gleichzeitig eine Garage war, eingefahren worden, das seine Zugbrückentür herabließ. Dann funkelte ein goldener Schimmer von der Burgmauer auf, und ein Lichtfaden näherte sich rasch.

»Duck dich!«, rief Mark.

Emma hörte ihn zu spät. Ein goldener Bolzen durchbohrte die Brust von Princess Die. Emma wurde vom Rücken ihres Pferdes geschleudert, als es sich ein letztes Mal aufbäumte und schlaff in der Luft hing. Mark schoss nach unten, um sie im Fallen aufzufangen. Stormrider trug ihr Gewicht, so gut er konnte, sank aber schnell zu Boden. Weitere goldene Bolzen flogen auf sie zu, aber ihr ungeplanter Sinkflug ermöglichte es ihnen, den Angriffen von oben sicher auszuweichen und den Boden zu erreichen.

»Wie kann er es wagen?!«, schrie Emma und umklammerte fest den Stiel ihrer Sense.

»Ballistik. Eine klassische Burgverteidigung«, sagte Mark. »Immerhin dringen wir in sein Eigentum ein. Um ihn zu töten.«

»Verteidige ihn nicht!«, schrie sie. »Er hat mein Pferd getötet!«

»Tue ich nicht. Ich erkläre nur, was passiert ist!«

Sie stiegen von Stormrider ab, und Mark tätschelte dem alten Pony die Nase. Emma rückte ihren Hut zurecht, und sie rannten geduckt durch den Nebel auf ihren Feind zu.

Grelle Suchscheinwerfer gingen an und erfassten sie sofort. Mark erstarrte mitten im Lauf wie angewurzelt, in der Hoffnung, sie könnten unbemerkt bleiben. Aber er merkte schnell, dass er damit ziemlich lächerlich aussah. Ein Lautsprechersystem knisterte auf und erfüllte die Luft mit einem pfeifenden Geräusch.

»Woher hat er das alles?«, fragte sich Mark.

»Ahoi, ihr jämmerlichen Sanddrückeberger!«, schalt Charon sie. »Auf diesem Fluss der Verdammten gibt es keine Überfahrt für Schwarzfahrer. Wenn ihr eure Chance auf den Eintritt ins Paradies nutzen wollt, müsst ihr das abgeben, was euch im Leben einst wertvoll war, um am Leben im Jenseits teilzuhaben.«

»Hast du nicht genug Gold, du alter Geizkragen?«, fragte Mark.

»Har har!«, krächzte Charon. »Wenn ihr kein Gold zu bieten habt, dann mache ich euch einen Vorschlag!« Bei seinen Worten öffnete sich in der Nähe eine Tür, die nach unten zu führen schien. »Ein Handel, der es jeder verirrten und mittellosen Seele erlauben würde, über diesen Fluss in ihre versprochene Ewigkeit jenseits zu reisen. Ein neuer Handel für eine neue Art! Kommt herein und wandert durch dieses bescheidene Labyrinth der Qual. Wenn ihr die Schmerzen eurer schlimmsten Ängste ertragen könnt, wird die Unterhaltung, die ich aus eurem Leid ziehe, Bezahlung genug sein!«

»Du verdammter Idiot«, sagte Mark. Er hob seine Sense und schwang sie, um ein Portal in der Luft zu erschaffen. Der Blitz knisterte, faltete sich in sich zusammen und implodierte mit einer statischen Entladung, die ihn und Emma nach hinten warf. »Okay ... sieht so aus, als könnten wir das nicht mehr tun.«

Charon krächzte erneut. »Das betrachte ich als Anzahlung auf eure zukünftige Qual. Nun! Bezahlt den Zoll des Fährmanns und peinigt eure Seele!«

Der Weg durch die Tür wurde von schwachen, blauen Lichtern erhellt. Emma schob Mark mit der Hand auf seiner Schulter vorwärts. Sie war zuversichtlich. Sie müssen das nur durchstehen und sich dann später um ihn kümmern, dachte sie. Mark schien ihre Gedanken zu lesen und nickte. Mit den Sensen über den Schultern und einsatzbereit gingen sie hinein und die Treppe hinunter. Sturmrider folgte ihnen, schwach, aber immer noch treu.

Drinnen war es weniger ein Labyrinth als vielmehr ein direkter Weg in eine versunkene Geisterbahn. Die Wände waren mit Stuck verputzt und in einem widerlich tiefen Blauton gestrichen, als würden sie durch einen unterbeleuchteten Aquariumtunnel gehen.

»Ich fühle mich noch nicht von Furcht erfüllt«, flüsterte Mark.

»Ich auch nicht«, sagte Emma. »Aber wenn diese Mönche ein Kloster aus Sand bauen können, ist alles mög... IIEK!«

Emma schlang ihren Arm fest um Marks Hals, als sie sich der ersten Veränderung in der Struktur des Ganges näherten. Während die Wände bisher aus einfachem Mauerwerk mit einer Reihe von Glühbirnen an der Decke bestanden hatten, hing nun der Kopf einer haarlosen, großäugigen Puppe direkt vor ihnen.

Dann bestanden die Wände selbst plötzlich aus ineinandergreifenden Puppen, die ihre Köpfe drehten und ihre missgestalteten Augen herausploppen ließen. Der Boden begann sich zu bewegen und trug sie mit sich. Es wurde zu einer automatisierten Tour durch einen Friedhof von Barbie-Abkömmlingen, während der Gang an ihnen vorbeizog. Emma blieb dicht an Marks Seite und schreckte vor den greifenden Plastikhänden der Puppenarmee zurück.

»Schon gut«, sagte Mark. Er legte seinen freien Arm um sie und hielt sie fest. »Lass dich von ihm nicht fertigmachen, Ems.«

»Gottverdammt«, flüsterte sie. »Woher weiß er das über mich?«

»War ja klar, dass er alles über uns weiß«, sagte Mark. »Führt sich auf wie der Richter der Verdammten, weil er einer ist.«

»Ich mache meine Augen nicht zu«, sagte sie, den Kopf an Marks Schulter gepresst, »aber sag mir, wenn wir an dem Teil vorbei sind, okay?«

»Äh …«, dehnte Mark das Wort, während sie weiterfuhren, und sagte dann schließlich: »Wir sind vorbei.«

»Wirklich?«

Emma blickte auf und sah, dass sich die Umgebung verändert hatte. Sie waren in einer Grundschule, flankiert von Schreibtischen auf allen Seiten. Der Boden bewegte sich auf einer automatisierten Schiene weiter vorwärts und brachte sie tiefer hinein.

Dann war der Raum plötzlich voller bunter, fröhlich lachender Clowns.

»Giiiiiiib deiiiiiin PrüFuUnGsBoOoOgEn naAaAch vOoOoOrn, Markyyyyy!!!«

»Was?« Emma blickte sich verwirrt in der langen Reihe von weißgesichtigen, rotlippigen Gestalten um, verblüfft, dass dies in irgendeiner Weise ein furchterregender Abstieg in die dunkelsten Ängste von jemandem sein konnte.

»Ja …«, seufzte Mark. Er zuckte instinktiv ein wenig zurück, als die Clowns nach ihm griffen oder mit Papieren nach ihnen warfen. Es nervte ihn mehr, als dass es ihn panisch erschreckte. »Clowns und das Wiederholen von nicht bestandenen Prüfungen sind wohl häufige Ängste, schätze ich.«

»Na ja, halbwegs häufig«, sagte sie.

»Aber wenn man sie zusammenfügt«, fuhr er fort, »stumpft das den Schrecken ab, weißt du?« Er blickte auf, als würde er zu einer versteckten Kamera sprechen, hinter der Charon zusah. »Man kann Ängste nicht einfach übereinanderlegen und sie so überschneiden lassen. Sie müssen sich ergänzen, nicht konkurrieren. Prüfung schreibende Clowns machen mir keine Angst, weil ich die Prüfung nicht schreibe und die Clowns einfach nur … dastehen. Du hast bei mir versagt! Du hast einen Kunden verloren. Ich will sogar eine Rückerstattung! Du solltest *mich* dafür bezahlen, dass ich hier durchgehe …«

Mark fiel. Emma nicht. Sie sah von ihrem festen Schienenabschnitt aus zu, wie Mark bis zur Taille in einer halbweichen Grube aus blassem Glibber versank, der um ihn herum brodelte.

»Die Ängste eurer Albträume«, verkündete Charon über seine Lautsprecher, »sind nur ein Teil des Leids, durch das ich euch jagen will. Der Körper hat seine eigenen Ängste, seine eigenen Gifte, die der gesamten Menschheit gemein sind. Die isolierende Furcht vor Allergien ist eure nächste Prüfung. Versinkt nun in eurer eigenen schlimmsten Angst!«

»Emma!«, rief Mark. »Es ist Brie! Ich vertrage keinen Käse!«

»Kriegst du nicht nur ein bisschen Blähungen, wenn du ihn isst?«

»Ja, aber ich weiß nicht, was mein Arsch macht, wenn ich darin *eintauche*! Hilfe!«

»I-in Ordnung.« Sie setzte ihre Sense an, um zu versuchen, ihn aus seinem Käse-Sinkloch zu ziehen, während Charon, unsichtbar, über ihre Notlage lachte.

Doch weitere Prüfungen warteten auf sie, alle weitaus schlimmer als das, was zuvor gekommen war.

Charon ließ eine Münze auf seinen Fingern tanzen und ballte dann die Hand fest darum. Als er seine Hand öffnete, war die Münze zerknittert und zerquetscht.

KAPITEL VIERUNDVIERZIG

Blizzardartige Winde peitschten an dem Graben vorbei, in dem sich Mark und Emma versteckt hielten. Etwas weiter auf ihrer Reise hatten die Dinge eine unerwartete Wendung zum Schlechteren genommen. Charons industrieller Kühlkorridor schickte eine Frostwelle über die goldverkleideten Wände und den Boden und schuf so eine unbewohnbare Eislandschaft. Es war wie in Sunderland im Februar.

»Verdammt noch mal«, stöhnte Mark. »Das ist übertrieben.«

»Ich hasse die Kälte«, sagte Emma, »aber ich bin nicht allergisch dagegen.«

»Ja, was ist daran bitte fair?«, schrie Mark. Er musste sich vom Wind abwenden, um nicht einen Hals voll stechender kalter Luft zu bekommen. Er sah nach Stormrider, seinem treuen Pony, das mehr denn je mit den Tücken des Alters und dem Käseteich, aus dem es geschlabbert hatte, zu kämpfen hatte. Es stand auf seinen letzten, wackligen Beinen.

»Wenn wir hier noch länger drin sind«, sagte Mark, »überleben wir das vielleicht nicht.«

»Warum sind diese Roben nicht für alle vier Jahreszeiten geeignet?«, jammerte Emma. »Der Tod muss doch genauso oft an die eisigsten Orte der Erde wie an die gemäßigtsten. Die Robe sollte das alles berücksichtigen.«

»Wenn wir im Notfall Wärme brauchen«, sagte Mark, »dann müssen wir vielleicht ...« Er nickte mit finsterem Blick zu seinem Ross. »Na ja, von innen wird es noch viel schlimmer riechen.«

»Was?«

»Ich meine ...« Er sah betrübt zu dem frostbedeckten Pony. Stormrider blickte nicht einmal mehr dorthin, wohin er ging. Er folgte seinem Meister einfach nur pflichtbewusst, ein Pferd, das seiner Kutsche folgte. »Ich kann dich tragen, aber ... ich kann nicht ...«

»Mark, du bringst dein Pony nicht um.«

»Das will ich doch gar nicht!«, rief er aus. »Aber wir sind schon lange genug hier drin. Ich glaube, wir kommen hier nicht lebend wieder raus. Er hat keinen Grund, uns durchzulassen! Er weiß, dass wir hinter ihm her sind!«

Emma packte Marks Kopf und zwang ihn, ihr in die Augen zu sehen. »Genau das will er! Er will, dass wir so sehr verzweifeln, dass wir unser Vorhaben aufgeben.«

»Ehrlich gesagt ... bin ich kurz davor.«

Auch Emma merkte, dass sie in einer üblen Lage steckten. Nicht nur wegen der Kälte, sondern wegen der ganzen Mühsal ihres Unterfangens. Sie entdeckte eine Nische abseits des Windkanals und zog Mark hinein. Sie waren vor dem Wind sicher, wurden dann aber einer anderen, grausameren Qual ausgesetzt. Mark sah zu, wie sein geliebtes Pony seine letzten Schritte trabte, auf die Vorderknie fiel und sich gegen den harschen Eiswind stemmte. Seine Augen schlossen sich langsam. Es akzeptierte den Tod und fiel steif auf die Seite.

Mark seufzte. »Ich hatte mal einen Hund.«

»Oh, Mark«, gurrte Emma und schmiegte sich an seine Schulter.

»Er wurde von einem Müllwagen angefahren«, fuhr er fort.

»Oh, Gott.«

»Ja. Nein, ihm ging es seltsamerweise gut. Aber er hat zwei Rückwärtssaltos gemacht, und als er landete, war er steif wie ein Brett. Ich musste ihn aufheben und zurücktragen.«

»War das Bosco?«, fragte Emma.

»Ja, Bosco«, bestätigte Mark. »Es ging ihm wieder gut, nachdem wir ihn eine Weile im Wohnzimmer aufgetaut hatten, aber er hat danach immer auf den Teppich geschissen, wenn die Müllmänner vorbeikamen.«

»Warum sprichst du jetzt von ihm?«

»... Stormrider sieht aus wie Bosco damals«, sagte Mark. »Einfach ... die Beine ganz steif. Aber er hat gezittert.«

»Oh ...« Emma umarmte ihn. Sie ertrugen die Kälte mit der Wärme des anderen und nutzten die Gelegenheit, die Situation etwas umfassender zu bewerten.

»Also, wir sind am Arsch«, sagte Mark. »Dieser Weg wird ewig weitergehen, oder wir stoßen auf einen Flur voller Heizkörper und Haartrockner, die uns den Rest geben.«

»Und Höhensonnen«, sagte sie. »Allein das Licht würde ausreichen, um uns in diesen Dingern zu ersticken.«

»Er will, dass wir sie loswerden. Die Roben ablegen. Und als Nächstes unsere Sensen.«

»Auf keinen Fall«, sagte Emma und umklammerte ihre fest. Mark packte seine Sense und blickte noch einmal zu dem sehr stillen und sehr toten Pony hinüber. Es war nicht einmal eine Minute vergangen, seit er das letzte Mal nach Stormrider gesehen hatte, und sein Pony war bereits von einer Eisschicht überzogen und steif gefroren, durch die arktische Kälte ausgetrocknet wie eine Mumie.

»Na ja, da drin ist es jetzt definitiv nicht wärmer«, sagte er.

»Entweih nicht die Leiche deines Pferdes«, wies sie ihn zurecht. »Schau. Dahinter muss doch irgendeine Logik stecken.«

Mark sah sie an, als hätte sie eine noch viel groteskere Erklärung abgegeben. »Logik hat uns in letzter Zeit nicht wirklich weitergeholfen«, sagte er. »Wenn Logik unser Handeln bestimmen könnte ... hätten wir unsere Pferde nicht an goldene Ballisten verloren, weil sie nicht hätten fliegen können. Und wir würden auf der falschen Seite des Flusses festsitzen und durch eine Wolke aus Seelen-Smog auf eine goldene Burg starren.«

»Auch wenn die Dinge keinen Sinn ergeben«, sagte Emma, »steckt eine Logik dahinter. Vielleicht die Logik eines Wahnsinnigen, aber es gibt einen Sinn und eine Ordnung in dem, was hier vor sich geht. Charon ist ebenfalls eines dieser ... urtümlichen Wesen der Ordnung. Er hat seine eigenen Ziele, die darüber hinausgehen, uns einfach nur leiden zu sehen.«

»Er ist ein Riesenarschloch«, sagte Mark. »Das heißt nicht, dass er schlau sein muss.«

»Na, dann gib mir irgendwas!«, verlangte Emma. »Gib mir einen Funken Hoffnung, an den ich mich klammern kann, oder irgendeine Möglichkeit, erfolgreich zu sein! Gib mir irgendeinen Grund, die Hoffnung gegen all das nicht aufzugeben oder ... oder wir können genauso gut aufgeben und ... und ich weiß nicht einmal, was dann passiert! Was kommt als Nächstes? Was geschieht mit der Realität, wenn die Zeit nicht mehr funktioniert und der Tod keine Rolle mehr spielt? Was *ist* der Tod überhaupt?«

»Emma, sei still«, sagte Mark. »Du drehst durch.«

»Ich drehe durch? Mark, ich war kurz davor, vom Dach zu springen!«

»Das war damals ...«

»Das ist immer noch aktuell! Das ist noch gar nicht so lange her!«

»Es war lange genug. Ich wünschte, du würdest endlich darüber hinwegkommen. Wir haben überlebt. Das ist doch-«

»Wir!?«, wiederholte Emma. »Es hätte meine Entscheidung sein sollen! Meine Wahl!«

»Aber es war die falsche!«

»Oh, wie unpassend für dich! Weißt du eigentlich, wie schwer es wäre, einen neuen Mitbewohner zu finden, wenn man eine tote Mitbewohnerin auf dem Kerbholz hat?«

»Nein! Wer würde nach so einem ›Ruhmesblatt‹ noch bei mir einziehen wollen? Selbst wenn sie nicht glauben würden, dass ich schuld war, würden sie sich immer noch fragen: ‚Was, wenn doch?'. Das würde ich mir ewig anhören müssen ... und ich würde nie wieder eine Mitbewohnerin finden, die ich so mag, dass sie dich ersetzen könnte.«

Emma schnaubte verächtlich, lehnte aber ihren Kopf gegen seine Brust. »Ich dachte wirklich, wir würden damit was aus uns machen. Es lief doch gut für uns ...«

»Es lief großartig.«

»Wir waren dabei, unsere Bestimmung zu finden. Wir kamen endlich voran ...« Sie schmiegte ihren Kopf an seine Robe und schüttelte ihn. »Warum mussten wir erst sterben, um jemanden zu finden, der uns zu schätzen weiß?«

»Man sagt, der Traum der Mittelschicht ist tot«, sagte Mark. »Kein Wunder, dass wir ihn hier gefunden haben.«

Sie lachte verächtlich auf und lehnte sich ein Stück von ihm weg. »Ich bin einfach nur beschämt, dass ich bei *allem* versagt habe, was das Leben mir in den Weg geworfen hat, und jetzt, wo der Tod die Herausforderungen stellt, kann ich nicht anders, als noch ein bisschen mehr zu kämpfen.«

»Besser als sich hinzulegen und ... äh«, stotterte Mark, »es nicht zu versuchen. Wir können ja nicht wirklich sterben. Oder schon, aber das ist eine ganz andere Phase von-«

»Du«, sagte Emma und legte ihren Zeigefinger auf sein Kinn, um seinen Mund am Weiterreden zu hindern, »hättest deinem Traum folgen und einfach deine verdammten Drehbücher schreiben sollen. Anstatt so zu tun, als wärst du mit der Arbeit in der Werbung zufrieden.«

Er zuckte mit den Schultern. »Ich *war* zufrieden. Ich wollte nur-«

»Du wolltest das Richtige tun. Wolltest deine Eltern nicht vor den Kopf stoßen«, sagte sie. »Das ist bewundernswert, aber du hättest bei deiner Sache bleiben, nach London gehen und weiter deine Sitcoms schreiben sollen.«

»Das hätte nicht funktioniert. Das war ein Hirngespinst.«

»Du hast es nicht einmal versucht«, erwiderte sie.

»Na ja, die Art von Stoff, die ich geschrieben habe, ist heute gar nicht mehr angesagt. Die Fernsehindustrie hat sich weiterentwickelt. Und ich habe gesehen, wie du in diesem Job gelitten hast, todmüde warst und *tatsächlich* deswegen Selbstmordgedanken hattest ...«

»Ich hatte keine Selbstmordgedanken wegen der Arbeit. Ich hatte sie, weil ich einsam war. Die Arbeit sollte meine Flucht sein, und ich hatte die Nase voll davon, für meine größten Anstrengungen eine Niederlage nach der anderen zu kassieren.«

»Pfff. Ich habe nie daran gedacht, vom Dach zu springen, nachdem ich Absagen von Produktionsfirmen bekommen habe«, sagte Mark.

Sie nickte. »Deshalb wollte ich, dass du weitermachst. Du hast dich nie scheitern lassen. Du warst immer nur einen Schritt vom Erfolg entfernt.«

»Eher einen riesigen Sprung.«

»Aber ich habe an dich geglaubt«, sagte sie. »Und du hast es auch geglaubt. Sonst hättest du schon vor langer Zeit aufgehört, darüber zu reden.«

Mark seufzte. »Ich wünschte, du hättest nicht versucht zu springen.«

Sie lächelte. »Aber ich bin froh, dass du versucht hast, mich aufzuhalten.«

»Wirklich? Du warst ziemlich angepisst deswegen, seit wir hier sind.«

»Ich weiß. Und es tut mir leid.«

»Moment? Also, bereust du es?«, wagte Mark zu fragen. »Würdest du es immer noch tun, mit dem, was du jetzt weißt?«

Bevor Emma antworten konnte, erblickte sie etwas über ihnen im eisigen Wind. »Sieh nur!«

Ein kristalliner Schmetterling schwebte über ihnen. Es war eines der wenigen Lebenszeichen und Bewegungen, die der Leere innewohnten, die aufkeimenden, flatternden Flügel eines vergänglichen Geistwesens, das die Seelen der Toten zu ihrem ewigen Frieden führte. Einer der unlogischen Fäden, der zu einem vertrauten, wenn auch flüchtigen Anblick wurde.

»Vielleicht«, sagte Emma, »will er helfen.«

Dann schnappte ihn ein Amalgam aus scheußlichen Babypuppenteilen aus der Luft und zerkaute ihn in Stücke. Emma schrie auf, und Mark griff nach seiner Sense.

»Nein!«, rief er verzweifelt.

Die vielen Augen des Puppenmonsters klackerten und fixierten sie. Es setzte zum Sprung an und verschwand dann plötzlich. Ein gewaltiger Luftstoß schlug eine Schneise durch den Schnee über ihnen und schnitt durch die eisbedeckten Wände, die sie umgaben.

Sie waren von den stampfenden Hufen von vier furchterregenden Pferden umzingelt. Eines war rot wie Feuer, und auf seinem Rücken saß das blutende Antlitz eines Kriegers, der ein von Äonen des Rostes rot gefärbtes Schwert schwang. Eines war braun wie der übelste Dreck. Sein

Reiter hatte grüne Haut, und in seinen Händen hielt er einen Bogen, der mit langem goldenem Haar bespannt und mit einem Pfeil aus einem Knochensplitter aufgelegt war. Ein Pferd war schwarz und ausgemergelt, fast nur noch Haut und Knochen, und sein Reiter war ein blasser, eingefallener Mann mit fahler Haut, der eine Waage aus Messing hielt, die nie aus dem Gleichgewicht geriet.

Das letzte war ein fahles Pferd, dessen Reiter noch viel fahler und in ein weißes Totentuch gehüllt war, ein körperloses Skelett, das eine Erntesichel in die Höhe hielt. Der fahle Reiter streckte seine Hand zu ihnen aus und bot an, sie aus der Hölle zu heben, in der sie sich befanden.

»Ich bin verwirrt«, sagte Mark. »Sind Sie nicht alle schon tot?«

»Nein«, sagte der Tod. »Es ist ... kompliziert.«

KAPITEL FÜNFUNDVIERZIG

Charon entspannte sich auf dem Deck seiner glänzenden Yacht. Er hatte alle möglichen Konsolen voller Ziffernblätter, Hebel und Messgeräte, verschiedene Steuerräder – all die Geräte und Anbauten, die er sich nur wünschen konnte, um die Fahrt auf dem Einweg-Wasserweg der Ewigkeit zu einem Spiel anstatt einer drögen, zermürbenden Plackerei zu machen. Er hatte sogar ein Zimmer mit allem Drum und Dran des Seemannslebens und ein weiches Bett aus goldenen Fäden, das auf goldenen Säulen und goldenen Ziegeln stand. Und darüber befand sich ein Kaminsims, auf dem er sein Ruder aufbewahrte, ein Artefakt seines früheren Lebens und der Entbehrungen, die er durchgestanden hatte, bevor der Erfolg ihm zu Gebote stand.

Er seufzte, aber er fühlte sich nicht leer. Im Gegenteil, er fühlte sich belebter und enthusiastischer als je zuvor. Regelrecht siegreich. Die Reiter, die er beneidet hatte, waren abgesetzt und in einem verabscheuungswürdigen Zustand zurückgelassen worden. Die Natur und die Ordnung, die sie aufrechterhalten hatten, waren in Unordnung geraten, und eine neue Ära hatte begonnen. Eine neue Natur hatte sich über die Welt der Lebenden gelegt, und es lag an ihm, sie zu kontrollieren.

Er blickte auf sein Bein hinab. Es war nicht mehr gefesselt, aber immer noch gebunden; der dicke Eisenklumpen, der ihn einst an seine

Pflicht gebunden hatte, war zu einem ausgefallenen Piercing durch seinen Knöchelknochen und einer dünnen, fast fadenartigen Kette reduziert worden, die bis zur Motorplattform am Heck seines Bootes reichte. Sie band ihn immer noch an den Fluss und erlaubte ihm nur, seine Yacht so weit zu verlassen, um sich einem Teil des grandiosen Anwesens hinzugeben, das er errichtet hatte, aber nicht dem ganzen.

Er seufzte. »Immer noch nicht genug. Wie viel mehr ...? Was muss ich noch ablegen und *bezahlen*, um von diesem Fluch befreit zu werden?«

Er hob einen goldenen Kelch voller Goldmünzen auf und ging zum Rand des Decks. Er schüttete sie ins Wasser. Sie ergossen sich in Kaskaden in das blasse, sirupartige Wasser unter ihm, und in der Ferne ertönte ein Grollen, als der Raum in der Leere bebte und sich veränderte. Jede Münze verursachte ein Beben, jedes Plätschern eine Verschiebung, jeder Wertverlust in den Abgrund würde jenseits des Nebels einen Berg oder ein Erdloch formen. Doch es war ihm immer noch egal. Seine Kette blieb eng und an seinem eigenen Körper befestigt, eine noch aufdringlichere Erinnerung an seine Knechtschaft bis in alle Ewigkeit.

Er seufzte erneut. »Verdammt. Verschwendet.«

Er warf auch den Kelch über Bord, was einen fernen Donnerschlag heraufbeschwor. Die Wolken, die über dem fernen Durchgang jenseits des Tals schwirrten, wirbelten weiter ineinander und vermischten Dunkelheit und Licht mit Blitzen zwischen ihnen.

»Sieht nach üblem Wetter aus. Keine Zeit, auf dem Wasser zu sein.«

Er verließ sein Boot und humpelte zu einer Rolltreppe, die ihn auf die Zinnen seiner Burg brachte. Die Kette war gerade lang genug, dass er bis zum Rand kam, wo sein neu gestalteter Thron stand. Er drehte sich um, ließ sich in den gepolsterten Sitz fallen und legte sein Bein hoch, während die Kette sich spannte und seinen Fuß in der Luft schweben ließ.

Er hatte jetzt nichts mehr zu tun. Nicht, bis die Reiter alle endgültig tot waren.

Dann sah er in der Ferne ein Schimmern – vier schwache Lichter, die den Himmel verdunkelten und ihm das Leben entzogen. Eine Prozession aus vier düsteren Omen, und auf ihren Rücken saßen ihre Reiter – und zwei zusätzliche Passagiere, die sich hinten festhielten.

»Eindringlinge!«, knurrte Charon. Er sprang auf und humpelte im Sprint zu seinen Ballisten. Sie waren münzbetrieben, mit Münzen geladen und magnetisch aufgeladen, um sein Gold als Munition zu verschießen. Er warf ein paar Münzen ein, spannte den Zünder und zielte, um zu töten. »Weicheier-Ponyparade!«

Er schoss. Die Münzen zischten mit der Geschwindigkeit von Kugeln wie gleißende Strahlen durch die Luft.

Obwohl sie gebrechlich waren, waren die Reiter nicht schwach. Ihre Wendigkeit und ihre meisterhaften Manöver übertrafen ihren eigenen Mangel an Lebenskraft. Der Tod führte den Angriff an und schwang seine Sense, um die Münzen mitten in der Luft zu zerschneiden, als sie kamen. Die Hungersnot fing einige in seiner Waage auf, die daraufhin zerfiel – das Gold selbst war allen Wertes beraubt, dem Nichts gleichgestellt, das die Hungersnot mit sich trug, denn man konnte nicht seinen eigenen Reichtum essen, während die Welt hungerte. Dann kam der Krieg, mit einem furchterregenden Horn in der einen Hand, das ein klagendes Echo in den Himmel schmetterte, während sein Schwert tief in der anderen hing.

»Stürzt in den Abgrund!«, rief Charon. »Jammert in ewiger Dunkelheit!« Er feuerte eine schnelle Salve von Münzen ab, eine nach der anderen. Sein Gold zerbarst aus dem Lauf zu Schrapnell. Die Pferde stoben auseinander. Die Pestilenz wurde getroffen. Er warf seinen Bogen zum Krieg, und Mark fing ihn auf. Dann wurde die Hungersnot getroffen. Er warf seine Waage. Mark fing auch sie auf.

»Halt dich fest!«, beharrte Mark. »Ich komme nicht an meine Taschen!«

»Nimm dies«, sagte der Krieg, seine Stimme fern und müde, ein erschöpfter Ruf unzähliger Stimmen in einem rebellischen Gesang. Er hielt ihm sein Schwert hin. »Geh.«

»Ich hab nur zwei Arme«, beschwerte sich Mark. Sie waren die Nächsten, die vom Himmel geschleudert wurden. Mark griff nach dem Schwert, nahm es, bevor er vom Rücken der blutroten Stute sprang und hinter Emma auf der steifen, knochigen Haut des fahlen Pferdes landete.

»Wir müssen springen«, sagte Emma. »Ganz normal.«

»Normal, wo wir beim Aufprall sterben?«, fragte Mark. »Oder das neue Normal?«

»Das neue.«

»Alles klar!«

Der Tod war der Letzte, der noch in der Luft war. Die anderen fielen und ihre Körper trieben dahin – von unaufhaltsamen Kräften zum Wasser gezogen. Die Reiter versanken im Fluss, und ihre Pferde folgten ihnen. Der Tod wusste, dass er der Nächste sein würde, aber seine Lehrlinge konnten die Begegnung überleben.

»Charon ist verrückt geworden«, verkündete der Tod. »Die Ordnung wurde durch seine Rebellion gestört.«

»Also müssen wir ihn töten«, sagte Emma.

»Ja«, sagte der Tod. »Und dann–«

BUMM.

Flak holte sie vom Himmel. Mark und Emma flogen plötzlich durch die Luft. Der Tod wurde zerfetzt. Überall flogen Knochen umher. Sie sahen zu, wie er von ihnen wegstürzte, weiße Splitter vor einem düsteren, grauen Horizont, und tief in die trübe Dunkelheit unter ihnen fiel. Emma drehte sich nach unten und versuchte, auf Charons Wall neben seinem Thron auf den Füßen zu landen. Als ihr das gelang, sprang er von seinem montierten Geschütz und stellte sich ihr entgegen.

Mark landete in der Nähe auf dem Bauch, überladen mit den Werkzeugen der anderen Reiter. Er war größtenteils unverletzt, aber ganz und gar nicht kampfbereit.

»Sie beide«, knurrte Charon. »Zwei so untersetzte kleine Wichte wollen mich also aus meiner eigenen Festung jagen, was? Das hier ist nicht wie Eure anderen Aufträge, Mädel. Diese eine Seele wird nicht einfach so klein beigeben.«

»Sie sind kein Auftrag«, sagte Emma. »Sie sind eine existenzielle Bedrohung für das Gefüge der Existenz selbst.«

»Pah!«, spottete er. »Die Stagnation dieser elenden Ordnung ist schlimmer als der Tod, wie Sie ihn kennen. Welches Leid wird denn heute noch im größten Ausmaß durch Hungersnöte verursacht? Eure Medikamente haben alle Seuchen zurückgedrängt. Und der Krieg? Wurde je ein Krieg wirklich um die Ideale und Tugenden verfeindeter Männer geführt?

Oder gab es da nicht einen anderen Anreiz?« Zu diesem Zweck rieb er Daumen und Zeigefinger aneinander und ließ eine Münze zwischen ihnen erscheinen. »Seit Jahrtausenden lauert eine höhere Ordnung hinter dem dünnen Schleier Ihrer Wahrnehmung. Die Plagen der Menschheit sind jetzt menschengemacht, aber kein Reiter reitet aus, um sie zu ernten. Der Tod ist die einzige Konstante, aber es gibt eine Sache im Leben, die noch sicherer ist als der Tod. Wissen Sie, was das ist, Mädel?«

»Steuern?«, fragte Mark.

Charon grinste ein dunkles, boshaftes Lächeln. »Aye.«

Emma versuchte, mit Vernunft an ihn heranzukommen. »Sie zerstören die Welt.«

»Der Welt geht es gut!«, sagte er. »Sie wird auch ohne Krieg, Hungersnot, Pestilenz weitermachen – selbst der Tod könnte zugunsten dieses anderen Endes, das von Menschenhand geschaffen wurde, aufgehalten werden.« Er hielt die Münze noch einmal ehrfürchtig hoch. »Die natürliche Ordnung hat sich schon vor langer Zeit geändert. Sie haben es selbst erlebt; Sie kennen das Gewicht, das dies mit sich bringt. Es ist mehr als das Leben. Mehr als Nahrung oder Blut oder Krankheit. Dies – dieser *Wert* – ist es, wofür die Menschen leben und sterben.«

»Das ist nichts Gutes«, sagte Emma. »Nur weil es alltäglich ist, heißt das nicht, dass es ein Teil der Natur werden muss.«

»Oh, doch, das tut es«, sagte Charon, als er die Münze hochwarf. »Warum die alten Wege bewahren, die noch übrig sind, wenn sie den ständigen Wettlauf in die Vergessenheit nicht einholen können? Die Menschen *bezahlen* dafür, in einer Welt voller Essen zu hungern. Sie bezahlen, um sich mit einer Krankheit zu impfen, damit ihr eigener Körper ihr widerstehen kann. Sie bezahlen und verdienen, um zu kämpfen, eine Haltung, auf die sich alle Konfliktparteien geeinigt haben, und jene wenigen, die vom Krieg profitieren, sprechen lauter als die Millionen, die in einem ehrlosen Tod aufschreien. Und die Menschen werden dafür bezahlen, zu leben. Schulden werden der neue Tod sein.«

Emma umklammerte ihre Sense fest. »Was haben Sie gesagt?«

»Seht!«, rief Charon mit ausgebreiteten Armen, während hinter ihm die Wellen brachen. »Der Fünfte Reiter – SCHULDEN! Er saß auf einem goldenen Streitwagen, um über den Himmel zu preschen und die Belohnungen eines gut gelebten Lebens zu ernten!« Er streckte ihr seine Hand entgegen. »Und der Tribut ist nicht verhandelbar.«

Emma holte aus. Charon sprang zurück, weitaus flinker, als er aussah. Er griff nach unten und beschwor sein hölzernes Ruder in seine Hand. Es war jetzt scharf und neu, mit einer klingenartigen Schneide wie eine zahnlose, langstielige Säge.

»Wenn Schulden Teil des Gesetzes von Leben und Natur werden sollen«, sagte Emma, »dann zum Teufel damit. Ich töte Sie aus Prinzip!«

Charon wirbelte das Ruder kunstvoll um seinen Körper und schwang es, um Emmas Haltung zu kontern. »Der Anfangszins, um mit mir zu kämpfen, ist für Leute wie Sie viel zu hoch!«

Damit begann ihr letzter Kampf auf dem goldenen Gipfel am Rande der Vergessenheit, dem Epitaph der Apokryphen, wo Geld über alles siegte.

KAPITEL SECHSUNDVIERZIG

Auf dem Gipfel von Charons goldenem Reich prallten Klingen aufeinander. Der Fluss Styx verschlang sein goldenes Dock, ein Gebäude nach dem anderen, und versenkte den Reichtum, den er über die Ewigkeit angesammelt hatte, im Abgrund, während er mit aller Macht für seinen neuen Lauf der Natur kämpfte.

Emma hielt seinen wütenden Hieben stand. Sein Ruder mit seinem klingenbesetzten Blatt war wie eine wendige Stangenwaffe, deren Klinge doppelt so lang war wie die ihrer Sense. Und er war stark, viel stärker, als er aussah. Die Jahre des Ruderns hatten ihm eine Stärke verliehen, die seinem hinfälligen Alter trotzte. Seine knorrigen Finger, kaum mehr als Knochen, waren geübt darin, das Gewicht seines Ruders zu halten. Jahrtausendelang hatte er die Klinge durch den Widerstand des Flusses gezogen. Jetzt, im Kampf um den Aufstieg zum Alpha und Omega, tanzte und funkelte das Klingenruder, während es zustieß, parierte und wirbelte. Er ging auf Emma los, schlug nach links und rechts und ruderte durch die Luft, während das Metall mit einem sirrenden Geräusch auf sie zusauste. Alles, was sie tun konnte, war abzublocken und zurückzuweichen. Er ließ keine Deckungslücke.

Mark war unterdessen fest entschlossen zu helfen. Seine beste Freundin und Sensenfrau-Kollegin – seine einzig wahre Liebe –

kämpfte um ihr Leben gegen das Ende allen Lebens, wie sie es kannten, und gegen die Errichtung einer neuen natürlichen Ordnung, die anstelle von Leben oder Tod aus Gold und Münzen erbaut war. Er kannte die vollen Konsequenzen eines Scheiterns und konnte es nicht akzeptieren. Wollte es nicht akzeptieren. Er stürmte mit erhobener Sense hinein, nur um von der Seite abgewehrt zu werden.

»Hat Ihnen jemals jemand gesagt, dass es *unhöflich* ist, sich zwischen einen Mann und eine Dame zu drängen?«, sagte Charon.

»Sie ist meine Dame«, erwiderte Mark.

Der Fährmann, der zum Oligarchen geworden war, grinste und prustete dann los. »Unerwidert, wie ich meine.«

Charon stieß ihn mit dem stumpfen Ende des Ruders, und Mark wurde gegen die Mauer des Zinnenkranzes geschleudert. Obwohl Gold als weiches Metall eingestuft wird, prallte sein Körper gegen die glatten Goldbarrenziegel und ihm blieb die Luft weg. Emma schwang ihre Sense auf den Fährmann nieder, doch Charon fing sie ab. Dann schwang er seinen ganzen Körper zurück, duckte sich in eine Rückwärtsrolle und warf sie gegen die gegenüberliegende Mauer. Er schnellte hoch und ließ seine Ruderklinge aufblitzen, als Emma sich langsam wieder aufrappelte.

»Na, los doch!«, spottete Charon. »Kämpfen Sie immer noch gegen Ihre Seebeine an? Ich dachte, ihr jungen Sprösslinge könntet stundenlang raufen!«

»Unsere Generation«, sagte Emma, »kann nicht einmal stundenlang Netflix schauen, ohne müde zu werden.«

»Was für eine Verschwendung«, sagte Charon. Er stürmte vor und setzte seinen Angriff fort; Emma war gezwungen, in eine verzweifelte Verteidigung zurückzukehren. Mark wollte ebenso verzweifelt helfen. Seine Sense taugte nichts – sie hatte in der Enge des Zinnenkranzes die falsche Form und Länge. Also hob er das Schwert des Krieges auf. Oder er versuchte es zumindest. Es war schwerer, als es aussah, und er hatte noch nie zuvor ernsthaft eines geführt. Der Griff war zu kurz für beide Hände, aber die Klinge war zu schwer für nur eine.

»Mistkerl«, fluchte er, als er es sich auf die Schulter hievte. Er rannte vor, bereit, es wie einen Vorschlaghammer niedersausen zu lassen, wenn Charon es am wenigsten erwartete. »Aus'm Herzen der

Hölle schlag ich nach dir!« Er beugte seinen Körper nach vorn. Die Klinge verließ seine Schulter und schwang so heftig nach unten, dass sie den goldenen Ziegelboden unter ihm durchbohrte.

Charon wich geschickt aus und benutzte das Ruder als Drehpunkt. Als er wieder festen Stand hatte, schlug er Mark mit der Breitseite gegen die Brust und schleuderte ihn zurück zu dem Haufen ausrangierter Reiterwaffen.

Emma ging in die Offensive. Jetzt war Charon derjenige, der sich auf das Blocken beschränken musste, was er mühelos tat. »Wir haben keine Wahl!«, schrie sie ihn an. »Wir können es uns nicht leisten, etwas anderes zu tun!« Ihre Waffen prallten aufeinander und sie drängte sich näher, zwischen die beiden verhakten Klingen. »Geld kann nicht alles kaufen!«

»Aber was, wenn es das könnte?«, sagte Charon. Er stieß sie weg und wirbelte seine Klinge hinter sich herum. »Wenn es *Zeit* kaufen könnte. Wäre das nicht reizend?«

»Dieselben Probleme würden nur noch schlimmer werden«, sagte Emma. »Letztendlich würde nur eine Handvoll Menschen am Leben bleiben. Der Rest ...«

»Ja!«, sagte Charon und deutete auf den zerbrochenen Horizont. »Genau wie jetzt! Aber umgekehrt! So wie es hier ist, wo die ewig Toten und die Unlebenden dem Verfall preisgegeben sind und sich im Nebel auflösen, der an der Oberfläche des Flusses des Todes haftet, kann dasselbe Schicksal auch die Lebenden ereilen! Die Wenigen werden weiterziehen, und die Vielen werden leiden müssen, um einen Wert zu finden, der dem derer gleichkommt, die sie zurückgelassen haben. Weder Krieg noch Hunger oder Krankheit, nicht einmal der Tod wird sie davon abhalten, einen Sinn und einen Wert zu finden!«

Während Charon dastand und über seine wahnsinnige Sichtweise dozierte, spannte Mark den Bogen, der der Pestilenz gehörte, mit den beiden knorrigen Knochenpfeilen, die ihm geblieben waren. Er beschloss, beide gleichzeitig einzulegen und zog die Sehne zurück. »Lächeln, du Sohn einer ... *Hmpf!*« Er hatte auch noch nie in seinem Leben einen Bogen abgeschossen und ließ die Pfeile vor der Sehne los, die nach vorne schnellte und gegen ihn zurückpeitschte, während die Knochenbolzen zu Boden klapperten. Er bückte sich, um einen aufzuheben und es erneut zu versuchen, aber im Boden öffnete sich ein Loch und die Pfeile rutschten durch den Spalt.

Der Turm stürzte um sie herum ein. All das Gold aus Charons Hort war für das Wasser und die beiden Ufer bestimmt. Sogar sein Boot hatte begonnen zu sinken. Der letzte Felsvorsprung, auf dem sie stehen konnten, war ins Wanken geraten und unsicher.

»Je mehr Gold du verlierst«, schrie Emma über das Chaos hinweg, »desto schlimmer wird das alles.«

»Gut!«, sagte Charon. »Was hat mir dieses Gold jemals genützt? *Dies* ist der Tausch, für den es bestimmt war! Jedes Stück Wert, das aus der Welt der Lebenden gebracht wurde, sollte den Zustand der Welt verändern! Sie gaben mir ihr Geld freiwillig, nicht um ihren Tod zu ehren, sondern um ihn abzutun! Um den endlosen Zyklus zu beenden!«

»Die Gerechtigkeit ist blind!«, rief Mark. Er rannte vor und versuchte, die Waage des Hungers wie einen Hammer zu schwingen. Charon trat nur zur Seite und ließ ihn zu Boden fallen.

»Du Vollidiot!«, sagte Emma.

»Sie ist tatsächlich wirklich schwer«, sagte Mark, die Waage noch in der Hand.

Der Turm fiel weiter in sich zusammen und die Gischt des abgründigen Wassers spritzte in einer nebligen Wolke zu ihnen auf.

»Nur der Fährmann kann sich über Wasser halten«, sagte Charon. Er blickte auf seine Fußfessel. Der Faden war immer dünner geworden, jetzt fast so fein wie Zahnseide. »Seht! Meine Fesseln werden schwächer! Meine Freiheit ist nah! All das Gold und die Ordnung des Lebens werden es wert sein! Und ich werde FREI sein!«

»Frei von Eurem Körper!«, sagte Emma. Sie holte aus. Charon wehrte ab und wirbelte sein Ruder herum. Er schnappte sich die Sense an ihrer Krümmung und riss sie ihr aus der Hand. Sie war völlig unbewaffnet. Mark sprang sofort nach seiner Sense und reichte sie ihr. Sie griff danach, aber Charon war schneller.

»Was ist das denn überhaupt?«, sagte er. »Das ist zum Einholen von Krabbenkörben gedacht, nicht zum Köpfen.« Er warf sie über seine Schulter von der Zinne. Die Sensenmänner-Lehrlinge standen ohne die einzigen Werkzeuge ihres Handwerks da, als sie dem wahnsinnigen Fährmann mit seinem klingenbewehrten Ruder gegenüberstanden, umgeben von zerschmetterten und entwerteten goldenen Möbeln.

»Akzeptiert die Veränderung«, sagte Charon zu ihnen. »Nehmt sie an, so wie ich es getan habe. Wenn die Veränderung früher in Euer Leben getreten wäre, wärt Ihr dann nicht glücklich?«

Emma sah Mark an. Sie teilten dasselbe Gefühl der Verzweiflung. Sie starrten der leibhaftigen Verkörperung der Schulden ins Gesicht, und diese lächelte sie mit einem schiefzahnigen, verfaulten ‚Stirb jetzt, zahl später'-Grinsen an, den Sieg mit den glasigen Augen narzisstischer Selbstherrlichkeit erwartend.

Dann entdeckte Mark etwas anderes. Einen Hoffnungsschimmer.

Direkt neben dem schiefen Turm ragte ein gekrümmter und knorriger Holzschaft, ähnlich einem geglätteten Ast, schräg aus der Mauer hinter Emma.

Er rappelte sich auf und stürmte darauf zu. Charon trat zur Seite und ließ ihn geradewegs über die Kante rennen.

»Mark!«, schrie Emma. Sie eilte zur Kante und blickte dorthin, wo er hingefallen war.

»Harhar!«, krähte Charon. »Er ist kopfüber ins Verderben gerannt. Bis zum Hals in Schulden! In die vergessenen Gezeiten des Unverdienten verbannt! Das Schicksal aller armen Seelen – arm in jeder Hinsicht –, die zu lange leben und keinen Wert in sich selbst finden! Das ist die brutale Wahrheit dieser neuen Natur. Diejenigen, die keinen Wert im Leben finden können, sollten verflucht sein, für ihren eigenen Untergang zu zahlen!«

Er lachte weiter, während Emma sich über die Kante streckte.

»Ihr solltet das nur zu gut wissen«, sagte er zu ihr. »Wart nicht Ihr es, die sich ein ähnliches Schicksal gewünscht hat? Freiwillig in die warme Umarmung des Todes springen? Und nicht einmal das konntet Ihr richtig machen!«

Charons Gelächter verstummte, als Emma still verharrte. Er fragte sich, wonach sie greifen konnte. Was war da unten so faszinierend, dass sie ihrem furchterregendsten Feind bereitwillig den Rücken zukehrte? Er stampfte zur anderen Seite und spähte hinüber.

Mark hatte nicht nur überlebt, sondern stand auch mit den Füßen an der Mauer und umklammerte mit den Händen den Griff von Tods wahrer Sense, direkt unter der Klinge, die in der Turmmauer feststeckte.

Mark zerrte die Sense endlich aus ihrem Ruheplatz und warf sie nach oben. Er klemmte seine Robe in die Risse der Mauer und blieb schwebend, halb an der Außenseite befestigt, während Emma Tods Sense in beide Hände nahm. Charon versuchte, auf sie zuzustürmen, aber sie war bereits mitten in der Bewegung, als er ankam, und führte einen mächtigen Schwung aus.

Sein Ruder zerbrach in zwei Hälften. Sein Hemd riss auf. Sein Bart war ungleichmäßig gestutzt. Allein der Luftzug, den ihr Versuch, ihn zu treffen, erzeugte, schnitt durch alles, was ihm lieb und teuer war. Sie trat vor, ihre Augen loderten vor Zorn.

»Ich senke Ihre Zinsen«, knurrte sie. »UM DIE HÄLFTE!«

Charon wurde von der Schulter bis zur Hüfte in zwei Hälften gespalten. Von der Nordwand bis zur Südwand wurde sein Turm gleichermaßen geteilt. Die Spitze der Zinne trieb nach unten in den tobenden Abgrund. Charons obere Hälfte folgte ihr mit einem Platschen in den Fluss, und er sah zu, wie der Rest seines Körpers schlaff wurde, während er an der Oberfläche trieb. Und dann lachte er. Er versank lachend im Abgrund.

»Frei!«, rief er. »Ich bin frei!« Seine letzten Worte, bevor er unter dem Wasser verschwand, waren ein Freudenfest.

Emma stand über seinen unteren Überresten auf dem letzten festen Stück des Turms, das noch übrig war, und wusste, dass es nur ein kräftiges Wackeln davon entfernt war, in die andere Richtung zu stürzen.

»Äh, Emma?«, rief Mark von unten. »Hast du es geschafft?«

»Hab ich«, sagte sie, als sie den Rest von Charons Körper wegstieß. Dabei verfing sich ihr Bein an etwas, und der Boden unter ihr verschob sich. Sie blickte auf ihren Knöchel.

»Was war das?«, fragte Mark.

Der Turm stürzte schließlich ein, und der Fluss verschlang ihn. All das Gold, das Charon über die Ewigkeit gesammelt hatte, ergoss sich in den Fluss und verteilte sich am Ufer.

Aber ohne einen Lenker, der eine neue Ordnung für die Natur einleitete, legten sich die Gezeiten, die Ebenen wurden flach, der Himmel normalisierte sich wieder, und die Welt des Todes war wieder still. Der Fluss floss wieder ruhig. Und glitzernde goldene Symbole wurden an Land gespült, gerade in Reichweite des Abgrunds der Leere, wo verlorene Seelen weilten und ewig auf ihr Treffen mit dem Fährmann warteten.

Eine neue Ordnung war geschaffen worden, und doch war die alte Ordnung immer noch erforderlich.

KAPITEL SIEBENUNDVIERZIG

Eine Gestalt in einer scharlachroten Toga kroch aus dem Fluss. Das erste Wesen überhaupt, das jemals den Fluss Styx verließ, entstieg dem aufgewühlten Wasser mit einem Prusten und einem Husten. War warf den Kopf zurück und wischte sich das Wasser aus den Augen. Ein unelegenter, aber willkommener Abgang. Sie ging an Land und drehte sich um, um zu sehen, wie Famine und Pestilence mit durchnässten Lendentüchern und Wickeln hinter ihr aus dem Wasser krochen.

»Na, schön geschwommen?«, fragte sie.

Pestilence hustete schwarzes Wasser aus, das auf dem Flussufer landete und sofort zum Fluss zurückschlängelte, als sei es lebendig. »Ich musste nicht mehr schwimmen, seit ich auf der Jagd nach … hirnfressenden Amöben war.«

»Und ich bin noch nie geschwommen«, sagte Famine. »Nicht schlecht für mein erstes Mal.«

»Denk nur an all die Fische, die du hättest essen können«, sagte War, »wenn du es je gelernt hättest.«

Er tat ihre Bemerkung mit einer Handbewegung ab.

Dann kehrte der vierte Reiter aus der Leere zurück, eine weiße Erscheinung, gehüllt in ein locker sitzendes Tuch, das ihm auf recht freizügige Weise von den Hüftknochen hing.

»Oh, schäme dich. Bedeck dich!«, rief War.

Death schnaufte und wrang sein durchnässtes Gewand aus. »Ich denke, wir sind längst jenseits von Scham.«

»Stimmt«, sagte Famine. Er klopfte sich ab und ging auf trockeneren Boden. »Charon ist also erledigt?«

Death nickte. »Seine Besessenheit von der Pflicht und seine Entdeckung eines zweiten Weges haben sich zu diesem Sturm des Wandels verbunden. Wir sollten uns diese Lektion zu Herzen nehmen. So wie sich die Zeiten geändert haben, so müssen auch wir uns ändern.«

»Was ist mit den beiden?«, fragte Pestilence. »Ihren Lehrlingen oder was auch immer?«

Death seufzte grimmig. »Hätte ich ihnen die Wahrheit gesagt, bezweifle ich, dass sich ihre Entscheidung geändert hätte. Sie sind ... pflichtbewusst.«

»Ist doch immer schön, enthusiastische Helfer dabeizuhaben«, sagte War.

»Wartet, seht mal.« Famine zeigte auf eine Erscheinung, die über dem Fluss aufgetaucht war. Der Nebel hatte sich stark gelichtet, war nur noch eine Spur dessen, was er einmal gewesen war, und ein Boot war gerade noch durch ihn hindurch zu erkennen. Es war eine lange, geräumige Gondel mit einer Gestalt am Bug und einer, die das Boot mit einer bunt bemalten Holzstange vorwärtsstieß. Beide Gestalten waren in dunkle Gewänder gehüllt und anfangs mit der Haltung des Defätismus nach vorne gebeugt. Ihre Knöchel waren an entgegengesetzte Enden des Bootes gekettet. Beide richteten sich auf, als sie näher kamen.

»Hallo!«, rief Mark. »Immer nur einer nach dem anderen, fürchte ich.«

»Und keine Liederwünsche oder Witze über Eiscreme«, sagte Emma. »Nicht, bis wir eine goldene Fiedel zum Spielen aus dem Wasser fischen.«

Death trat vor, als sie sich dem Ufer näherten. Seine Lehrlinge lächelten durch ihre eigene Verwirrung hindurch, wollten eine Erklärung, auch wenn sie die Antwort bereits zu kennen schienen.

»Es muss immer einen Fährmann geben«, sagte Death, »um die Beute aus dem Marsch der vier Reiter zu befördern.«

»Tja«, sagte Emma, »der alte ist tot. Und entgegen jeder Vernunft *hat* er seinen Reichtum mitgenommen.«

»Nein«, warf Famine ein, als er eine Münze vom Flussufer aufhob. »Er hat ihn nur verloren.«

Death nickte. »Die Rückkehr der Münzen an diese Ufer wird sicherstellen, dass sehr viele der noch gestrandeten Seelen ihren Fahrpreis für die Überfahrt haben werden. Und so wird das Gleichgewicht von Leben und Tod intakt bleiben.«

»Aber wenn wir das Gold bekommen«, sagte Mark, »was machen wir damit?«

»Baut eine Wirtschaft auf«, schlug Famine vor. »Es gibt keine Regel, wofür das Gold ist. Nur, dass es für die Überfahrt gebraucht wird.«

»Ich würde einen Wettbewerb darum starten«, sagte War. »Lasst die verlorenen Seelen um ihr Übergangsrecht kämpfen.«

»Vielleicht ein Geschäft damit aufziehen«, sagte Pestilence. »Reich werden.«

Mark und Emma wechselten einen unsicheren Blick.

Emma sagte, was sie beide dachten. »Wenn wir darin gut wären, wären wir vielleicht gar nicht erst gestorben.«

»Wir kriegen das schon hin«, sagte Mark. »Und wir werden es nicht auf eine Art tun, die, wisst ihr, euch alle umbringt und die Endzeit einläutet und all das.«

»Dafür sollte es keine Notwendigkeit geben«, sagte Death. »Sie haben weit mehr getan, als je von Ihnen erwartet wurde. Sie haben einen höheren Standard erreicht, als ich ihn hätte setzen können. Und dafür –«

»Hey!«, rief ein Mann. Eine umherirrende Seele rannte zum Wasserufer und schwenkte eine Münze über ihrem Kopf. Er sah das gehende, sprechende Skelett, das ihm einen funkelnden Seitenblick zuwarf, und wich leicht von Death zurück, als er sich dem Boot näherte. »Hey. Macht ihr dieses ganze ‚Münze gegen Flussüberquerung'-Geschäft?«

Als Mark nickte, warf ihm der Mann eine Münze zu. Er fing sie auf und begutachtete sie, während der Mann durch das sumpfige Ufer stapfte und in die Gondel kletterte. Der Mann klatschte dann in die Hände und zeigte mit den Fingern zum Ufer.

»Los geht's!«

»Alles klar«, sagte Mark. Er steckte die Münze in seinen Ärmel und begann dann zu rudern. »Geben Sie uns bitte fünf Sterne in der App.«

»Oder wir werfen Sie über Bord«, sagte Emma.

Das Boot und die darauf befindlichen Personen verschwanden mit ihrem Passagier, der gleichzeitig ihre Geisel war, für die andere Seite des Flusses wieder im Nebel. Death sah zu, wie der Nebel sie verschlang, während die anderen Reiter sich sammelten. Er strich sich nachdenklich über sein Kinn und griff in eine der Falten seiner umgelegten Schärpe, um ein Paar Sanduhren hervorzuziehen. *Ihre* Sanduhren.

Und sie hatten sich verändert ...

Mark und Emma gewöhnten sich schnell an ihre neuen Aufgaben. Verlorene Seelen fanden Münzen, die aus Charons großem Hort verstreut waren. Sie klaubten sie vom Boden auf und trafen das Boot, wenn es vorbeifuhr, oder sie kämpften um die am Ufer gefundenen Münzen – wie War es vorhergesagt hatte –, bis einer gewann oder das Gold ihnen aus den Fingern glitt und wieder in den Tiefen verschwand, was den Konflikt beendete, bevor er über Ohrfeigen und Beschimpfungen hinaus eskalieren konnte.

Eine neue Ordnung wurde eingeführt, eine Veränderung des Bekannten, aber nichts so Neues, dass es die Welt aus den Angeln gehoben hätte. Münzen waren nun eine Fügung des Schicksals. Eine Seele, die in Frieden umherwanderte, konnte über hundert Münzen stolpern, während ein verzweifelter Suchender, besessen und drastisch, der sich aus tiefstem Herzen danach sehnte, die Vorhölle der Nichtschöpfung zu verlassen, in derselben Zeit kaum eine einzige zu Gesicht bekam. Nur jene mit gefestigten Seelen und einem klaren, ruhigen Geist fanden ohne Weiteres ihren Weg hinüber. Diejenigen, die würdig waren, fanden den Pfad nach vorn, und jene, die Buße tun mussten, wurden für eine Weile zum Umherwandern zurückgelassen.

Genau wie es Mark und Emma gesagt worden war, fügte sich alles zum Guten. Nur hatten sie selbst dafür gesorgt, dass es so kam. Soweit sie das beurteilen konnten, war der Rest der Welt derselbe geblieben. Sie sahen immer noch die violetten Blitze des Todes, der den Schleier zwischen den Welten durchquerte. Er hatte seinen Schwung wiedergefunden und war verjüngt zu alter Stärke zurückgekehrt. Er trug Seelen – mal heil, mal in Stücken – zum Ufer, wo er sie wieder zusammensetzte und auf den Weg schickte. Diejenigen, die mit Geld kamen, waren selten, aber angenehm. Jene, die es auf ihren Reisen fanden, kamen viel häufiger und waren dankbarer. Manche wagten es sogar, mehr als eine Münze auf ihre Reise mitzunehmen, in der Hoffnung auf eine bessere Chance auf ein angenehmeres Jenseits, aber am Ende war es nur ein Trinkgeld für Mark und Emma, das sie wieder ins Wasser warfen.

Mark hatte sich mit der ihm eigenen Leichtigkeit in seine neue Rolle eingefunden. Er verstand die Regeln, verstand, warum er jetzt ein Fährmann war, und verstand, dass ihr Opfer der gesamten Menschheit zugutekam, sowohl den Lebenden als auch den noch Ungeborenen. Er hatte ein gutes Gefühl dabei und es machte ihm nichts aus, dass ihr Heldentum niemals Stoff für Bücher, Filme oder gar Mythen sein würde. Ihre Taten waren und würden auf ewig der am wenigsten gewürdigte Akt der Selbstlosigkeit bleiben, der je begangen wurde.

Auch Emma stand ihren neuen Umständen ziemlich gelassen gegenüber. In gewisser Hinsicht war sie nun nur noch einen Schritt von ihrem Endziel entfernt, es über den Fluss ins Jenseits zu schaffen. Leider wurde dieser letzte Schritt durch die eiserne Fessel an ihrem Knöchel verhindert. Die alte Emma hätte sich darüber geärgert, wie sie mal wieder bei der Arbeit überragende Leistungen erbracht – es tatsächlich voll rausgehauen – hatte, nur damit ihre Taten in ihrer jährlichen Beurteilung kaum anerkannt wurden.

Aber ihre Taten waren gewürdigt worden. Zumindest von dem kleinen Kontingent der Reiter, die Limbo ihr Zuhause nannten, und von einer sehr französischen, sehr guten Haushälterin.

Sich buchstäblich aneinandergekettet in ewiger Knechtschaft für die Toten der Welt wiederzufinden, brachte etwas mit sich, wovon beide in ihrem Leben nicht besonders viel und als Assistenten des Todes gar nichts gehabt hatten: Zeit zum Reden. Zum wirklichen Reden.

»Ich schulde dir eine Antwort«, sagte Emma, nachdem sie einen weiteren glücklichen Kunden verabschiedet hatten.

»Viel Glück, denn ich versuche das schon herauszufinden, seit ich ungefähr sieben bin.«

Emma musterte Mark einen Moment lang, ziemlich sicher, dass sie nicht ganz auf derselben Wellenlänge waren.

»Ich spreche nicht davon, warum man nie eine Babyaube sieht«, stellte Emma klar.

»Bitte! Erlöse mich von meinem Leid. Ich kriege es einfach nicht raus! Moment ... Eine Antwort worauf dann?«

Emma nahm Mark die rot-weiß-blaue Stange ab und legte sie quer über die Gondel, wobei sie ihm bedeutete, sich zu setzen. Dann setzte sie sich selbst hin und atmete tief durch.

»Auf dem Liver Building. Du hast mir gesagt, dass du mich liebst.«

Mark rutschte ein wenig auf seinem Sitz hin und her, von dem Gesprächsthema unvorbereitet getroffen. Er hatte sich sehr bemüht, seine Gefühle für Emma seit ihrer Ankunft in Limbo unter Kontrolle zu halten, und hatte nicht vorgehabt, diese Büchse der Pandora wieder zu öffnen.

»Das habe ich«, antwortete er schließlich.

»Hast du das ernst gemeint? Oder hast du nur alles versucht, um mich vom Springen abzuhalten?«

»Ich hab's ernst gemeint.« Mark blickte zu Emma hinüber, seine blauen Augen schienen beinahe zu funkeln. »Und tue es immer noch.«

»Aber warum? Ich war eine unausstehliche Kuh. Sogar selbstmordgefährdet.«

Auf diesen Moment hatte Mark sich den größten Teil seines Erwachsenenlebens vorbereitet. Das Gespräch hatte sich tausendmal in seinem Kopf abgespielt – jede Nacht, seit er sie in der ersten Studienwoche kennengelernt hatte, während ihrer gesamten Universitätszeit und ihres Arbeitslebens. Aber in diesem Moment konnte er sich an kein einziges Wort seiner sorgfältig ausgearbeiteten Rede erinnern. Nicht an eine der von Herzen kommenden Bitten, die er geplant hatte, oder an einen der feierlichen Schwüre, die er leisten wollte. Alles, woran er denken konnte, war, wie er halb schlafend aus Versehen ins Badezimmer getorkelt war und sie dabei erwischt hatte, wie sie aus der Dusche stieg, als sie beschlossen hatten, eine WG zu gründen. Wie sich sein Herz – und seien wir ehrlich, seine Lenden – nach ihr gesehnt hatten. Jedes Molekül seines Seins wollte sie. Mit ihr zusammen sein. Sie lieben und sie in Ehren halten.

»Wegen deines schönen, perfekten Hinterns«, platzte Mark heraus.

»Verstehe.« Emma nickte. »Es war also nur eine Sache von verbotenen Früchten. Ich bin der One-Night-Stand, der sich nie gemeldet hat.«

»Nein. Überhaupt nicht. Scheiße ... Lass es mich noch mal versuchen.«

Mark wusste, dass er es vermasselte. Er sammelte sich und umklammerte die Seiten der Gondel so fest, dass seine Knöchel weiß hervortraten.

»Ich liebe dich mit meinem ganzen Herzen, meinem Körper und meiner Seele.« Er robbte auf Händen und Knien auf sie zu und hielt inne, um die Stange aus dem Weg zu rollen. »Ich habe nie jemand anderen geliebt und werde es auch nie tun. Du bist mein Leben. Und deshalb ist es gleichzeitig die wunderbarste und schmerzhafteste Wendung des Schicksals, die man sich vorstellen kann, mit dir auf diesem Boot zu sein.«

»Warum schmerzhaft?«

»Weil du mich nicht so siehst, wie ich dich sehe.«

Emma lächelte und griff nach einer von Marks Händen. Sie hielt sie in ihrer und genoss die gemeinsame Wärme. »Aber was, wenn ich es doch tue ...?«, begann sie, unsicher, ob sie bereit war, den Gedanken zu Ende zu führen. »Was, wenn ... ich dich auch liebe.«

»Ist das eine Frage oder eine Feststellung?«, fragte Mark mit offenem Mund. »Es ist wirklich wichtig, dass du das klarstellst.«

Emma beugte sich vor und küsste ihn. Es war der leichteste Kuss, ihre Lippen berührten sich kaum. Aber sie beide spürten ihn wie einen Stromschlag.

»Ich liebe dich«, stellte Emma fest. »Keine Frage.«

»Scheiße«, erwiderte Mark, bevor er sich vorbeugte, um sie erneut zu küssen.

Diesmal war es mehr als nur eine flüchtige Begegnung ihrer Lippen. Es gab Zungen, Speichel und frei umherwandernde Hände, als sie endlich ihre Liebe zueinander in einer enttäuschend kurzen, aber wundersamen Vereinigung vollzogen.

Emma und Mark richteten sich in einer kleinen Hütte am Nordufer ein – der, in der Charon gewohnt hatte, bevor sein Goldschatz zu seinem neuen Zuhause wurde. Sie putzten sie mit ausrangierten Möbeln aus den Häusern der Reiter heraus und machten sie zu einem Ort, an dem sie sich in den Flauten zwischen langen Schichten auf dem Wasser ausruhen konnten. Aber wenn die Arbeit rief, hatten sie keine Wahl und keine Möglichkeit, sie zu verschlafen. Ihre Wecker waren an ihren Knöcheln befestigt. Wenn das Boot ablegte, waren sie entweder darauf oder wurden an den Beinen unter die Strömung gezogen. Mark hatte das einmal auf die harte Tour gelernt und schwor sich, nie wieder zu versuchen, die Schlummertaste zu drücken.

Es war Arbeit. Sie war notwendig. Und das Beste von allem war, dass sie geschätzt wurde. Zwischen dem Übersetzen von Seelen und leidenschaftlicher Liebe trafen sie Veronique immer noch gelegentlich, wenn sie am Ufer entlangritt und ihre neuesten Kochkünste aus des Todes Heim mit ihnen teilte. Ihre Ketten waren nicht lang genug, um irgendein anderes Haus zu betreten. Es war eine feierliche, nachdenkliche Existenz. Aber zumindest hatten sie jetzt einander.

Das taten sie für eine gefühlte Ewigkeit: Tausende von Überfahrten, Tausende von Fahrten, Tausende von Reisen in das Jenseits, das sie selbst nicht erreichen konnten. Und schließlich begann sich ein Gefühl des Unbehagens breitzumachen.

»Das ist absolute Scheiße«, sagte Mark.

»Mhm ... ja«, stimmte Emma schließlich zu. »Soll ich stattdessen paddeln?«

»Nein, das nicht«, sagte er. »Das hast du gestern getan. Ich meine das Ganze ... die ganze Sache hier. Das hier.«

»Es ist nicht schlimmer, als ein Chauffeur zu sein, der Leute zu schicken Partys fährt und dann in eine Einzimmerwohnung oder so was nach Hause kommt«, sagte sie. »Es ist ein Job.«

»Ich will ja nur sagen«, begann Mark, »obwohl ich keinerlei Drang verspüre, eine große Störung der Weltordnung auf kosmischer Ebene anzuzetteln, kann ich mir schon vorstellen, wie das einen nach einer Ewigkeit oder so in den Wahnsinn treiben könnte.«

»Ja, nun, wart mal eine Ewigkeit ab. Vielleicht ist die Rente ja fantastisch.«

»Sie *war* es«, sagte er. »Wir haben sie versenkt.«

»Oh, stimmt.« Sie lachte. »Das haben wir, nicht wahr?«

Ihre Heiterkeit schallte über den See und erreichte das Ufer, wo vier Gestalten auf ihre Ankunft warteten. Mark legte mit dem Boot an und stand dem Tod gegenüber, zusammen mit Krieg, Hunger und Pestilenz.

»Äh, keine Gruppenrabatte«, sagte er.

»Niemand von euch hat vor, heute überzusetzen, oder?«, fragte Emma.

»Ganz und gar nicht«, sagte Krieg. »Ganz im Gegenteil.«

Der Tod hob seine Hand. Es war an ihm, jetzt zu sprechen, und seine Angelegenheit, damit zu beginnen. Er zog ein Paar Sanduhren aus seiner schwarzen Robe und hielt sie hoch, als er näher kam. Mark und Emma drängten sich in der Mitte des Bootes zusammen und betrachteten sie mit ihren nunmehr geschulten Augen.

»Ihre Zeit«, verkündete der Tod, »ist noch nicht abgelaufen.« Er hielt die Sanduhren empor und reichte sie ihnen.

Mark nahm sie und überprüfte die Namen. Es waren Emmas und seine.

»Der Irrtum Ihres Todes ist noch nicht behoben«, fuhr der Tod fort. »Der Augenblick Ihres Todes steht noch bevor.«

»Nun«, sagte Mark, »damit kann ich leben. Nehme ich an.«

»Ein nettes Souvenir«, sagte Emma. »Wir können sie auf den Kaminsims stellen!«

»Oh, das wird reizend aussehen.« Mark nickte.

»Nein«, sagte der Tod. »Sie sollen sie behalten. Für Ihr ... nächstes Unterfangen.«

»Unser was bitte?«, fragte Mark. »Ich dachte, wir machten das nur wegen der ...« Er beugte sich hinunter und rüttelte an der Kette um seinen Knöchel.

Der Tod wandte sich mit einem Nicken an Krieg. Sie hob ihr

Schwert, das sie aus dem Fluss geborgen hatte, und die anderen beiden Reiter wateten ins Wasser auf das Boot zu. Hunger hielt es mit seiner massigen Gestalt fest, während Pestilenz die Fußketten zwischen den beiden Fährleuten zu einem Bündel zusammenfasste.

»Wir sind zu dem Schluss gekommen«, erklärte der Tod, »dass Sie nicht länger geeignet sind, die Bürde der Fährleute zu tragen. Nicht wegen eines Versagens Ihrerseits, noch wegen eines unfair gefällten Urteils über jene, die Sie auf ihre letzte Reise begleitet haben. Sondern weil Sie noch Leben zu bestehen und Momente einzufangen haben. Eine unbekannte Zukunft erwartet Sie. Sie kann nicht hier verbracht werden, im selben Moment, der sich ewig wiederholt.«

»Warte, was?«, fragte Emma. Sie wurde plötzlich wütend und umklammerte ihre Kette besitzergreifend. »Schmeißen Sie uns raus!?«

»Ja«, sagte der Tod. »Ich glaube, Sie sind ... *überqualifiziert* für diese Position.«

Emma sah verletzt aus. Sie wandte sich Pestilenz zu, der zwischen ihr und dem Wasser bis zur Brust in den schwappenden Wellen stand.

»Ich ertränke mich!«, rief Emma. »Überqualifiziert! Schon wieder dieser Blödsinn! Nach allem, was wir getan haben!«

»Tod, bitte feuern Sie sie nicht«, flehte Mark. »Sie bringt sich um. Und ich glaube nicht, dass ich sie ein zweites Mal aufhalten kann.«

Der Tod seufzte. Er winkte Krieg mit ihrem Schwert herüber. Emma stellte ihren Kampf ein und rutschte von der Mitte des Bootes weg. Kriegs Klinge schoss herab und stoppte kurz vor dem hölzernen Rumpf, wobei die zerbrochenen Eisenglieder ihrer Ketten als Trümmer auf dem Boden der Gondel zurückblieben. Da die Ketten an der Wurzel gebrochen waren, schien der Rest von ihnen zu vergehen, und die Fesseln um ihre Knöchel lösten sich.

Sie waren frei.

»Treiben Sie in die Leere«, sagte der Tod zu ihnen. »Und Sie werden zu dem Leben zurückkehren, das Sie noch haben. Wenn Sie hierher zurückkehren, wird es mit mir sein. Und Sie werden in den natürlichen Kreislauf eintreten, wie es vorgesehen ist.«

»... Danke«, sagte Emma. »Aber wer wird uns dann ersetzen?«

Der Tod hob den Kopf, als Veronique hinter ihm hervortrat.

»Bon Voyage, Mark et Emma!« Sie winkte ihnen zum Abschied, als

Hunger ihr Boot in die zunehmende Strömung stieß. Der Fluss Styx spürte die Freiheit, die auf seiner Oberfläche trieb, beschleunigte seinen Lauf, um die noch lebenden Seelen aus seinem Bett zu spülen und sie in ihre eigene Welt zurückzuschicken. Mark und Emma hielten Händchen, während die Geschwindigkeit zunahm, bis alles um sie herum nur noch ein Schleier aus Nebel und Dunkelheit war ...

Und am Ufer tauchte ein neues Boot aus dem Wasser auf. Ein schnittiges und sportliches kleines Beiboot, an der Seite mit einem roten Kreuz markiert und über und über mit Kissen gepolstert. Veronique hüpfte fröhlich hinein und zog einen langen Trenchcoat aus dem Stauraum.

»Ähm.« Der Tod räusperte sich. »Ich ... bin froh, dass Sie diese Aufgabe übernommen haben.«

»Es ist mir ein Vergnügen«, sagte sie. Sie hielt eine schäbige Gasmaske aus der Zeit des Ersten Weltkriegs hoch und machte sich bereit, sie aufzusetzen. Sie hielt sie vor ihr Gesicht, um sie an ihrem Mund zu testen. Ihre Stimme verzerrte sich zu etwas Dämonischem, wie das Geschnatter eines höllischen Unholds, der eine Radiosendung abfängt. »BEZAHLT DEN FAHRPREIS ODER ERLEIDET DAS NASSE GRAB!« Sie nahm sie ab und sah die Reiter an. »Zu viel?«

»Gerade richtig«, antwortete Krieg.

»Es ist unnötig«, sagte der Tod. »Aber ... dies ist nun Ihre Pflicht. Führen Sie sie aus, wie Sie es für richtig halten.«

»Ich habe zwei großartige Vorbilder, die mich leiten«, sagte sie stolz. »Ich werde sie nicht enttäuschen!«

»Ja«, sagte der Tod. Er blickte in die Ferne. Ein schwacher Blitz leuchtete weit flussabwärts auf, weiter als jede Seele jemals reisen könnte. »Zumindest angemessen.«

KAPITEL ACHTUNDVIERZIG

Es war Nacht, und die Lichter des Hafenviertels von Liverpool funkelten und tanzten auf dem tintenschwarzen Wasser des River Mersey. Prachtvolle denkmalgeschützte Gebäude standen stolz neben ihren viel jüngeren und eleganteren Geschwistern aus Stahl und Glas – ein Schmelztiegel der Architektur, der zur kulturellen Mischung der Bevölkerung passte. Die Mädchen trugen kurze Kleider und lange Wimpern, und die Kerle zeigten sich in figurbetonten T-Shirts. Die Straßen waren nicht überfüllt, aber die Pubs füllten sich, und die Taxifahrer und Fahrdienste waren geschäftig unterwegs. Es war Samstagabend, und es ging vor allem darum, Spaß zu haben.

Zwei dunkle Gestalten traten aus einer unscheinbaren Gasse, einem schattenhaften Ort, auf den nie ein Blick fiel. Sie gingen die Matthew Street hinunter, begleitet von einem Nebel, der bei jedem Schritt an ihren Füßen klebte. Sie blieben vor einem Bürogebäude etwas außerhalb des Stadtzentrums stehen, das anscheinend nicht nur für die Nacht geschlossen war.

»Das ist eine Schande«, sagte Emma. »Ich hätte nicht gedacht, dass sie in nur einem Tag den Bach runtergehen würden.«

»Ich hätte nicht gedacht, dass wir nur einen Tag weg sein würden«, sagte Mark. »Hat es sich nicht wie Jahre angefühlt?«

»Nun, es war ein langweiliger Job. Es fühlt sich an, als würde man länger dabei sein, als man es tatsächlich ist.«

»Ja.« Er nickte. »So läuft das nun mal ... Aber er war gut.«

»Gut bezahlt«, stimmte sie zu.

Sie seufzten. Sie waren zurück im Leben. All die Seelen, die sie geholt hatten, und all jene, die der Tod später geerntet hatte, beliefen sich immer noch auf kaum mehr als einen vergangenen Tag in ihrem eigenen Leben. Sie waren von den Fesseln des Todes und den Pflichten, die darüber hinausgingen, befreit worden, sodass sie ihr Leben für die wenigen kostbaren Momente, die ihnen noch blieben, wieder genießen konnten. Und jetzt hatten sie eine Möglichkeit, genau zu verfolgen, wann diese Momente kommen würden.

»Das ist ein trauriges Geschenk«, sagte Mark, als er seine eigene Sanduhr herauszog.

»Findest du?«

»Es ist irgendwie falsch zu wissen, wann man sterben wird, findest du nicht auch?«, sagte Mark. »Das nimmt die ganze Spannung, wenn man weiß, dass man nur noch ... sind das noch sechs gute Momente?«

»Nun«, sagte Emma, »wichtig ist, das Beste aus diesen Momenten zu machen. Tausend Jahre Langeweile können vergehen und nur ein Sandkorn davon herunterfallen.«

Mark nickte. »Stimmt. Na ja, ich weiß, was einer meiner Momente sein wird.«

»Und was wäre das?«

»Die Geschichte, die ich schon immer schreiben wollte«, sagte er. »Ich habe eine verdammt gute Idee.«

»Niemand liest mehr Bücher«, sagte sie.

»Ich denke an ein Drehbuch«, sagte er. »Vielleicht gönne ich mir sogar einen Cameo-Auftritt.«

Sie lächelte. »Lust auf einen Drink am Albert Dock?«

»In dem Aufzug?«, fragte Mark.

»Oh, Gott«, murmelte sie. Sie trug immer noch ihren schaurigen Lederoverall. »Lässt sich das in dieser Welt überhaupt ausziehen?«

»Das will ich doch hoffen«, sagte Mark lüstern.

»Oh, sehr witzig«, spottete Emma.

»Na, dann komm. Ein Bier.« Und dann überkam ihn eine plötzliche, beunruhigende Erkenntnis. »Hast du eigentlich Geld?«

Emma griff in den enganliegenden Stoff ihres Kragens und zog eine Münze hervor – geprägt mit dem Profil von Julius Cäsar und handgravierter lateinischer Schrift, ein authentisches Relikt einer Geschichte, die man für ewig in der Zeit verloren glaubte.

»Also nein …«, sagte Mark. »Denn das ist kein Bargeld.«

Sie lachte und packte ihn am Handgelenk. Er folgte ihr, holte sie ein, und sie schlenderten Seite an Seite in ihre gemeinsame Zukunft. Wie lang oder kurz die auch sein mochte, sie würden beide das Beste daraus machen, wohl wissend, was sie am Ende erwartete.

Ihre zweite Chance im Leben würde besser werden. Und wenn sie das zweite Mal starben, wären sie bereit und – zumindest in Marks Fall – weitaus bereitwilliger.

KAPITEL NEUNUNDVIERZIG

Hallo,

vielen Dank, dass du The Fifth Horseman gelesen hast!

Es hat viel Spaß gemacht, es zu schreiben. Ich hoffe sehr, es war eine unterhaltsame Lektüre.

Wenn dir das Buch gefallen hat, wäre ich unglaublich dankbar, wenn du so nett wärst, eine Rezension zu hinterlassen.

Rezensionen helfen Autoren aus mehreren Gründen wirklich sehr. Nicht zuletzt geben sie Feedback dazu, was den Lesern gefällt, und verbessern die Sichtbarkeit des Buches auf Online-Verkaufsseiten.

Vielen Dank im Voraus und ich freue mich darauf, deine Gedanken zu lesen.

Jon

EIN WORT DES AUTORS

Hallo,

Vielen Dank, dass du den fünften Reiter gelesen hast!

Es hat viel Spaß gemacht, es zu schreiben. Ich hoffe sehr, es war eine unterhaltsame Lektüre.

Wenn dir das Buch gefallen hat, wäre ich unglaublich dankbar, wenn du so nett wärst, eine Rezension zu hinterlassen.

Rezensionen helfen Autoren aus mehreren Gründen wirklich sehr. Nicht zuletzt geben sie Feedback dazu, was den Lesern gefällt, und verbessern die Sichtbarkeit des Buches auf Online-Verkaufsseiten.

Vielen Dank im Voraus und ich freue mich darauf, deine Gedanken zu lesen.

Jon

MAILINGLISTE

Möchtest du vorab Informationen über zukünftige Veröffentlichungen erhalten?

Lust auf exklusiven Zugang zu Goodies, Sonderangeboten und Bonusmaterial?

Findest du auch, dass dein Leben ohne Jons monatliche Gedanken zum Schreiben, Lesen und Veröffentlichen nicht komplett ist?

Dafür gibt es eine Lösung! Melde dich noch heute für Jons Mailingliste an:

https://jonsmith.net/mailing-list

ÜBER DEN AUTOR

Jon Smith ist der Bestsellerautor von 14 Büchern für Kinder, Jugendliche und Erwachsene. Seine Bücher haben sich mehr als 500.000 Mal verkauft und wurden in sieben Sprachen veröffentlicht. Neben dem Schreiben von Büchern ist Jon ein preisgekrönter Drehbuchautor sowie Liedtexter und Librettist für Musicals, mit Produktionen am Birmingham Hippodrome, am Belfast Waterfront und an den Londoner Theatern Park & Waterloo East.

Jon hatte eine glückliche Kindheit – er flocht Gänseblümchenketten, machte Urlaub in der Sonne und hatte ein obsessives Interesse an allem, was mit Fantasy zu tun hat. Keine Zahnspange, kaum Pickel, nur ein gebrochener Knochen und ein gebrochenes Herz (nicht seins). Alles lief wie am Schnürchen.

Er ist Vater von vier Kindern und lebt mit seiner Frau, Mrs. Smith, und ihren beiden schulpflichtigen Kindern in der Nähe von Liverpool. Wenn er groß ist, möchte er Bibliothekar werden.

www.jonsmith.net
X (Twitter)
Instagram
Goodreads
Amazon
Facebook

THE FANG & LOATHING TRILOGY

BAL
KON
media